Série V-Clan
Território de Sangue
Território Noturno
Território Eclipse

Série X-Clan
A origem
Território Andorra
O experimento
A Flecha de Winter
Território Bariloche

TERRITÓRIO ECLIPSE

UM ROMANCE DO UNIVERSO V-CLAN

AUTORA BESTSELLER DO USA TODAY

LEXI C. FOSS

Território Eclipse

Lexi C. Foss

Revisão: Luizyana Bueno

Capa: Jay R. Villalobos with Covers by Juan

Cover Photography: CJC Photography

Cover Models: Eric Guilmette & Samantha Wisecarver

Texto revisado segundo o novo Acordo Ortográfico da Língua Portuguesa.

eBook ISBN: 978-1-68530-376-1

Paperback ISBN: 978-1-68530-377-8

Para aqueles que adoram o momento em que o rejeitado se torna aquele que rejeita... Afinal, quem não gosta de uma boa rasteira?
— Um dia desses, você vai me convidar para dançar, Cillian, e será tarde demais.
- Ivana

TERRITÓRIO ECLIPSE

UM ROMANCE DO UNIVERSO V-CLAN

TERRITÓRIO ECLIPSE

Amei um Alfa no passado.
Um Elite inatingível.
Um ex-Príncipe do V-Clan.

Achei que tínhamos uma conexão.
Um vínculo único baseado em nossos valores e aspirações.
Então ele partiu meu coração com algumas palavras bem
escolhidas.

Ele não me quer? Certo. Vou encontrar um Alfa que
queira.
É assim que acabo no palco sendo apresentada como a
Candidata Treze do programa de companheira ômega
elegível.

Só há um probleminha: o Alfa que partiu meu coração é o
responsável por supervisionar as atividades de
acasalamento. O que significa que ele está a par de todas
as entrevistas. Cada encontro. Cada beijo.

Como vou encontrar um companheiro apropriado quando
ele está me observando com aquelas íris acinzentadas?
Ronronando comentários possessivos em meu ouvido...
Rosnando para cada homem que olha em minha direção...
Rondando meu ninho...

Não ajuda que alguém esteja atacando as Ômegas do programa.

Agora meu Alfa está ainda mais territorial, sua natureza selvagem está muito mais potente.

Porque ele se recusa a sair do meu lado.

E ele prometeu fazer o que for preciso para me proteger.

Mesmo que isso signifique me reivindicar.

Nota da autora: Este é um romance independente de metamorfo sombrio, com temas do Ômegaverso, com dinâmica A, B, O com nó, ninho e mordida. Verifique os avisos de gatilho na introdução para saber mais detalhes.

NOTA DA LEXI

Território Eclipse é um romance independente do universo V-Clan. Nenhum outro livro precisa ser lido antes deste para acompanhar a história.

Esse é um romance de metamorfos com fortes temas do Omegaverso. Há dinâmicas Alfa/Ômega, ninho, ronronar, ciclos de estro e, é claro, o nó. Se você não estiver familiarizado com esses termos, não se preocupe: eles são explicados ao longo do livro. ;)

Aqueles que estão familiarizados com minha série X-Clan irão perceber essas semelhanças.

Entretanto, os Alfas do V-Clan tendem a ser um pouco mais pacientes do que os Alfas do X-Clan. Eles ainda são possessivos e gostam de morder, mas respeitam muito o direito de escolha do Ômega.

Cillian é, sem dúvida, um mocinho a ser adorado. Ele tem um longo caminho a percorrer para reconquistar Ivana, e haverá muitas curvas até chegar lá. Mas essa é uma jornada de amor, dor no coração e química inegável. Embora possa haver solavancos, eles não serão muito incômodos.

Algumas observações que podem te interessar com relação ao conteúdo:

✓ Consentimento

✔ Não há drama com outra mulher (sem traição)

✔ Pequeno drama com outro homem (sem traição)

✔ Gravidez

✔ Energia primordial

✔ Macho alfa possessivo e exagerado

✔ Vibrações do tipo *toque nela e morra*

✔ Nó, Ninho, Ronronar, Rosnar (bem, obviamente o livro não estaria completo sem essas coisas, certo?)

Bom proveito! <3

INTRODUÇÃO

Há quase um século, um vírus semelhante a um zumbi se espalhou pelo mundo, destruindo mais de noventa por cento da raça humana. Muitas das espécies sobrenaturais do mundo eram imunes à praga. Outras, não.

Aqueles que sobreviveram, tanto humanos quanto sobrenaturais, agora governam os próprios territórios.

Você está prestes a entrar no mundo V-Clan, uma raça de lobos metamorfos com características vampíricas. Esses seres preferem a noite. Eles prosperam com magia. E, talvez, o mais importante de tudo: os Alfas desta espécie valorizam suas companheiras Ômegas.

PARTE I

Queridas estrelas,

Estou apaixonada por um Príncipe Alfa. Mas ele não se vê como um príncipe. Em vez disso, prefere ser chamado de Elite. Principalmente, porque ele se considera um protetor em vez de membro da realeza.

Mas eu o vejo de verdade. Conheço seu coração. E minha loba está determinada a fazer dele nosso companheiro.

Portanto, nos deseje sorte.

Vamos precisar.

Porque esse Elite é um alfa teimoso.

Mas vale a pena lutar por ele.

Espero que sim...

Com amor,
Ivana

IVANA

— DANCE COMIGO.

Não era um pedido, mas uma exigência, o que fez Cillian suspirar quando me materializei ao seu lado nas sombras do salão de baile.

Provocar o Alfa muito sério era um dos meus passatempos favoritos. Era quase tão divertido quanto farejar seus esconderijos.

O *Elite*, um termo chique para o *executor da alcateia*, tinha uma tendência de se esconder nas sombras. Suas habilidades furtivas eram admiráveis. Mas Cillian não era o único que gostava de ser como um camaleão.

Era assim que eu o encontrava constantemente... porque sua mente funcionava de forma semelhante à minha.

— Não. — A resposta dele foi direta e seu tom não permitiu nenhum argumento.

Típico de Cillian, sempre se fazendo de difícil.

Um dia desses, eu venceria esse jogo entre nós.

Esperava que fosse mais cedo do que tarde, pois há muito tempo estava na expectativa de que ele decidisse tomar uma companheira.

Talvez agora ele pensasse nisso, já que os dois melhores amigos escolheram suas Ômegas recentemente. Era verdade que Lorcan parecia estar em um acasalamento de conveniência com Kyra. Mas, para mim, isso contava. Principalmente, porque isso provaria a Cillian que ele poderia ser acasalado *e* Elite.

Respeitei sua escolha de proteger o Rei Kieran, o outro melhor amigo de Cillian, e a companheira dele, a Rainha Quinnlynn. No entanto, ele parecia ter a impressão de que precisava escolher entre a própria felicidade e seu senso de dever.

Agora que Lorcan tinha Kyra, talvez Cillian percebesse o quanto seu sacrifício era ridículo e considerasse acasalar com a Ômega que estava ao seu lado: *eu*.

Infelizmente, isso não parecia estar nos planos para esta noite, algo que ele me disse ao reaparecer em outra área da sala.

Eu o segui, simplesmente para provar um ponto.

— Conheço todos os seus esconderijos, Príncipe Cillian.

— Nem todos, eu garanto — ele respondeu, com um sotaque irlandês mais forte devido à frustração. — E é *Cillian*, não *Príncipe Cillian*. — Ele olhou para mim e seus olhos escuros imediatamente me envolveram em seu feitiço. — Mas se você sentir a necessidade de ser respeitosa, pode se dirigir a mim como *Alfa Cillian* e acompanhar a frase com: *tenha uma boa noite*.

— Humm. — Eu o considerei por um momento. — Para que essa seja uma declaração verdadeira, você precisaria dançar comigo. Caso contrário, não será uma noite muito *boa*.

— Para você, talvez. — Seu olhar me trocou pelo do Rei Kieran e sua sobrancelha se ergueu.

— Para você também — murmurei baixinho, ciente de que ele e o Rei do Território de Sangue estavam envolvidos em uma conversa silenciosa.

A capacidade de Cillian de ler mentes e conversar telepaticamente era bem conhecida no território. Provavelmente era por isso que ele não tinha muitos amigos.

Ou talvez fosse sua abordagem dura que assustava a todos.

Ele e Lorcan eram bem intimidadores. O Rei Kieran também. No entanto, eu nunca os temi. Talvez fosse o resultado de como conheci Cillian.

Oh, ele era aterrorizante na época. *A maneira como ele massacrava...*

Pigarreei, sem querer relembrar a memória violenta.

Olhei para o herói do meu passado.

Cillian.

Seus olhos quase negros voltaram para mim, sua capacidade de ouvir meus pensamentos provavelmente chamou a atenção quando mencionei seu nome.

Sorri.

Ele não sorriu de volta.

— Vá procurar outro Alfa para dançar, Ivana. Não estou interessado.

As três últimas palavras foram como um soco, algo que eu estava acostumada a receber. Ele vinha afirmando essa mentira há anos.

Eu acreditaria se não percebesse o calor em seus olhos

quando ele olhava para mim. Como agora, quando tentou não notar o decote em V profundo do meu vestido.

Ele cerrou a mandíbula. Sua irritação era palpável ao voltar sua atenção para o Rei do Território de Sangue.

— Minha rainha e eu estamos encerrando a noite — o Rei Kieran anunciou de repente. — Aproveitem o vinho. Está temperado com sangue.

Cillian bufou ao meu lado enquanto vários outros se assustaram com o anúncio abrupto do Rei, algo que ele pontuou ao escoltar sua Rainha para fora da sala.

Lorcan se juntou a nós em um piscar de olhos, com seu foco intenso na sala enquanto inclinava ligeiramente a cabeça para Cillian. Este último grunhiu, o que me disse que os dois estavam conversando mentalmente sobre algo.

Provavelmente a partida antecipada de Kieran.

O objetivo de uma coroação era celebrar o rei e a rainha recém-coroados, mas, aparentemente, nossos membros da realeza tinham uma agenda noturna diferente planejada.

— Ainda podemos dançar — eu disse a Cillian. — Na verdade, acho que deveríamos. De que outra forma vou testar a funcionalidade do meu vestido? — Girei para mostrar a saia com fendas cuidadosamente projetadas para permitir movimentos fluidos. — Cameron chamou isso de moda *versátil*. Eu gostaria de mostrar sua criação.

Quase estremeci com a desculpa ridícula. Cameron não precisava que eu *mostrasse* nada. Ele era o principal estilista do Território de Sangue, com quem todos queriam trabalhar. E Cillian sabia disso.

O Alfa cerrou o maxilar novamente quando notou minha perna exposta.

— Estou encarregado da segurança esta noite, Ivana. Você vai ter que encontrar outra pessoa para passear pela sala.

Soltei um suspiro longo e prolongado.

— Sempre trabalhando.

— Sim — ele concordou. Seus olhos escuros cintilaram quando encontraram os meus mais uma vez. — Sim, estou. Agora vá procurar outro Alfa para importunar.

Revirei os olhos.

— Um dia desses, você vai me convidar para dançar, Cillian, e será tarde demais. — Era mentira. Eu o esperaria por toda a eternidade. Minha loba escolheu o lobo dele, assim como eu tinha certeza de que o dele escolheu a minha. Eu só precisava que o homem teimoso percebesse a verdade.

— Veremos, não é? — Cillian murmurou.

— Acho que sim — respondi e fui para o outro lado da sala, principalmente para me impedir de sacudi-lo.

— Ainda está se fazendo de difícil? — uma voz grave perguntou à minha direita, me fazendo suspirar alto em resposta.

— Sim. — Cerrei os dentes como Cillian fez há alguns minutos. — Ele é irritante, Benz.

Meu melhor amigo riu ao me entregar uma bebida muito necessária. Ele foi o motivo pelo qual escolhi este lado da sala para me teletransportar... sabia que encontraria sua forma corpulenta perto do bufê e da área de bebidas.

Pela quantidade de comida que eu sabia que ele podia consumir, seu corpo não demonstrava isso. O macho beta era puro músculo.

Tomei um gole do líquido borbulhante, olhei para os metamorfos que se movimentavam pelo salão de baile e apertei os lábios.

— Ele me disse para encontrar outro Alfa para dançar comigo.

Benz assobiou baixinho e seu olhar turquesa me observou com curiosidade.

— Com esse vestido? Ele deve estar em clima de matança.

— Ou não se importa — murmurei. *Porcaria de Alfa teimoso.*

Cillian provavelmente podia me ouvir.

Mas eu não me importava.

Ele merecia o insulto.

— Confie em mim, querida, ele se importa — Benz respondeu com seu sutil sotaque germânico. — Ele só está preocupado com a ascensão de Kieran. Quando ele vir você andando por aí com outro homem, ainda mais um *Alfa*, vai perder a cabeça e seus instintos possessivos tomarão conta.

— Humm, não. Estou começando a achar que esses instintos possessivos não existem. — Estava falando mais para mim mesma do que para Benz. Entretanto, para ele, acrescentei: — E você sabe que não sou do tipo que tenta provocar dessa forma.

— Talvez devesse.

Arqueei as sobrancelhas.

— Hã? O tipo de pessoa que faz o quê, exatamente? — perguntei, desconfiada de qualquer ideia que ele tivesse acabado de inventar em sua mente perversa. Porque Benz tinha um talento especial para fazer pegadinhas, algo que frequentemente o colocava em apuros.

— Dançar com outro lobo — ele respondeu, balançando as sobrancelhas castanha-escuras com a sugestão. — Um lobo como, ah, não sei, *eu.*

Olhei boquiaberta para ele.

— Você quer dançar?

— Com você? Com esse vestido? — Seu olhar me percorreu novamente. — Sim, quero muito.

Eu ri.

— Se eu não o conhecesse melhor, diria que você está tentando flertar comigo, Beta Benz.

— Querida Ômega, posso ser Beta, mas meu lobo é muito territorial para me deixar flertar enquanto você está desejando o nó de um Alfa. — Ele estendeu a mão. — Mas vou adorar te exibir na pista, se isso significar despertar o lado possessivo do Alfa.

— Você não acabou de insinuar que Cillian poderia matar outro Alfa por dançar comigo?

Ele deu de ombros.

— Sou Beta, não Alfa.

Balancei a cabeça.

— Você só quer provar que está certo sobre a *possessividade* dele.

— Claro que quero — ele admitiu. — Mas também quero te exibir. — Ele moveu os dedos para mim. — Me dá esse prazer, raio de sol? — O apelido que Benz me deu saiu de sua língua como uma carícia açucarada, fazendo com que minhas bochechas esquentassem. Não porque eu estivesse atraída por ele, mas porque não podia negar seu apelo.

Embora eu pudesse desejar um certo Alfa, não havia como escapar das características sedutoras de Benz. Mesmo que algumas delas resultassem em esquemas desonestos.

Um dos quais eu estava considerando agora, quando olhei para o meu vestido. Ele era brilhante, dando-lhe uma aparência azul-gelo que combinava com meus olhos. E isso fez com que minha pele parecesse muito mais pálida.

— Bem, é realmente um crime não mostrar a criação de Cameron — comentei. — No entanto, precisamos aparecer do outro lado da sala para garantir que Cillian nos veja. Caso contrário, ele nem vai notar.

— Ah, ele te notaria em qualquer lugar. Mas se essa é a sua preferência, então seguirei seu exemplo. — Ele fez uma reverência. — Depois de você, *milady*. — Seus cabelos castanhos faziam cócegas em suas orelhas, os fios rebeldes sempre conseguindo ser artisticamente sexy.

Com um suspiro, assenti e fui para o lado oposto da sala novamente. Mas, dessa vez, não me materializei ao lado de Cillian, apenas perto o suficiente para que ele pudesse me ver e ouvir quando Benz chegasse.

O som do tom profundo de Cillian fez com que minhas sobrancelhas se erguessem em sinal de interesse quando ele disse:

— Talvez você devesse deixar seu lobo dar um nó nela para ver se isso ajuda a curá-lo da distração.

Cillian? Falando sobre nós? Eu sorri. *Sim, por favor.*

Se ele me ouviu pensar nele, não demonstrou. Provavelmente porque eu era uma das muitas mentes que ele havia bloqueado na sala. Eu não era uma ameaça em potencial, algo que ele sabia, então por que monitorar minha mente?

— Está se projetando, Cillian? Seu lobo está desejando uma certa distração? — Lorcan o provocou, fazendo com que eu entreabrisse os lábios.

Porque Lorcan *nunca* falava em voz alta.

— Não desejo a Ivana ou qualquer outra pessoa. — A resposta direta de Cillian me fez piscar.

O quê?

— É difícil ignorar uma Ômega tão determinada, mesmo que ela esteja investindo em algo fora do seu alcance — ele continuou, fazendo com que eu parasse de respirar.

Uma bufada ecoou de alguém. Lorcan, talvez? Eu... não tinha certeza. Ainda estava repetindo as palavras de Cillian na minha cabeça. *Investindo em algo fora do seu alcance.*

— Ela precisa começar a procurar um companheiro mais apropriado, alguém que não se importe com sua tendência equivocada de dizer aos Alfas o que fazer — ele acrescentou e cada palavra perfurou meu peito com uma força que eu não sabia que Cillian era capaz.

Mas... sim, eu sabia.

Ele me rejeitava constantemente.

Mas... mas eu achava...

Eu achava que ele estava apenas em negação.

— Acho que ela gosta de te irritar — foi a resposta de Lorcan, e o comentário dele mal foi registrado depois das declarações duras de Cillian.

— Sim, e esse é exatamente o problema. Ela precisa encontrar alguém mais adequado para seus jogos infantis. Alguém que aprecie suas qualidades desagradáveis, como aa ousadia e confiança equivocada.

Qualidades desagradáveis? repeti para mim mesma, com os braços cruzados ao redor do estômago. *Confiança equivocada*?

Como...?

Como foi que interpretei tão mal essa situação?

Eu...

Eu não...

— O que quero dizer é que não sou eu que estou preso a uma Ômega, amigo. Acontece que tem uma que é irritantemente persistente. Você tem alguém que está consumindo seu foco. São situações muito diferentes.

Estremeci quando Benz colocou a mão em meu ombro. Eu não notei sua presença ao meu lado até agora.

Uma olhada em sua expressão me disse que ele também ouviu tudo.

E a pena...

Não. Saí da sala, sem conseguir encará-lo naquele momento. Incapaz de respirar, muito menos de falar.

Parecia que Cillian tinha feito um buraco em meu peito.

Arrancado meu coração.

E o esmagado debaixo da sua pesada bota preta.

Cobri o rosto com as mãos, sentindo meu interior arder enquanto meus pulmões me forçavam a inspirar. Mas tudo o que ouvi foi aquele... aquele... som de *chiado*.

Como se fosse um soluço?

Mas... mas fraturado?

Pior.

Destruído.

— Raio de sol — Benz sussurrou, obviamente vindo atrás de mim.

Balancei a cabeça. Não podia fazer isso agora.

— Estou bem. — Mas eu não parecia estar bem. Eu soava rouca. Como se tivesse acabado de correr uma maratona ou algo assim.

Mas, não.

Eu acabei de ser atropelada pela crueldade de Cillian.

— Isso foi ele se convencendo de que não está interessado em você — Benz insistiu. — Confie...

— *Não* — eu disse a ele, meu tom mais duro do que segundos atrás. — *Não* dê desculpas para ele.

— Raio de sol...

— Não — eu o interrompi. — Eu... eu só preciso...

Bem, eu não tinha certeza do que precisava, mas voltei para o salão de baile, principalmente para escapar de Benz. O que foi uma estupidez. Ele só queria me confortar.

No entanto, eu não queria *conforto*.

Eu... eu queria...

Cerrei a mandíbula e envolvi os braços em meu corpo novamente.

Eu não tinha certeza *do que* queria.

O Alfa que eu desejava... o Alfa que estava convencida de que deveria ser *meu*...

Investindo em algo fora do meu alcance.

Qualidades desagradáveis.

Confiança equivocada.

Jogos infantis...

Estremeci quando as palavras giraram em meus pensamentos, e meus ombros cederam. *Que jogos infantis?* pensei, entorpecida. *Eu... eu pensei que você estava apenas sendo teimoso. Que não queria uma companheira –* qualquer uma *– e só precisava ver que era possível ser acasalado e, ao mesmo tempo, servir como Elite.*

Mas não era nada disso.

Cillian não *me* queria como companheira.

Eu estava cega pelos desejos da minha loba, vendo coisas que não existiam de fato.

Durante todo esse tempo, ele estava realmente irritado comigo.

Irritantemente persistente.

O salão de baile ao meu redor ficou embaçado.

Preciso ir embora, percebi. *Preciso correr. Afastar essa... essa agonia.*

Engolindo em seco, me envolvi novamente na escuridão e me teletransportei para um dos meus campos nevados favoritos, na base de um vulcão adormecido.

O Território de Sangue, a antiga Islândia, era repleto de paisagens como essa, o que o tornava o lugar perfeito para retiros pacíficos.

Arranquei o vestido e tirei os sapatos, sem nunca mais querer olhar para aquela roupa... uma que usei com *ele* em mente.

Depois, caí no chão e deixei minha loba assumir o controle.

Ela podia não ter entendido as palavras de Cillian, mas

entendeu minha dor. Assim como entendia que ele foi o causador dela.

Um uivo saiu do meu focinho quando minha transformação terminou, o tormento do meu animal rivalizando com o meu.

Nosso companheiro escolhido não nos quer.

Nosso herói... não é um herói.

Nosso Alfa não existe mais para nós.

Minhas patas batiam na neve, o frio era como um beijo de boas-vindas aos meus sentidos.

É disso que precisamos, pensei. *Liberdade. Ar fresco. Uma nova perspectiva.*

Cada salto nos levava mais longe do passado e nos empurrava para o presente.

Um presente em que começaremos de novo.

Um presente em que nos lembraremos de nosso valor.

Um presente em que decidiremos que o Alfa não *nos* merecia.

Porque nenhum parceiro em potencial jamais diria isso sobre sua Ômega.

Ômegas eram raras. Poderosas. Destinadas a serem adoradas. Não para serem menosprezadas com palavras duras. Rejeitadas repetidamente. Ridicularizadas por terem *confiança.*

Cillian não é nosso companheiro.

Nós merecemos mais.

Desejamos mais.

Um alfa que nos ame. Que nos valorize. Que lute *por nós.*

Estava na hora de seguirmos em frente. Parar de chafurdar no potencial de Cillian.

Ele realmente não nos quer, pensei novamente, e minha loba cambaleou um pouco. *Bem, então nós não o queremos.*

Minha loba ganiu como se estivesse concordando comigo.

E saiu correndo pelo campo gelado.

Já não estamos mais salivando por Cillian.

Ele achou que eu estava fazendo um jogo infantil?

Bem, esse *jogo* tinha terminado naquele instante.

E Cillian? Ele acabou de perder.

Porque o Alfa certo me veria como um prêmio.

O Alfa certo realmente me desejaria.

Você pode ter esta noite para lamentar, eu disse a mim mesma. *Mas amanhã, você vai seguir em frente e esquecer tudo sobre o Alfa errado.*

Não devia ser difícil.

Não era como se Cillian fosse me procurar.

Ele provavelmente nem notaria, apenas ficaria feliz em se livrar da minha presença *irritantemente persistente*.

Meu coração bateu forte e minha loba tropeçou mais uma vez.

Esta noite, ficaremos de luto, reiterei para mim mesma. *Amanhã, entraremos no futuro. E começaremos a caçada por um companheiro mais digno...*

CILLIAN

E eu o perdi novamente, pensei, com meu olhar voltado para Lorcan.

Ele se aventurou em algum lugar no vínculo de acasalamento, tornando sua mente turva e incompreensível. A conexão com Kyra reforçou suas defesas mentais de uma forma que eu nunca poderia ter previsto.

O mesmo aconteceu com a conexão de Kieran e Quinnlynn.

Isso me fascinava, pois as mentes deles eram tão conhecidas quanto a minha, mas eu mal conseguia ouvir Lorcan agora. Não que ele fosse do tipo tagarela ou barulhento, mas geralmente eu conseguia ouvi-lo contemplar e analisar.

No entanto, tudo o que eu podia ouvir agora era uma estática estranha enquanto ele checava sua companheira.

Como deve ser isso? eu me perguntava, examinando a multidão. *Aterrorizante? Libertador? Íntimo?*

Eu nunca saberia, é claro.

Minha lealdade era para com Kieran. Sempre. Mas isso não me impediu de ficar curioso sobre o conceito ou sobre como seria a sensação.

O que, naturalmente, me levou a procurar o pequeno incômodo de cabelo loiro acinzentado que fazia com que questionasse constantemente minha sanidade.

Incômodo talvez fosse um pouco duro. *Tentação* era um termo mais apropriado.

Uma tentação muito além do meu alcance, pensei, examinando a multidão em busca dela. Ela precisa de um Alfa que... a reflexão se dissipou quando vi Ivana do outro lado da sala, com os ombros estranhamente curvados.

Dei um passo involuntário para frente, sentindo meus instintos assumirem.

Ivana Michaels *nunca* se curvava.

Ela se assemelhava a uma deusa feroz, apesar de sua pequena estatura. A mulher podia derrubar qualquer Alfa com algumas palavras, algo que eu achava ao mesmo tempo irritante e atraente.

Ivana. O nome na mente de Lorcan quase me fez olhar para ele, mas eu estava muito concentrado na Ômega e nos braços finos que envolviam seu torso. Ela parecia estar tentando respirar.

Será que um Alfa a assustou? Lorcan se perguntava, e meus pensamentos giravam nessa mesma direção. *Com quem você sugeriu que ela dançasse?*

Ninguém em particular. Eu só disse a ela para encontrar outra pessoa, pois não estou aqui para festejar. Estou trabalhando.

Você acha que alguém a rejeitou? ele perguntou.

Franzi a testa, não gostando desse conceito. *Se foi isso, eu o mato.*

Lorcan olhou de lado para mim com a expressão zombeteira, algo que captei em minha visão periférica. *Tecnicamente, você a rejeitou. Você a rejeita o tempo todo. Vai se punir?*

Descartei seu comentário. *Isso é diferente e você sabe.*

Mas ela sabe? ele perguntou baixinho e suas palavras me fizeram cerrar os dentes.

Ivana sabia que eu estava acasalado com minha posição, que minha lealdade era para com Kieran antes de tudo. Eu nunca menti para ela, sempre expressei a verdade em sua presença.

Bem, a maior parte da verdade.

Eu não podia ter uma companheira, nem queria. E, embora ela tentasse o meu lobo toda vez que entrava em um cômodo, eu não tinha planos ou intenções de realmente dar o nó nela.

Eu não podia.

Não faria isso.

Mas Lorcan não estava errado.

Eu a rejeitava com frequência.

No entanto, esta noite não foi diferente de qualquer outra. E ela nunca reagiu à minha rejeição *daquela* maneira.

Não, outra pessoa deve tê-la aborrecido.

E quem quer que fosse, responderia a *mim*. As Ômegas estavam sob a proteção do Território de Sangue e, portanto, faziam parte da minha jurisdição como Elite.

Com um suspiro, usei minha habilidade de

teletransporte para me juntar a ela perto da pista de dança. *Volto já*, disse a Lorcan.

Mas Ivana já tinha ido embora quando me materializei no espaço em que ela estava, seu perfume cítrico era como um farol ao vento. Franzindo a testa, procurei por seu cabelo notável... com todos aqueles fios loiros quase brancos e sedosos.

Nada.

Nem um único indício daquele vestido brilhante, que era muito revelador. Meu lobo praticamente rosnou de fome quando ela apareceu ao meu lado, sua voz sensual exigindo que eu dançasse com ela.

Não. De jeito nenhum. Eu não podia confiar em mim mesmo para tocá-la com aquele vestido sexy.

Então, eu disse para que ela encontrasse outro Alfa para importunar. *Para tentar. Para seduzir.*

Mas eu não queria pensar no fato de ela ter sucesso nessa tarefa.

Cerrei os dentes, sentindo minha irritação aumentar.

Talvez ela tivesse ido correr com alguém. Eu poderia descobrir verificando seus pensamentos, mas não ia invadir sua privacidade. Além disso, suas ondas mentais eram... únicas. Por mais vocal que ela pudesse ser, sua mente era excepcionalmente silenciosa. Pacífica, até.

Ela estava chateada, pensei. *Eu deveria dar uma olhada nela.*

Embora não fosse da minha conta, não é?

Eu poderia tentar justificar isso como uma necessidade de protegê-la do mal, mas ela partiu por vontade própria. E, por mais que seus ombros estivessem curvados em derrota, ela não estava chorando ou fisicamente ferida.

Estou exagerando, decidi, balançando a cabeça. *É toda essa energia de acasalamento ao meu redor. E o convite sensual de Ivana.*

Meus caninos tinham vontade de mordê-la. Assim como meu lobo queria *acasalar* com ela.

Era uma tentação terrível, contra a qual eu vinha lutando há anos.

E não ia perder a luta esta noite.

Kieran e Quinnlynn se retiraram mais cedo. Era meu dever administrar a coroação e todos neste salão de baile.

Assumir o comando como Alfa do Território em exercício.

Essa era minha responsabilidade toda vez que Kieran precisava de uma pausa.

Eu não me importava com isso.

No entanto, me perguntava como seria ter o luxo de brincar com uma companheira em vez de administrar um território.

Teria que perguntar a Kieran sobre isso amanhã. Provocá-lo um pouco. Talvez ele me desse a oportunidade de fazer uma boa luta.

Isso me distrairia da minha deusa tentadora.

Pigarreei e voltei a me concentrar na sala. Meu olhar imediatamente procurou a tal deusa mais uma vez. Mas ela tinha ido embora mesmo.

Se precisasse de mim, ela me chamaria. Ela sabia como. *Desde aquele dia, muitos anos atrás...*

Engoli em seco, afastei a lembrança de minha mente e voltei para onde Lorcan ainda se escondia nas sombras.

Por quanto tempo teremos que ficar aqui e supervisionar esses animais? Lorcan me perguntou, sem se preocupar em falar de Ivana. Ele presumiu que eu tinha dado conta do recado ou que tinha me visto perder tempo nos últimos minutos enquanto procurava inutilmente pela Ômega.

O tempo que for necessário, disse a ele, respondendo à sua pergunta.

Humm. Ele desapareceu, voltando meia hora depois com duas taças de sangue mortal, uma das quais me ofereceu.

Os metamorfos do V-Clan precisavam da essência

humana para reforçar as habilidades mágicas das quais eu possuía em abundância. Quando eu era jovem, costumava beber sangue diariamente, o que me fazia sentir um pouco como um vampiro.

Felizmente, agora eu era muito menos bestial e só precisava beber a cada poucos dias.

Além disso, Kieran criou um lar onde os metamorfos do V-Clan e os humanos coexistiam. Protegíamos os mortais do vírus mortal semelhante a um zumbi que aniquilou mais de noventa por cento de sua espécie, e eles retribuíam nossos esforços doando sangue.

Saúde, Lorcan disse, batendo sua taça contra a minha.

Saúde, repeti, a palavra sem sentido em minha mente. Principalmente porque eu ainda estava preso a uma certa mulher.

Talvez Lorcan estivesse certo.

Talvez eu estivesse me projetando um pouco antes.

Com um grunhido interno, tirei o enigma da cabeça e voltei a me concentrar nos metamorfos que se moviam pelo salão de baile. Meu trabalho era manter todos em segurança e os convidados sob controle.

E eu não ia falhar com os habitantes do Território de Sangue.

Ao contrário daqueles do Território Eclipse, uma parte sombria de mim sussurrou.

Tomei um gole do vinho de sangue, sentindo o líquido espesso e sem gosto em minha boca.

Em vez de me distrair com meu passado mórbido, voltei a atenção para o presente. Para os metamorfos que dançavam. Humanos à espreita. Príncipes visitantes.

Envolvi todos eles com meu poder.

Monitorei suas intenções.

E me concentrei em meu trabalho temporário como Alfa do Território.

Amanhã, eu voltaria a ser Cillian.

Esta noite, eu era o *Príncipe* Cillian. Exatamente como Ivana me provocou. Se ao menos eu pudesse considerá-la como minha rainha.

Infelizmente, eu tinha que ser um rei bom o suficiente para ser digno de uma rainha.

E a história provou que eu nunca seria isso.

Eu era simplesmente... Cillian.

Um Elite.

Um herói fracassado.

O quebrador de votos familiares.

PARTE II

Queridas estrelas,

Não estou mais apaixonada por um Príncipe Alfa.

Elite.

O que quer que seja.

Eu superei. Acabou. Não estou mais interessada.

Está bem, está bem. Isso é mentira.

Mas vou fazer o que for preciso para seguir em frente.

E isso inclui me inscrever no novo programa Companheiras Ômega Elegíveis.

Talvez lá eu possa encontrar um Alfa. Alguém que realmente me queira. Que não me ache confiante demais ou irritantemente persistente. Um macho que veja meus traços como qualidades, não como um incômodo, e que aprecie as atividades ousadas da minha loba.

Portanto, desejem sorte para mim e para o meu animal, por favor.

Definitivamente, vamos precisar.

Com amor,
Ivana

IVANA

IVANA MICHAELS.

Companheira Ômega Elegível.

Olhei fixamente para o cartão em minha mão, sentindo a garganta subitamente seca.

Eu posso fazer isso, disse a mim mesma. *Basta subir ao palco, sorrir e talvez acenar.*

Não. Nada de acenar.

Bem, talvez acenar?

Balancei a cabeça. Os pensamentos conflitantes me deixavam tonta enquanto a Rainha Quinnlynn, que preferia ser chamada de Quinn, anunciava a próxima candidata Ômega. A pequena ômega loira atravessou as

25

cortinas e desapareceu de vista, me impossibilitando de ver sua entrada.

Tudo o que eu podia fazer era ouvir os murmúrios masculinos animados na multidão.

Alfas, pensei, engolindo. *Alfas de vários territórios do V-Clan.*

E também de algumas outras regiões.

Como os Alfas do X-Clan.

E até mesmo um do Z-Clan.

Estremeci e essa última constatação fez meu estômago se contrair. Os Alfas de Z-Clan não eram conhecidos por sua bondade, especialmente no que dizia respeito às Ômegas.

Como regra geral, os lobos do V-Clan não costumavam socializar com outros metamorfos ou seres sobrenaturais. Na verdade, tendíamos manter nossa existência em segredo, permitindo que o mundo acreditasse que todos nós havíamos perecido durante a Era Infectada.

No entanto, havia alguns sobrenaturais com os quais o Rei Kieran fez amizade ao longo dos séculos, e muitos desses aliados estavam presentes nesta noite.

Felizmente, isso não significava necessariamente que eles participariam do programa *Companheiras Ômega Elegíveis*. Mas eles poderiam se inscrever para participar.

Um programa de acasalamento, pensei, ainda lutando para acreditar que isso estava realmente acontecendo.

Quando Quinn me contou sobre o protocolo a ser estabelecido em breve, fiquei atônita. Principalmente porque sua revelação foi acompanhada de uma explicação inesperada.

— Por mais de mil anos, minha família manteve um Santuário Ômega no meio do Ártico — ela me disse, sem se preocupar em contornar a verdade.

Ergui as sobrancelhas, surpresa com a informação.

— Um Santuário Ômega? — Eu nunca ouvi falar de tal coisa. As Ômegas eram normalmente protegidos por Alfas.

Pelo menos no mundo do V-Clan.

Os territórios do X-Clan e do Z-Clan eram totalmente diferentes, assim como uma infinidade de outros metamorfos e reinos sobrenaturais em todo o mundo.

Quinn assentiu, confirmando que eu a ouvi bem.

— Um santuário para todos os tipos de Ômegas. Meus pais foram mortos porque um Alfa sádico estava tentando descobrir a localização do lugar. E eu pensei que fosse um Príncipe Alfa...

Ela parou, o resto de sua explicação ficou entre nós.

— Foi por isso que você fugiu do Kieran.

— Entre outros motivos, sim — ela admitiu. — Mas essa é uma história para outro dia. O que eu quero contar são as novas medidas de segurança que estamos adotando para o Santuário, incluindo a mudança de nome para Território Noturno. Todos irão acreditar que se trata de um novo território do V-Clan, governado por Kyra e Lorcan.

Arqueei as sobrancelhas novamente.

— Ah? — Fiquei intrigada, porque as palavras dela sugeriram que Lorcan estava levando seu acasalamento a sério agora.

Essa percepção inspirou uma ponta de esperança em meu coração.

Uma que eu esmaguei no momento seguinte.

Porque eu me recusei a dar atenção ao fio que me levava diretamente a ele. Meu antigo amor. O alfa que se declarou estar *fora do meu alcance*.

Alheia ao meu tumulto interno, Quinn continuou me

contando os planos do Rei Kieran para anunciar o novo território para os presentes esta noite.

— Devido aos acontecimentos recentes, achamos que essa é a melhor opção para ajudar a proteger os segredos do Santuário — ela acrescentou, sem entrar em detalhes.

Em vez disso, passou a descrever algumas das medidas de segurança em vigor no Santuário, incluindo um breve resumo do encantamento que protege a ilha.

— Somente Ômegas e Alfas acasalados com habitantes Ômegas podem entrar — ela explicou. — O que significa que Kieran e Lorcan podem passar pela barreira protetora, assim como algumas Ômegas recentemente realocadas e seus companheiros Alfas. Mas esses Ômegas e Alfas são novos demais para que os outros confiem neles, então...

Ela continuou dizendo que eles conceituaram uma ideia para ajudar a reforçar a proteção na ilha.

E essa ideia envolvia a criação de um programa de acasalamento para Ômegas interessadas no Santuário.

— Isso nos permitirá trazer mais alguns Alfas, que, em teoria, deveriam ganhar a confiança do Santuário um pouco mais rápido, pois estariam acasalando Ômegas que já vivem lá há algum tempo.

— Confiança por associação — traduzi.

Ela assentiu.

— Exatamente.

— É uma boa ideia — eu disse a ela.

— Fico feliz que você pense assim — ela murmurou. — Porque eu estava pensando se você gostaria de participar do programa.

Pisquei para ela, atônita com a oferta.

— Você não precisaria necessariamente se mudar para o Território Noturno depois disso — ela acrescentou. — Eu só queria que você soubesse que está convidada a participar do grupo de acasalamento. Se estiver interessada, quero dizer.

Eu... não sabia o que dizer no começo.

Mas depois de quase uma semana refletindo sobre o assunto, pensei:

— Por que não? Qual seria a melhor maneira de encontrar um Alfa *do meu nível*?

Certo, talvez isso tenha sido malicioso.

Entretanto, não era como se eu tivesse muitas opções diante de mim. E eu precisava de uma maneira de me afastar de *Alfa Cillian*.

Ele não me queria.

Nunca me quis.

Podia ver isso agora. Interpretei a situação de forma totalmente equivocada.

Não permitiria que acontecesse novamente.

Então, aqui estava eu, usando um belo vestido azul com fendas nas coxas, outro modelo que era cortesia de Beta Cameron, esperando que meu número fosse chamado.

Será que estou louca por fazer isso? me perguntei pela milésima vez.

— Você pode ir embora a qualquer momento — Quinn me disse. — Todos os Ômegas e Alfas poderão. Isso é apenas uma oportunidade para facilitar a apresentação de lobos que podem estar prontos para acasalar. É só isso.

Ela fez parecer tão simples.

Mas eu sabia que não seria esse o caso.

Os Alfas eram criaturas possessivas. Assim como as Ômegas eram igualmente possessivas com seus Alfas escolhidos.

Bastava um movimento do nariz para identificar o parceiro ideal.

Infelizmente, em minhas quase três décadas de existência, minha loba só farejou um possível parceiro.

No entanto, ele não nos quer, lembrei a mim mesma.

Devia haver alguém, em algum lugar, que tivesse uma opinião diferente.

E esse programa de acasalamento poderia me ajudar a encontrá-lo.

Passei as mãos no vestido de lantejoulas e me forcei a respirar com calma. *Esqueça o Cillian. Ele é passado. Está na hora de me concentrar no futuro.*

Como se o destino estivesse respondendo ao meu pensamento, ouvi Quinn dizer:

— Nossa décima terceira e última candidata Ômega é uma adição tardia.

Olhei para o cartão novamente, observando o número abaixo do meu status de *Companheira Ômega Elegível*.

Treze.

Dei um passo à frente, me posicionando fora de vista. Então, um Beta abriu a cortina e sorriu de forma encorajadora para que eu me juntasse ao Rei e à Rainha do Território de Sangue na sacada... uma que servia de plataforma para que toda a sala pudesse ver.

É isso. Ergui os ombros. *Agora não há como voltar atrás.*

Com a cabeça erguida, fui para o centro das atenções.

Quinn sorriu com a expressão encorajadora.

Retribuí seu sorriso antes de dar uma olhada na sala. Havia muitos metamorfos presentes para que eu pudesse me concentrar em um em particular, então deixei meu olhar seguir pela multidão por alguns instantes antes de voltar minha atenção para Quinn.

— Ivana é uma Ômega V-Clan do Território de Sangue — ela anunciou aos participantes. — Seus interesses são em análise, tecnologia avançada e armamento.

Contraí os lábios com esse último ponto.

O que Quinn quis dizer com isso é que eu gostava de brincar com armas. A maioria dos lobos preferia garras e dentes. Mas eu era uma Ômega. Pequena. Mais fraca que os Alfas e Betas. Um fato que aprendi desde muito jovem.

No entanto, certas armas me davam uma vantagem.

E foi por isso que passei anos aprendendo a aperfeiçoar minha mira.

Eu era uma das melhores atiradoras de todo o Território de Sangue. Não que alguém me permitisse fazer algo com meus talentos.

Ômegas foram feitas para serem protegidos, não para serem colocadas no cumprimento do dever.

No entanto, Quinn mencionou que o Santuário era diferente.

— Sua paixão por disparar armas a tornará bastante popular entre Jas e as outras — ela me disse.

Veremos, pensei agora, enquanto descia a escada para o salão de baile abaixo.

Benz me esperava na parte inferior, com os lábios cheios curvados para cima no canto. Ele não falou, apenas me ofereceu o braço como meu acompanhante escolhido para esta noite, algo que eu providenciei com antecedência, e me conduziu para o fundo da pista de dança enquanto Quinn começava a expor as regras do programa.

Mal a ouvi por causa do zumbido em meus ouvidos. Minha boca seca agradeceu instantaneamente pela taça de champanhe que Benz magicamente conjurou.

Bem, não *magicamente*.

Ele encontrou um garçom no momento exato. Mas poderia muito bem ter sido mágica.

Às vezes, eu suspeitava que o charme de Benz era seu poder oculto e que todas as suas outras habilidades eram apenas efeitos colaterais menores por ser um lobo do V-Clan.

Tomando outro gole, ouvi Kieran explicar como os Alfas poderiam entrar no grupo. Eles seriam analisados e examinados antes de serem autorizados a participar. Em seguida, as candidatas Ômegas, *inclusive eu*, receberiam arquivos para análise.

— A primeira rodada oficial de encontros começará em uma semana — o Rei Kieran falou. — Esta noite é apenas uma celebração do futuro. Comportem-se. Aproveitem. E tenha consciência de suas ações.

Com esse aviso claro, ele levantou a mão para dispensar a multidão, depois a apoiou na parte inferior das costas de sua companheira e a acompanhou pelas escadas.

Murmúrios ecoaram na sala, com o cheiro de curiosidade pesado no ar.

Senti meus braços se arrepiarem com a sensação de estar sendo observada e admirada.

Isso é apenas o começo, pensei, quase terminando o drinque. *Respire fundo e aproveite o momento.*

— Você está linda — Benz murmurou em meu ouvido.

— Você também está muito bem arrumado — eu disse a ele, desviando meu olhar para o seu smoking todo preto. — Obrigada por me acompanhar esta noite.

Ele arregalou os olhos.

— Não é uma dificuldade, eu te asseguro. — Ele olhou por cima do meu ombro e depois para a direita. — Embora tenha alguns Alfas me avaliando no momento. E não da maneira que eu gostaria.

— E de que maneira você gostaria? — eu o provoquei.

Mas ele parecia não ter me ouvido, pois tudo o que fez foi murmurar.

— Benz? — chamei depois de um momento

constrangedor em que ele me ignorou em favor das pessoas ao nosso redor.

— Vai ser divertido assistir a isso — Benz falou de repente, soltando seu braço do meu. — Estarei logo ali se você precisar de mim, Raio de sol.

— O quê? — perguntei.

Mas ele já estava se afastando com minha taça.

Porque ele a tirou de minha mão.

Estava quase vazia. No entanto, eu não esperava que ele a pegasse.

— Onde você...

Meus braços se arrepiaram quando uma presença familiar se aproximou às minhas costas.

Oh. Cerrei os dentes e procurei por Benz para que eu pudesse encará-lo. Mas ele não estava em lugar algum. Ele sumiu. *Traidor*.

Eu disse a ele para não...

— O que é que você está fazendo?

... me deixar sozinha caso Cillian me encontrasse.

Porque eu não queria falar com ele, vê-lo ou sequer pensar nele.

E agora, ele estava bem atrás de mim.

IVANA

Respirei fundo, endireitei a coluna e ergui as sobrancelhas ao encarar Cillian.

— O quê? — Qual era o problema *dele*?

Exigir que eu diga o que estou fazendo...

Não é óbvio que estou em um salão de baile, assim como ele?

— Você se inscreveu no programa Companheiras Ômega Elegíveis. Por quê? — ele questionou.

O quê? Eu queria repetir.

Em vez disso, cruzei os braços e lhe dei o olhar mais altivo que consegui.

— De que outra forma eu deveria encontrar alguém mais *adequado aos meus jogos*? — Essas foram as palavras dele na outra semana, certo?

Ele também ergueu as sobrancelhas.

— O quê?

— Você sabe, um Alfa que possa apreciar... o que era? — Olhei para cima, fingindo que não sabia cada palavra que ele disse e que partiu meu coração. — Ah, claro. Minha *confiança equivocada*, entre outras *qualidades desagradáveis*.

Repetir essas palavras pouco fez para curar minhas feridas emocionais. No entanto, gostei bastante da expressão confusa que surgiu nas feições de Cillian. O Elite raramente era pego desprevenido, mas era óbvio que eu o estava surpreendendo.

Ele piscou.

— Desculpe-me, o quê?

— Vamos lá, foi você quem disse que eu precisava começar a procurar um companheiro mais adequado, que não se importasse com... — Olhei para cima novamente e estalei os dedos. — Minha tendência de dizer aos Alfas o que fazer. Talvez eu encontre esse Alfa por meio do programa. Talvez ele também goste dos meus jog*os infantis.*

Isso fez com que ele erguesse as sobrancelhas, a percepção finalmente atravessando as camadas de sua mente teimosa.

— Ivana...

— Está tudo bem, Cillian — interrompi, não querendo discutir mais o assunto. — Eu já disse a Quinnlynn que me mudarei com prazer para o Território Noturno. Em breve, você não vai mais precisar se preocupar com minha companhia desagradável.

Dei um tapinha em seu braço e, em seguida, fui para o outro lado da sala antes que meus olhos revelassem meus verdadeiros sentimentos.

Ou antes que eu dissesse algo que não deveria.

Algo sincero. Doloroso. *Deprimente*.

Porque só o fato de vê-lo trouxe de volta todas as emoções que ele evocou naquela noite.

Uma noite em que percebi que estava esperando e tentando em vão ganhar a atenção de um Alfa que nunca me veria como digna dele.

Que nunca me desejaria como eu o desejava.

Pare com isso, eu me repreendi. *Pare de pensar nele.*

É claro que esse era o objetivo de pedir a Benz para...

— Muito bem — Benz interveio, aparecendo ao meu lado como se tivesse sido conjurado por meus pensamentos. — Acho que nunca vi Cillian parecer tão fora de si.

Cerrei os dentes, me virei em direção ao meu *melhor amigo* e o encarei de perto.

— Você tinha apenas uma tarefa como meu acompanhante esta noite, Benz: não me deixar falar com ele.

— Você me pediu para não deixá-la procurá-lo, se aproximar dele ou falar sobre ele — Benz respondeu. — Não disse nada sobre impedi-lo de se aproximar de você.

Entreabri os lábios, preparada para responder.

Mas...

Nada saiu.

Porque ele estava certo.

Eu disse a ele para não me deixar chegar perto de Cillian. Sequer me passou pela cabeça dizer a Benz para impedir que Cillian falasse comigo.

Porque Cillian *nunca* me procurou.

Nem uma única vez em todos os seis anos em que nos conhecemos.

A não ser que eu contasse com a primeira noite em que nos encontramos, mas ele não estava lá por minha causa. Eu fui uma parte inesperada da situação. Portanto, isso não contava.

Cillian veio até mim, pensei. *Que... estranho.*

E incrivelmente frustrante também.

Porque agora ele estava muito presente em minha mente. Em uma noite em que eu prometi seguir em frente. Dar um passo em direção ao meu futuro. Parar de me preocupar com um Alfa que não me queria.

Fechei os dedos em punho e tensionei a mandíbula enquanto a irritação se espalhava por cada uma de minhas terminações nervosas.

— Príncipe Cael — Benz cumprimentou de repente. Seu tom assumiu uma entonação formal que ele complementou com uma reverência.

— Olá — uma voz culta disse em resposta, com um leve sotaque britânico. — Estou interrompendo?

— Claro que não — Benz respondeu com a cabeça ainda abaixada. — Sou apenas o acompanhante de Ômega Ivana para esta noite.

— Um amigo, então?

— Um amigo — repetiu Benz.

— *Melhor amigo* — eu o corrigi.

Os lábios de Benz se curvaram ligeiramente.

— Sim, melhor amigo.

— Essa é uma distinção muito importante — o Príncipe Cael murmurou. — Beta...?

— Benz — meu melhor amigo respondeu, finalmente levantando a cabeça.

— Cael — o Alfa disse em troca, e os dois apertaram as mãos. — Parece que preciso impressioná-lo quase tanto quanto à Ômega Ivana.

Pisquei ao ouvir isso, mudando meu foco para o Príncipe Alfa.

Príncipe Cael e eu nunca nos encontramos, mas eu o conhecia. Ele compareceu à coroação há algumas semanas. Assim como Príncipe Tadhg, Príncipe Lykos e alguns outros lobos do alto escalão do V-Clan.

É claro que eu também o conhecia antes disso.

Ele era um Príncipe Alfa.

Todos sabiam quem ele era.

Seus olhos azul-esverdeados capturaram e se fixaram nos meus enquanto eu o avaliava abertamente. Eu deveria me curvar ou fazer reverência, mas minha loba parecia intrigada demais com a proximidade desse macho para se encolher ou se submeter.

O que era a maneira errada de reagir a um Príncipe Alfa.

No entanto, ele não me repreendeu por isso. Apenas sorriu, o que tornou suas belas feições muito mais atraentes.

— Por que precisaria impressionar qualquer um de nós? — perguntei a ele. Normalmente, era o contrário que acontecia quando se tratava de Príncipes Alfa.

— Porque vou me juntar ao grupo de acasalamento — ele respondeu em tom baixo.

Arqueei as sobrancelhas.

— Mas você não pode se mudar para o Território Noturno.

Ele deu um risinho e balançou a cabeça.

— De fato, não posso. No entanto, Kieran me deu permissão especial, pois preciso de um companheiro para o Território Lunar.

— Ah. — Franzi a testa enquanto considerava o que ele estava dizendo. — Você não tem nenhuma ômega elegível?

— Há alguns no Território Lunar, mas nenhuma que seja adequada — ele respondeu. — Ou são minhas parentes ou jovens demais.

— Humm, acho que isso seria um pouco problemático — concordei, inclinando a cabeça. — Ainda bem que o Rei Kieran encontrou mais, então.

Benz pigarreou ao meu lado, fazendo com que eu

olhasse para ele. Seus olhos azul-turquesa pareciam estar tentando transmitir algum tipo de aviso que eu não entendia muito bem.

Se o Príncipe Cael não estivesse ao nosso lado, eu teria ficado tentada a perguntar *para que esse olhar?*

Mas, ao pensar nisso, encontrei a resposta.

Eu estava falando com o Príncipe Cael como falaria com qualquer outra pessoa.

No entanto, ele não era *qualquer um*. Era um *Príncipe Alfa*. Um membro da realeza visitante de outro setor. Um ser que exigia respeito, exalava autoridade e, sem dúvida, esperava que eu me *submetesse*.

Especialmente como Ômega.

— Perdoe-me, Príncipe Cael — eu disse, fazendo uma reverência. — Você me pegou de surpresa.

— Pelo contrário, acho que *você* me pegou de surpresa — ele respondeu, estendendo a mão. — As formalidades são desnecessárias, assim como o pedido de desculpas. Acho sua franqueza revigorante.

— Revigorante? — repeti, sem saber o que dizer e com o olhar fixo em sua mão enquanto mantinha a posição curvada.

— Sim, *revigorante*. — Ele balançou os dedos à minha vista.

Engoli em seco, sem saber o que dizer agora. O que ele quis dizer com revigorante? Parecia um elogio. Mas certamente eu o entendi mal.

E por que ele está mexendo a mão desse jeito? Está tentando me dizer para ficar de pé?

— Gostaria de começar de novo? — ele perguntou, fazendo com que eu franzisse a testa. — Talvez eu possa me apresentar de maneira adequada e você possa retribuir o favor? Assim, você poderá me deixar ver seu belo olhar novamente em vez de desperdiçar a vista da minha mão.

39

Olhei para ele. Suas palavras foram tão inesperadas que não pude evitar.

Um par de covinhas emoldurava seu sorriso elegante, e seus olhos franziram um pouco com a ação.

— Olá. Eu sou o Cael.

Eu me endireitei.

— Sério?

— Muito sério. E você é?

Arqueando uma sobrancelha, respondi:

— Ivana.

Ele sorriu e estendeu a mão novamente.

— É um prazer conhecê-la, Ivana.

Eu estendi a mão, porque parecia natural fazer isso. Depois, senti meus lábios se curvarem quando ele se inclinou para beijá-la. Foi um gesto muito formal, embora um pouco íntimo.

— Pensei que você tivesse dito que formalidades são desnecessárias.

— E são — ele respondeu, com os olhos azul-esverdeados parecendo repletos de segredos enquanto mantinha meu olhar fixo. — Mas nunca recusarei a oportunidade de beijar uma Ômega.

— A menos que você seja parente ou que ela seja muito jovem — respondi, reiterando a afirmação dele sobre as Ômegas de seu Território. — Certo?

Ele riu e soltou minha mão enquanto se levantava mais uma vez.

— Eu gosto de você, Ivana.

— Isso não é exatamente uma resposta — falei.

— Quando beijo uma Ômega com quem tenho parentesco, é na bochecha, como se fosse um irmão. — Ele fez uma pausa, com o olhar voltado para cima. — Bem, suponho que o mesmo possa ser dito sobre as duas pequenas Ômegas de cinco anos do Território Lunar, duas

40

verdadeiras pestinhas. Mas isso é mais porque elas exigem beijos de mim.

Sorri novamente, entretido com sua descrição.

— Então, você já foi reivindicado?

— Em alguns dias, é o que parece — ele respondeu. — Elas provavelmente não vão ficar muito entusiasmadas com o fato de eu entrar para o grupo de acasalamento.

— Aposto que não.

Ele deu de ombros.

— Talvez elas me perdoem se eu encontrar uma companheira mais adequada à idade para me ajudar a produzir um filhote alfa para elas disputarem.

— Já está planejando seus futuros filhos? — perguntei, arqueando a sobrancelha novamente. — E se você e sua companheira produzirem uma Ômega?

— Então, minha companheira e eu teremos que tentar um Alfa na segunda vez — ele respondeu sem perder o ritmo.

— Então, você quer vários filhotes?

— É claro. Que Alfa não quer?

— Humm — murmurei, considerando a pergunta. — Bem...

Quase respondi *Cillian*, porque é claro que minha mente foi para ele primeiro... mas Benz pigarreou, interrompendo meu pensamento.

— Vou pegar um champanhe de sangue. Algum de vocês gostaria? — ele perguntou. Foi uma frase dita com leveza, que qualquer outra pessoa poderia supor ter sido pronunciada de forma inocente.

No entanto, eu o conhecia.

Benz sabia perfeitamente o que eu estava prestes a dizer e, sem esforço, me impediu de mencionar o nome de um certo Alfa.

— Ah, você está pegando a minha fala — o Príncipe

Cael disse com diversão palpável. — Eu não deveria estar me oferecendo para encontrar uma bebida para a fêmea adorável?

Benz sorriu.

— Acho que a *fêmea adorável* está gostando demais da sua conversa para se afastar da sua companhia. Portanto, vou cuidar das bebidas, como um acompanhante apropriado. — Ele me deu uma piscada antes de se afastar, me deixando sozinha na beira da pista de dança com o Alfa.

— Bem, me atrevo a dizer que seu melhor amigo é bastante charmoso — Príncipe Cael ponderou.

— Acho que o Benz diria o mesmo a seu respeito. — Porque esse Alfa tinha o mesmo charme de meu amigo.

— Ah? — Ele fingiu surpresa. — Você acha que sou charmoso?

— Acho que você sabe que é charmoso, meu príncipe — eu disse a ele.

— Apenas *Cael*, por favor. — Ele me presenteou com outro daqueles sorrisos sedutores. — Já concordamos em renunciar às formalidades, certo?

— Então, você vai precisar me chamar de Ivana em vez de *fêmea adorável* — eu disse a ele.

Ele riu, o som era tão contagiante que não pude deixar de sorrir em resposta.

Sim. Ele é um charme mesmo, pensei, surpresa com o quanto me sentia confortável em sua presença. Somente Benz conseguiu realizar tal façanha tão rapidamente. E até mesmo ele precisou de um pouco de aquecimento.

— Kieran me disse que eu ia gostar de você — Cael comentou com o olhar sobre mim em evidente alegria. — Ele não estava errado.

— O Rei Kieran falou sobre mim?

Ele assentiu.

— Sim. Ele sugeriu que eu viesse falar com você esta noite e devo dizer que estou feliz por ter seguido sua sugestão.

— Por que ele disse para falar você comigo? — perguntei.

Ele deu de ombros.

— Acho que ele estava tentando garantir que eu entrasse no grupo de acasalamento.

— Ao nos apresentar?

— Sim. — Ele inclinou a cabeça um pouco para o lado, fazendo com que suas madeixas escuras caíssem sobre a testa. — Se o objetivo dele era me atrair, ele conseguiu.

— Pensei que você estava se juntando porque precisava de uma companheira.

— Preciso de uma companheira e tenho a intenção de entrar no grupo — ele respondeu. — Mas eu não disse isso ao Kieran. Ele é um aliado, não um amigo. Embora eu esteja começando a questionar a segunda opção. Ele está se mostrando bastante intuitivo no que diz respeito às minhas necessidades e desejos.

Minhas bochechas esquentaram quando Cael me olhou de cima a baixo. Sua insinuação era clara.

— Espero não estar sendo muito atrevido — ele disse depois de um tempo de silêncio. — Só não vejo sentido em esconder minhas intenções ou driblar a verdade. E algo me diz que você pensa da mesma forma.

— Sim — admiti, engolindo em seco.

Benz escolheu aquele exato momento para voltar, fazendo com que o Alfa sorrisse amplamente mais uma vez.

— Ah, *timming* perfeito, amigo. — Ele aceitou uma das flutes de Benz e a entregou a mim antes de pegar uma segunda para si mesmo.

— Obrigada — eu disse aos dois.

Benz me deu um sorriso.

Cael agradeceu a ele e depois voltou a se concentrar em mim.

— Um brinde, então? — ele perguntou. — Aos jogos de acasalamento?

Jogos de acasalamento, repeti para mim mesma. *Uma expressão interessante.*

— Sim — concordei, encostando a taça de cristal na dele. — Aos jogos de acasalamento.

Seu sorriso era deslumbrante.

— Saúde, então.

— Saúde — respondi, brindando minha taça na de Benz também.

Tomei um gole, o álcool com sangue deslizou facilmente pela minha garganta... uma ação que Cael observou com interesse antes de seguir o exemplo.

Tudo parecia tão natural.

Tão *fácil.*

E ainda assim... eu podia *sentir* os olhos de Cillian em mim.

Talvez fosse apenas em minha mente. Uma parte esperançosa de mim que não queria deixá-lo ir. Minha loba se *recusando* a reconhecer a derrota.

Não sabia dizer.

Mas eu jurava que quase podia ouvi-lo rosnar em minha mente.

Uma fantasia, decidi. *Isso é tudo o que ele sempre foi.*

No entanto, Cael – *Príncipe Cael* – poderia ser a verdadeira fantasia.

Só o tempo diria.

Jogos de acasalamento, pensei mais uma vez. Jogos de acasalamento, de fato...

CILLIAN

Merda.

Fechei as mãos ao lado do corpo, sentindo meus pés criarem vontade própria e começarem a andar.

Não. Não andar. *Correr.*

Porque o Príncipe Cael estava falando com Ivana.

Minha, minha fera interior parecia rosnar.

Ela não é nossa, respondi a ele. *Não é nossa de jeito nenhum.*

Algo que eu já deixei bem claro em inúmeras ocasiões. No entanto, ver a mágoa em seus olhos momentos atrás, me enervou.

Era como se ela não tivesse acreditado totalmente em mim... até agora.

Até ela ter ouvido minha conversa com Lorcan, pensei, fazendo careta. *Que merda. É por isso que ela está fazendo isso? Se inscrever nesse experimento social entre Ômegas e Alfas? Eu a levei a esse caminho com minhas palavras descuidadas?*

— Ora, foi você quem disse que eu precisava começar a procurar um parceiro mais adequado — ela falou. E então, terminou com: — Eu já disse a Quinnlynn que me mudarei com prazer para o Território Noturno. Em breve, você não vai mais precisar se preocupar com minha companhia desagradável.

Tudo isso sugeria que eu poderia ser o culpado por ela ter entrado no programa de Companheiras Ômega Elegíveis.

Que merda. Preciso de um drinque.

Segui em direção ao bar, peguei um copo na prateleira e me servi de uma boa dose de uísque misturado com sangue. A porcaria de champanhe que estava sendo distribuída pela sala não seria forte o suficiente para acalmar minha irritação.

— Você está deixando os Elites do Território Lunar nervosos. — As palavras pareciam um sussurro ao vento quando Lorcan se materializou ao meu lado. — Há alguma ameaça com a qual eu deva me preocupar?

Em vez de responder, engoli um pouco da bebida, sentindo a garganta seca demais.

Lorcan arqueou uma sobrancelha, com a expressão imperiosa.

— Cillian?

— Estou bem. — As palavras saíram por entre os dentes, a raiva nelas não foi intencional, mas estava lá.

— Não foi isso que eu perguntei.

— Eu sei. — Tomei outro gole, depois peguei a garrafa para encher o copo. — Está tudo bem. — Essa foi uma frase melhor.

Mas também uma completa e total mentira.

Porque *não* estava tudo bem.

Não só parecia que Ivana se alistou como uma companheira ômega elegível por minha causa, como também Kieran me convidou para fazer parte do grupo de alfas elegíveis.

Cretino, pensei, irritado mais uma vez.

Ele passou por aqui momentos atrás, demonstrando seu humor arrogante.

Queria socá-lo.

Porque ele deixou Ivana participar dessa farsa de experimento.

Você parece pronto para matar o Príncipe Cael, Kieran murmurou enquanto caminhava ao meu lado. Ele fez algo com que eu deva me preocupar?

Cerrei os dentes enquanto estreitava os olhos para o meu amigo mais antigo. *Ele está flertando com a Ivana.*

E?

E nada, eu disse. *Ela é uma ômega elegível, certo?*

Certo, ele concordou. *A menos que ela não seja...*

Eu não disse nada. O que havia para dizer? Ela não era minha. Era livre para ser cortejada. Eu a *encorajei* a procurar outros Alfas.

Só não esperava que fosse aqui e agora.

Bem, as próximas semanas devem ser divertidas de se observar, Kieran murmurou, com seu tom irlandês pesado em minha mente. *Me avise se quiser ser adicionado à lista de pretendentes. Você tem até amanhã para decidir...*

Apertei os dedos em volta do copo ao me lembrar da oferta. Minha vontade de jogar a bebida contra uma parede era enorme.

Que merda de opção é essa? Eu queria questionar, quase conectando a minha mente com a do Rei do Território de Sangue.

Kieran sabia que eu não queria uma companheira.

Especialmente Ivana.

Ela merecia muito mais do que um Alfa distraído que nunca a colocaria em primeiro lugar.

Merda. Bebi o drinque novamente e fui encher o copo mais uma vez, mas a mão de Lorcan apareceu no caminho.

— Você ouviu uma palavra do que eu disse?

Rangi os dentes. Aquela frase era exatamente a mesma que eu usei com ele há algumas semanas, durante a coroação. Ele estava muito ocupado pensando em Kyra para me ouvir. Na época, eu o provoquei.

E depois ele me provocou por causa da Ivana.

Uma conversa que ela aparentemente ouviu por acaso.

Suspirando, coloquei o copo na bancada e me concentrei em Lorcan.

— Estou um pouco distraído.

— Isso é claro — ele respondeu com um olhar inexpressivo. — Por Ivana e o Príncipe Cael.

Ao ouvi-lo agrupar os nomes, imediatamente olhei para o casal em questão.

Casal, repeti para mim mesmo. *Não. São. A. Porra. De. Um. Casal.*

No entanto, eles estavam dançando.

Quando foi que isso aconteceu?

Dei um passo em direção a eles antes que minha mente pudesse me impedir, mas de repente Lorcan estava lá, com a expressão sombria.

— Não faça isso. Os Elites dele já estão nervosos pelo modo como você fica encarando o príncipe. Pense no que faríamos se um deles estivesse olhando para Kieran dessa forma.

Nós os mataríamos na primeira oportunidade, pensei de

maneira categórica, permitindo que as palavras entrassem na mente de Lorcan.

Exatamente, ele respondeu, mudando para uma conversa mental. *Eles estão na parte de trás da sala, à sua esquerda. Dê uma olhada. Veja o que estou vendo. E se recomponha.*

Como você se sentiria se o Príncipe Cael estivesse dançando com a sua Ômega?, perguntei antes que pudesse considerar minhas palavras.

Minha Ômega não é uma parceira elegível, ele respondeu. *E, da última vez que verifiquei, você não considerava Ivana como sua.*

Fiz uma careta. *Foi uma frase de efeito.*

Ele bufou. *Sei.*

Só quero dizer que uma pessoa de fora está flertando com uma de nossas Ômegas. Deveríamos estar protegendo-a, certo? Foi uma explicação fraca, que Lorcan provavelmente não aceitou.

Felizmente, ele ficou com pena de mim e disse:

— Vai levar algum tempo para você se acostumar. — Ele voltou a falar em voz alta, com o olhar voltado para o canto mais distante que havia mencionado.

Obviamente, suas palavras eram mais para os Elites do Território Lunar do que para mim.

Uma maneira de apaziguá-los e fazê-los saber que eu não estava prestes a matar seu Príncipe Alfa.

Meu queixo tremeu quando segui o olhar de Lorcan para os Elites em questão. *Granger e Dixon.* Alfas. Velhos. Mas nem de longe antigos o suficiente para ter uma chance contra mim.

No entanto, uma rápida varredura em suas mentes me disse que eles estavam pensando em como me derrubar caso eu me tornasse um problema.

Pelo menos, a mente de Granger indicava isso. A de Dixon, no entanto, era mais difícil de ouvir, seus pensamentos eram, na melhor das hipóteses, obscuros.

Interessante, pensei. *Parece que Dixon é capaz de bloquear meus dons.*

Oh? A curiosidade de Lorcan foi aguçada. *Semelhante a Orion? Ou ele está lutando contra você como Myon?*

Os dois Alfas a que Lorcan se referiu eram os que interroguei há algumas semanas sobre um possível assassinato. Os dois se mostraram difíceis de ler. Uma anomalia para alguém em minha posição.

Semelhante a Orion, respondi, me referindo à capacidade natural do Alfa de me manter fora de sua mente.

Myon foi capaz de frustrar minhas tentativas porque era antigo e poderoso. No entanto, como eu não estava interrogando Dixon, ele não tinha motivo para me expulsar.

Por isso, seu talento parecia ser de natureza mais intrínseca.

Assim como Orion.

Mas não como Ivana. O pensamento me veio sem ser solicitado, fazendo com que meu olhar voltasse para a linda loira que rodopiava nos braços de outro Alfa. *Sua mente é simplesmente... tranquila. Não é um bloqueio, apenas quieta. Calma. Um belo lugar para simplesmente existir.*

Mas seus pensamentos estavam envolvidos no macho que dançava a valsa com ela na pista de dança.

Ivana sorriu para ele, com uma expressão um pouco tímida. Não era o mesmo sorriso que ela sempre me dava... aquele que transbordava confiança e conhecimento. Aquele que me fazia fazer uma careta para ela todas as vezes.

Porque eu odiava o fato de não poder tê-la.

Que ela me tentasse a querer quebrar todas as minhas regras.

Que ela me fizesse querer ser egoísta uma vez na vida.

Com os dentes cerrados, afastei o olhar dela. *Preciso sair para correr.* As palavras eram para Lorcan. *Entre a oferta de Kieran de me deixar participar do programa de acasalamento e a de Ivana...* deixei as palavras morrerem, não querendo falar sobre o que Ivana ouviu.

Porque não importava.

O que está feito está feito, eu disse a mim mesmo, tomando cuidado para não enviar essa declaração à mente de Lorcan.

Kieran e eu podemos supervisionar, Lorcan murmurou em resposta, voltando seu olhar para a multidão. *Até mesmo Tadhg está se esforçando para parecer charmoso, e nós dois sabemos como ele pode ser bruto.*

Segui o olhar de Lorcan para Tadhg enquanto ele se curvava para beijar o pulso de uma Ômega. *Sylvia,* reconheci das apresentações das candidatos mais cedo. Eu não sabia muito sobre ela, apenas que era uma das Ômegas do Santuário.

Se alguma coisa mudar, gritaremos para que você volte, Lorcan acrescentou e suas palavras me encorajaram a partir.

Fechei os dedos em punho e minha garganta ficou repentinamente tensa.

Com um aceno rígido, me teletransportei para o outro lado da Islândia.

Era completamente fora do normal eu sair no meio de uma missão, permitir que Lorcan e Kieran lidassem com um evento tão grande por conta própria. Mas reconheci que meu estado mental estava comprometido. Que eu não poderia me concentrar em ser um bom Alfa no momento, nem poderia ser confiável para proteger meu povo.

Não quando toda a minha atenção estava sendo consumida por uma única Ômega.

Droga. Tirei as roupas e me transformei em um piscar de olhos, as patas enormes do meu lobo pousaram no gelo enquanto um rosnado saía da garganta do meu animal.

Meu lobo estava *furioso*.

Ele queria voltar para a festa e arrancar a cabeça do Príncipe Cael de seus ombros. Cravar os dentes no ombro delicado de Ivana e declarar que ela era sua. Depois, gritar sua reivindicação para que todos os territórios do V-Clan ouvissem.

Não vai acontecer, eu disse a ele, ganhando outro rosnado. *Vá em frente. Desconte sua frustração na terra. Mas não vamos voltar para buscar Ivana.*

Ele rosnou novamente, sem entender completamente minhas palavras, mas interpretando o significado por trás delas.

Felizmente, ele sabia que não deveria tentar desafiar minha autoridade.

Mas isso não o impediu de atravessar a paisagem gelada em uma trajetória desconhecida.

A fúria e a frustração ecoavam em nosso rastro, a agressividade do meu animal era uma fera indomável.

Era por isso que eu precisava fugir. Escapar dos limites daquela comemoração. *Dar as costas às minhas responsabilidades.*

Merda.

Eu não sou esse tipo de Alfa, disse a mim mesmo. *Sou mais forte do que isso.*

No entanto, naquele momento, eu nunca me senti tão fraco.

Esta — bem aqui — é a razão pela qual não posso aceitar uma companheira. Porque tive que deixar Ivana encontrar outra pessoa. Porque eu não podia me dar ao luxo de ignorar minhas responsabilidades por outra loba. Mesmo uma tão bonita e forte como a Ivana.

Tenho que deixá-la ir. Por completo.

Mas, por esta noite, eu me permitiria lamentar a perda. Esta noite, eu seria egoísta.

Deixaria meu lobo livre.

Para escapar dessa energia selvagem.

E dizer adeus, de uma vez por todas.

Ela já me odiava pelo que eu disse. Embora a maior parte tenha ficado fora de contexto, eu não tentaria me explicar. Não pediria desculpas. Eu simplesmente a deixaria... ser.

Minha punição por essas palavras viria na forma de vê-la se apaixonar por outro Alfa. Um mais adequado para ela. Levá-la para longe do Território de Sangue. Torná-la dele em todos os sentidos.

E me deixar com meu destino solitário.

Como deveria ser.

Do jeito que tem que ser.

Eu concordaria em ajudar com o programa de Companheiras Ômega Elegíveis. Para proteger as Ômegas envolvidas enquanto elas consideravam os Alfas companheiros. Mas eu não estaria entre os elegíveis, algo que confirmei a Kieran agora com um breve pensamento.

Sua única resposta foi um murmúrio, o som não dizia muita coisa. Mas eu não precisava de seu comentário. Porque não mudaria de ideia.

Eu já me conformei com um destino solitário há muito tempo.

Ivana merece algo melhor, lembrei a mim mesmo enquanto meu lobo continuava a correr pelo chão frio. *Ivana merece o melhor.*

Algo que eu garantiria que ela encontrasse, já que Kieran me colocou no comando da segurança das Ômegas. Ivana Michaels não se contentaria com nada menos que a perfeição. Eu me certificaria disso.

Não havia outra escolha.

Ela era uma joia preciosa. Uma beleza diferente de qualquer outra. Uma Ômega com o espírito de Alfa. E qualquer companheiro em potencial que não visse isso – que não *respeitasse* e *adorasse* isso – não teria permissão para se aproximar dela.

Porque, por enquanto, ela ainda era minha para proteger.

E eu a protegeria até que alguém digno o suficiente entrasse em seu caminho.

IVANA

Príncipe Cael.

Lar: Território Lunar.

Idade: Muito antigo para precisar responder a isso. Mas se me perguntarem com educação, talvez eu possa revelar um número.

Idiomas: Inglês, norueguês, sueco, russo, alemão e francês.

Hobbies: Pesca no gelo, carros caros, tecnologia.

Gosto: Qualquer coisa que me faça sorrir.

Não gosto: Qualquer coisa que me faça franzir a testa.

Bufei quando vi os dois últimos itens na tela, fazendo com que Quinn olhasse para mim.

— Interessada ou não?

— Ele é um Príncipe Alfa. — Dei de ombros. — Acho que isso significa que toda Ômega está interessada.

55

— Não estou perguntando sobre todas as Ômegas... estou perguntando sobre você.

— Não vou julgar um Alfa pelo seu perfil ou por um pequeno teste que foi feito ao entrar em um programa de encontros — falei. — O cortejo é muito pessoal para isso.

Ela assentiu.

— É verdade. Então, devo parar de te mostrar as entrevistas?

Estudei a foto do Príncipe Cael na tela, notando o brilho malicioso em seus olhos azul-esverdeados.

As outras Ômegas estavam revendo os mesmos slides hoje, mas estavam no Território Noturno, com Kyra. Quinn se ofereceu para me mostrar os candidatos aqui no Território de Sangue, provavelmente porque queria ver se eu reagiria de maneira favorável a algum dos possíveis companheiros.

Ou talvez porque estivesse apenas sendo uma boa amiga.

O início de nosso relacionamento foi bastante difícil, pois eu desprezei a ex-princesa logo de cara. Ela abandonou seu povo, algo pelo qual eu tinha pouco respeito. Mas então Quinn me mostrou as garras por trás de sua aparência gentil, fazendo com que eu mudasse de ideia sobre ela quase que imediatamente.

E agora que eu sabia a verdade sobre seu suposto abandono, eu gostava ainda mais dela.

— Ivana? — ela me chamou, com as sobrancelhas quase pretas arqueadas enquanto mantinha o ponteiro do mouse sobre um ícone que dizia *Sair*.

— Não, quero ver os slides. — Pigarreei. — Vai me ajudar a lembrar todos os nomes para o jantar de formatura amanhã.

Treze Ômegas.

Mais de trinta Alfas.

As chances eram... intensas. Mas não tão surpreendentes assim. Os Alfas eram mais numerosos do que as Ômegas em geral, o que fazia com que fosse esperado que houvesse mais candidatos Alfas do que Ômegas.

Mas e se nenhum deles me achar digna o suficiente? eu me perguntei. *Será que todos eles me veriam como Cillian me via?*

Estremeci, pois esse era um nome que eu disse a mim mesma para parar de pensar. Mas não consegui evitar. Estar aqui, nos aposentos particulares de Quinn, me fez lembrar do rei Kieran. E quando eu pensava no Rei Kieran, eu pensava em seus Elites.

Cerrei a mandíbula e examinei a tela diante de mim. Mas, na verdade, eu não estava lendo uma palavra sequer. O que anulava totalmente o objetivo desse exercício.

— Pode voltar um slide? — perguntei, frustrada comigo mesma por minha incapacidade de me concentrar.

Quinn voltou para Alpha Hawk, com seus olhos amendoados realçados por cílios grossos e escuros que combinavam com o cabelo preto.

— Ele é o segundo no comando do Príncipe Tadhg — Quinn me informou. — Eu o encontrei algumas vezes. Ele é quieto, mas parece gentil.

— Presumo que o príncipe Tadhg não participará do programa? — perguntei.

Quinn bufou.

— Não. Ele não tem interesse em ter uma companheira.

— Sério? — perguntei, surpresa com isso.

— Ele disse a Kieran as seguintes palavras: *não estou interessado em amarrar meu nó tão cedo*.

Eu zombei disso.

— Encantador.

— Verdade — ela murmurou. — Ele é educado, mas

há algo nele que nunca me agradou. — Ela deu de ombros. — De qualquer forma, o Alfa Hawk parece adorável. Ele será uma boa adição ao programa.

Eu não sabia ao certo o que dizer quanto a isso, então apenas assenti, depois examinei os fatos sobre ele e os guardei na memória. Ou tentei, pelo menos. A menção de que ele era o segundo em comando naturalmente me fez pensar em outro segundo em comando.

Um suspiro quase escapou, mas eu o engoli.

E me forcei a ler o próximo slide.

Quinn compartilhou vários outros, depois fez uma pausa quando Alfa Grey apareceu. Seu olhar glacial capturou o meu, a intensidade roubou o fôlego dos meus pulmões.

— Uau — sussurrei, um tanto atordoada com sua aparência.

Seus atributos físicos redefiniram o significado de perfeição. Maçãs do rosto esculpidas. Lábios cheios. Cílios grossos da cor da areia. Cabelos loiros claros que caíam desgrenhados sobre os ombros largos.

— Eu... não me lembro de tê-lo visto na semana passada. — E eu tinha certeza de que o teria notado. Sua natureza era muito marcante para ser esquecida.

— É porque ele não compareceu — Quinn respondeu. — Ele permaneceu no Território Lunar como Alfa do Território em exercício.

— Ele é o segundo no comando do Príncipe Cael? — perguntei, surpresa e irritada. Porque, é claro, isso me fez lembrar de Cillian. *De novo.*

— Mais ou menos. — Ela considerou a tela. — Acho que ele é mais um executor. Ele é parte Alfa do Z-Clan, o que o torna inelegível para ser um príncipe do V-Clan.

— Z-Clan? — repeti, quase me engasgando com o termo. — Ele é parte Alfa do Z-Clan?

Estrelas...

Os Alfas do Z-Clan eram criaturas mortais. Positivamente violentas. *Vis.*

No entanto, suas feições eram quase angelicais. Bonitas demais para serem reais.

Todos os Alfas Z-Clan são assim? Enganosamente leves para mascarar toda a escuridão interior?

— Ele também faz parte do V-Clan — Quinn esclareceu. — A mãe dele era Ômega do V-Clan, uma das que os pais do Príncipe Cael salvaram quando ela estava grávida de Grey.

Engoli em seco.

— Entendo.

— Então, ele não é elegível para liderar, mas é muito poderoso. É por isso que Kyra o aceitou como Alfa para o programa de acasalamento. Ela e Lorcan acham que ele pode ser um trunfo para a segurança do Território Noturno.

Isso fazia sentido. Sua herança mista certamente o tornaria um trunfo.

— Veremos como o Santuário, quero dizer, as Ômegas do *Território Noturno* se sentem em relação a ele — ela disse, se corrigindo.

O Santuário Ômega costumava ser um segredo da família MacNamara. Infelizmente, os últimos acontecimentos forçaram Quinn a compartilhar o legado de sua família com o mundo, por isso seu companheiro anunciou a criação do *Território Noturno*. Eu suspeitava que havia muito mais na história do que Quinn ou o Rei Kieran estavam contando, mas não pressionei minha amiga a dar detalhes.

— De qualquer forma, concordo com Kyra e Lorcan sobre o potencial dele — ela concluiu. — Então, veremos como ele será recebido.

Como eu ainda não conheci Alfa Grey, não tinha uma opinião formada. No entanto, eu me perguntava como Ashlyn, uma candidata do Ômega Z-Clan, reagiria a ele. Embora eu não conhecesse seu passado, presumi que ela havia buscado refúgio no Território Noturno por algum motivo. E esse motivo provavelmente estava relacionado à sua fuga de um Território do Z-Clan.

— Vamos em frente — Quinn murmurou, passando para o próximo slide, que mostrava um homem musculoso com pele escura e belos olhos pretos. — Alfa Ransom, Território das Geleiras.

Eu me arrepiei, não por causa do homem atraente na tela, mas ao pensar em sua terra natal. Pelo que entendi, o nome era apropriado.

Também era o primeiro Território que as Companheiras Ômegas Elegíveis visitariam durante nossa próxima turnê no V-Clan.

— Os Príncipes Alfa apoiam nosso programa de Companheiras Ômegas Elegíveis, mas expressaram o desejo de receber as Ômegas em seus Territórios de origem — Quinn me explicou hoje cedo.

Aparentemente, era uma forma de garantir que as Ômegas, inclusive eu, se sentissem confortáveis com a terra natal do parceiro em potencial antes do acasalamento. Para o caso de sermos levadas para uma visita ou optarmos por nos mudar mais tarde.

Fazia sentido.

Mas alguns dos Territórios do V-Clan me intimidavam.

Especialmente o Território das Geleiras.

— Ele parece um viking — comentei.

Quinn considerou o assunto por um momento.

— Os Alfas Vikings que eu vi eram todos maiores. Mais intimidadores. De pelo branco, não de pelo preto.

— Você conheceu Alfas Vikings? — perguntei, surpresa. — Da antiga Europa?

Suas feições ficaram sombrias, seu olhar se estreitou ligeiramente.

— Não diretamente. Mas testemunhei a força bruta deles. Alfa Ransom é muito mais civilizado.

— Nem todos os Alfas Vikings são incivilizados — o Rei Kieran disse ao se materializar na sala. Suas orelhas de lobo obviamente permitiram que ele ouvisse nossa conversa antes de entrar.

Os pelos da minha nuca se eriçaram quando Cillian apareceu ao lado dele, com as mãos fechadas atrás das costas, com aquele seu jeito elegante.

Eu o ignorei e me concentrei no que o Rei Kieran estava dizendo sobre os Alfas Vikings.

— Não se deixe enganar pelo nome do Território Selvagem, querida. Os Alfas de lá apreciam suas companheiras Ômegas. Talvez não tanto quanto nós aqui, mas acho que os dois em que você está pensando são anomalias entre a espécie deles.

— Como o Alfa do V-Clan que senti o cheiro — ela murmurou, fazendo com que minhas sobrancelhas se franzissem.

— Sim, ele também. — O Rei Kieran acariciou sua bochecha e depositou um beijo em sua testa. — Ainda pretendo caçá-lo para você.

— Eu não o senti.

— Eu sei.

— Você está ouvindo?

— Estou sempre ouvindo, pequena trapaceira — ele respondeu, com um brilho nos olhos escuros, enquanto sua mão descia até a protuberância perceptível no abdômen dela. — Sabe disso.

Quinn bufou.

— Não é como se eu pudesse me teletransportar.

— Nós dois sabemos que você é muito mais inventiva que isso.

— Acho que já provei que pretendo ficar.

— Provou. — Ele se inclinou para encostar os lábios no ouvido dela. — Mas eu ouvi você pensar em caçar aquele Alfa, querida. Para proteger suas Ômegas. Para proteger nosso filho que ainda não nasceu. Não pense, nem por um segundo, que eu permitiria que você fosse sozinha.

— Você não vai *permitir* que eu faça nada. — Ela parecia petulante, como se estivessem tendo duas conversas totalmente diferentes.

— Eu te disse que poderíamos visitá-los, Quinn. Basta dizer quando e preparo o jato.

Ela mordeu a bochecha, com os olhos ainda apertados.

— Tenho que terminar de preparar as Ômegas.

— Eu sei.

— Então nós vamos. — Ela parecia satisfeita. Não que eu tivesse alguma ideia do que estavam falando agora. Parecia que eles tinham pulado em três ou quatro discussões não relacionadas.

— Tudo bem. — Ele encostou os lábios na têmpora dela, com uma expressão indulgente. — Sou seu para comandar, minha rainha. Sempre.

Ela assentiu, abraçando-o e enterrando o rosto em seu pescoço.

Olhei para o lado, me sentindo deslocada nesse momento obviamente íntimo entre eles.

Desde que conheci Quinn, ela sempre foi bem equilibrada e de natureza majestosa. Ela era uma Ômega que não se intimidava e defendia os necessitados. Mas, no momento, ela precisava do ronronar de seu Alfa, algo que ele lhe dava com um forte estrondo em seu peito.

Demonstrações de afeto eram normais entre eles.

Mas isso... isso parecia ainda mais afetuoso do que o normal.

Ela está grávida, Cillian disse em minha mente. *Ômegas grávidas costumam ser emotivas.*

Olhei de forma brusca em sua direção. *Por que você está na minha cabeça?*

Porque seus pensamentos estão particularmente barulhentos hoje, ele rosnou. *Me senti obrigado a responder.*

Quase bufei. *Você pode escolher o que ouvir.*

Sim, e eu escolho. Acontece que você está pensando em dois dos nomes que sempre ouço: Quinn e Kieran.

Obviamente, não sou uma ameaça, respondi a ele. *Então, me ignore.*

Eu gostaria de poder. A irritação brilhava em suas íris quase pretas, uma expressão que eu conhecia bem.

Porque Cillian sempre me olhava dessa forma, como se eu fosse uma ameaça à sua sanidade.

Como pude confundir esse olhar com algo diferente de desdém? me perguntei, examinando sua expressão. *Como pude pensar que poderia haver algo mais entre nós?*

Uma sugestão de algo mais cruzou suas feições. Uma emoção que se parecia muito com pena.

Ivana...

Não, eu me irritei. *Saia da minha cabeça.*

Esse era o último lugar onde eu queria que ele estivesse. Cillian não precisava ouvir sobre meu desgosto ou meus pensamentos ridículos sobre o que eu esperava que fôssemos um dia. Não era da conta dele.

Agora eu era uma companheira ômega elegível. Determinada a encontrar um novo Alfa. Decidida a deixar este Território. A *deixá-lo*.

— Pode me enviar o resto dos arquivos, Quinn? — perguntei, voltando a atenção para ela. A rainha não estava mais abraçada ao Rei Kieran, mas olhava de um lado para o outro entre mim e Cillian. — Ou eu devo revisar os que perdi com as outras antes do jantar amanhã?

A sugestão foi formulada como uma pergunta, porque eu já estava me afastando em direção à porta.

— Agradeço por ter me deixado ver os perfis, mas... eu... — Pigarrei. — Sei que você tem coisas melhores para fazer com seu tempo.

Ela franziu a testa para mim.

— Eu realmente não me importo, Ivana.

— Sei que não. Mas... — Parei de falar e desviei o olhar para o Rei Kieran antes de passar para Cillian, que estava carrancudo.

Estremeci.

Não era do meu feitio fugir de uma briga. Eu adorava brigar com Cillian. Mas agora... agora eu só... eu só queria seguir em frente.

— Vou enviá-los para você por e-mail — Quinn me garantiu. — Me avise se algum te agradar.

Eu não faria isso. Mas assenti mesmo assim. Principalmente porque eu queria desaparecer.

— Obrigada. — Me virei, mas dei de cara com o peito de Cillian.

Porque o cretino atravessou a sala para bloquear minha saída.

— Eu te acompanho até sua casa. — Seu tom profundo era marcado pela autoridade, suas palavras não eram uma oferta ou um pedido, mas uma exigência.

Um mês atrás, essa ordem teria me deixado em êxtase. Teria inspirado a esperança de que Cillian finalmente me visse como uma companheira em potencial.

Mas agora, eu sabia melhor.

Cillian não me queria. Ele me considerava uma

irritação, uma Ômega cheia de *qualidades desagradáveis* e fora de seu alcance.

E eu não ia incomodá-lo ainda mais, aceitando sua versão de pena.

— Posso ir sozinha, obrigada. — Fiz uma breve reverência – uma demonstração de respeito formal – e tentei me mover ao redor dele.

Mas ele segurou meu quadril com firmeza.

— Ivana.

— Tenha uma boa noite, Alfa Cillian — sussurrei.

Porque eu não queria ouvir o que ele tinha a dizer. Provavelmente seria apenas mais uma declaração apaziguadora. Ou pior, uma exigência para que eu o deixasse me acompanhar até em casa.

Em breve, farei parte de outro Território, pensei, ciente de que ele provavelmente poderia ouvir as palavras. *E você nunca mais terá que me aturar.*

Com isso, eu me teletransportei para o meu apartamento.

Eu tinha coisas melhores para fazer do que me preocupar com a pena de Cillian.

Por exemplo, descobrir como parar de comparar todos os candidatos com o Elite em questão.

Estrelas, murmurei para mim mesma. Havia mais de trinta Alfas interessados em ter uma companheira. E um deles era um Príncipe de Território.

O Príncipe Cael.

Bonito. Astuto. Sedutor. Divertido.

Um partido perfeito.

Se ao menos minha loba concordasse...

Suspirando, caí na cama e fechei os olhos.

Esqueça o Território de Sangue, disse ao meu animal. *Esqueça o Cillian. Esse é o nosso passado. É hora de nos concentrarmos no futuro.*

CILLIAN

Em breve, farei parte de outro Território. E você nunca mais terá que me aturar.

Os pensamentos de Ivana ficaram em minha mente, principalmente porque eu não esperava que fossem tão fortes.

Precisei de muita contenção para não ir atrás dela e me explicar. Fazê-la entender que eu não a achava irritante. Eu a achava sedutora demais, o que me irritava... um conceito totalmente diferente do que eu a levei a acreditar.

E também não era que eu não gostasse de sua presença ou achasse que ela estava abaixo de mim. Pelo contrário, eu a considerava acima de mim e odiava o quanto a desejava.

A mulher me tentava e me distraía. *Constantemente.*

E agora não era diferente.

Como uma mulher podia ser tão sedutora enquanto tomava sopa, eu não sabia. Mas mal conseguia tirar os olhos dela. O que era um problema, pois eu tinha uma sala cheia de Alfas para monitorar e supervisionar.

Eu já tinha a maioria deles sob controle, meu poder se enrolando em torno deles como uma coleira invisível. A lista de palavras que eu monitorava mentalmente aumentou de maneira exponencial. Minha mente examinava a sala em busca de qualquer indício de ameaça.

Até agora, os únicos pensamentos alarmantes estavam relacionados ao acasalamento.

Principalmente porque alguns desses pensamentos giravam em torno do nome de Ivana.

Alfa Ransom se interessou por ela, escolhendo se sentar ao seu lado durante a refeição enquanto o Príncipe Cael se acomodou em frente a ela.

Os dois homens estavam tentando puxar conversa. Cael parecia estar ganhando, seu charme destacado na inclinação de seus lábios enquanto olhava com carinho na direção da minha Ômega.

Não é minha Ômega, eu me corrigi, tensionando a mandíbula enquanto me forçava a examinar o resto da sala.

Treze Ômegas.

Trinta e um Alfas.

Tecnicamente, deveria haver trinta e dois Alfas presentes. No entanto, Grey ficou no Território Lunar. O Príncipe Cael não explicou o motivo, apenas afirmou que ele ainda estava interessado e pretendia participar de eventos futuros.

Assim, os trinta e um Alfas elegíveis estavam sentados ao redor do enorme salão de jantar dos MacNamara, um local de entretenimento renovado que Kieran reconstruiu para homenagear a família de sua companheira. Era um local adequado para esse jantar, não apenas por causa do tamanho, mas por causa das camadas de segurança ocultas no interior.

Havia câmeras por toda parte.

Todas estavam sendo monitoradas por Lorcan neste momento. Ele optou por permanecer escondido com Kyra, me deixando como o principal guarda de plantão. Era uma demonstração de poder, com o objetivo de enfatizar minha autoridade e a confiança que Lorcan e Kieran tinham em minha capacidade de controlar trinta e um Alfas.

É claro que eu tinha dois tenentes na equipe, nenhum dos quais avaliei pessoalmente.

Um deles era Fritz, um Protetor do Santuário Ômega. Recentemente, ele fez uma grande besteira ao permitir que um Alfa Vampiro manipulasse sua mente.

Permitir talvez fosse o termo errado. Foi mais como tivessem tirado proveito dele e o usado contra sua vontade.

De qualquer forma, esse indício de fraqueza me fez desconfiar. Sua missão aqui foi concebida como uma forma de ganhar algum favor entre suas colegas Ômegas. Ou talvez ele achasse que essa era a sua penitência. De qualquer forma, ele se ofereceu para ajudar, e Lorcan aprovou o pedido.

Benz era outro que estava na sala sob meu comando. O Beta ofereceu seus serviços a Kieran, não a mim, e meu melhor amigo o aceitou sem meu consentimento.

Não que ele precisasse disso. Era preciso ter coragem para se oferecer ao Rei do Território de Sangue daquela maneira. Mas teria sido um sinal de respeito falar comigo sobre o assunto.

A última hora em sua presença me mostrou por que ele não se preocupou em falar comigo. Quando se tratava de respeito, isso não existia para ele em relação a mim.

Porque eu magoei sua melhor amiga.

Ivana.

Meu olhar voltou instantaneamente para ela, bem a tempo de vê-la rir de algo que Ransom acabou de dizer. Ou *murmurou*, provavelmente seria um termo mais apropriado, porque o Alfa parecia falar em tons secos em vez de suaves.

Isso o marcou como o oposto do Príncipe Cael, me deixando morbidamente curioso para saber quem Ivana preferia. Ou se ela gostava de algum deles.

Mas me recusei a entrar em sua cabeça.

Eu não confiava em mim mesmo para não reagir violentamente.

Pigarreando, examinei a sala de jantar mais uma vez, minha mente registrando todos os pensamentos e catalogando-os conforme necessário.

Nenhuma ameaça.

Nenhuma intenção obscura.

Apenas um zumbido de potencial de acasalamento. Algo que me deixava com uma estranha sensação de ânsia. Porque eu nunca experimentaria isso. Eu não poderia permitir isso.

Forcei minha expressão a permanecer neutra enquanto me mantinha à margem, observando, ouvindo e *desejando secretamente*.

O tempo passava muito devagar, meu lobo andava dentro de mim com a necessidade de uma corrida longa e intensa.

Essa era a vida que eu jurei levar. A punição que eu merecia. Mesmo que os pecados pelos quais eu buscava penitência não fossem necessariamente os meus.

Alguma coisa importante para relatar? Kieran perguntou em minha mente, me tirando do vazio conhecido como meu passado.

Se houvesse, eu teria relatado, respondi.

Ele bufou. *Alguém está de mau humor.*

Estou ouvindo Benz assassinar meu caráter nas últimas três ou quatro horas, rosnei, usando a primeira desculpa que consegui encontrar. *Como posso contar com ele para ter assistência de segurança se ele despreza seu superior?*

Tenho certeza de que ele não é o primeiro Beta insatisfeito a entrar em seu caminho, meu amigo mais antigo respondeu. *Conquiste o respeito dele, como conquistou o dos outros.*

Não sei se isso é possível. Ele tem a impressão errônea de que eu enganei a melhor amiga dele e me odeia por rejeitá-la.

Benz é o melhor amigo de Ivana? Kieran perguntou. *Fascinante. Eu não fazia ideia.*

Quase grunhi em voz alta. *Mentiroso.*

Eu mentiria sobre algo tão trivial?

Sim. Porque Kieran adorava se intrometer. Pelo menos quando se tratava de minha vida. Política, ele desprezava. Se meter na minha vida, ele adorava.

Humm, ele murmurou em minha mente, o som nada comprometedor. *Como a Ivana está se saindo? Você acha que ela vai encontrar um parceiro adequado?*

Sua insistência não vai funcionar.

Não estou insistindo. Estou perguntando sobre uma fêmea sob minha proteção.

Todas as Ômegas estão sob sua proteção, eu disse imediatamente. *Você é a porcaria do Rei.*

Tem razão. Ele parecia estar se divertindo demais. Provavelmente porque podia ouvir minha irritação. O que significava que sua provocação estava funcionando, apesar de eu afirmar o contrário.

Preciso me concentrar, murmurei para ele. *Por favor, vá se foder, Majestade.*

A risada dele ecoou em minha mente, fazendo com que eu fechasse as mãos ao lado do corpo.

Ele era uma das poucas mentes às quais eu permanecia constantemente conectado, e estava me arrependendo seriamente desse instinto agora. Se a segurança dele não fosse minha principal prioridade na vida, eu o bloquearia.

Infelizmente, eu tinha que permanecer aberto a ele, caso precisasse de mim.

A noite está quase terminando, Cillian, ele murmurou, ignorando meu pedido para que fosse embora. *Vá dar uma corrida depois. Você precisa disso.*

Não me dei ao trabalho de responder. Não havia nada de importante a dizer, nem estava com disposição para mais brincadeiras.

Encostado na parede atrás de mim, examinei todas as mentes novamente. A maioria das Ômegas e Alfas estava de pé agora, socializando pela sala com bebidas... muitas delas com sangue.

Ivana estava no centro de um grupo, conversando com Cael novamente. Seus dois Elites estavam logo atrás dele, com olhares tão vigilantes quanto os meus.

O que, naturalmente, significava que eles ficavam olhando para mim. Eu era a maior ameaça conhecida na sala. Alguém que poderia facilmente desafiar o príncipe pelo seu Território.

Não que eu tivesse qualquer desejo de assumir a terra dos Príncipes Alfa.

Mas não importava quantas vezes eu proclamasse isso em voz alta, ninguém acreditava em mim. Inclusive Kieran.

Talvez, se eu falar isso diretamente para as mentes de Dixon e Granger, eles acreditem, pensei de maneira sombria.

No entanto, Dixon ainda permanecia bloqueado.

Estudei o homem musculoso, observando suas características semelhantes às de Cael. Era possível dizer que eram parentes, mas os olhos de Dixon eram verdes, e não azul-esverdeados como os de seu irmão.

E os dois parecem possuir barreiras naturais em suas mentes, percebi ao escanear a superfície dos pensamentos de Cael.

Eu podia ouvir algumas partes, o suficiente para saber que ele não tinha má vontade com Ivana. Mas as reflexões mentais eram meros fragmentos, não declarações completas.

Minha habilidade se acendeu, o desafio me tentou a ir mais fundo.

Mas a voz de Cael subitamente penetrou em meus pensamentos. *Posso sentir, Cillian. Acredito que minhas intenções no seu Território são claras. No entanto, se precisar de mais verificação de tais intenções, ficarei feliz em discuti-las em profundidade.*

Semicerrei o olhar. *Você está me bloqueando.*

Estou mesmo.

Por quê?

Porque meus pensamentos são meus. Seu olhar azul-esverdeado se ergueu para encontrar o meu, os olhos tremeluziram com leve irritação. *Embora alguns Príncipes Alfa possam ser uma ameaça, eu não sou uma delas.*

Essa é uma visão interessante, respondi. *Quais Príncipes Alfa são ameaças, em sua opinião?*

Talvez seja uma conversa para outro dia, ele respondeu. *Tudo o que você precisa saber agora é que não sou uma ameaça.*

Você é, eu disse a ele sem perder o ritmo. *A maior de todas na sala.*

Ele arqueou uma sobrancelha. *Está querendo medir nossos nós, Cillian?*

Não estou te desafiando, Cael. Estou apenas constatando um fato.

Então, permita-me retribuir o favor, ele disse. *Você é uma ameaça igual, mas não vou permitir que isso estrague minha noite. Sugiro que faça o mesmo.*

Ele me dispensou, voltando seu foco para Ivana, que estava carrancuda, e curvou os lábios em um sorriso.

— Desculpe-me, amor. Onde estávamos? — Ele estendeu a mão para colocar uma das mechas claríssimas dela atrás da orelha.

Eu não tinha certeza do que me incomodava mais: sua escolha de carinho ou o fato de ele tocá-la.

— Você estava me contando sobre as estradas subterrâneas — ela respondeu, desviando o olhar dele para mim. — O Cillian está te incomodando?

Cael deu uma risadinha.

— Não. Ele só está sendo protetor.

Ela franziu a testa. *Em relação a quê?* Ivana se perguntou.

Você, quase respondi.

Mas os deixei conversar e fui para uma parte mais escura da sala. Eu não queria ser visto, ouvido ou sentido. Queria desaparecer e observar em silêncio.

Foi exatamente o que fiz durante as duas longas horas seguintes, até que finalmente o evento foi encerrado.

Deixei Fritz e Benz encarregados de escoltar os Alfas até seus alojamentos de hóspedes. Vários permaneceriam no Território de Sangue durante a semana. Alguns já moravam aqui. E outros viajariam de volta para seus Territórios.

Felizmente, Cael estava entre esse último grupo.

Ele me deu uma piscada antes de se afastar com os dois Elites. Não respondi. Mas, por dentro, meu animal rosnou.

Algo naquilo parecia um desafio.

E eu não queria aceitar.

Ele podia ficar com o Território Lunar só para ele. Eu estava satisfeito aqui, no Território de Sangue.

Bem, quase satisfeito.

Ivana partiu sem acompanhante, optando por voltar

sozinha para seu ninho. Presumivelmente, de qualquer forma.

Ignorando o desejo de persegui-la, conduzi nossas Ômegas visitantes de volta às suas suítes de hóspedes no palácio de Kieran e Quinnlynn, que mais parecia um prédio de apartamentos do que uma residência real tradicional.

Depois que elas estavam seguras, informei mentalmente Kieran sobre a noite tranquila e voltei para minha toca.

Mas nada parecia certo aqui.

Havia muitos Alfas estranhos em nosso Território. *Em nossas terras.*

E Ivana escolheu dormir separada das outras Ômegas.

— Merda — murmurei, passando os dedos pelo meu cabelo. Eu deveria ter insistido para que ela ficasse no quarto com as outras. Era o que fazia mais sentido do ponto de vista da segurança, especialmente com os trinta e um Alfas visitantes.

Minha rédea em torno desses Alfas se apertou, minha mente examinou cada um deles em busca de más intenções, por hábito.

Nada.

Nem um único pensamento ruim.

No entanto, eu não conseguia deixar de sentir que algo estava errado.

Andando de um lado para o outro, tentei alcançar a mente de Ivana. Mas ela estava quieta. Como sempre. Tranquila. Sem me dar uma única declaração para me concentrar.

Ela estava segura.

A menos que alguém esteja interferindo, pensei, parando no meio do caminho. *Não. Isso é impossível.*

E, no entanto, as capacidades de Cael e Dixon de

frustrarem meus talentos naturais me fizeram duvidar de toda a minha existência.

Cerrei a mandíbula. *Você perdeu o rumo*, disse a mim mesmo. *Pare com essa bobagem.*

Mas a irritação em meu peito não diminuía. Ela continuava latejando. Apertando meus instintos. Fazendo com que minhas mãos se abrissem e se fechassem.

Rosnei e fechei os olhos enquanto lutava contra o desejo de me teletransportar.

Ao verificar meu relógio, apertei mais os dentes.

Já havia se passado quase noventa minutos desde a última vez que eu vi Ivana.

Talvez se eu apenas... verificasse como ela estava... eu me sentiria melhor. Eu poderia me livrar dessa sensação.

— Tudo bem — rosnei, seguindo para a rua do lado de fora do prédio dela.

O sol já estava se aproximando do horizonte, pois o jantar se estendeu até as primeiras horas da manhã.

Éramos criaturas noturnas por natureza, preferindo dormir durante o dia. Entretanto, o sol não nos incomodava como a outros seres em nosso mundo.

Na verdade, o sol servia apenas como algo irritante para nossos olhos.

Suspirando, me encostei no prédio e tentei me concentrar novamente na mente de Ivana.

Ainda em silêncio, murmurei, semicerrando o olhar.

Sem pensar muito, fui até o andar dela e ouvi novamente.

Quando ainda estava muito quieto, fui até a porta e levantei a mão para bater.

Ouvi apenas um gemido baixo vindo de dentro, e isso colocou meus sentidos aprimorados imediatamente em alerta. O mundo desapareceu e reapareceu ao meu redor em um piscar de olhos, o corredor instantaneamente foi substituído pelo santuário interno de Ivana.

Embora eu soubesse onde ela morava, nunca a visitei. Mas meu faro me levou direto ao seu ninho.

E à pequena Ômega enrolada nos lençóis.

Entreabri os lábios com a visão deslumbrante, seu cabelo despenteado em um halo dourado brilhante que praticamente cintilava apesar da escuridão do quarto.

Merda. Fiquei instantaneamente excitado com a visão, meu nó pulsava com a necessidade de me juntar a ela. *Desapareça*, ordenei a mim mesmo. *Vá embora. Agora.*

Mas outro daqueles sons deliciosos entreabriu os lábios cheios, e o chamado deixou minhas veias em chamas.

Meu peito formigava com a necessidade de ronronar.

E meu pau...

Não. De jeito nenhum. Me forcei a dar um passo para trás. Não vai acontecer.

Esse programa de acasalamento estava mexendo com a minha cabeça.

Eu precisava sair para correr. Abraçar meu desejo animal de me transformar e...

— Cillian — Ivana sussurrou, fazendo meus olhos se arregalarem.

Merda. Engoli em seco, minha boca ficou seca de repente. Porque eu não sabia como explicar por que estava aqui. Porque eu estava ao lado do ninho dela, cheio de desejo.

— Ivana, eu...

— *Ohhh, Cillian...* — Ela se enrolou ainda mais em uma bola, o cheiro de seu perfume me atingiu com a força de uma avalanche e roubou o fôlego de meus pulmões.

Um rosnado apertou meu peito, superando a vontade de ronronar, e meu instinto de cio quase dominou meu senso de razão.

Ivana gemeu novamente e entreabriu os lábios em um suspiro enquanto inclinava a cabeça para trás, com as narinas dilatadas.

Seus olhos permaneceram fechados quando ela sussurrou meu nome mais uma vez.

Um sonho, percebi em meio à névoa de excitação que turvava meus pensamentos. *Ela está sonhando comigo...*

Puta merda, eu precisava sair daqui antes que me aproveitasse de sua mente e assistisse suas fantasias internas.

Ou pior, ficasse aqui e realizasse seu sonho.

Com outro rosnado, me forcei a sair.

Mas não consegui ir além da sala de estar.

Fiquei parado perto da porta, incapaz de me teletransportar através dela, e inalei seu doce perfume.

Me deleitei com ele.

Fingi, por apenas um segundo, que ele era realmente destinado a mim. Que seu doce umidade poderia ser minha. Que aquelas fantasias poderiam se tornar realidade.

Mas, à medida que sua pulsação aumentava, eu me libertei da luxúria inebriante que me acorrentava à sua presença.

Me teletransportei para um campo de gelo.

Arranquei as roupas.

Me transformei.

E *corri*.

PARTE III

Queridas estrelas,

Continuo sonhando com Cillian. O que é ainda mais estranho, é que o cheiro dele parece estar se agarrando ao meu ninho.

Não sei bem por quê.

Ele nunca esteve em meu quarto antes.

Mas não é que eu não o tenha convidado. A cada ciclo de cio, ele era o único Alfa da minha lista. Mas ele nunca veio. Nunca me visitou.

Porque nunca me quis como eu o quis.

Talvez eu esteja acasalada em meu próximo cio.

Talvez eu finalmente experimente um nó adequado.

Talvez eu finalmente experimente... o amor.

Sua,
Ivana

IVANA

Olhei para o meu último registro no diário, batendo com a caneta na página. Esperar por amor parecia um pouco exagerado. Talvez *luxúria* fosse um termo mais preciso.

Mas isso era um problema inteiramente meu.

Eu já conheci vários Alfas, todos eles bonitos, charmosos e interessados em conquistar uma companheira, mas Cillian continuava a ser o astro dos meus sonhos.

E o cheiro dele, pensei, estremecendo. *O cheiro dele está em toda parte.*

Em todo o meu ninho.

Em meus cômodos.

Quase como se ele tivesse visitado meu espaço pessoal.

O que era loucura. Ah, ele foi convidado inúmeras vezes, mas nunca aceitou a oferta. Deixou que eu sofresse meu cio sozinha.

Parte disso era culpa minha. As Ômegas do Território de Sangue tinham permissão para fazer uma lista de Alfas para ajudar a satisfazer nossos ciclos estrais, e eu só tinha anotado Cillian como minha escolha.

Mas ele nunca apareceu, murmurei para mim mesma, com dor de cabeça. *Ele simplesmente me deixava lá para sofrer, ano após ano.*

Tentei não culpá-lo. Não completamente, pelo menos.

Eu poderia ter pedido outro Alfa.

No entanto, nunca quis outra pessoa.

E todo esse programa de acasalamento estava me fazendo pensar se algum dia eu desejaria outro homem.

Queridas estrelas, escrevi depois de virar uma página limpa. *Talvez eu esteja destinada a ficar sozinha. O Príncipe Cael é adorável. Mas não sinto aquela faísca. Não como sinto com...*

Com raiva, risquei o registro e virei o diário sobre a mesa, irritada com minhas reflexões.

Isso é ridículo, disse a mim mesma.

Eu não via Cillian há cinco dias. Não o via desde o jantar, quando ele olhou de soslaio para o Príncipe Cael.

— Ele só está sendo protetor — o príncipe Cael disse.

Protetor de quê?, eu queria perguntar.

Tudo o que consegui foi pronunciar um *ah*, sem muita convicção.

Então, voltamos a discutir o sistema de estradas subterrâneas no Território Lunar, algo que eu gostaria muito de ver.

Infelizmente, o Território Lunar era a parada número três do nosso programa de visitas.

O Território das Geleiras era o primeiro.

Olhei pela janela ao meu lado, intrigada com as nuvens

fofas no céu ao nosso redor. Elas brilhavam à luz da lua, proporcionando um brilho quase sinistro. Essa era a segunda vez que eu viajava dessa maneira, pois minha capacidade de me teletransportar tornava o voo um meio de transporte desnecessário.

Mas nem todas as Ômegas do programa podiam fazer isso.

Por isso, estávamos voando para o Território das Geleiras.

Todos os Alfas Companheiros Elegíveis foram convidados a nos encontrar no local, mas os Alfas do Território das Geleiras foram os primeiros a escolher seus *pares* para a semana.

Alfa Ransom me escolheu.

Curvei os lábios para o lado enquanto eu voltava a me concentrar em meu diário mais uma vez.

Queridas estrelas, comecei novamente. *As Ômegas no jato estão nervosas. Ou talvez seja só eu. Nunca tive um encontro com um Alfa antes. Mas Alfa Ransom parece simpático. Calmo também. No entanto, seus olhos...*

— Você se importa se eu me sentar aqui? — uma voz baixa perguntou, desviando minha atenção da caneta para um par de grandes olhos azuis.

Ashlyn.

Pisquei para ela, um pouco surpresa por ela ter escolhido o meu canto silencioso na parte de trás do jato. Todas as outras Ômegas estavam ocupadas, conversando nos sofás perto da frente, e sua excitação era um zumbido de eletricidade no ar. Eu estava muito concentrada em meus pensamentos para me juntar a elas.

— Hum, não. Vá em frente — eu disse, apontando para o assento livre à minha frente.

Ela me deu um sorrisinho e se acomodou na cadeira de

grandes dimensões, com seu corpo pequeno praticamente sendo engolido pelo couro bege atrás dela.

— Obrigada. — Ela pegou um caderno e uma caneta. — Tenho uma visão que está me deixando louca. Preciso escrevê-la, e este me pareceu o melhor lugar para fazer isso.

— Uma visão? — repeti.

— Uhumm — ela murmurou, já rabiscando em uma página em branco.

As Ômegas do Z-Clan eram conhecidas por serem intuitivos, capazes de ler as auras das pessoas ao seu redor. Esse era um talento único, do qual seus Alfas tendiam a abusar.

Enquanto as Ômegas do Z-Clan eram dotados de raras habilidades psíquicas, os Alfas de Z-Clan eram abençoados com domínio e força. Isso os tornava mais ferozes por natureza, especialmente quando se tratava de dominar suas companheiras Ômega.

Eu nunca tive o desprazer de conhecer um Alfa do Z-Clan e esperava nunca passar por isso em minha vida.

No entanto, Ashlyn... eu suspeitava que ela tivesse conhecido vários em sua existência.

— Posso sentir sua preocupação, mas estou bem — ela murmurou com voz baixa. — O passado é o passado. É o futuro que me preocupa mais. — Ela fez uma pausa para olhar para mim. — Posso te contar um segredo?

Seu olhar parecia enevoado, o que me fez pensar se ela estava realmente me vendo ou a outra coisa.

— Claro — respondi, um pouco confusa com essa interação inesperada.

— Adoro escrever em diários. — Ela parecia bastante satisfeita com esse seu segredo. — Tenho muitos cadernos cheios de reflexões em meu ninho. Mas somente alguém que saiba onde procurar pode encontrá-los.

— Entendo.

Ela sorriu.

— Você não entende, mas vai. — Ela se inclinou para frente. — Escondo meus diários embaixo do meu ninho, sob as tábuas do assoalho. Esse é o meu segredo.

— E você está me contando isso porque...?

Ela deu de ombros.

— Para o caso de você precisar saber de alguma coisa.

Fiquei olhando para ela.

— Há algo que eu deva saber?

— Muitas coisas, tenho certeza — ela suspirou. — Mas esse é o problema das visões. Eu só posso ver, nunca compartilhar. No entanto, por via das dúvidas... — Ela parou e voltou ao diário, como se não estivesse no meio de uma declaração.

Fiquei meio tentada a me inclinar para frente e ler seus rabiscos em letra cursiva. Infelizmente, isso seria rude.

Que Ômega estranha, pensei, observando-a enquanto ela rabiscava palavras em seu diário. Eu teria de mencionar isso a Quinn.

A menos que esse fosse um comportamento normal para Ômegas do Z-Clan?

Eu realmente não sabia.

Quando ela não fez nenhum movimento para continuar falando, voltei a pensar nas belas feições de Ransom.

Cabelos escuros.

Pele negra.

Olhos gentis.

Lábios carnudos.

Ombros largos.

Mordi a parte interna da bochecha, batendo a caneta na mandíbula enquanto tentava definir sua personalidade tranquila em minha cabeça. Só que isso era tudo o que eu podia dizer: *ele é quieto.*

Talvez nosso encontro desta semana despertasse algo mais profundo em minha mente.

Cillian seria forçado a manter distância. Não que ele tivesse algum problema com isso. Ele fez um bom trabalho durante toda a semana e sequer me reconheceu ao embarcar no jato. Agora ele estava sentado no assento do piloto com Benz ao seu lado. Eu não conseguia vê-los daqui de trás.

Boa viagem, pensei, forçando meus pensamentos a voltarem para Ransom.

Mas eu podia sentir Ashlyn me encarar novamente, o que me fez olhar para ela.

— Posso dizer outra coisa? Um aviso, mais do que um segredo?

Franzi a testa, pois a última afirmação, que ela formulou como uma pergunta, soou bastante ameaçadora.

— Hum, sim?

Ela olhou em volta e, em seguida, girou lentamente o caderno em minha direção para que eu pudesse ver as palavras na página.

Tenha cuidado com o Príncipe Cael, dizia sua caligrafia elegante. *Ele está cercado pela escuridão.*

Arqueei as sobrancelhas.

— O quê?

Ela passou o dedo sobre os lábios, depois olhou por cima do ombro e apontou para a orelha.

Fiz uma careta.

— Não estou entendendo.

Ela suspirou e pegou a caneta novamente para escrever: *Orelhas de lobo, Ivana. Todos podem nos ouvir. E isso não é algo que possa ser ouvido.*

Quase respondi em voz alta, mas decidi entrar no jogo

dela e escrevi também. *Se o Príncipe Cael é perigoso, então você precisa contar a Quinn.*

Ela balançou a cabeça. *Ele não é perigoso*, ela respondeu com a caneta. *A escuridão ao redor dele... não sei como explicar. Apenas... tenha cuidado, está bem?*

Eu a encarei, depois apontei para minha declaração mais uma vez.

Ela semicerrou os olhos azuis.

— Você é mesmo uma loba teimosa.

Entreabri os lábios.

— O quê?

Ela sorriu.

— Não é um insulto, Ivana. É um elogio. Se tivéssemos mais tempo, acho que seríamos grandes amigas. — Ela deu uma olhada pela janela. — Infelizmente, estamos prestes a aterrissar.

Com isso, ela pegou seu diário e foi para a frente do jato, com seu longo cabelo loiro quase branco esvoaçando em seu rastro.

Pisquei para ela. *O que foi que acabou de acontecer?*

Ela tentou me avisar sobre o Príncipe Cael, depois ignorou descaradamente minha... Olhei para o meu caderno e vi a página em que eu estava escrevendo rasgada nas bordas.

Ela pegou minha resposta.

Como...? Eu nem ouvi o papel rasgar.

A risada de Ashlyn voltou para mim quando uma das Ômegas sussurrou algo em seu ouvido. Encontrei os olhos castanhos da fêmea, seu nome começava com *S.*

O que quer que ela estivesse dizendo, era claramente sobre mim.

E Ashlyn achou isso engraçado.

Baixei o olhar. Eu estava muito familiarizada com a

mentalidade de garotas malvadas, tendo compartilhado um prédio com várias delas nos últimos anos.

Miranda, uma ômega não acasalada com o coração focado em conquistar um Príncipe Alfa, tentou transformar minha vida em um verdadeiro inferno quando cheguei ao Território de Sangue. Ela deixou bem claro que Kieran pertencia a ela e a mais ninguém.

Mas ele não pertencia a ela de forma alguma.

Ele foi escolhido por Quinn há mais de um século. Porém, a princesa fugiu antes que o acasalamento estivesse completo, deixando Kieran encarregado do Território de Sangue em sua ausência.

Isso fez com que Kieran se tornasse elegível aos olhos de Miranda. Infelizmente para ela, ele não estava interessado.

Mas isso não a impediu de ser a rainha malvada dos Ômegas no Setor de Sangue.

E agora, parecia que eu conheci mais algumas.

Cuidado com o Príncipe Cael, Ashlyn escreveu.

Quase bufei.

Fiquei preocupada por um segundo, mas claramente a pequena Ômega do Z-Clan estava fazendo um jogo comigo. Ela provavelmente queria Cael para si. E que melhor maneira de reivindicá-lo do que afugentar a concorrência?

Cael parecia perfeitamente bom para mim. Charmoso. Bonito. *Interessado em acasalar.*

Sim, eu não ia evitá-lo. Se ele continuasse a me procurar, eu responderia da mesma forma.

Talvez um beijo ajude a provocar aquele frio em meu estômago, pensei.

É claro que Cillian nunca precisou me beijar para provocar essa sensação. Ele simplesmente precisava existir.

Cerrei os dentes quando minha atenção se desviou das

ômegas que se divertiam e foi para a frente do jato. Eu ainda não conseguia vê-lo ou Benz, o que provavelmente era uma coisa boa.

Mas eu os veria em breve.

Porque Ashlyn não estava mentindo sobre nossa descida.

A pressão da cabine estava mudando a cada segundo que passava enquanto descíamos em direção ao nosso destino gelado.

Desviei o olhar da porta fechada na frente e olhei pela janela para ver um mar de água sem fim. Mesmo daqui, eu podia dizer que estava frio.

Voamos para o nordeste, em direção ao que costumava ser conhecido como Arquipélago Russo. Eu não era viva durante esse período, mas fiquei sabendo disso depois de chegar ao Território de Sangue.

Vai estar muito frio, pensei enquanto as calotas de gelo apareciam à distância. *Muito, muito frio.*

Engoli em seco, sentindo meus nervos levarem a melhor enquanto o jato se dirigia para a terra congelada à frente.

Eu não saí do Território de Sangue desde que cheguei todos aqueles anos atrás. Não tive oportunidade de viajar. Mas mesmo que tivesse, eu não teria ido.

Não depois de ter lutado tanto para encontrar segurança.

Longe de minha família.

Do meu pai malvado.

Fechei os olhos quando meu passado ameaçou a invadir minha mente. *Sangue. Lágrimas. Uma série de violência. O rosto de Cillian quando ele me encontrou quase congelada naquele buraco gelado.*

Ele parecia um cavaleiro das trevas, ajoelhado sobre

mim, com seus olhos quase negros brilhando de preocupação.

Seus braços estavam tão quentes. Tão protetores. Tão *certos*.

Naquele momento, eu soube que pertencia a ele.

Mas ele nunca foi realmente meu.

Esse pensamento me assombrou quando o jato pousou, e a sensação fez com que várias Ômegas se queixassem da *tecnologia atualizada*. Eu não tinha certeza do que elas queriam dizer. Meu primeiro e único voo foi exatamente assim.

— Parece mais um foguete do que um avião — ouvi uma delas sussurrar.

— Eu disse que seria divertido — outra disse.

— Sua definição de *diversão* é diferente da minha — uma outra reclamou.

Eu precisava saber os nomes delas, mas sempre fui mais solitária. A única razão pela qual eu sabia a identidade de Ashlyn era por causa de sua origem, ela era a única Ômega Z-Clan do grupo.

Kimmi era Ômega Vampira.

E Jane era Ômega do W-Clan.

Todas as outras eram Ômega do V-Clan, como eu. Esses eram os nomes que eu estava me esforçando para memorizar. As identidades dos Alfas pareciam mais importantes, mas essas Ômegas eram minhas futuras vizinhas. Então, eu deveria me concentrar nelas.

Exceto aquela morena que estava conversando com a Ashlyn, decidi. *A turma das garotas malvadas poderia se ferrar que, por mim, tudo bem.*

A porta da cabine do piloto se abriu, provocando arrepios em meus braços quando Cillian apareceu. Seus olhos examinaram o interior, embora não tenham chegado até mim antes que ele focasse na saída.

Todas as Ômegas ficaram quietas, concentradas em Cillian.

Algumas o encararam com interesse, pois seu domínio era uma presença palpável que seduzia tudo e todos em sua órbita.

Ele ignorou todas, sua mente provavelmente estava examinando os que estavam do lado de fora.

Eu praticamente podia ouvi-lo amarrando todo o Território das Geleiras com seu poder, assumindo o controle de cada ser com uma varredura completa de sua mente.

Seu poder zumbia em minha pele e suas habilidades beiravam o aterrorizante.

Ele era um Príncipe Alfa sem o título, e sua antiga linhagem de sangue era evidente em sua capacidade silenciosa.

Depois de um momento longo e tenso, ele foi até a porta e apertou um botão. Uma série de travas foi desativada enquanto a cabine se despressurizava totalmente ao nosso redor. Em seguida, um choque de ar gelado invadiu o lugar. Isso sem que a porta estivesse aberta.

— Casacos — Cillian falou com a voz calma, mas cheia de autoridade.

Todas obedeceram, pegando as jaquetas que nos forneceram antes da decolagem e as vestiram. Mas ele mesmo não se preocupou em se agasalhar. Cillian abriu a porta com seu jeans e suéter térmico de manga longa.

Era uma demonstração de força. Uma maneira de dizer sem palavras que ele não se sentia afetado pela energia gelada do território.

Parte de mim se perguntava se o objetivo dessas visitas era, na verdade, uma forma de formar alianças políticas com os outros príncipes do V-Clan. Parecia algo que

Kieran orquestraria sob o pretexto de um programa de acasalamento. E Cillian, seria com certeza, a pessoa que ele enviaria para transmitir sua mensagem discreta de autoridade.

Porque ele era o mais experiente politicamente do trio. Ele também servia como um símbolo único de poder. Ele poderia ser um príncipe, mas preferiu servir a Kieran. O que basicamente significava que o Território de Sangue tinha dois Alfas muito capazes no comando, assegurando assim sua posição no topo da hierarquia do V-Clan.

— Príncipe Lykos — Cillian o cumprimentou.

— Alfa Cillian — uma voz fria respondeu do lado de fora.

O silêncio baixou, criando um frio ainda mais violento no ar.

Porque os Alfas estavam avaliando uns aos outros.

Ou talvez até mesmo envolvidos em uma conversa silenciosa.

Meu estômago se revirou enquanto eu observava as feições de Cillian, notando a tensão sutil em sua mandíbula. Fora isso, sua expressão não revelava nada. Calmo como sempre. *O político por excelência.*

Mas ele não desviou o olhar do outro homem. Nenhum aceno de cabeça. Nenhum sinal de submissão sutil.

O príncipe Lykos poderia estar no comando, mas Cillian não se curvaria a ele. Porque não precisava fazer isso. Ele era um ser de igual poder, algo que eu o senti destacar com uma varredura não tão sutil de sua presença mental.

Quase sempre eu podia sentir seu dom. Ele se assemelhava a uma carícia quente que eu sempre desejava, mas que raramente sentia. No entanto, me deleitava com isso agora, adorando a maneira como acalmava minha loba interior.

Protegida, ela parecia dizer. *Segura*.

Porque era assim que Cillian sempre nos fez sentir, desde o primeiro momento em que nos conhecemos.

Quase fechei os olhos, perdida naquele calor. Mas isso saiu de minha mente no instante seguinte, quando o Príncipe Lykos disse:

— Bem-vindo ao Território das Geleiras. Vamos começar com um passeio?

CILLIAN

O PERFUME natural de Ivana envolveu meu pescoço como a porcaria de um laço.

Cada inalação me lembrava da outra manhã em seu quarto.

E todas as manhãs desde então, pensei de forma sombria.

Porque, sim, eu continuava voltando. Como um lunático, eu ia até o prédio dela todas as manhãs, sob o pretexto de vê-la.

Eu esperava e ouvia aqueles lindos gemidos.

Gemidos que se assemelhavam ao *meu nome*.

Gemidos que eu levava para casa comigo.

Gemidos que assombravam minha mente enquanto eu segurava meu nó e criava minhas próprias fantasias com ela.

Isso era... um problema. Um vício. *Errado. Pra. Caramba.*

Ivana sempre foi minha única tentação, e esse programa de acasalamento piorou meu desejo por ela.

Apertei a mandíbula quando forcei minha mente a se afastar da tentação que caminhava atrás de mim e voltei a examinar os arredores em busca de ameaças.

Alfa Lykos não gostou de eu ter amarrado seus Alfas quando chegamos, mas eu não me importava com o conforto dele. Eu tinha treze Ômegas para proteger em uma terra estrangeira, uma que eu só visitei algumas vezes. A paisagem era um pouco fria demais para o meu gosto. E a magia daqui irritava meus sentidos.

Meu lobo se arrepiou, como se concordasse. Seu desejo de correr esfriou com o ar gelado que arranhava minha pele exposta. Nenhuma quantidade de pelos poderia combater esse clima gelado.

Somente encantamentos seriam suficientes.

Eu já teci um em meu ser, o escudo fino, mas funcional. Se não tivesse uma ilha inteira de Alfas para monitorar, poderia ter gastado mais energia para engrossar a barreira. Infelizmente, tinha que manter algum poder residual dentro de mim, caso precisasse lutar.

É claro que o Príncipe Lykos seria um tolo se tentasse prejudicar as Ômegas sob meus cuidados. Eu estava aqui como um braço estendido do Rei do Território de Sangue. Um ataque contra mim seria como um ataque contra o próprio Kieran.

E nenhum lobo sensato gostaria de desafiar Kieran O'Callaghan.

Bem, alguns já haviam pensado nisso. O príncipe Tadhg, por exemplo. Ele expressou dúvidas sobre a capacidade de Kieran de governar. Ele também não gostou muito de Quinnlynn tê-lo escolhido como rei. Mas, até agora, ele permaneceu no Território Alfa – seu lar para governar – e não representou nenhuma ameaça real.

Se e quando isso acontecesse, ele morreria.

Porque, embora fosse poderoso por si só, ele não era Kieran. Ninguém se comparava a Kieran.

— Este lugar me faz lembrar de casa — Uma das Ômegas sussurrou atrás de mim.

Reconheci Sylvia, sua mente distraída e cheia de admiração, enquanto ela observava os edifícios gelados à nossa frente.

— Sim — outra respondeu.

O Príncipe Lykos olhou para trás com curiosidade, mas não comentou nada. Era óbvio que ele ouviu o comentário e provavelmente entendeu o elogio subjacente.

Essas Ômegas estavam acostumadas com gelo e neve. Elas adoravam isso.

Bem, quase todas, pelo menos.

Ivana permaneceu quieta, sua mente não revelava nada.

Quase olhei para ela, sentindo o desejo de conhecer seus pensamentos mais íntimos, contrariando meus instintos. *Será que aqueles olhos gelados dela revelariam algo? Será que ela me contaria seus pensamentos se eu perguntasse?*

Cerrando os dentes, forcei esse conceito insano a sair de minha mente e me concentrei na tarefa que tinha em mãos: proteger as Ômegas.

Mal ouvi o que o Príncipe Lykos disse enquanto explicava a infraestrutura do território, falando sobre encantamentos que impediam o derretimento do gelo e permitiam que os habitantes florescessem.

Alfas, Betas e algumas Ômegas nos encontraram na praça da cidade, uma espaçosa pista de patinação no gelo coberta de geada, e havia uma festa de boas-vindas.

Nada muito extravagante.

Apenas alguns drinques com a especialidade do Território das Geleiras, a vodca com sangue, além de alguns petiscos místicos. Estes últimos eram basicamente aperitivos mantidos quentes com feitiços.

Comi alguns, mas recusei o álcool. Não porque isso me prejudicaria, mas porque eu não gostava muito de vodca.

Benz e Fritz seguiram o exemplo, de olho na multidão enquanto nossas Ômegas se misturavam com os habitantes do Território das Geleiras. A maioria dos Alfas do programa de acasalamento estava aqui, mas alguns estavam faltando. O Príncipe Cael era um deles.

Ivana não parecia se importar. Ela estava ocupada demais conversando com Ransom para perceber.

No entanto, conversar poderia ser um termo muito vago. Ela não estava realmente conversando, apenas parada perto dele, observando a multidão ao seu lado.

Parecia que as habilidades verbais dele do jantar da outra noite não eram de fato superadas pelo Príncipe Cael. O Alfa simplesmente não falava.

Não é uma boa combinação para Ivana, pensei com uma risada interna. Ela precisava de alguém que gostasse de sua voz, não de alguém que a mandasse ficar quieta.

Peguei água em uma bandeja e bebi, depois desviei o olhar dela para me concentrar na multidão mais uma vez.

O tempo parecia passar em um ritmo lento. No entanto, quando o Príncipe Lykos finalmente deu por encerrada a celebração, apenas duas horas haviam se passado desde a nossa chegada.

Esta vai ser uma semana longa pra caramba, murmurei para mim mesmo enquanto o Príncipe Lykos nos conduzia para nossas acomodações.

— Não se deixem enganar pelo gelo — ele disse antes de entrar em uma rua repleta de iglus. — Lá dentro, vocês verão que os alojamentos são quentes e confortáveis.

Várias Ômegas expressaram entusiasmo em resposta.

— Cada alojamento acomoda dois hóspedes —

Príncipe Lykos continuou. — Já designei seus iglus para a duração da estadia, com base nas informações fornecidas pela Rainha Quinnlynn. Então, no primeiro, temos Ashlyn e Sylvia.

Ele deu um sorriso carinhoso para o Ômega do Z-Clan antes de procurar por Sylvia. Quando a loirinha deu um passo à frente, ele sorriu para ela também e acenou para que fossem para o iglu.

— Vou precisar de uma cópia da lista de acomodações — eu disse a ele enquanto seguíamos em frente.

Sua sobrancelha escura se arqueou.

— Seu rei e sua rainha não lhe forneceram uma cópia?

Minha mandíbula ameaçou estalar com a pergunta. Ela insinuava algo que eu não apreciava, *desconfiança*.

— Não. — Eu lhe dei um sorriso tenso, que sabia que ele tinha percebido. Mas, para o caso de ele não ter percebido, acrescentei: — Kieran se concentrou mais na segurança. Por isso, ele me forneceu os esquemas do interior do seu território, não os arranjos de hospedagem das Ômegas.

Agora foi a vez do Príncipe Lykos disfarçar a tensão em sua própria mandíbula. Mas ele não a escondeu tão bem quanto eu.

— Entendo.

Ele não disse nada por um longo momento, pois minhas palavras claramente atingiram o alvo. Eu me referi a Kieran sem o título de amigo de propósito, porque eu podia, algo que Lykos e eu sabíamos que ele não podia fazer.

Porque ele não era o melhor amigo do Rei do Território de Sangue.

Dito isso, nada do que eu disse a Lykos era mentira. Kieran e eu revisamos o layout do Território das Geleiras, bem como delineamos toda e qualquer ameaça em potencial. A designação de moradia temporária era o que estava mais longe de nossas mentes. Eu sabia onde ficaríamos Território, mas não sabia quem seria o par de quem.

— Vocês podem ficar com essa lista quando eu terminar — o Príncipe Lykos murmurou, antes de designar o próximo iglu para Benz e Fritz.

Olhei para os meus dois homens.

— Continuem caminhando conosco. Vocês podem voltar quando soubermos onde todas estão hospedadas.

Os dois assentiram em sinal de concordância e seguiram enquanto as Ômegas eram colocados em pares em suas acomodações. Ao nos aproximarmos dos últimos iglus, no entanto, um pressentimento me atingiu em cheio.

Porque eu tinha a sensação de que sabia exatamente como isso iria terminar.

Talvez Kieran estivesse mais em sintonia com as designações de moradia temporária do que eu pensava, percebi, rangendo os dentes por um motivo totalmente diferente agora.

Um motivo que se tornou realidade quando o Príncipe Lykos disse:

— E aquele último iglu pertence a você e à Ômega Ivana.

Eu vou te matar, Kieran, rosnei.

Não que o cretino pudesse me ouvir. Ele estava longe demais para que minha habilidade telepática o alcançasse. Mas com certeza eu enviaria uma mensagem de texto em breve.

— Ah, eu... — Ivana se afastou. Seu olhar gélido passou para mim e depois voltou para o Príncipe Lykos. — Está bem.

O Alfa do Território das Geleiras inclinou a cabeça.

— Tem certeza, pequena? — ele perguntou baixinho e seu tom irritou meus nervos. — Inicialmente, questionei o par, mas seu rei e sua rainha disseram que você e Cillian se sentem confortáveis um com o outro. Se esse não for o caso, então...

— Então o quê? — interrompi, arqueando uma sobrancelha. — Você dará a ela uma suíte de hóspedes em seus aposentos pessoais?

A irritação brilhou no olhar do Príncipe Lykos quando ele olhou para mim.

— Eu ia sugerir que você fosse dormir no seu jato.

Bufei.

— Isso não vai acontecer. Vou ficar perto das minhas protegidas.

— Está dizendo que não pode protegê-las de longe, Cillian? Porque acho que nós dois sabemos que isso é mentira. — Ele puxou a coleira mental que eu coloquei em volta de seu Território quando chegamos, seu poder quase rivalizando com o meu.

Quase sendo a palavra-chave nesse caso.

Porque eu era mais forte. Mais rápido. E mais do que capaz de colocar o Território das Geleiras de joelhos.

— Está tudo bem — Ivana interveio antes que eu pudesse responder. — Eu só fiquei surpresa. Mas não me importo. De verdade. — Ela pigarreou e deu um passo à frente, seu belo olhar capturando o meu. — Vamos, Alfa Cillian.

Essa foi a segunda vez que ela me chamou de *Alfa Cillian* nesta semana. A primeira vez foi quando ela me disse para ter uma boa noite, algo que eu sabia que era intencional.

Porque eu disse isso a ela há várias semanas, quando sugeri que ela dissesse essa frase para mim e me deixasse em paz.

Agora... agora, não gostei. De jeito nenhum.

No entanto, em vez de comentar, assenti e fiz um gesto para que ela fosse na frente.

— Obrigado pelas acomodações, Príncipe Lykos. Não me esquecerei de transmitir meus elogios a Kieran também.

Com isso, deixei o Alfa do Território das Geleiras para trás e apoiei a mão na parte inferior das costas de Ivana.

Era um passo a mais do que eu realmente precisava dar, mas meu lobo exigia que eu fizesse minha reivindicação. *Ela é minha para proteger*, o movimento de minha mão indicava. *Por favor, vá se foder.*

Tentando sugerir que eu ficasse no jato. Que tipo de proposta era essa? E insinuar que Ivana talvez não se sentisse confortável comigo...

Engoli a vontade de rosnar.

Se aquele idiota conhecesse nossa história, nunca teria questionado minhas intenções em relação à Ivana.

Ivana entrou no iglu primeiro, seu cabelo loiro acinzentado se destacou na baixa iluminação interna e lhe deu um brilho dourado. Admirei esse brilho por apenas dois segundos antes que ela atravessasse o cômodo e se virasse para me encarar.

Uma cama grande se destacava no centro do espaço apertado, o móvel ficou entre nós como um escudo protetor.

E é a única cama no quarto, percebi com um olhar de relance. *Por que...*

— Você está subitamente interessado em se tornar Alfa do Território? — Ivana questionou e sua pergunta me tirou de meus pensamentos.

— O quê? — Franzi a testa e fechei a porta atrás de mim.
— Por que está me perguntando sobre ser Alfa do Território?
— Ela sabia que eu não tinha nenhum desejo de liderar.

Ela apontou para fora.

— Por isso.

Pisquei para ela.

— Não estou entendendo, Ivana.

— Você estava basicamente desafiando o Príncipe Lykos — ela me disse entre dentes. — Então, estou perguntando se de repente você sentiu o desejo de se tornar um Alfa do Território, porque da última vez que verifiquei, você não estava interessado em fazer nada além de adorar o Rei Kieran.

Arqueei as sobrancelhas, seu tom me pegou desprevenido, juntamente com sua acusação.

— Eu não estava desafiando ninguém.

Ela me lançou um olhar que dizia *claro que não*. Ou talvez esse tenha sido o pensamento que passou por sua cabeça. Eu não conseguia me concentrar o suficiente para determinar o que ela estava pensando, pois estava muito abalado pelo seu olhar de repreensão. Ômegas nunca me olhavam com raiva. Muito menos Ivana.

— Qual é o seu problema? — questionei. — Não fui eu que inventei esse esquema, então não desconte em mim.

Ela soltou uma risada sem humor.

— *Uau.* — Com essa declaração profunda, ela foi até nossas malas em um sofá próximo – os itens provavelmente foram entregues aqui enquanto estávamos na festa – e abriu as dela.

Esperei que ela dissesse mais alguma coisa.

Ela não disse.

Simplesmente pegou uma bolsa menor e algumas roupas, depois entrou no banheiro ao lado.

A porta se fechou atrás dela com uma firmeza que me deixou boquiaberto,

Acha que uma porta vai me impedir de falar com você?,

perguntei em sua mente, um tanto divertido e muito irritado.

Não houve resposta.

Nem mesmo um pensamento.

Porque, é claro, eu não conseguia ouvir nada. Ivana vivia em um estado perpétuo de paz, que eu lutava para não perturbar.

Ivana.

Nada.

Eu rosnei. *Você tem três segundos antes que eu entre aí e a obrigue a falar comigo, Ivana.*

Estou apenas atendendo aos seus desejos, Alfa Cillian, ela me respondeu.

Meus desejos?, repeti, totalmente consumido pela loucura dessa fêmea.

Sim. Estou me abstendo de irritá-lo com minhas inclinações equivocadas de dizer aos Alfas o que fazer. Afinal, não gostaria de incomodá-lo com meu excesso de confiança.

Inclinei a cabeça para trás em um suspiro que eu tinha certeza de que ela ouviu através da porta. *Ivana...*

Me deixe em paz, Alfa Cillian. Eu gostaria de tomar um banho e dormir.

Pare de me chamar de Alfa Cillian, rosnei de volta para ela.

Silêncio. Nenhum reconhecimento. Nem uma única reflexão ou mesmo uma aceitação murmurada.

Fechei as mãos em punho, sentindo minha irritação aumentar a cada segundo que se passava.

Mas, em vez de ir para o banheiro, como uma parte obscura de mim queria fazer, me forcei a sair.

Meu objetivo era inspirar profundamente e acalmar meus nervos.

Mas em vez disso, encontrei Benz e Fritz esperando por mim. O último deles parecia estar segurando um pedaço de papel, que eu suspeitava ser a lista de acomodações do Príncipe Lykos.

Merda. Deixei meus dois tenentes aqui sem uma única ordem.

Porque eu me esqueci de que eles estavam aqui.

Compartilhar um iglu com Ivana ia custar minha sanidade.

E meu orgulho.

— Fico com o primeiro turno — eu disse a Benz e Fritz. — Vão descansar um pouco.

— A que horas você quer que a gente acorde? — o Beta perguntou.

Era uma pergunta simples.

No entanto, tive vontade de rosnar para ele.

Talvez porque eu também pudesse ouvir os pensamentos que passavam por sua mente. Todos eles giravam em torno de minha hospedagem com Ivana e de sua desaprovação flagrante.

Bem, ele não era o único que desaprovava a designação de quartos.

Mas o problema não era dele. Era meu.

Ainda assim, meu instinto de atacá-lo era um problema. Por que quem se importava com o que ele pensava?

Eu, com certeza, não deveria.

No entanto, meu lobo estava praticamente andando sob minha pele, determinado a se libertar e fazer o Beta se submeter.

Merda. Não me lembrava da última vez que me senti tão perto de perder o controle do meu animal.

É a Ivana. Seu cheiro. Seu atrevimento. Saber que ela provavelmente está nua no chuveiro agora...

Engoli em seco. Com força. E me concentrei em Benz.

— Eu o acordarei se precisar de você. Até lá, durma.

Em vez de esperar por sua aceitação, voltei para o jato e abri a tela do meu relógio. O Príncipe Lykos tinha razão, eu podia monitorar as Ômegas daqui.

Mas isso não significava que eu quisesse dormir no jato.

No entanto, eu queria ter uma conversa particular com meu amigo mais antigo. Especificamente, sobre a *lista de acomodações* que deixei com Fritz. Ou, pelo menos, foi o que presumi. Eu não fazia ideia de que outro papel ele poderia estar segurando.

Não importa. Vou conseguir uma cópia com o idiota que criou essa lista.

Kieran atendeu segundos depois que selecionei seu nome na tela translúcida, sua expressão preocupada apareceu em um instante.

— O que há de errado?

— Você não acha que o Benz teria sido um colega de quarto melhor para a Ivana? — perguntei a ele, sem me preocupar em responder à sua pergunta ou cumprimentá-lo.

Estava tudo bem.

Na maior parte.

Exceto pelo fato de que o iglu tem uma única cama, pensei, me lembrando do esquema do quarto. Eu mal notei isso quando entrei, por causa da irritação de Ivana. Ela me distraiu dos arranjos para dormir... arranjos que eu queria muito discutir com Kieran agora.

— Você também poderia tê-la colocado no quarto de Fritz, que por acaso é um Ômega, assim como ela — acrescentei.

— Devo entender que você interrompeu meu tempo de ficar no ninho com Quinnlynn para reclamar de alguns arranjos para dormir? — Kieran perguntou, com uma leve irritação no tom de voz. Mas isso não combinava muito com a diversão que brilhava em seu olhar escuro.

— Sei o que você está fazendo — eu avisei, ignorando tanto o tom quanto a pergunta dele. — Pare de se meter em minha vida pessoal, Kieran.

— Eu faria isso?

— Sim. — Sem dúvida alguma, ele faria. — Por um momento, talvez considere como Ivana se sente com relação a esse acordo. Esqueça de mim. Pense nela e em seu desconforto.

— Duvido muito que Ivana esteja desconfortável — Kieran respondeu sem perder o ritmo. — Se ela estiver, é problema seu, não meu.

Semicerrei os olhos.

— Eu não fiz nada.

— Então tenho certeza de que ela está bem. — Ele deu de ombros, sem camisa. — Quanto às suas perguntas, Fritz foi recentemente manipulado mentalmente por um Alfa. Duvido que ele gostaria de dividir um quarto com um telepata renomado. E você expressou preocupação de que Benz deseja te causar danos físicos, então presumi que você não o queria como colega de quarto.

Ele fez uma pausa, mas senti que não era porque ele queria que eu respondesse. Ele parecia distraído com alguma coisa – ou, mais provavelmente, com alguém – à distância.

Ainda assim, senti que era necessário dizer:

— Expressei minhas objeções à designação de Benz, porque seus pensamentos violentos em relação a mim tornam provável que ele não me respeite como seu comandante. Em nenhum momento expressei medo ou preocupação com minha segurança pessoal. Essa desculpa é esfarrapada e você sabe disso.

— Humm, bem, se eu estiver errado, então faça a

troca — ele respondeu, distraído. — Agora, se me der licença, minha Ômega está grávida e precisa do meu nó.

O foco da câmera mudou para longe dele, a parede da suíte de seu quarto ficou visível quando Quinnlynn disse algo em resposta ao comentário grosseiro de Kieran.

— Quero uma cópia eletrônica da organização dos quartos — interrompi antes que ele pudesse desligar.

Isso me pouparia de ter que perguntar a Fritz sobre aquele papel. De qualquer forma, eu nem tinha certeza de que continha as informações que eu queria. Pelo que eu sabia, era um relatório aleatório de algum tipo. Ou uma carta.

O rosto de Kieran reapareceu.

— Parece uma perda de tempo, mas tudo bem. Eu enviarei esta noite.

Ele podia achar que era perda de tempo, mas eu não achava. Eu precisava descobrir uma maneira de resolver isso para poder me concentrar em minha tarefa.

A cena mudou mais uma vez na tela, mostrando a parede novamente antes que o rosto de Kieran voltasse a ser visto.

— Ah, e Cillian — ele continuou. — Se voltar a me incomodar desnecessariamente enquanto eu estiver no ninho da minha rainha, vou jogá-lo no meio de um poço de infectados.

— Eu simplesmente me teletransportaria — eu disse.

Ele deu de ombros novamente.

— Eu faria isso do mesmo jeito.

— Kieran — Quinnlynn o repreendeu ao fundo, e seu tom me fez lembrar o de Ivana momentos atrás.

Ele apenas sorriu.

— Estou indo, querida.

A tela escureceu, me deixando balançando a cabeça

para o outro homem enquanto puxava o teclado para digitar:

Bancar o casamenteiro não combina com você. Pressionei *Enviar* e fechei a tela.

Meu pulso zumbiu um segundo depois.

Quase o ignorei.

Mas meu orgulho me forçou a ler a resposta de Kieran.

E imediatamente me arrependi da decisão.

Porque suas palavras me atingiram em cheio no coração.

Ser mártir também não combina com você, velho amigo.

IVANA

Isso só pode ser piada, pensei, olhando para a cama.

Claro, era de bom tamanho. Uma *king-size*. Talvez até um pouco maior. Mas era uma peça solitária. Única. Só uma.

Deixei um grunhido escapar enquanto eu andava diante dela, com a calça do meu pijama de seda balançando a cada passo. *Não posso dividir esta cama com Cillian. Simplesmente não posso. Não com todos os sonhos que tenho tido com ele.*

Deuses, como seria embaraçoso fantasiar com um leitor de mentes enquanto durmo ao lado dele? Ele ouviria cada palavra. Testemunharia cada detalhe.

Depois, teria ainda mais pena de mim.

Provavelmente, me daria um sermão por estar *investindo em algo fora do meu alcance* ou algo assim.

— Argh — gemi, cobrindo os olhos com as mãos. — Isso é horrível.

Além de tê-lo repreendido, agora eu teria de conviver com ele. *Por uma semana.*

— Isso é um pesadelo. Um *pesadelo* completo e absoluto.

Fiquei tentada a implorar a Benz que trocasse de colega de quarto comigo, mas não queria parecer fraca.

E talvez uma pequena, minúscula e inconsequente parte de mim quisesse dividir um iglu com Cillian.

Mas não percebi que só haveria uma cama. Eu esperava pelo menos duas. De preferência, em quartos separados.

Então, Cillian começou a se exibir diante do Príncipe Lykos, algo que ele vinha fazendo desde que chegamos, e eu reagi. A crescente testosterona Alfa deles estava causando um caos nos meus sentidos, deixando minhas pernas fracas. Senti meu corpo responder, meu interior *clamar* para ser reivindicado pelo Alfa que eu, como uma idiota, considerei meu por tempo demais.

O que me levou a responder da única maneira que eu sabia: aceitando as designações de alojamento.

Era isso ou sofrer o constrangimento público de implorar ao Cillian por seu nó.

Estrelas, por que ele está aqui? O Rei Kieran não poderia ter designado outro Alfa para o serviço de proteção?

Mas é claro que não poderia; não havia mais ninguém. Lorcan tinha que proteger o Território Noturno. E Cillian era o único outro Alfa em quem se podia confiar essa tarefa.

Outro rosnado ressoou em meu peito quando abri as mãos e olhei para o colchão.

— Não vou dormir ao lado dele. Não vou.

E o sofá era pequeno demais para ele descansar, o que significava que *eu* tinha que dormir lá.

Porque a única outra opção era compartilhar a cama e isso não ia acontecer.

Avancei para testar a almofada do sofá com as palmas das mãos. Era firme, mas não muito.

— Humm — murmurei enquanto colocava nossas malas no chão – a de Cillian era bem leve – e considerava os travesseiros. Havia também um cobertor jogado ao acaso na parte de trás do sofá. Infelizmente, não seria suficiente para me manter aquecida nesse território.

A magia poderia ter aquecido o interior do iglu a uma temperatura mais agradável, mas ainda estava frio.

Todas as Ômegas comentavam que o iglu as lembrava de casa... uma casa para a qual eu pretendia me mudar com meu futuro companheiro.

Estremeci com o pensamento. Quando minha pele sentiu o clima abaixo de zero daqui, experimentei um desconforto. Como se não pertencesse a este lugar. Eu estava bem com essa percepção, até ouvir todas as Ômegas conversando com animação sobre como este Território parecia "acolhedor".

Isso significa que não me sentirei em casa no Território Noturno? eu me perguntava. *Será que vou odiar o lugar?*

A constatação de que talvez eu não me adaptasse... me deixou desorientada.

Isso, somado ao fato de estar em dupla com Cillian, basicamente me transformou em um turbilhão emocional. algo que eu acabei descontando nele.

Com um suspiro, voltei para a cama para tirar o edredom e pegar um travesseiro.

— Isso vai ter que servir.

Felizmente, Cillian não estava em lugar nenhum. O idiota provavelmente discutiria comigo. Ou pior, exigiria que eu voltasse a falar com ele... algo que eu não queria fazer.

Pare de me chamar de Alfa Cillian, foram suas últimas palavras.

Deuses, as coisas que eu queria ter dito a ele naquele momento.

Quantas vezes você exigiu que eu o chamasse assim?

Acredite em mim quando digo que "Alfa Cillian" é a forma mais agradável de como eu preferiria chamá-lo agora.

Agora está me criticando por ser formal? Que irônico.

Prefere "Príncipe Cillian"?

Não me diga o que fazer. Você perdeu esse direito quando partiu meu coração.

Vá se foder, Alfa Cillian.

Pare de me incomodar.

Pare de rosnar para mim.

Pare de existir.

Pare de assombrar meus sonhos à noite.

A lista era interminável. Cada afirmação passou pela minha mente durante o banho e continuava agora, enquanto eu me deitava no sofá.

Se ao menos meu cérebro tivesse um botão para desligar.

A noite inteira se desenhou em minha mente enquanto eu fechava os olhos.

O voo para o Território das Geleiras. O comportamento estranho de Ashlyn. Eu tentando escrever em meu diário. A festa de boas-vindas. O domínio suave de Ransom, que ficou ao meu lado sem falar muito. O domínio não tão suave de Cillian, que basicamente desafiou o Príncipe Lykos.

As palavras que troquei com Cillian nesse iglu.

As palavras que eu gostaria de ter dito.

As palavras que eu estava feliz por não ter dito.

Dei um soco no travesseiro ao lado da minha cabeça enquanto tentava ficar mais confortável.

Pare, eu disse ao meu cérebro. *Apenas pare. Preciso dormir.*

Ransom me convidou para patinar no gelo com ele amanhã, algo que eu nunca fiz. *Talvez seja divertido*, pensei. *Ou talvez eu quebre meu pescoço.*

Ainda bem que sou basicamente imortal.

Ah, meus Deuses, pare de pensar.

La. La. La.

Imaginei Ransom e seu sorriso gentil. *Patinar no gelo vai ser divertido. Quero dizer, vai estar congelante. Mas... mas eu vou gostar.*

Eu tenho que gostar.

Tenho que gostar desse ambiente. É o meu futuro. Não é o caso de Cillian. Nem do Território de Sangue.

O Território Noturno.

Eu posso fazer isso.

Eu posso fazer isso.

Eu posso fazer isso.

O cântico ecoou em minha cabeça, abafando minhas incertezas.

Ou assim eu esperava.

Mas quando finalmente sonhei, foi em um tempo muito distante. Uma época em que eu estava gelada. Sozinha. Assustada. *E quase morta...*

Uma época em que Cillian foi meu herói.

— Estou com você — ele sussurrou em meu ouvido. — Você está segura agora.

Um calor diferente de qualquer outro que eu já experimentei tocou meu coração naquele momento. Um calor que eu reservei somente para ele.

Meu companheiro pretendido.

A obsessão da minha loba.

Meu Alfa.

O cheiro dele, hortelã-pimenta misturada com algo masculino, algo que era completamente Cillian – me envolveu como um manto de proteção.

Inspirei profundamente. Com amor. *Com anseio.*

Meu, minha loba ronronou.

Mas as palavras de Cillian na noite da coroação do Território de Sangue logo se seguiram em minha mente, me tirando desse estranho estado de sono. E acordei em um mar de escuridão desconhecido. Levantei os joelhos até o peito enquanto um tremor violento tomava conta da minha coluna.

Onde estou? Não era possível que eu estivesse de volta àquele buraco. A maciez embaixo de mim não era nada parecida com o chão frio e duro daquele poço selvagem.

Ainda assim, senti a necessidade de farejar o ar, para garantir que o cheiro de cobre e sujeira não enchesse meus sentidos.

Em vez disso, tudo o que senti foi o cheiro de Cillian. *Um beijo refrescante de hortelã-pimenta.*

Como em todas as manhãs recentes.

Mas não sonhei com ele como naquela época; esse sonho... esse sonho foi realista demais. Lembrava demais o nosso passado.

Pisquei, confusa, e rolei para trás no colchão macio.

Curvei os lábios, examinando a cama desconhecida.

Como...? Onde...?

As lembranças da noite passada, ou talvez do início da manhã, me assaltaram de imediato, lembrando-me de que eu estava no Território das Geleiras. Em um iglu. *E eu fui me deitar no sofá.*

Mas... mas que eu não estava mais no sofá. Eu estava enrolado nos cobertores da cama.

E Cillian... Cillian não estava em lugar nenhum.

Tudo o que eu sentia era seu cheiro residual e o calor que ele deixou.

Contra minhas costas, percebi, tocando minha coluna com a palma da mão. Estava quente, como se eu tivesse estado encostada em outro corpo por horas.

A cama... movi meu toque para explorá-la. *A cama ainda estava quente ao meu lado.*

Cillian esteve aqui.

Ele me colocou na cama.

E então... *ele me abraçou? Por quanto tempo? Isso é real? Um sonho? O que isso significa?*

Minha mente estava cheia de perguntas, minha imaginação ameaçava me sobrecarregar com muitas imagens esperançosas.

Balancei a cabeça, me forçando a esvaziá-la. Eu enlouqueceria se começasse a pensar nas possibilidades da situação.

Cillian me colocou na cama.

Eu dormi.

Fim das considerações.

Verifiquei a hora em meu relógio e notei que ainda era um pouco cedo para me levantar, mas saí da cama mesmo assim. Dormir não era mais uma opção. Eu simplesmente... me prepararia.

Para o meu encontro.

Com Alfa Ransom.

CILLIAN

Eu não tinha certeza do que me irritava mais: Ivana tentando patinar no gelo ou dormindo no sofá.

As duas atividades ameaçavam sua saúde e segurança. O último problema eu consegui resolver levando-a para a cama. O primeiro, no entanto, era o que eu estava sendo forçado a observar de fora.

Enquanto outro Alfa colocava as patas em cima dela na tentativa de evitar que ela caísse.

Cada vez que o idiota falhava, eu quase ia para a pista de patinação para cuidar de Ivana.

Infelizmente, meu trabalho esta noite era supervisionar e vigiar de longe. Não ensinar Ivana a se equilibrar em lâminas mortais.

Ela deu uma risadinha quando Ransom a segurou pela

cintura, agitando os braços enquanto lutava para se equilibrar.

Meu lobo rosnou por dentro, irritado com a visão diante de nós. *Outro Alfa está com as mãos em nossa fêmea*, minha besta interior parecia dizer. *Mate-o.*

Ela não é nossa, pensei para minha metade animal.

Segurar Ivana enquanto ela dormia foi uma má ideia. Mas quando a encontrei enrolada em uma pequena bola no sofá, uma parte de mim se quebrou por dentro.

Uma parte que não gostou do tom azul que pintava seus lábios ou dos arrepios em seus braços. Ela estava com frio, tremendo e sozinha.

E isso me fez lembrar da noite em que nos conhecemos.

Uma noite em que eu ronronei para ela por instinto e embalei seu corpo contra o meu por horas.

Ela parecia tão jovem. Tão frágil. Tão *despedaçada*.

E na noite passada, ela exibia uma aparência semelhante.

Ou talvez tudo isso estivesse em minha mente.

Ainda assim, não consegui me impedir de levá-la para a cama e ronronar para ela enquanto dormia. Parecia tão certo, apesar de ser tão incrivelmente errado.

Eu não a merecia ou qualquer outra Ômega. *Não depois do que deixei meu pai fazer...*

Alongando o pescoço, me livrei da antiga lembrança antes que ela pudesse encapsular minha mente. A última coisa que eu precisava era de outra distração. Ivana já era o bastante.

Se aquele Alfa tocá-la mais uma vez... cerrei os dentes quando Ransom pegou Ivana novamente antes que ela pudesse cair de cara no gelo.

Sua risada foi direto para o meu estômago, um som que nunca ouvi.

Porque ela nunca ria na minha presença.

Ah, ela sorria e flertava comigo. Mas nunca ria. Apenas fingia rir de algumas das outros Ômegas do Território de Sangue - uma ação que ela geralmente acompanhava com um revirar de olhos.

Ivana sempre reagiu dessa forma perto de Miranda e seu grupo de garotas malvadas.

Eu admirava isso nela... sua capacidade de não se importar.

Caramba, eu admirava muitas coisas em Ivana. Como a aparência de seus quadris naqueles jeans justos que ela usava agora.

Tão desejável, pensei, meu nó pulsando em resposta.

Afastei o olhar para me concentrar em algumas das outras Ômegas que patinavam no rinque com seus pares Alfa da noite. Meu lobo se acalmou instantaneamente, não estava nem um pouco interessado em nenhum daqueles pares.

Abri e fechei os dedos ao meu lado enquanto examinava todo o território em busca de qualquer ameaça, mas sem encontrar nenhuma.

Além de mim mesmo.

Nunca, em toda a minha existência, eu me senti tão perto de perder o controle.

Bem, não. Isso não era bem verdade.

Eu já perdi o controle uma vez. Há mais de mil anos.

Na noite em que traí toda a minha família.

Cerrei os dentes, a lembrança mais uma vez ameaçou me dominar. Uma lembrança que eu raramente considerava, mas que, em um curto espaço de tempo, surgiu duas vezes...

Cillian. O chamado mental de Fritz capturou minha atenção imediatamente, já que eu estive em sintonia com ele e Benz a noite toda.

Sim?

Ashlyn caiu na lagoa de gelo. Ela está bem, mas...

Fui para o lado dele antes que o Ômega pudesse terminar, e meu olhar imediatamente pousou na loira trêmula enrolada em uma bola na margem do lago congelado. Grey estava por perto, com seu olhar gelado voltado para Henrik, um dos Alfas do Território das Geleiras.

Imbecil, ouvi o pensamento de Grey. *As Ômegas do Z-Clan não são como as do V-Clan. Seus poderes são mentais, não físicos.*

Franzi a testa. *O que aconteceu?* perguntei a Fritz. *E quando Grey chegou aqui?*

Eu nem sabia que ele pretendia se juntar a nós hoje. Até agora, ele perdeu todos os eventos de acasalamento. Parecia um pouco estranho que ele viesse hoje para encontros em grupo, especialmente porque esse nem era seu território de origem.

A Ashlyn caiu em um dos buracos de pesca, Fritz respondeu.

Sim, quero saber como ela caiu, reformulei.

Não tenho certeza. Eu estava pegando algumas varas quando...

Você não estava olhando? interrompi, me virando para ele.

— Henrik me pediu para buscar algumas varas de pesca extras no galpão — Fritz respondeu em voz alta, com os braços cruzados. — Então, eu me teletransportei para buscá-las. Quando ouvi o grito da Ashlyn, me teletransportei imediatamente de volta, mas Grey já tinha pulado para pegá-la.

— Eu não gritei — Ashlyn murmurou, com os dentes batendo ao ouvir as palavras.

— Ele apareceu do nada — Henrik rosnou.

— Quem? — perguntei, sem entender o comentário dele.

— O mestiço. — Ele fez um gesto brusco para Grey, que arqueou uma sobrancelha em resposta ao fato de ser chamado de mestiço. — Em um minuto, estávamos pescando. E, no outro, ele aparece sem ser convidado e Ashlyn cai.

— Eu sou um dos candidatos — Grey o lembrou com frieza. — Por definição, isso significa que *fui* convidado.

— Estou bem — Ashlyn interveio. — Não houve dano. Só nadei um pouco. Mas eu gostaria de trocar de roupa agora. — Ela começou a se afastar, mas entrei em seu caminho.

— Vou te acompanhar — eu disse a ela, com o tom mais baixo que pude, dada a situação. Henrik e Grey estavam emanando muita testosterona e meu lobo queria responder, mas agora não era o momento de afirmar domínio.

Primeiro, precisava me certificar de que Ashlyn estava bem.

Depois, eu lidaria com os dois Alfas em ebulição.

Descubra como ela realmente caiu, eu disse a Fritz, querendo que ele reunisse as declarações de Grey e Henrik.

Enquanto isso, eu me concentraria no ponto de vista de Ashlyn.

Acenando com a mão para frente, eu disse:

— Depois de você.

Ashlyn me encarou por um instante. Seus olhos azuis pareciam ver através de mim. Então, ela assentiu e começou a andar.

Segui atrás dela, com a mente ainda presa nos Alfas atrás de mim. Eles estavam ocupados demais avaliando um ao outro para se preocuparem com o fato de eu tirar a Ômega deles.

Mas Fritz ficou para lidar com a agressividade deles.

Ele era grande para um Ômega e, aparentemente, bastante habilidoso com armas. No entanto, eu não tinha certeza se isso seria suficiente para derrubar Grey.

Henrik, talvez.

Grey... Grey poderia ser difícil de ser derrubado por mim. Sua metade Z-Clan o tornava um desconhecido. E sua mente não parecia tão vulnerável.

Eu podia ouvir seus pensamentos de maneira superficial, mas nada muito profundo.

É claro que isso poderia ser devido ao fato de que ele estava sendo consumido por Henrik, que lhe lançava insultos.

Você não deveria nem estar aqui.

Você não é um de nós.

Só porque ela é uma Ômega do Z-Clan, não significa que seja sua. Portanto, não tenha nenhuma ideia de arrastá-la para alguma caverna e reivindicá-la contra a vontade dela.

As palavras passaram pela mente de Grey repetidamente, e sua própria boca pareceu permanecer fechada durante o ataque de declarações negativas vindas de Henrik.

E daí? Vai ficar aí parado? Todo silencioso e pensativo? Você a empurrou para a porra do lago!

Não empurrei, Grey pensou, mas, pelo que pude perceber, ele não fez essa afirmação em voz alta.

O que só irritou Henrik ainda mais.

Está vendo? Ele sequer está negando. Faça-o ir embora.

Bufei, sem saber se aquele tom de reclamação era apenas a interpretação mental de Grey da voz de Henrik ou uma representação exata. De qualquer forma, foi engraçado.

— Ele não me empurrou — Ashlyn respondeu com a voz baixa e seu olhar capturou o meu quando olhou de volta para mim. — Eu só não o vi chegar, então sua aparição... me surpreendeu. O que é bastante incomum, para dizer o mínimo.

LEXI C. FOSS

— Mas você sabia que ele fazia parte do grupo de acasalamento, certo?

Ela curvou os lábios.

— Sim. A Quinn me perguntou se eu me importava que ele entrasse. Não sou de lutar contra o destino, então concordei. — Ela deu de ombros. — No entanto, achei que nossos caminhos se cruzariam mais tarde. Não hoje.

Ela acelerou um pouco o passo. Seu olhar não estava mais em mim, o que me permitiu estudá-la por trás.

Suas palavras enigmáticas se agitaram em minha mente, enquanto eu tentava juntá-las.

As Ômegas do Z-Clan eram extremamente raras, principalmente porque seus Alfas não as valorizavam como deveriam. Quinnlynn pediu permissão a Ashlyn para adicionar Grey à lista de pretendentes, o que fazia sentido... se alguém fosse se opor a que um Alfa do Z-Clan se juntasse ao grupo de acasalamento, seria uma Ômega da mesma espécie.

A permissão de Ashlyn para que ele participasse significava que ou ela achava que o lado V-Clan dele equilibraria sua herança Z-Clan, ou que ela viu algo que a deixava confortável com ele.

Suas palavras agora me fizeram suspeitar da segunda opção.

— Não pense muito nisso, Alfa Cillian — ela murmurou. — As intenções do Alfa Grey aqui são nobres. Ele está apenas caçando.

— Caçando o quê? — perguntei, franzindo a testa.

— O que a maioria dos bons Alfas caça? — ela perguntou, com um tom curioso na voz. — Companheiras, certo? Embora eu suponha que eles também cacem vilões com propensão a roubar relíquias preciosas. Humm.

Arqueei uma sobrancelha.

— Você está sendo enigmática de propósito?

Ela deu de ombros.

— Estou dizendo que não é necessário pensar. Não sobre isso. Você tem seu próprio futuro a considerar. Um futuro do qual não vai gostar se continuar no caminho em que está agora.

Franzi a testa para ela.

— Isso soa sinistro.

— Deveria. — Ela virou na rua que levava aos nossos iglus, ainda sem olhar para mim.

Esperei que ela elaborasse sobre o assunto, mas ela não o fez.

As Ômegas do Z-Clan eram conhecidas por sua sensibilidade única a auras e emoções. No entanto, parecia que ela também poderia ter uma propensão para adivinhação.

Ou talvez tudo se baseasse no instinto?

Algo me dizia que eu não encontraria a resposta em sua mente, mas me senti tentado a investigar. Concentrei minha habilidade nos Alfas do Território das Geleiras, não nos Betas ou Ômegas, porque estava preocupado com ameaças.

Minha coleira em torno das Ômegas era apenas para proteção. Minha conexão com suas mentes procurava palavras de medo mais do que qualquer outra coisa.

No entanto, não captei nada de Ashlyn. Nenhum medo. Nem mesmo um indício de surpresa quando ela caiu no lago de gelo.

Agora, eu me perguntava se eu não entrei em contato com a mente dela.

— Não faça isso — ela disse quando chegamos ao seu iglu. — Se você forçar, não vai gostar do que vai encontrar. E, como eu disse, você deveria estar mais preocupado com seu futuro. Não com o meu.

Ela então me encarou, com uma expressão que

demonstrava sua antiguidade e experiência, como se ela tivesse visto milhares de linhas do tempo que não eram apenas a sua.

— Estou bem. Caí porque me assustei. Grey e Henrik não querem me fazer mal. — Ela estendeu a mão para segurar a minha. Seus dedos pareciam gelo contra a minha pele. — Não sou sua para você se preocupar, Cillian. Embora eu aprecie seus instintos protetores, eles são desnecessários.

— Por que me sinto como se estivesse sendo repreendido por simplesmente acompanhá-la de volta ao seu iglu? — perguntei a ela, com a sobrancelha arqueada para a pequena Ômega diante de mim.

— Talvez porque você precise ser repreendido — ela disse, apertando minha mão antes de soltá-la. — Percebe que não é o único que está sendo punido por suas ações, certo?

Arqueei as sobrancelhas.

— O quê?

— Humm, vejo que você não percebe isso de jeito nenhum. — Ela me deu um olhar pensativo. — Escolher sofrer por causa de uma necessidade equivocada de se arrepender não afeta apenas você, Cillian. Essa escolha... aquela em que você coloca todos os outros em primeiro lugar, também a afeta. Se você se lembrar de alguma coisa que eu disse, por favor, lembre-se disso.

Com essa declaração profunda, ela entrou em seu iglu e fechou a porta antes que eu pudesse pensar em uma resposta.

Acabei de ser repreendido por outra Ômega e nem sabia ao certo por qual motivo ela fez isso.

Parecia algo que eu ainda não fiz. Algo que eu poderia fazer.

A menos que ela esteja falando de sair da pista de patinação para vê-la depois de ter caído no buraco de pesca? eu me perguntei, olhando para a porta carregada de gelo antes de olhar para a rua vazia atrás de mim.

Com um renovado senso de urgência, voltei para meu posto e a encontrei quase vazia, com Ômegas e Alfas tendo escolhido se retirar para o jantar.

Um rápido exame mental me disse que Ivana estava sentada com Ransom, que se mantinha silencioso, comendo um salmão recém-defumado.

Então, por que a Ashlyn estava falando sobre isso?

Apertei a nuca e inclinei a cabeça para trás enquanto olhava para a lua. As palavras de Ashlyn se repetiam em minha mente. Havia algo de profético em suas declarações. Algo... *ameaçador.*

Abri a tela do meu relógio e enviei uma mensagem para Kieran, perguntando sobre o passado de Ashlyn e sua tendência para a adivinhação. Talvez Quinnlynn pudesse ter compartilhado um pouco da história da Ômega do Z-Clan com ele, então ele poderia me dar uma ideia de com que seriedade eu precisava levar os avisos dela.

Afastando os pensamentos da pequena fêmea, segui para o refeitório e me encostei na parede. *Presumo que Henrik e Grey já tenham sido cuidados?*, perguntei a Fritz.

Grey saiu sem dizer uma única palavra, Fritz respondeu. *Henrik...*

Choramingou como um bebê? concluí.

Por um momento, a mente de Fritz pareceu achar graça. Ele ficou sério e perguntou:

Ashlyn está bem?

Ela foi um pouco enigmática, mas parece estar.

Fritz riu em minha mente, sua diversão retornando. *Ela entrou no modo oráculo?*

Essa é uma atividade comum?

Somente quando ela vê algo que vale a pena avisar, ele disse.

Agora você está sendo enigmático, murmurei de volta para ele.

Acredite em mim. Ninguém é mais enigmático do que a Ashlyn. Mas seus avisos geralmente são importantes, então, se ela disse algo, ouça. Ela é muito mais poderosa do que as pessoas imaginam.

Uma Ômega do Z-Clan com habilidades sensitivas, pensei para ele. *Não é de se admirar que ela tenha se refugiado no Santuário. Estou surpreso que ela esteja tentando tomar um companheiro.*

Não acho que ela tenha a intenção de arranjar um companheiro, Fritz respondeu, parecendo sério novamente. *Ela está participando por razões que ainda não decifrei.*

Fiquei mais ereto. *A Quinnlynn sabe disso?*

Sim. Ele não entrou em detalhes, mas ouvi o sussurro de uma lembrança em sua mente, uma conversa entre ele e a Rainha do Território de Sangue sobre as intenções de Ashlyn.

Hum, murmurei, olhando para o relógio.

Se Quinnlynn sabia – o que parecia evidente – então Kieran também poderia saber.

Assim que esses encontros terminassem, eu o chamaria para discutir o assunto.

Até lá... desviei o olhar para a forma silenciosa de Ivana enquanto ela mastigava calmamente sua refeição. Ela parecia bastante satisfeita, embora um pouco tímida. Muito diferente da Ômega que eu conhecia, que adorava falar comigo.

O que você vê nesse Alfa? quase perguntei. *Ele está claramente te aborrecendo, querida.*

Seus olhos se voltaram para os meus, como se ela tivesse ouvido meus comentários. Ou talvez ela tenha percebido meu foco nela.

Desviei o olhar rapidamente.

Mas não a perdi de vista em minha mente.

Eu... permaneci. Ouvindo. Esperando por qualquer sinal de problema.

Ou foi o que eu disse a mim mesmo, pelo menos.

O que me forcei a acreditar.

Porque não poderia haver nenhum outro motivo para me ligar à mente dela.

Nenhum outro motivo...

IVANA

Ransom caminhava ao meu lado em silêncio, nem seus passos faziam barulho. Se sua mão não tivesse roçado na minha a cada poucos passos, eu nem teria percebido que ele estava ali.

Ele me lembrava um pouco Lorcan, sendo que Ransom parecia estar pensativo enquanto o silêncio do outro Alfa era ameaçador. Talvez porque Lorcan fosse mais intimidador por natureza, seu poder era palpável sempre que alguém estava em sua presença.

Ransom não me pareceu tão assustador. Claro, ele era grande como a maioria dos Alfas, mas tinha uma suavidade em seu toque que o tornava mais parecido com um ursinho de pelúcia do que com uma fera.

Definitivamente, Cillian não é um ursinho de pelúcia, pensei de maneira sombria, sentindo sua energia envolver meu ser, apesar de ele estar a mais de cem metros atrás de nós.

O Elite envolveu todo o Território com seus dons assim que chegamos, e ainda não liberou ninguém de seu domínio.

Eu odiava isso. A aura dele tornava a concentração em Ransom ainda mais difícil.

— Gostaria de assistir a um filme amanhã? — Ransom me perguntou baixinho quando chegamos à porta do meu iglu. — Talvez um dos antigos? De antes da Era dos Infectados?

Essas três perguntas eram mais palavras do que ele disse na última hora. Mas a maneira como seus olhos negros se iluminaram com interesse me disse que esses *filmes antigos* eram importantes para ele.

— Eu adoraria — respondi.

Era um pouco de exagero... cinema nunca me agradou muito. Eu preferia atividades ao ar livre, como esgrima, tiro e corrida em forma de lobo. Também gostava de jogos de computador, especialmente os de quebra-cabeça, que exigiam que eu pensasse.

No entanto, eu entendia que o acasalamento significava que eu precisava satisfazer os desejos do meu parceiro também.

— Certo. — Ele me deu um sorrisinho e levantou a mão para acariciar minha bochecha.

Foi um roçar carinhoso das pontas dos dedos, que levou seus olhos até minha boca. Entreabri os lábios, imaginando se ele pretendia me beijar.

Será que eu quero isso? pensei. *Talvez. Sim. Eu... acho que quero.*

Um beijo me ajudaria a determinar se existia química entre nós, se minha loba o desejava, se eu gostava dele.

Ele parecia bastante simpático. Mas será que eu poderia acasalar com ele?

Umedeci os lábios, subitamente ansiosa para descobrir.

Ele dilatou as narinas, inclinou a cabeça em direção à minha.

Fechei os olhos, esperando.

Esperei mais um pouco.

O que...? Olhei para ele, confusa com o que estava acontecendo. Eu podia sentir sua respiração em minha boca, seu rosto perto do meu. Mas seu olhar não estava mais focado em mim.

Ele estava olhando para outra direção.

Para Cillian.

Não conseguia vê-lo, mas sabia que ele estava lá. Assim como esteve durante todo o caminho de volta ao iglu.

Nosso iglu, pensei. *Que droga.*

Ransom pigarreou e afastou a mão do meu rosto enquanto dava um passo para trás.

Mas que grande merda, rosnei em minha mente.

— Te vejo amanhã, Ivana — ele falou baixinho.

E desapareceu antes que eu pudesse responder.

Semicerrei os olhos para o espaço que ele acabou de desocupar e me virei para encontrar Cillian parado no final do caminho que levava ao iglu.

— Você não poderia ter esperado cinco minutos no final da rua para nos dar um pouco de privacidade? — questionei, irritadíssima por ele ter interrompido meu encontro.

Ele arqueou uma sobrancelha e se inclinou contra o poste de luz da rua vazia, proporcionando um brilho sinistro atrás dele.

— Não sabia que precisava esperar por nada.

Não consegui engolir meu rosnado de resposta. Minha irritação foi inflamada pela condescendência em seu tom.

— Nenhum Alfa vai querer sair comigo com você pairando sobre mim desse jeito, Cillian. Preciso de espaço para que eu possa ser cortejada de forma adequada.

— Minha existência não deveria afetar seus encontros, Ivana. Se um Alfa for digno de você, ele não irá se importar se eu estiver a um metro e meio ou a mil metros de distância. Porque eu nem mesmo existirei na órbita dele.

Pisquei.

— O quê? — Isso não fazia sentido algum. — Energia Alfa está praticamente emanando de você. É claro que eles vão se importar.

Ele se afastou do poste e veio em minha direção.

— Você está errada, Ivana.

— É claro que não — argumentei, apontando para o espaço em que Ransom estava momentos atrás. — Ele desapareceu porque você o assustou.

— Ele desapareceu porque não é digno de você e ele sabe disso.

Arqueei as sobrancelhas.

— O quê?

— Você me ouviu, Vana — ele falou a apenas trinta centímetros de distância. — Ele não é digno de você.

Ignorei o apelido aleatório, que eu nunca o ouvi usar antes, e me concentrei na última parte de sua declaração.

— E quem é você para decidir isso?

— Se ele fosse bom o suficiente, não teria se importado com o fato de eu estar aqui. Caramba, ele nem teria notado. Teria ficado fascinado demais por você para sentir minha presença. — Ele tocou minha bochecha e sua mão chamuscou minha pele de uma forma que a de Ransom não fez.

Estrelas, o toque de Cillian parecia uma marca. Uma *reivindicação*.

Por que Ransom não podia me fazer sentir assim?

Por que só era assim com *ele*?

— Você merece um Alfa que só veja você, Ivana — Cillian continuou enquanto roçava o polegar em meu lábio inferior. — Um Alfa tão obcecado com sua presença que se esqueça de tudo e de todos ao seu redor. Alguém que vai te beijar sem se importar com quem está olhando ou não.

— Cillian... — Estremeci, o nome dele escapou de meus lábios em um suspiro.

Porque ele estava tão perto.

Tão... tão quente. Tão forte. Tão *Cillian*.

Seus olhos escuros brilhavam com segredos ocultos e seu olhar intenso me prendia, enquanto ele inclinava a cabeça para roçar os lábios nos meus.

Um toque suave.

Inesperado.

Que fez eletricidade zumbir em meu ser.

Os pelos de meus braços e meu pescoço se arrepiaram e meu coração... meu coração parecia ter acabado de bater pela primeira vez.

Sua boca encontrou a minha de novo, agora por mais tempo. Ele se demorou, inspirando e expirando contra meus lábios.

— Vana — ele sussurrou e o apelido soou reverente em sua língua.

Eu não conseguia me mover. Mal conseguia pensar. Estava muito envolvida pela aura de Cillian, seu domínio, sua *reivindicação*.

Esperei tanto tempo por isso, sonhei, ansiei por isso desde a noite em que nos conhecemos.

No entanto, nada se comparava à experiência de finalmente sentir sua boca na minha.

Sua mão deixou minha bochecha para agarrar minha nuca e sua língua entreabriu meus lábios enquanto ele aprofundava nosso abraço. Estremeci, perdida por ele. Seu cheiro. Sua presença imponente. Seu sabor sensual.

Eu nunca fui beijada assim.

Jamais fui tocada assim.

Nem fui *consumida* assim.

Isso foi... isso foi...

Pare de pensar, Vana, Cillian murmurou, traçando a língua na minha. *Apenas me beije.*

Minha pulsação acelerou, minha mente parecia ter se desligado enquanto meu corpo cedia à vontade de Cillian.

Ele era meu dono agora. Minha boca. Minha língua. Meu senso de ser.

Nosso beijo não era mais terno ou suave, mas apaixonado e abrangente. Ele marcava o ritmo e eu o acompanhava, aprendendo e memorizando seus movimentos, aperfeiçoando minhas próprias habilidades para corresponder às dele.

Foi divino. Destinado. *Escrito nas estrelas.*

Esse homem era meu.

Eu era dele.

E, naquele momento, tudo estava certo. Tudo estava perfeito. Tudo estava... *mágico.*

Estrelas, devo estar sonhando. Mas eu não me importava. Queria mais. Não queria que isso acabasse nunca. Cillian tinha gosto de menta. Refrescante. Como o amanhecer em um dia frio de inverno.

Tão nítido e perfeito.

Gemi contra ele, minha língua duelando com a sua de uma forma que eu nunca previ. Ele me correspondeu com gentileza, com a mão em minha nuca como um lembrete de sua presença dominante, enquanto o braço oposto embalava a parte inferior das minhas costas, me segurando como se eu fosse o ser mais precioso do mundo.

A contradição me deixou sem fôlego e meu corpo

tremeu com uma necessidade que me lembrava o meu cio. Não era hora de entrar no cio. Não era hora de eu precisar de um nó.

Mas eu queria o dele.

Eu *o* queria.

— Cillian — murmurei, envolvendo os braços em seu pescoço enquanto me apertava mais contra ele, pronta para mais. Pronta para ele. Pronta para *nós dois*.

Mas sua boca deixou a minha e seus lábios percorreram um caminho quente até minha orelha.

— É assim que um Alfa deve te beijar, amor — ele murmurou, com seu sotaque irlandês mais forte do que eu jamais ouvi. — Como se você fosse a mulher mais importante do mundo. Como se ele fosse seu e somente seu. Como se ele não desse a mínima para quem pudesse estar observando.

Ele beijou meu pulso acelerado, depois se soltou de meus braços e deu um passo para trás.

— Agora, vá dormir um pouco. — Ele se virou para ir embora, depois fez uma pausa e me encarou mais uma vez. Sua mão encontrou minha nuca novamente. — Não na porcaria do sofá, Ivana. Durma na cama. Entendeu?

Pisquei para ele, confusa demais com os últimos minutos para pensar em palavras, quanto mais em uma resposta.

Ele simplesmente... me beijou... para provar um ponto de vista?

Não me beijou porque me queria.

Mas para... para me mostrar *como* eu deveria ser beijada.

Em frente ao nosso iglu. Ao ar livre. Onde todos e qualquer um poderiam nos ver.

— Cillian...

— Vá para a cama, Ivana — ele interrompeu. — Você

tem uma agenda cheia amanhã... um encontro no cinema com o Ransom e, antes disso, um *brunch* com o Príncipe Cael.

O quê? Eu estava me esforçando para entender. *Um... o quê?*

— O Príncipe Cael enviou uma mensagem há pouco dizendo que pretende levá-la para um brunch às nove horas — Cillian explicou, provavelmente tendo ouvido minha confusão.

Só que ele não entendeu minha pergunta.

Nem eu tinha certeza se havia entendido. Porque isso... isso não fazia o menor sentido. Nós falando sobre Ransom e Cael. Logo depois... logo depois...

Cillian me beijou...

— Você precisa dormir — Cillian disse, interrompendo meus pensamentos. — E eu preciso fazer a ronda de segurança. Boa noite, Ivana.

Em vez de se teletransportar, ele se afastou.

Sem olhar para trás.

Quase gritei, mas não consegui recuperar o fôlego. Meu coração... não estava mais batendo.

Um encontro no cinema com o Ransom.

Brunch às nove.

Com o Príncipe Cael.

As palavras de Cillian fizeram parecer que ele esperava que eu permitisse que os outros Alfas me cortejassem.

Por que ele iria querer isso depois de ter me beijado?

A menos que... a menos que aquele beijo não tenha significado o que eu acho que significou.

O que sugere...

Engoli em seco e minha mente começou a juntar tudo o que acabou de acontecer.

É assim que um Alfa deve te beijar.

Como se você fosse a mulher mais importante do mundo.

Como se ele fosse seu e somente seu.

Como se ele não desse a mínima para quem pudesse estar observando.

Aquele filho da mãe...

Cillian estava *demonstrando* o que eu deveria esperar dos Alfas que me cortejavam. Ele não me beijou porque queria, mas porque queria definir minhas expectativas.

Que merda é essa? pensei, olhando para a direção em que ele seguiu. Era tarde demais para eu fazer essa pergunta em voz alta. Não conseguia nem vê-lo, pois minha mente demorou muito para processar seu beijo.

E de jeito nenhum eu tentaria falar com ele telepaticamente.

A última coisa que eu queria era que ele estivesse dentro de minha mente. Que ouvisse o caos flutuando ao redor. A dor.

Ele acabou de me dar um beijo por pena.

Depois de me dizer que Ransom não era bom o suficiente para mim, porque não foi capaz de me beijar na frente dele.

Eu rosnei.

— Você só pode estar brincando comigo.

Como eu poderia encontrar um companheiro alfa com Cillian me dando beijos de piedade? Eu não apenas estava com o cheiro dele, graças ao fato de compartilharmos esse iglu, mas ele basicamente marcou minha boca.

E por quê?

Para me dar uma lição sobre sensualidade.

Por pena.

Abri a porta do iglu e entrei, furiosa comigo mesma por ter cedido ao toque dele. Sim, eu sonhava com isso há anos. E sim, aquele beijo foi muito melhor do que qualquer fantasia que eu já inventei.

Mas a cruel realidade do motivo pelo qual ele me beijou destruiu tudo sobre o momento.

Tirando todas as camadas de roupas, fui tomar banho.

— Durma na cama — ele disse.

Vá se foder, pensei em resposta. *Foda-se você, sua boca, suas mãos e suas exigências. Vá se foder.*

Dizendo para eu não dormir no sofá.

Bem, que piada.

Em vez disso, vou dormir na porra da banheira.

Era a única maneira de me livrar de seu *cheiro*.

E não era como se eu tivesse descansado muito, de qualquer forma.

IVANA

Acabei não dormindo na banheira.

Estava desconfortável demais, e a água não estava quente o suficiente para viver dentro de um iglu. Eu também não queria esgotar o encantamento que foi usado para aquecer o interior.

Então ocupei toda a cama, optando por dormir atravessada no colchão.

Eu fiquei orgulhosa de mim mesma até acordar em um cantinho dela, com a colônia de Cillian sufocando meus sentidos.

Semicerrei os olhos por cima do ombro, mas o Alfa em questão não estava em lugar algum. Assim como ontem.

Alcancei o relógio na cabeceira da cama e vi as horas com irritação. Eram apenas cinco da tarde, o que significava que eu dormi apenas seis horas. Mas eu não conseguiria descansar mais. De qualquer forma, o sol já estaria se pondo a essa altura.

Hora de correr, eu disse à minha loba.

Tirei o pijama, fiquei de quatro e pedi ao meu animal que assumisse o controle. A mudança me atingiu com uma descarga de adrenalina e os pelos cobriram minha pele enquanto meu corpo mudava de forma.

Um bufo escapou do meu focinho quando a transição foi concluída, fazendo com que eu desse uma risadinha. Minha loba adorava liberdade e não estava satisfeita por eu tê-la mantido presa nos últimos dias.

Vamos passear, murmurei para ela enquanto nos escondíamos do lado de fora do iglu.

Já vi o suficiente da área da cidade para me orientar um pouco, mas ainda não explorei nenhum campo.

Embora eu duvidasse que houvesse muito para ver além de neve e gelo.

Eu tremia por dentro, não muito entusiasmada com a falta de paisagismo aqui. *É melhor me acostumar com isso*, murmurei para mim mesma.

Porque todos as Ômegas ficavam dizendo que o Território das Geleiras as lembrava de *lar*... um lar que eu chamaria de meu em breve. *Com um companheiro Alfa*.

Esse último pensamento me fez engolir em seco com desconforto. O beijo de Cillian foi tudo com que eu sempre sonhei. Pelo menos, até o fim e as palavras que se seguiram.

Ainda assim, ele criou uma expectativa que eu não tinha certeza se os outros Alfas elegíveis poderiam atender.

Nenhum deles me provocava arrepios como Cillian.

Por que não consigo superar essa paixão estúpida por ele? me perguntei enquanto minha loba farejava ao redor, procurando um campo para correr. *Isso é ridículo. Ele não me quer. Cillian deixou isso mais do que claro. Preciso parar de pensar nele. Ansiar por ele. Desejá-lo.*

Rosnei, um som que despertou o interesse da minha loba, que começou a examinar o banco de neve à nossa frente.

Sinto muito, murmurei para ela. *Estou rosnando para o Cillian, não para qualquer tipo de ameaça.*

Ela não conseguiu entender minhas palavras, mas meu tom a acalmou.

Sem perigo, ela basicamente traduziu. *Podemos continuar em segurança.*

Nossas patas se moviam em silêncio pelo chão frio, deixando pequenas pegadas enquanto caminhávamos por um trecho plano de terra. Minha loba olhava para trás e para todos os lados, vigilante e atenta, como sempre.

O sol poente pintou um brilho bonito no horizonte, que reluzia na terra gelada.

Acho que é uma bela visão, pensei, admirando as cores. *No entanto, o Território de Sangue tem vistas semelhantes durante o inverno.*

Um suspiro se formou no fundo do meu peito, e meu coração bateu em um ritmo lento e triste.

Quando concordei com o programa de acasalamento, pensei que a mudança para o Território Noturno não seria nada incômoda. Mas eu estava começando a perceber que não considerei por completo o que significava deixar a terra que eu e minha loba considerávamos como nosso lar.

Podemos começar do zero. Fazer novos amigos. Não é como se tivéssemos muitos no Território de Sangue.

Mas não se tratava apenas de amigos.

Era sobre o ambiente. As árvores. A exuberante areia vulcânica. A sensação da grama contra as minhas patas.

Minha loba grunhiu com a última parte e chutou a neve abaixo de nós, entendendo claramente minha linha de pensamento. Ela também não era uma grande fã desse ambiente.

Mas talvez possamos aprender a gostar, eu disse a ela. *Vamos... vamos tentar...*

Ela soltou outro grunhido, um que expressava dúvida, e começou a trotar.

A manta branca no chão se estendia por quilômetros. Não era totalmente plano, mas as colinas também estavam cobertas de neve.

Talvez os verões sejam...

Minha loba fez uma pausa e o pelo da minha nuca eriçou.

Estávamos sozinhas. Mas, agora... *Tem alguém vindo.*

As orelhas pontudas do meu animal giraram, nossos sentidos ficaram em alerta máximo enquanto minha loba olhava para a nossa esquerda.

Ah, é você. Eu deveria saber que ele interromperia minha aventura no início da noite. *O que você quer, Cillian?*

Infelizmente, a reação da minha loba ao ver a fera de Cillian não correspondeu à irritação em meu tom.

Porque ela estava praticamente salivando ao ver a forma dele, quase duas vezes maior que a nossa.

Sua fera avançou com uma confiança que fez com que a língua da minha loba saísse da boca e sua cauda balançasse em deleite aberto.

Pare com isso, ordenei.

Ela não parou.

Não que eu tivesse ficado surpresa. Minha loba seguia seus instintos de acasalamento, que estavam todos voltados para o Alfa que se aproximava – aquele que ela considerou como seu por tempo demais.

Na verdade, eu e Cillian nunca passamos tempo juntos em forma de animal. Eu via a fera dele, mas sempre de longe. E duvidava de que ele tivesse me visto como loba.

Por que ele faria isso? pensei em tom sombrio. *Não sou do nível dele.*

Você acha que é sensato vagar sozinha por uma terra estrangeira, Ivana? Cillian perguntou, e um tom de repreensão acompanhou suas palavras.

Sensato? repeti enquanto minha loba inclinava a cabeça para o lado. Ela também percebeu o tom dele. E não tinha certeza se estava gostando. *Estou esticando as pernas, Cillian. Vou dar uma corrida. Certamente, você entende isso como um metamorfo.*

Você é uma convidada aqui, Ivana. Uma Ômega não acasalada, ele falou e suas palavras me irritaram. O que isso tinha a ver com alguma coisa?

Estou totalmente ciente do meu status de acasalamento, rosnei de volta para ele. *Mas obrigada pelo lembrete.*

Você não está entendendo.

Meu animal bufou com a voz dele enquanto eu murmurava, *é claro.* Por que isso deveria importar? *Estamos em um território do V-Clan. Estou segura aqui.*

Está? ele rebateu, seu animal circulando o meu. *Aqui fora? Ao ar livre, onde qualquer um poderia aparecer e levá-la?*

Minha loba e eu bufamos para ele. *Quem poderia querer me levar, Cillian?*

A fera dele parou bem na minha frente. *Você estava tão confiante assim quando foi parar naquele buraco?*

Se eu estivesse na forma humana, minha boca teria se aberto com a lembrança fria de como nos conhecemos. *Você vai falar sobre isso? Agora? Aqui?*

Estou defendendo um ponto de vista.

E que argumento é esse? perguntei. *Que você é um idiota?*

Um som baixo saiu de sua fera, algo que normalmente teria feito meu próprio animal dar um passo para trás. Mas minha loba e eu nunca tivemos medo de Cillian.

Estou dizendo que estar em território do V-Clan não significa que você está segura, ele disse em minha mente. *Por que acha que eu tive que acompanhar todas vocês até aqui? Para protegê-las. Este lugar é desconhecido. Caramba, todo esse experimento é uma incógnita.*

Minha loba cerrou os dentes e sua cauda não balançava mais. Ela não só não gostou do tom de voz dele, como também não era fã de sua postura de Alfa.

Você é uma Ômega, Ivana. Vulnerável. Pequena. Fácil de ser pega. E este mundo é perigoso, ele continuou. Acho que você, entre todas as Ômegas, deveria saber disso.

Posso cuidar de mim mesma, respondi, irritada com suas declarações depreciativas.

Vulnerável.

Pequeno.

Fácil de pegar.

Que se dane.

Seu lobo soltou outro rugido, o rosnado pareceu reverberar através do vínculo telepático que estabeleceu com minha mente enquanto ele pronunciava: *Prove.*

O quê?

Você me ouviu, Vana. Acha que está segura aqui fora? Que pode cuidar de si mesma? Então prove isso. Me mostre o que você pode fazer. Demonstre como você se defenderia de um Alfa. Lute comigo.

Se eu estivesse na forma humana, poderia ter rido.

Mas eu podia ouvir o quanto ele estava falando sério, podia ver isso ecoando em sua postura de lobo.

Não, disse a ele. *Não vou lutar com você.*

Porque sabe que vai perder.

Porque não é isso que eu faria se um Alfa tentasse me atacar ou me roubar, como você disse. Minha loba soltou um suspiro de concordância. Ou talvez ela estivesse reagindo à sua proximidade e à intimidadora onda de energia que girava em torno dele.

Ela não ficou impressionada.

E eu também não.

Sei que não devo lutar contra um Alfa em forma de lobo, Cillian. Eu me esconderia em algum lugar e encontraria uma arma para usar... à distância.

Sua fera começou a me rondar novamente. A energia se intensificou e fez com que meu animal gemesse em resposta. Ela não gostou da sensação opressiva da aura dele contra a nossa. Sua presença não era mais um calor bem-vindo, mas uma carícia arrepiante.

O que aconteceria quando você não conseguisse desaparecer nas sombras, Ômega? ele me perguntou, assumindo um tom sombrio em sua voz mental. *Vai acabar em um buraco novamente? Usada, abusada e esperando que alguém como eu te resgate?*

Eu me encolhi quando suas palavras bateram em meu coração e desencadearam uma infinidade de lembranças. De uma época em que eu deveria estar segura. De uma época em que confiei ingenuamente naqueles que deveriam me proteger. De uma época em que acabei no chão, incapaz de me mover. Incapaz de desaparecer nas sombras. Incapaz de *gritar*.

Minha loba também estremeceu, sem dúvida sentindo o pesadelo assombroso do nosso passado rastejando em minha consciência.

Ou ela estava reagindo à energia repressiva que pesava sobre seu ser, exigindo que ela se ajoelhasse.

Cillian...

Se queria sair para correr, talvez devesse ter mencionado isso ao Ransom. Ter pedido a ele um encontro ao ar livre em vez de ir ao cinema. Ele voltou a andar e seu poder me pressionava ainda mais enquanto ele se movia. *Ou talvez você pudesse ter esperado para pedir ao Cael que te acompanhasse.*

Minha loba cerrou a mandíbula e suas pernas quase cederam diante da investida da imponência Alfa dele.

Ele estava se fazendo entender. Levando meu animal

ao chão com meros pensamentos em vez de força bruta. Ele queria que eu *sentisse* seu poder. Queria me assustar. Mostrar o que um Alfa poderia fazer comigo.

Mas eu sabia disso.

Eu tinha plena consciência da força bruta que sua espécie possuía.

Só nunca esperei que Cillian a usasse contra mim.

Especialmente depois do que passei, de como ele me encontrou e do que *viu*.

Correr sem um guardião adequado é tolice e inseguro — ele continuou, aparentemente alheio ao tumulto que provocou em minha mente e à dor que atingiu meu coração.

Esse era o Alfa que minha loba escolheu. O Alfa em quem ela confiava.

Mas agora... agora, ele estava usando seu poder contra nós. Afiando sua energia como uma arma e nos fazendo sofrer.

Tudo isso, enquanto estrangulava minha capacidade de desaparecer nas sombras, percebi, e sua pergunta anterior finalmente foi registrada.

O que aconteceria quando você não conseguisse desaparecer nas sombras, Ômega? ele perguntou. *Vai acabar em um buraco novamente? Usada, abusada e esperando que alguém como eu te resgate?*

Estremeci quando a realidade de estar confinada forçou minha mente a se recolher para um lugar que eu temia. Um que eu não visitava há longos seis anos. Um lugar que eu criei quando meu pai me envolveu em um laço invisível e me obrigou a viver naquele buraco.

Frio.

Sozinha.

Esperando por meu *noivo*.

Um monstro a quem meu pai me vendeu.

Um Alfa do Território Dourado.

Minha loba rosnou e seus instintos ficaram em alerta ao sentir que eu recuava dentro de nossa mente. Ela não queria que eu me escondesse. Queria que eu *lutasse*.

Cillian estava falando, dizendo algo por meio do vínculo telepático que ele estabeleceu, mas eu não ouvi uma palavra sequer.

Eu o... excluí. Fiquei vagando por aquele espaço vazio dentro da minha cabeça, um lugar onde eu residi por meses enquanto estava presa no chão, incapaz de me mover. Presa pelas restrições mentais de um Alfa.

Exatamente como agora.

Com um Alfa em quem eu achava que podia confiar.

E tudo isso para quê? Sair para uma corrida noturna como loba?

Cillian queria provar um ponto: que eu não estava segura aqui.

Parabéns. Acredito em você, pensei, não me importando se ele podia me ouvir ou não. *A única pessoa em quem posso confiar para me proteger sou eu mesma.*

Mas eu não podia me esconder. Ele me laçou com sua força, garantindo que eu estivesse presa diante dele.

Ah, minhas patas podiam se mover. Mas o que ele faria se eu corresse? Me derrubaria no chão como meu irmão e meu pai fizeram? Me forçaria a obedecer? Me obrigaria a me ajoelhar de verdade?

Você está me ouvindo? Cillian questionou e suas palavras atravessaram a névoa de meus pensamentos.

Não, respondi, tanto sobre sua pergunta quanto ao seu ar dominante. *Não.* Eu *não* seria laçada novamente. Eu era uma Ômega livre agora, com permissão para tomar minhas próprias decisões.

Mas, aparentemente, não era livre para desaparecer nas sombras, rosnei para mim mesma. *Provavelmente, também não sou livre para fugir. Porque aqui não é seguro. E Cillian, o Alfa que eu achei que sempre me protegeria, acabou de provar que não é confiável.*

Afogando minha capacidade de fazer sombra.

Me castigando.

Me beijando por pena.

Compartilhando um iglu com só uma cama.

Dizendo que eu não estava em seu nível.

Me *rejeitando*.

Isso... tudo era demais. Passei anos desejando esse Alfa, querendo ser sua companheira, achando que ele estava apenas se fazendo de difícil.

Mas agora...

Agora eu entendo quem você é, murmurei, e meu olhar de loba encontrou suas órbitas escuras. *E não vou me curvar.*

Vana... o apelido se arrastou em minha mente. Sua voz era um mero sussurro que afastei da mente antes que ele pudesse terminar qualquer declaração profunda ou ameaça que pretendia fazer.

Porque cansei.

Chega de ser rejeitada.

Chega de sua piedade.

Chega de ser castigada por seu poder.

Cansei. Dele.

Meu animal rugiu enquanto eu gritava em minha mente, precisando ser *livre*. Livre do fardo de sua presença. Livre dessa obsessão. Livre dessa paixão infantil. Livre de sua energia opressiva.

Livre. Dele.

— Ivana — ele disse, voltando à sua forma humana.

Nem me importei com o fato de ele estar diante de mim. Não me importava que ele tivesse se transformado em um piscar de olhos. Nem com o fato de ele estar nu.

Não me importei nem um pouco.

Porque eu não queria ter nada a ver com ele.

Não mais.

Chega.

Desapareci nas sombras para o iglu e fui direto para o chuveiro. Minha loba instantaneamente me devolveu o corpo. Não tinha certeza se Cillian me libertou de sua energia opressiva ou se eu, de alguma forma, lutei contra ele.

Isso não importava.

Eu estava sozinha.

E tudo o que eu queria fazer... era chorar.

Abri a água e me deitei no piso de ladrilhos aquecidos.

Não ficaria quente por muito tempo, mas eu provavelmente nem perceberia.

Porque tudo o que eu sentia por dentro era frio.

Também poderia congelar por fora.

CILLIAN

O QUE ACABOU DE ACONTECER?

Eu não conseguia sentir Ivana. Não conseguia sentir sua mente. Não conseguia nem mesmo determinar sua localização.

Era como se ela tivesse acabado de *morrer*.

Fiz uma varredura no Território das Geleiras, procurando por sua presença. Não encontrei *nada*.

Minha incapacidade de senti-la sugeria que ela não estava mais ao alcance dos meus poderes. O que só poderia significar que ela deixou o Território das Geleiras.

Será que ela voltou para seu ninho? me perguntei, perplexo e muito preocupado. *Será que ela se escondeu em outro lugar completamente diferente?*

Merda. Passei os dedos pelo cabelo enquanto examinava a paisagem gelada. *Que merda!*

Abri a tela do relógio e passei o dedo sobre o ícone de um telefone.

Kieran poderia me dizer imediatamente se Ivana retornou ao Território de Sangue.

Ou eu mesmo poderia me teletransportar até lá.

Mas isso significaria deixar as outras Ômegas.

Fritz e Benz não eram fortes o suficiente para proteger todas elas contra um bando de Alfas loucos por luxúria. Não que esse bando de Alfas existisse atualmente, mas o potencial de um me mantinha preso ao frio do Território das Geleiras.

Como Ivana conseguiu se livrar de meu controle? pensei. *Ela não deveria ter sido capaz de desaparecer nas sombras, muito menos sair deste Território.*

Eu fui duro. Cruel até. *Mas vagar por aí sem um guardião...* quase rosnei diante do conceito tolo. *O que ela estava pensando?*

Pela primeira vez, não consegui nem tentar responder à pergunta.

Porque eu não conseguia mais senti-la.

Praguejei novamente e selecionei o nome de Kieran.

Ele atendeu após o segundo toque, com o rosto mergulhado nas sombras enquanto dizia:

— É melhor que alguém esteja morrendo, Cillian...

— A Ivana está no Território de Sangue? — perguntei, ignorando a advertência em seu tom.

Ele se sentou, ficando instantaneamente mais alerta.

— Da última vez que verifiquei, ela estava com você.

— Você consegue senti-la no Território de Sangue? — reiterei, sem vontade de brincar com meu melhor amigo.

Kieran ficou em silêncio por um instante.

— Não.

— Droga. — Desliguei o telefone e passei a mão no rosto. — Droga.

Onde ela foi parar? Minha mente instantaneamente imaginou aquele buraco onde eu a encontrei. *Faminta, nua, machucada e entrando no cio...*

Eu nunca me esqueceria daquela noite enquanto existisse.

As imagens de uma Ômega destruída, à beira do primeiro cio, assaltaram minha mente quando meu pulso vibrou com um alerta. Nem precisei olhar para a tela para saber que era Kieran me ligando de volta.

Rosnando, voltei para o iglu antes de aceitar sua ligação.

— Eu... — Parei de falar e meu nariz contraiu quando o cheiro de Ivana me invadiu instantaneamente. — Eu a encontrei.

Desliguei novamente antes que Kieran pudesse responder, com meu foco totalmente voltado para a Ômega que eu podia sentir o *cheiro*, mas não a presença, no iglu. Voltei para cá com a intenção de vestir uma calça, mas agora só conseguia me concentrar em Ivana e na parede mental que ela criou entre nós.

Isso é novo, pensei. Alfas já conseguiram bloquear minha capacidade de ler suas mentes antes, mas nunca suas *auras*. Eu sempre conseguia sentir a proximidade, bem como o poder.

Mas Ivana...

Eu não sentia nada além de seu cheiro.

O doce perfume da ômega. Como um jardim de laranjeiras aquecido pelo sol.

Mas havia uma corrente subterrânea de algo azedo em sua fragrância. Mais parecido com uma toranja do que com uma laranja.

Isso fez a lembrança de nosso primeiro encontro se aprofundar em minha mente, e eu contorci o nariz com a lembrança de seu aroma contaminado.

Tanta tristeza.

Devastação.

Medo.

Os pelos da minha nuca se eriçaram quando verifiquei o perímetro, procurando por qualquer sinal de ameaça. Qualquer pessoa ou coisa que pudesse tê-la feito se sentir assim.

Mas a única presença que eu sentia, além da dela, era a minha.

E eu estava com ela momentos atrás, pensei. *Quando ela desapareceu da...*

Meu pulso vibrou novamente e o nome de Kieran foi escrito no ar como um mau presságio.

Respirando fundo, atendi à chamada.

— Me desculpe por ter perturbado seu sono — eu disse antes que ele pudesse falar. — Mas preciso me concentrar na Ivana neste momento.

Seu rosto pairou diante de mim em uma sombra translúcida, e seu olhar estava perscrutador.

— Vou chamar o Lorcan. Ele vai ficar nas sombras para protegê-lo enquanto você conserta o que quer que tenha estragado.

Dessa vez, Kieran encerrou a ligação antes que eu pudesse responder.

Quem disse que eu estraguei tudo? Eu teria pensado se ele estivesse perto o suficiente para me ouvir.

Mas eu tinha certeza de que fiz besteira.

E a evidência disso estava azedando o cheiro de Ivana.

Cerrei os dentes, segui a fragrância dela até o banheiro e paralisei do lado de fora do box com porta de vidro.

Minha Ômega confiante e desbocada estava enrolada em uma pequena bola no chão enquanto a água caía sobre ela.

Outra imagem daquela noite fatídica me invadiu: ela

fazendo exatamente isso no chuveiro para onde eu a levei depois de resgatá-la daquele buraco.

— Por favor, eu vou... eu vou fazer o que você quiser — ela sussurrou. — Só não me deixe de castigo de novo.

— Não vou te castigar, *Macushla* — prometi a ela.

Quebrei essa promessa hoje, percebi, com uma pontada no coração. *Merda.*

Todos os pensamentos dela, os desarticulados que me fizeram voltar à minha forma humana, de repente fizeram sentido.

Acreditei em você.

Não sou livre para desaparecer nas sombras.

Não sou livre para correr.

Não estou segura.

Não pode ser confiável.

Estremeci novamente, percebendo que ela provavelmente estava se referindo a mim com aquelas duas últimas frases. O simples fato de repreendê-la destruiu sua fé em mim.

E com razão, dada a nossa história.

— Vana — murmurei, me ajoelhando ao lado do chuveiro. — Sinto muito, *macushla.* — Eu não usava esse termo carinhoso desde a noite em que nos conhecemos. Foi reservado para ela depois daquele dia.

Assim como o meu ronronar, pensei, com a sensação ganhando vida dentro de mim.

Ah, eu já havia ronronado para Ômegas antes dela. Mas apenas quando elas estavam machucadas ou precisavam de conforto.

Entretanto, essa não era a razão pela qual eu ronronava para Ivana agora.

Ou porque estive ronronando para ela durante toda a semana.

Enquanto ela dormia.

Era uma tentação que eu deveria ter ignorado. Um desejo ao qual eu não deveria ter me entregado. Uma necessidade que eu reprimi por tempo demais.

Essa mulher seria a minha ruína. Soube disso desde o momento em que seus olhos azuis cor de gelo encontraram os meus.

Só não esperava que fosse acontecer dessa forma... comigo de joelhos enquanto ela chorava em silêncio no chão quente do box.

Não foi apenas o fato de eu tê-la repreendido que a perturbou. Percebi isso em seus pensamentos.

Ela finalmente se cansou de mim.

Desistiu de sua paixão.

Do que poderíamos ter sido.

Agora, ela estava de luto.

Eu tinha duas opções: deixá-la me odiar e seguir em frente. Ou implorar por seu perdão e...

E o quê? me perguntei. *E tentar ter um relacionamento com ela? Será que eu poderia ser tão egoísta assim?*

Ela nunca poderia estar em primeiro lugar. Dediquei minha existência a ajudar Kieran. Era a honra e o respeito que lhe eram devidos.

Ivana não entendia isso. Ela não entendia a mim ou à minha história. *Porque eu nunca contei a ela.*

Em vez disso, passei os últimos seis anos tentando afastá-la. Guiá-la em direção a um futuro mais razoável. Um futuro em que ela seria feliz. Apaixonada. Devidamente adorada.

No entanto, a mulher diante de mim agora não era nada disso.

Por minha causa.

— Eu nunca quis te machucar — falei baixinho. — Caramba, Vana, te machucar é a última coisa que eu quis. É por isso que me recusei a deixar que algo acontecesse entre nós. Não sou bom o suficiente para você, amor. Nunca fui. E nunca serei.

Dizer a verdade em voz alta foi agonizante de uma forma que eu não previ. Porque a verdade era que um lado profundamente enterrado de mim queria ser bom o suficiente para ela.

— Você é a primeira pessoa a me tentar a sair do meu destino — confidenciei a ela. — Mas não estou em seu nível, querida. Era isso que eu estava dizendo ao Lorcan naquele dia... você está em um nível muito acima do meu. E preciso que você veja isso. Para encontrar alguém mais adequado. Alguém que possa te dar tudo. Alguém que...

Eu me afastei, engolindo em seco.

Porque eu odiava tudo nessa conversa.

— Puta merda, estou tentando. Mas é... — Fechei os olhos e meu lobo rosnou furiosamente por dentro. Ele entendia perfeitamente a essência do que eu estava tentando dizer e não concordava.

Minha! ele praticamente rugiu.

— Vai contra todos os instintos de um Alfa tentar convencer sua Ômega a escolher outra pessoa — eu disse entre dentes. — Mas é a coisa certa a fazer. Eu nunca serei a pessoa certa para você. Tenho certeza de que provei isso esta manhã.

Eu a repreendi de uma forma que não deveria.

Tudo porque não conseguia me controlar perto dela.

Quando a senti sair sem acompanhante, perdi a cabeça. Ela poderia ter sido levada. Ferida. Ou uma infinidade de outras coisas.

Era provável que algo acontecesse com ela? Não, na verdade, não. Não comigo aqui.

Mas só o simples conceito disso fez com que minha fera se aproximasse dela. Porque ela era dele para cuidar. *Até que ela encontrasse outro Alfa para protegê-la.*

Passei a mão no rosto e finalmente abri os olhos, pronto para falar mais sobre o que Ivana precisava encontrar em um companheiro. Mas me vi incapaz de pronunciar as palavras ao ver o desgosto gravado em sua expressão.

Ela finalmente se desenrolou de sua bola, e eu desejei que não tivesse feito isso. Porque a tristeza em suas feições fez com que meu coração se despedaçasse.

Eu fiz isso com ela.

Eu a machuquei.

Quebrei minha promessa.

— Sinto muito — sussurrei novamente, meu ronronar ainda irradiando do peito. — Eu nunca deveria ter restringido sua habilidade de desaparecer nas sombras. Eu sabia disso. Eu... — Balancei a cabeça, interrompendo o que estava prestes a dizer. — Não vou insultá-la com uma desculpa. Eu não deveria ter feito isso. Fim da discussão.

Ela me encarou, sua mente ainda estranhamente silenciosa. Se ela não estivesse bem na minha frente, eu me preocuparia com a possibilidade de ela estar morta.

Porque era assim que isso parecia... essa separação de sua aura.

É assim que me sentirei quando ela encontrar um companheiro e se mudar para o Território Noturno, pensei, e minha garganta se esforçou para engolir.

Eu sabia que perdê-la me machucaria, mas não percebi o quanto seria doloroso.

No entanto, isso era pior. Ela escolheu me deixar de fora. Eu não tinha ideia de como ela fez isso. A habilidade era milagrosa e, em qualquer outra circunstância, eu ficaria encantado.

Mas, neste momento, daria tudo para senti-la novamente. Mesmo que seus pensamentos superficiais estivessem todos cheios de ódio contra mim, pelo menos eu seria capaz de senti-la.

— Achei que o fato de você me odiar te ajudaria a seguir em frente — admiti em voz alta. — Eu estava disposto a aceitar a dor de seu ódio se isso significasse sua felicidade. — Passei os dedos pelo cabelo e soltei um suspiro. — Ainda estou disposto a aceitar esse ódio, Vana. Mas isso... — Parei, observando a tristeza gravada em suas feições de porcelana.

Ela não estava nem um pouco feliz.

Estava completamente miserável.

Assim como eu.

— Eu disse e fiz algumas coisas das quais não me orgulho, Ivana.

Isso era um grande eufemismo.

No entanto, não falei esse acréscimo desnecessário em voz alta.

Em vez disso, continuei dizendo:

— Pensei que estava tornando as coisas mais fáceis para nós dois. Mas nada disso parece fácil ou certo. Não sei mais o que dizer, a não ser que eu estava errado. Estou aqui para protegê-la, não para machucá-la.

As palavras *sinto muito* permaneceram em minha língua, mas eu já as disse duas vezes. Ela iria me perdoar ou me mandar à merda.

A segunda opção era mais provável. E mais justificada também.

Mesmo assim, ronronei para ela. Porque era tudo o que eu conseguia pensar em fazer. Me lembrei do inferno em que a encontrei todos aqueles anos atrás. Eu só podia imaginar os horrores que ameaçavam sua mente agora.

Seu pai a prometeu a um Alfa do Território Dourado. A porra de um *dragão*. Não um lobo.

E seu irmão não fez nada para ajudá-la. Quando me contou sobre o acordo, ele *riu*.

— O que há com a Ômega no buraco lá fora? — perguntei enquanto fingia beber a cerveja com sangue que ele me ofereceu na versão de bar de sua alcateia. Parecia mais uma caverna.

Fingi ser um lobo solitário, apenas de passagem, a caminho de um lugar que só Deus sabia onde ficava. Os Alfas não pensaram em nada, a alcateia mista estava cheia de todos os tipos de lobos.

O irmão e o pai de Ivana eram os únicos metamorfos do V-Clan.

E sua mãe morreu muito antes de eu chegar, provavelmente porque seu pai a compartilhou com os outros Alfas. Eu nunca perguntei e Ivana nunca mencionou isso.

— Ela é um prêmio — o irmão de Ivana, Chip, disse com um sorriso. — Para o Alfa Oros.

— Alfa Oros? — repeti, certo de que não ouvi direito.

— Alfa do Território Dourado. — O irmão dela sorriu. — Ele está pagando por ela com um pouco daquela merda de pedra mística. Do tipo que cria barreiras. — Ele deu de ombros, obviamente sem saber o que os Alfas Dragões podiam fazer com aquela *merda de pedra mística*. — Ela não estava querendo cumprir sua parte. Então. — Ele deu um longo gole. — Nosso pai a colocou no buraco.

— Ela está prestes a entrar em seu primeiro cio — um Alfa do W-Clan acrescentou. — O Chip aqui não pode jogar por motivos óbvios. Mas Jinx disse que podemos dar um nó na vadia Ômega até que o dragão chegue. Se quiser uma chance, terá que entrar na fila. Devemos começar amanhã, e ouvi dizer que vai durar um mês.

A empolgação em seu tom era palpável.

E isso me enojou profundamente.

Estávamos perto o suficiente de onde Ivana estava mentalmente acorrentada para que ela pudesse ouvir cada palavra com seus sentidos de loba.

O que, consequentemente, permitiu que ela ouvisse minha reação ao seu destino.

Eu fui excepcionalmente violento, derrubando todos com uma rápida onda de poder que nenhum deles previu. Eles presumiram que eu era apenas um nômade de passagem. Um lobo solitário do V-Clan de um Território extinto há muito tempo.

Porque foi isso que levamos a maioria dos sobrenaturais do mundo a acreditar.

O Território Eclipse incendiou e todos os lobos morreram.

Alguns seres poderosos sabiam que isso era mentira. A maioria era de nossos aliados ou criaturas com a mesma opinião que se mantinham isoladas.

Independentemente disso, eu me aproveitei de Jinx, o pai de Ivana e o autoproclamado líder do grupo pequeno, e de sua ignorância, e matei todos os Alfas naquela caverna degradada.

Depois, libertei Ivana e a levei de volta ao meu covil, onde a protegi durante seu primeiro cio.

Ela começou no chuveiro, se enrolando em uma bola semelhante à de momentos atrás, e implorou silenciosamente para que eu não a colocasse de castigo novamente.

Quando prometi não limitar suas habilidades, ela começou a soluçar.

Por horas.

E mais horas.

Até que, finalmente, ela ficou quieta. Sombria. *Curiosa.* Foi quando ela testou minhas palavras pela primeira vez.

Eu me sentei no corredor perto do banheiro e esperei pacientemente enquanto ela se escondia nas sombras no meu covil. Permaneci em silêncio enquanto ela se transformava em loba e rondava meus aposentos. Depois, preparou seu jantar quando finalmente voltou à sua forma humana.

— Por que não estou mais queimando? — ela perguntou, com a voz quase inaudível. — Como você parou meu cio?

— O príncipe Kieran está usando seu poder de cura para protegê-la do seu cio — eu a informei.

Em seguida, expliquei que Kieran poderia libertá-la a qualquer momento. Ele só a estava ajudando a superar a situação porque queria que ela entendesse que estava segura antes que o cio chegasse.

— No Território de Sangue, protegemos nossas Ômegas durante esse período vulnerável. Não as usamos nem as trocamos. Nós as estimamos. Kieran achou necessário que você entendesse isso antes de...

— Antes de perder a cabeça e potencialmente enlouquecer — ela concluiu por mim, sua expressão astuta e suas palavras precisas. — Será que é ele quem vai me dar o nó?

Eu quase me engasguei com o pedaço de bife que tinha acabado de colocar na boca. *Não*, respondi em sua mente. *Kieran está noivo.*

Ela piscou para mim, parecendo não se surpreender com minha resposta mental. *Você é telepata?*

Sim.

E você lê mentes?

Sim. Terminei o bife.

— Mas tento não me intrometer.

Ela inclinou a cabeça.

— O que estou pensando agora?

Semicerrei os olhos.

— Está duvidando das minhas habilidades?

— Sim.

Ergui as sobrancelhas de surpresa.

Apenas para que meu poder ocupasse sua mente e descobrisse que ela estava me provocando.

Mas essa não foi a única descoberta que fiz naquele dia. Eu tinha achado os pensamentos de Ivana tranquilamente pacíficos.

Pelo menos até ela começar a pensar em me perguntar se eu pretendia dar o nó nela durante seu cio.

Talvez eu não me importe com isso, ela decidiu, seus olhos azuis cintilaram em minha direção com interesse. *Na verdade, acho que eu gostaria.*

— Não — eu disse. — Se quiser um Alfa para ajudá-la em seu primeiro cio, posso apresentá-la a alguns. Eu não poderei fazer isso.

— Por que não? — ela me perguntou de maneira corajosa, e a fêmea encolhida do chuveiro não estava mais à vista. Uma deusa confiante tomou seu lugar.

E permaneceu dentro dela até hoje.

Até que eu destruísse sua fé em mim.

Me inclinei para trás contra a parede, com as pernas dobradas para cima, de modo que meus braços pudessem envolver meus joelhos. Era a mesma posição que eu adotei no corredor durante o banho dela em meu covil. Mas, dessa vez, eu estava no banheiro com ela. Nós dois nus e olhando um para o outro.

Eu nunca respondi à pergunta dela naquele dia. *Por que não?*

Porque a verdade era que eu me senti tentado a seduzi-la. A dar meu nó. A torná-la minha.

O que seria muito errado.

Ela tinha dezenove anos na época, uma jovem Ômega à beira de seu futuro.

Não queria destrui-la, amarrando-a a mim por toda a eternidade.

Mas, de alguma forma, consegui prejudicá-la mesmo assim.

Como evidenciado por seu silêncio contínuo.

Pelo menos, ela não está mais chorando, pensei, admirando seus olhos claros.

Continuei a ronronar enquanto mantinha seu olhar fixo. O tempo passou. Em algum momento, senti e ignorei a chegada de Lorcan.

Ouvi dizer que você fez merda, ele disse.

Como não respondi, ele passou a se encarregar de minhas tarefas.

Enquanto isso, Ivana e eu continuávamos nessa estranha disputa de olhares.

Se a água estava fria, ela não reagia a isso. Quase me aproximei para testar por mim mesmo, mas não queria correr o risco de assustá-la.

Ela precisava de tempo.

Eu lhe daria isso.

E meu ronronar.

Pelo tempo que fosse...

— Quais são minhas outras qualidades desagradáveis? — ela perguntou. Foi tão inesperado que não pude evitar que minhas sobrancelhas se erguessem.

— O quê?

— Você disse ao Lorcan que preciso encontrar alguém que não se importe com meus jogos infantis. Alguém que aprecie minhas qualidades desagradáveis, minha ousadia e confiança equivocada. Quais são essas qualidades desagradáveis?

Droga. O fato de ela ter se lembrado da frase exata que eu usei, quando nem mesmo eu conseguia me lembrar de tudo o que eu falei, dizia muito sobre o que minhas palavras fizeram com ela.

— Ivana, eu disse aquelas coisas por frustração. Se eu disser a mim mesmo que seus traços me irritam, talvez um dia eu acredite nisso e pare de querer... — Parei antes que pudesse terminar a declaração. Mas eu já havia revelado demais.

— Querer o quê? — ela perguntou, com uma sobrancelha altiva erguida enquanto sua deusa interior me observava com seus belos olhos.

— Não importa o que eu quero, amor. O que importa é que eu disse algumas coisas naquele dia que não foram justas. Quis dizer que você precisa de um Alfa que adore sua confiança e ousadia e não se importe que você o derrube quando for necessário. Você merece um Alfa que te coloque em primeiro lugar. Que te ame. Te adore. Que esteja ao seu nível de deusa.

Infelizmente, esse Alfa nunca seria eu.

Mas eu poderia ser bom para ela agora. Dizer a ela a verdade absoluta. E esperar que ela estivesse confiante o suficiente para acreditar.

— Não há nada de desagradável em você, Ivana — eu disse a ela, e meu sotaque se pronunciou. — Você é perfeita, *macushla*.

IVANA

Você é perfeita, macushla.

O elogio de Cillian reverberou em minha mente, entrando em conflito com a dor e a mágoa que ele inspirou nas últimas semanas.

Tudo o que ele disse – suas explicações, palavras, afirmação... – ia contra todos os instintos de um Alfa tentar convencer sua Ômega a escolher outra pessoa.

Meu estômago revirou quando sua declaração passou pela minha mente mais uma vez.

Sua Ômega.

Ele se referiu a mim como *sua* Ômega.

Mais ou menos, de qualquer forma. Estava implícito. Ou talvez eu estivesse pensando demais naquela frase.

Quase suspirei, irritada com a esperança que despertou

dentro de mim. Eu sabia que não era assim. Esse Alfa não me queria.

E ainda assim...

Ele diz que sou perfeita.

Mas ele também me chamou de excessivamente confiante e persistente demais.

Por que ele quer acreditar nisso? me perguntei, lembrando-me de tudo o que ele me disse esta manhã. *Porque ele acha que estou em outro nível. Um nível semelhante ao de uma deusa.*

Isso parecia bom demais para ser verdade.

Assim como quando ele me beijou...

Estreitei os olhos.

— Você está com pena de mim de novo, não está? Dizendo o que eu quero ouvir como uma espécie de lição, como aconteceu hoje de manhã, certo?

Revirei os olhos, a irritação pulsando em mim.

Nada do que ele disse era verdade. Ele queria que eu seguisse em frente, encontrasse outro Alfa e o deixasse em paz. O que eu não poderia fazer enquanto me lamentava no chuveiro.

— Pode parar de tentar me fazer sentir melhor, Alfa Cillian — eu disse a ele, interrompendo a resposta que ele estava proferindo. — Não preciso nem quero seus comentários ou beijos de piedade, nem qualquer outra coisa que você sinta que precisa me dar. Aceito sua rejeição. Apenas me deixe em paz.

Me forcei a ficar de pé no chuveiro. Porque era hora de me concentrar no dia de hoje.

E parar de ficar de mau humor por causa de um homem que não quer ficar comigo.

Com os olhos fechados, deixei a água escorrer pelo meu rosto e cobrir meus ouvidos. Cillian estava falando, mas eu não queria ouvi-lo. Não queria vê-lo. Nem queria estar perto dele.

Ele deixou seus sentimentos claros.

E eu estava cheia...

Sua mão em minha nuca cortou meus pensamentos, fazendo com que eu abrisse meus olhos.

— Cill...

Ele me puxou para junto de seu corpo com uma força que me deixou sem fôlego, minha resposta assustada morreu em meus lábios em um instante.

— Eu *não* tenho pena de você — ele rosnou. Seu peito era como uma parede masculina quente contra meus seios. — E certamente nunca a rejeitei, Ivana.

Apesar de estar sem fôlego, consegui bufar e murmurei:

— Seis anos de sofrimento durante os ciclos de cio dizem o contrário.

Ele ergueu as sobrancelhas.

— *Ivana.*

— O quê? — questionei. — O que vai fazer? Me beijar de novo? Talvez você ache que a lição anterior não foi suficiente. Ou, eu sei, talvez você me dê o nó por pena desta vez, não é? Demonstrar como outro Alfa deve me comer de maneira adequada, certo?

Seus olhos escuros pareciam nuvens de tempestade à meia-noite e sua expressão era estrondosa.

— Se eu te der o nó, Ômega, nunca mais haverá outro Alfa. Eu te prometo isso.

Dei uma risada e revirei os olhos novamente.

— Está certo, *Alfa Cillian*. — Tentei me afastar, mas seu aperto aumentou em meu pescoço enquanto o braço oposto envolvia a parte inferior das minhas costas.

— Eu te magoei. Sinto muito. Mas se continuar me provocando, Ômega, vou colocá-la de joelhos e dar uma *lição* nessa sua bunda bonita que você não vai esquecer tão cedo.

Agora foi a vez de minhas sobrancelhas se erguerem.

— O quê?

— Você está sendo desrespeitosa e sabe disso.

— Estou sendo sincera — respondi com irritação. — Você continua fazendo todas essas coisas por pena e...

— Eu não tenho pena...

— *Não* — gritei, com as palmas das mãos apoiadas em seu peito em um esforço para afastá-lo de mim.

Mas ele não se mexeu.

O Alfa teimoso simplesmente *rosnou*.

— Pare de mentir para mim — falei, furiosa. — Suas ações e palavras provam que você tem pena de mim, Cillian. Quero dizer, você me beijou porque o Ransom não o fez, só para me mostrar o que um Alfa deve fazer. No outro dia, você se ofereceu para me levar para casa depois de sair do palácio de Quinn, o que nunca fez antes. Hoje à noite, você me perseguiu por causa de uma ideia equivocada de me proteger. Então, você... você...

Fechei os olhos e meu rosnado emanou do peito.

Como *ele ousava* me castigar?

Mas essa não era a questão aqui.

— Não preciso nem quero sua piedade, Cillian — disse entre dentes. — Sou uma garota crescida. Posso lidar com sua rejeição. Portanto, apenas... pare de fazer o que quer que esteja fazendo e me deixe seguir em frente.

Tentei me afastar de suas mãos mais uma vez, mas me vi de repente prensada entre sua forma quente e a parede fria do chuveiro.

— Parece que estou com pena de você, Ivana? — Cillian perguntou, com um tom letal que provocou arrepios em meus braços.

Engoli em seco, o calor dele era uma marca contra minha pele, especialmente a parte dura pressionada contra meu baixo ventre.

— Cillian...

A palma da mão dele deslizou da minha nuca até o pescoço, o olhar dele me prendeu e me forçou a me submeter.

— Agora é a minha vez de falar, Ômega.

Estremeci. Seu domínio me inundou em uma carícia bem-vinda, que fez minha loba gemer por mais.

Seu companheiro desejado estava nu, excitado e nos prendeu a uma parede. Só havia um resultado que ela poderia imaginar nessa situação.

Infelizmente, eu sabia de muitas outras maneiras como isso poderia terminar.

Esse conhecimento foi tudo o que me impediu de gemer em voz alta quando Cillian fez um círculo com o polegar no ponto pulsante do meu pescoço.

— Eu te beijei porque quis — ele disse, com o tom violento ainda muito presente. — Não foi uma lição. Não foi porque eu estava com pena de você. Foi porque eu te quero. Porque considerei você como minha por seis longos anos. E estou lutando para fazer a coisa certa e deixá-la ir.

Suas palavras ecoaram em minha mente, provocando uma onda de confusão.

— Se você...

Seu aperto ficou mais forte.

— Ainda não terminei de falar, Ômega.

Minha loba estremeceu com o modo como ele disse isso, todo dominante e gracioso, um Alfa assumindo o comando e forçando sua companheira a *ouvir*.

Mas a mulher dentro de mim era mais forte, o que me fez semicerrar os olhos em desafio.

— *Isso* — ele rosnou e a tempestade se agitou em suas íris escuras. — É *por isso* que eu te acho tão irresistível, Vana. Você não tem medo de mim, mesmo quando deveria ter. E não me coloca em um pedestal. Você me desafia todos os dias, me surpreende constantemente e me proporciona uma sensação de paz única, tudo ao mesmo tempo.

Ele encostou a testa na minha e fechou os olhos enquanto inspirava profundamente.

— Caramba, Vana. Você não tem ideia do que faz comigo. Como isso é difícil. O quanto eu gostaria de poder fazer você minha. Mas não sou bom o suficiente para você. Está levando toda a minha força, todo o meu *poder*, deixá-la seguir em frente. Merda, *te forçar* a seguir em frente. Essa é a coisa certa a fazer. Por você.

— Por quê? — sussurrei, erguendo os dedos para agarrar seus braços nus. — *Por que* é a coisa certa a fazer? Se você me quer, então por que...? Por que lutar contra isso?

Eu não entendia.

Nada disso fazia sentido.

— Porque eu nunca poderei te colocar em primeiro lugar. — Ele se afastou e abriu os olhos mais uma vez, me observando. — Você merece alguém que fará de você o mundo dele, Vana. Alguém que sempre te escolherá acima de tudo e de todos. Eu não posso ser essa pessoa.

— Quem disse que eu quero alguém assim? — questionei. — Quem é você para decidir o que ou quem eu devo querer?

Ele suspirou.

— Estou fazendo o que precisa ser feito para garantir sua felicidade.

Franzi a testa para ele.

— Por que você decide o que me fará ou não feliz?

Ele me estudou.

— Ivana...

— Não, Cillian. Você disse que não tem pena de mim. Depois disse que me queria. E agora está dizendo que não pode me ter, porque eu mereço algo melhor. Mas sou eu quem decide quem e o que eu mereço. Não você.

Ele soltou meu pescoço e deu um passo para trás.

Então eu o segui.

— Ou você está mentindo, ou está dando desculpas. Não sei dizer qual dos dois. Mas isso é bobagem, Cillian. Se você me quer, prove. — Essas foram as duas palavras que ele usou lá fora quando eu disse que podia cuidar de mim mesma. Talvez valesse retribuir o favor agora.

Porque, se ele estava falando sério, precisava agir de acordo com isso.

— Não me diga o que eu mereço ou que tipo de Alfa eu deveria querer. Me respeite o suficiente para me deixar fazer minhas escolhas e lute por mim.

Ele passou os dedos pelos cabelos espessos e úmidos, pois a água caiu sobre sua cabeça e ombros largos quando ele entrou no chuveiro.

— Não posso lutar por você, Ivana. Não posso tomar uma companheira.

— Por quê? — questionei. — Por que você não pode ter uma companheira?

Ele me deu um olhar duro.

— Você já sabe a resposta para isso.

— Então me diga novamente.

— Kieran é o dono da minha fidelidade. Ele sempre virá em primeiro lugar.

— Certo. E ele não quer que você tenha uma companheira?

— Não foi isso que eu disse.

— Você disse que não pode ter uma companheira porque Kieran sempre virá em primeiro lugar. Se ele não ordenou que você permanecesse solteiro, então por que não pode ter uma companheira?

— Porque ele vem em primeiro lugar — ele respondeu

por entre os dentes. — Não vou tomar uma companheira para que ela seja a segunda loba mais importante da minha vida. Não é justo com ela. Não seria justo com você.

— O que não é justo é você me dizer o que é bom o suficiente e o que não é. Você já me perguntou se eu me importo de ser a segunda na sua lista de prioridades, depois do Kieran?

— Vana...

— Responda à pergunta, Cillian. Você já me perguntou como *eu* me sinto?

Ele cerrou a mandíbula.

— Não vou deixar que você sacrifique sua felicidade, Ivana.

— Eu pareço feliz para você? — perguntei. — Tenho parecido feliz nessas últimas semanas?

Ele contraiu a mandíbula novamente.

— Você estava rindo com o Príncipe Cael.

Eu bufei.

— Sério? Essa é sua resposta?

— É uma resposta à sua pergunta, Ivana.

— É um desvio — retruquei. — Você está tomando decisões em meu nome, e eu não gosto disso.

— Estou tomando uma decisão por nós dois. Não vou acasalar com você ou qualquer outra pessoa. E nada do que você disser me fará mudar de ideia.

Ele se virou para sair, fazendo com que eu ficasse olhando para suas costas.

— Você é um covarde — falei em voz alta.

Cillian ficou paralisado.

— O que você acabou de dizer? — Sua voz estava mortalmente baixa, o chuveiro quase o tornava inaudível.

— Você é um covarde — repeti. Porque havia algo que ele não estava me dizendo. Um motivo que ele se recusava a dar. — Eu entenderia o fato de ser a segunda após

Kieran. Você sabe que eu entenderia. No entanto, você nem nos dá uma chance. Porque podemos dar certo juntos. E isso te assusta.

Eu não tinha ideia de *porque* isso o assustava, mas era o que acontecia. Eu tinha certeza disso.

— Ou é isso, ou você está mentindo para mim sobre tudo em uma tentativa ridícula de me fazer sentir melhor. Mas não acho que seja isso. Minha loba te deseja desde o momento em que você nos levou de volta ao seu covil. E por seis longos anos, eu tinha certeza de que você sentia o mesmo. Até que te ouvi falar com o Lorcan...

Eu me afastei com um estremecimento, pois a lembrança ainda era muito dolorosa para ser ignorada.

No entanto, tudo o que ele me disse esta noite... sugeria que meus instintos estavam certos. Que Cillian *realmente* gostava de mim. Ele só não queria gostar.

Porque acha que não é digno de mim.

Porque acha que eu mereço mais.

Porque ele decidiu que não podemos ficar juntos.

— Covarde — murmurei mais uma vez, desviando o olhar para observar a água escorrendo pelo ralo. — Eu... eu nunca percebi isso em você até agora.

Isso... isso mudava as coisas.

Se Cillian tinha muito medo de lutar por mim – de lutar por *nós* –, então talvez... talvez ele estivesse certo desde o início. *Talvez não devêssemos estar juntos.*

— Diga isso mais uma vez, Ômega — Cillian grunhiu, com um tom estranho. — Eu te desafio.

— Você é um covarde — repeti sem me dar ao trabalho de olhar para ele.

Qual é o objetivo? pensei, me sentindo derrotada mais uma vez. *Se ele não vai tentar, nem mesmo vai pensar em ficar comigo, então...*

Um ladrilho frio encontrou minhas omoplatas quando

uma forma masculina rígida pressionou meu peito. Arfei quando ele entrelaçou os dedos em meu cabelo e puxou minha cabeça para trás e seus olhos capturaram os meus.

— Isso é uma coisa muito perigosa para se dizer a um Alfa, Ivana.

Eu o encarei, não sentindo nada por dentro, exatamente como quando entrei no chuveiro pela primeira vez.

— Perigosa, talvez. Mas não faz com que seja menos verdade.

Ele rosnou.

— Acha que eu gosto de te ver com outros Alfas, Ivana? Porque eu não gosto. Nem um pouco. Mas estou disposto a sofrer se isso significar que você será inevitavelmente mais feliz. Não há nada de *covarde* em meu sacrifício.

— Quem você está tentando convencer aqui, Cillian? — perguntei. — A mim ou a si mesmo?

CILLIAN

A CAPACIDADE de Ivana de me desafiar me enlouquecia da melhor e da pior maneira.

Você é um covarde.

Essas palavras me assombraram. Eu testemunhei a súbita compreensão em suas feições quando ela fez aquela declaração. Ivana não queria que soasse cruel... ela simplesmente estava expressando uma percepção.

E era uma constatação que não me agradava.

Nem um pouco.

Porque uma pequena parte de mim agora estava sussurrando: *Ela está certa? Sou um covarde?*

Ivana parecia pensar assim, e essa crença estava mudando tudo. Eu podia ver em seus olhos, a maneira como ela parecia me olhar agora. Tudo mudou em um piscar de olhos, o brilho natural da curiosidade desapareceu de seu olhar e a decepção tomou o lugar.

Meu estômago revirou.

Não gostei dessa mudança. Isso me incomodava quase tanto quanto vê-la sair com outros Alfas.

O que acontecerá quando aquele brilho amoroso aparecer para um deles?, eu me perguntava, com um rosnado crescendo em meu peito.

Uma parte básica de mim entendia que até agora foi tolerável porque, apesar de tudo, no fundo, Ivana ainda me queria.

Isso me atraiu em um nível que eu ainda não analisei por completo, o que naturalmente me tornou um idiota. Eu não podia afastá-la e, ao mesmo tempo, ficar satisfeito por ela não ter partido.

Merda.

Ivana suspirou e seu olhar deixou o meu. Senti esse afastamento no fundo de minha alma... foi profundo de uma forma que fez meu lobo andar dentro de mim.

Se eu a deixasse agora, seria o fim.

Ela finalmente estaria livre de sua paixão.

E eu ficaria sozinho.

Para sempre.

— Preciso me preparar para o meu encontro com o Príncipe Cael — Ivana falou baixinho, e seu comportamento e tom confirmaram meus temores.

Ela se virou para o lado, tentando se libertar de meu controle. Apertei as mãos automaticamente ao redor dela, meu corpo se recusando a soltá-la.

Isso... isso não pode ser o fim.

Ela é minha.

Não é.

Ela é.

As vozes se digladiavam em minha cabeça e os

pensamentos giravam em uma cacofonia de insanidade. Essa Ômega... essa mulher... *Ivana...*

— *Puta merda* — murmurei. Inclinei sua cabeça para trás mais uma vez, fazendo com que seu olhar se encontrasse com o meu. — Não tenho medo, Ivana. Não... não do jeito que você pensa. Eu... fiz um voto a mim mesmo, há mais de mil anos, de nunca tomar uma companheira. De nunca ser como meu pai. Garantir que a linhagem dele terminasse... em mim.

Era mais do que eu jamais disse em voz alta para alguém.

Ah, Kieran sabia. Lorcan também.

Mas eu nunca expressei minhas intenções a eles.

Entretanto, Ivana... eu queria que ela entendesse. Que não me visse como um covarde. Que percebesse que eu estava tentando protegê-la – *de mim.*

— Ele era um tirano — eu disse. — O antigo Príncipe Alfa do Território Eclipse. Kieran o derrotou quando eu não consegui. — Porque eu estava fraco demais para terminar o trabalho. — Foi assim que Kieran se tornou Príncipe Alfa. — Talvez ela já tivesse ouvido falar disso de passagem. Ou talvez não. A maioria dos lobos do Território de Sangue não tinha idade suficiente para conhecer a história do Território Eclipse.

Porque meu pai matou a maioria dos Alfas e estuprou suas Ômegas.

E isso aconteceu depois de exterminar todos os Beta do Território Eclipse.

Estremeci com a imagem que se desenrolava em minha mente. O cretino do meu pai assassinou muitos de meus irmãos e irmãs também. Assim como as mães Ômega deles.

Inclusive a minha.

— Meu pai era louco — confidenciei baixinho. — E

não digo isso como um exagero. Quero dizer que ele foi levado à insanidade pela sede de sangue. — Engoli em seco. — Não sei o que o desencadeou, mas o que quer que tenha sido, provavelmente existe em mim. Então, quando você fala de medo, Ivana, essa é a minha fobia: ser como meu pai.

Foi por isso que dediquei minha vida a salvar Ômegas de situações problemáticas.

Meu pai criou um harém de Ômegas que não o queriam, dando o nó nas mulheres sem considerar consentimento e compartilhando-as com Alfas de outros clãs do mundo. Ele não confraternizava com a espécie do V-Clan, preferia a mentalidade dos lobos do Z-Clan e do X-Clan.

Repeti algumas dessas coisas em voz alta para Ivana, mas não contei os detalhes violentos. Em seguida, acrescentei:

— Ele matou todos no Território Eclipse que tinham mais de quinze anos de idade, bem como todos os seus filhos Alfa, exceto eu. A única razão pela qual eu sobrevivi foi porque ele se via em mim.

Um fato que ele adorava falar toda vez que trocávamos olhares.

— É como me olhar em um espelho — ele dizia, satisfeito. — Só preciso te endurecer, meu rapaz.

Meu aperto no cabelo de Ivana afrouxou, meu estômago revirou com as lembranças do meu passado. Memórias dele.

— Eu tinha treze anos quando ele finalmente morreu — murmurei. — Levei anos para derrubá-lo e, no final, não consegui terminar o trabalho. — Foi quando Kieran assumiu o controle e separou a cabeça dele do corpo.

Lorcan jogou os restos mortais no orgulho e alegria de meu pai: o incinerador da masmorra.

O cheiro daquele lugar ainda me assombrava até hoje, apesar de ter sido destruído há muito tempo.

— Eu fui um covarde naquele dia — admiti em voz alta. — Mas não sou covarde com você, Ivana. Estou tentando ser forte e encorajá-la a encontrar um companheiro melhor para garantir que você não esteja ligada de forma alguma à minha escuridão.

Soltei o cabelo dela para acariciar sua bochecha.

— Não sou digno de uma companheira Ômega, amor. É um destino que já aceitei há muito tempo. Embora você certamente tenha me tentado a reconsiderar, não posso me permitir ser tão egoísta. Porque não mereço ter um presente tão lindo em minha vida. — Encostei os lábios nos dela com um toque suave. — Se eu pudesse tê-la, eu a tomaria em um piscar de olhos. Mas isso seria errado, Vana. Muito, muito errado.

Meu coração parecia mais leve agora que eu havia revelado a verdade a ela.

Eu queria que ela pudesse ser minha.

Mas ela não podia.

— Há muito tempo, prometi que dedicaria minha vida a proteger os habitantes restantes do Território Eclipse e seus parentes. Esse voto foi ampliado quando Kieran assumiu o controle do Território de Sangue e trouxe todos os nossos lobos com ele. Sirvo ao seu lado de bom grado, porque ele conquistou minha lealdade. E passarei minha existência fazendo reparações em nome da minha linhagem.

Era o meu dever. Muitos lobos perderam seus pais antes mesmo de conhecê-los, tudo porque eu não fui capaz de derrotar meu pai sozinho.

Eu precisei de Kieran.

— Parece solitário — Ivana sussurrou, atraindo meu

olhar para sua boca. Havia algo em seu tom que me hipnotizava. Ou talvez fosse apenas ela.

Tudo o que ela fazia me cativava. Me fazia questionar meu destino. Desejar algo que não deveria. Forçava minha boca a dizer palavras que não deveria...

— Estar sozinho nunca me incomodou — murmurei. — É a minha vida.

— Essa não precisa ser a sua vida, Cillian. — Suas mãos subiram pelas minhas laterais, o calor de seu toque fez meu lobo paralisar dentro de mim. A antecipação percorreu minhas veias e minha fera interior ficou curiosa para saber o que ela poderia fazer.

Seus dedos tocaram meu peito, fazendo com que eu prendesse a respiração.

Eu não queria me mexer.

Não queria assustar a exploração da Ômega.

Não queria destruir esse momento único entre nós.

Eu disse a ela coisas que não contei a mais ninguém. Apresentei a ela uma história que me fez sentir inferior como Alfa. Dei a ela todos os motivos pelos quais não poderíamos ficar juntos.

No entanto, ela estava... se aproximando de mim.

— Você não precisa ficar sozinho — ela me disse, e sua voz gentil era como um beijo para meus sentidos. Seu calor se aproximou do meu rosto, sua mão acariciou minha bochecha. Me inclinei para ela, desesperado por mais. Totalmente perdido em sua demonstração de afeto.

Baixei as mãos para os quadris dela e apertei os dedos com uma necessidade que eu mal conseguia suprimir.

Que droga. Eu não tinha ideia do que estava acontecendo aqui, mas era profundo. Poderoso. *Nós*.

E eu não queria mais lutar.

Eu só queria me entregar ao seu toque suave e feminino. Deixá-la me acariciar. Absorver suas palavras.

Acreditar nelas, mesmo que apenas por alguns segundos preciosos.

Os dedos de Ivana alcançaram meus cabelo, enquanto a outra mão permanecia em minha bochecha.

Engoli em seco, me sentindo estranhamente vulnerável. Isso era... estranho. Muito diferente de mim. Mas eu só queria me fundir com ela, aceitar cada grama de seu afeto.

Era egoísmo.

Eu não merecia isso, nem ela.

Mas deixei que ela me conduzisse. Deixei que ela encostasse seus lábios nos meus. Deixei que ela me inspirasse, como se eu fosse o oxigênio que ela desejava.

Ou talvez fosse eu que a estivesse respirando.

Porque, de repente, me senti ligado a ela. Dependente dela para me manter no lugar. Para me firmar. Para me *centrar*.

— Vana — eu disse em uma expiração reverente, e rocei os lábios nos dela.

— Shh — ela me calou. — Deixe-me mostrar a você como pode ser, Cillian. Deixe-me ficar com você. Só por um minuto.

Estremeci, uma ponta de alarme soou de algum lugar no fundo da minha mente. *Pare com isso*, exigiu aquela parte de mim. *Pare com isso antes que seja...*

Ela traçou a língua em meu lábio inferior, silenciando meus pensamentos.

Pela primeira vez, renunciei ao controle.

Dei à minha Ômega o que ela desejava... um pedaço de mim.

Não, não um pedaço. *Tudo* de mim.

Nem que fosse por um segundo, eu concederia acesso à minha mente, corpo, coração e alma. Ela foi a primeira

Ômega a me tentar. A primeira a me fazer considerar um caminho alternativo.

E eu reagi afastando-a.

Tudo isso enquanto meu lobo ansiava por ela.

Nossa Ômega.

Nossa companheira.

Nossa Vana.

Gemi quando sua língua deslizou para dentro da minha boca em um beijo muito mais hesitante do que o que compartilhamos depois do encontro dela.

Aquele foi faminto.

Isso... era algo muito mais profundo. Uma conexão pela qual lutei contra por muito tempo. Um desejo que existia entre nossas almas.

Mas quando a língua dela tocou a minha, despertou algo muito menos hesitante dentro de mim. Algo visceral. Algo *feroz*.

Cravei os dedos em seus quadris enquanto a puxava com mais firmeza contra meu corpo, e minha boca tomou conta da dela no instante seguinte.

Eu precisava de mais.

Eu precisava dela.

Precisava *disso*.

Seu sabor. Sua língua. Seu desejo.

Não se tratava de ensinar o que ela merecia ou mostrar como um Alfa deveria beijar uma Ômega. Tratava-se de como *eu* a abraçaria. Como *eu* a tocaria. Como *eu* a adoraria.

Ela gemeu quando a pressionei contra a parede mais uma vez, deslizando as mãos pelo seu corpo molhado e nu até tocar seus seios firmes. Eles se encaixavam perfeitamente em minhas mãos. Suas curvas eram feitas para o meu toque. Para *mim*.

Porque ela é minha.

Meu lobo rosnou por dentro, concordando com a afirmação. Seu grunhido ficou tão alto que não consegui esconder, meu peito vibrava contra Ivana enquanto eu a beijava com mais força. De maneira mais profunda. Com mais *intensidade*.

Cillian. A voz mental não pertencia a minha Ômega, então eu a ignorei.

Somente Ivana importava.

Seu toque. Seu calor. Sua *umidade*.

Puta merda, gemi, meu animal interior estava praticamente enlouquecido com a necessidade de provar nossa Ômega entre suas coxas. O cheiro cítrico se transformou em um aroma que sufocava cada um dos meus sentidos.

Meu nó pulsava.

Meu estômago se apertou.

Meu coração acelerou.

Eu só queria me ajoelhar e lamber cada centímetro dela.

Mas seus dedos estavam emaranhados em meu cabelo, sua língua duelando com a minha.

Isso não era mais suave, doce ou emocional... era a intensidade personificada.

Ela colocou uma perna em volta do meu quadril. Seu gemido era um convite à minha boca.

Eu a levantei sem pensar, e meu pau encontrou instantaneamente sua boceta molhada.

— Vana — rosnei, deslizando contra ela, me deleitando com o calor que banhava meu pênis.

Ela arqueou em resposta, esfregando seu clitóris na cabeça do meu pau enquanto gemia de necessidade.

Muito rápido, pensei. *Rápido demais*.

No entanto, estávamos dançando em torno disso há anos.

— *Puta merda.* — Eu estava perdendo o controle novamente. Mas não sabia dizer se estava entregando as rédeas para Ivana ou para o meu lobo.

Eu queria tanto estar dentro dela.

Para tomá-la.

Para dar o nó nela.

Reivindicá-la.

Suas unhas arranhavam minhas costas enquanto sua boceta doce se chocava contra meu pau dolorido.

— *Cillian.*

Eu nem sabia se ela estava pronta para me aceitar. *Ela já foi tomada por um Alfa?*, eu me perguntava.

E imediatamente desejei que não tivesse.

Porque só de pensar em outra pessoa transando com ela me deixava com vontade de matar quem quer que tivesse ousado tocar em minha Ômega.

Também me deu vontade de penetrá-la e reivindicar o que deveria ser meu. Para garantir que ela se esquecesse de todos e de qualquer um que a tivesse tocado antes de mim. E para garantir que nenhum outro Alfa seria bom o suficiente para ela no futuro.

Tão errado.

Parece certo demais.

Subi as mãos por suas laterais para mais uma vez tocar seus seios perfeitos. Provoquei seus mamilos duros com meus polegares enquanto minha metade inferior a prendia contra a parede.

Não seria preciso muito para entrar nela.

Mas um puxão insistente em minha mente me impediu, lembrando-me de ser gentil com ela. Para apreciá-la como um Alfa deveria fazer.

Meu lobo resmungava por dentro, sua necessidade por ela beirava a violência. Fazia seis longos anos que eu não levava uma mulher para a minha cama.

Eu não tinha a intenção de entrar em um período de celibato, mas depois de conhecer Ivana, perdi o interesse em todas as outras.

Ela consumiu cada grama de minha atenção, me arrastando para uma das batalhas mais difíceis de minha vida.

Uma que eu estava perdendo no momento.

Uma da qual eu não queria mais participar.

Não com aquela ômega flexível e disposta, pressionada contra minha carne dura e excitada.

Ivana mordeu meu lábio inferior, fazendo com que eu abrisse os olhos e encontrasse o seu olhar perigoso.

Se ela mordesse, daria início a um vínculo de acasalamento entre nós. Um vínculo que exigiria que eu a mordesse em troca.

Não me tente, macushla, pensei para ela, percebendo tardiamente que eu podia acessar sua mente novamente.

Qualquer que tenha sido o bloqueio que ela criou, há muito tempo se desfez em pó, me permitindo ouvir as intenções sensuais que ecoavam em seus pensamentos.

Deuses, gemi, encantado com sua imaginação. No entanto, a sugestão subjacente de inocência me dizia que ela não tinha experiência.

E isso...

Isso me forçou a diminuir o ritmo.

A respirar fundo.

Remover gentilmente meu lábio de seus dentes para que eu pudesse criar uma trilha de beijos por sua bochecha.

Ela precisava de ternura. Adoração. *Cuidado*.

Levei as mãos de volta para seus quadris e aproximei os lábios de orelha.

— Você já teve um nó, Vana?

Ela passou as pontas de seus dedos pelo meu torso, chegando perto da minha virilha.

— Não, por um Alfa de verdade, não.

Franzi a testa.

— Está sendo tímida comigo, querida? — Porque isso certamente parecia uma coisa muito Ivana de se fazer.

— Eu tenho um brinquedo — ela sussurrou. Seus olhos azuis se arregalaram para os meus, mas se desviaram para o lado um instante depois, quando ela acrescentou: — Para meus ciclos de calor. Porque... você nunca... — Ela engoliu e balançou a cabeça. — Acho que não é a mesma coisa que um nó de verdade, mas... ajuda.

Uma nota de tristeza assombrou sua mente, afastando alguns de seus pensamentos luxuriosos.

Ele nunca veio, ela estava pensando. *Ele me deixou sofrendo sozinha. Porque ele nunca me quis.*

— Puta merda, Vana, eu...

Uma batida forte na porta do banheiro me interrompeu no meio da frase. Meu poder se fixou instantaneamente em nosso intruso, e eu semicerrei o olhar enquanto girava em sua direção.

Eu deveria ter sentido sua entrada, deveria saber que ele estava aqui pelo seu cheiro.

Mas eu estava tão consumido por Ivana e sua doce fragrância, que não consegui monitorar adequadamente os arredores.

É claro que o Beta acabou de entrar no iglu, algo que eu sabia com uma busca em sua mente.

Pelo menos, eu não estava tão longe que nem mesmo o meu lobo conseguiu detectar sua aproximação física.

Infelizmente, eu deveria estar atento o suficiente para perceber suas intenções mentais.

Esse era um problema que eu resolveria *imediatamente*.

É bom que você tenha um bom motivo para nos interromper, Beta, eu disse telepaticamente a Benz.

Lorcan me enviou, foi tudo o que ele disse em resposta. Mas eu ouvi – e *senti* – sua irritação subjacente.

Ele não gostou do fato de eu estar aqui com Ivana.

E ele não aprovava o cheiro sedutor de sua umidade no ar.

Ignorei sua presença e me conectei à mente de Lorcan. *Você mandou Benz vir me chamar?*

Você não estava respondendo aos meus chamados. O estoicismo que normalmente caracterizava a voz do meu velho amigo foi notavelmente substituído por irritação. *Temos um problema.*

Que tipo de problema?

Lorcan foi direto ao ponto, respondendo: *Ômega Sylvia foi encontrada inconsciente há trinta minutos em seu iglu.*

Fiquei paralisado. *O quê?*

Alguém a drogou, Cillian. Estou curando-a, mas é um estimulante de cio. Quando ela acordar, estará no cio.

Um rosnado escapou de mim. Um rosnado nascido de uma fúria inalterada.

Estimular o cio era comum em outras espécies de lobos. Alguns Alfas não queriam esperar para reproduzir suas Ômegas escolhidos.

No entanto, não era assim que fazíamos as coisas nos Territórios do V-Clan. Respeitávamos nossas Ômegas e seus cios.

Um desses Alfas não está seguindo as regras, pensei comigo mesmo, com as mãos fechadas em punho. *E esse idiota quebrou essas regras enquanto eu estava ocupado.*

— O que houve? — Ivana perguntou, me tirando de meus pensamentos e me forçando a olhar para o centro de minha distração.

— Preciso ir — eu disse a ela, as palavras soaram com um estrondo em meu peito.

Droga. Eu nem deveria estar aqui.

Era meu trabalho vigiar os Ômegas.

Meu *dever* era protegê-las.

Mas eu estava muito envolvido com Ivana para me concentrar em minha tarefa. Em meu *voto*.

Era exatamente por isso que eu não podia acasalar com ela. Ela era uma distração perigosa. Um destino tentador. *Um ideal inatingível.*

— Cillian — ela pediu, agarrando meu braço. — Me diga o que está acontecendo.

— O Benz pode explicar — respondi enquanto saía do chuveiro para pegar uma toalha. O Beta abriu a porta, fazendo com que eu olhasse para ele. — Você pode explicar depois que a Ivana estiver vestida.

— Você age como se eu nunca a tivesse visto nua antes — ele disse, se encostando no batente da porta e bloqueando minha saída. — Ela é a minha melhor amiga, Alfa Cillian. Corremos juntos na forma de lobos com frequência. Ela é como uma irmã para mim.

A maneira como ele disse isso soou mais como um aviso do que uma explicação. Como se ele estivesse tentando me dizer para ter cuidado com ela ou me faria pagar por tê-la machucado.

Eu teria rido se não estivesse tão preocupado com a situação em questão.

— Mexa-se, Beta.

Ele sustentou meu olhar por um instante a mais, depois suspirou e deu um passo para trás para me deixar passar.

— Cillian — Ivana chamou enquanto pegava uma toalha e seguia atrás de mim.

Quando ela entrou na sala principal, eu já tinha vestido a calça.

187

— Tenho que ir — eu disse a ela novamente enquanto pegava a camisa.

Em seguida, me teletransportei antes que ela pudesse tentar me impedir.

Sinto muito, Vana, sussurrei em sua mente. *Mas não posso ser seu.*

Não agora.

Nem nunca.

Porque eu estava casado com meu dever em primeiro lugar.

Todo o resto tinha que vir em segundo.

Ou coisas ruins aconteciam.

Coisas ruins... como essa.

IVANA

O PEDIDO de desculpas de Cillian me fez ranger os dentes de irritação.

Você pode ser meu, respondi a ele. *Só precisa se comunicar comigo.*

Ou ele ignorou minha resposta, ou não me ouviu, pois não disse nada.

Alfa teimoso, murmurei para ele.

— O que está acontecendo? — perguntei a Benz sem olhar em sua direção. Eu estava muito ocupada tentando encontrar roupas. Na verdade, não lavei o cabelo nem a pele, mas tomei banho ontem à noite. Portanto, eu deveria estar bem.

— Raio de sol — Benz murmurou. — Tem certeza de que quer fazer isso?

Franzi o cenho quando olhei para ele.

— Fazer isso o quê?

Ele me deu uma olhada.

— Você sabe o que quero dizer.

— Não, eu realmente não sei.

— Sou um lobo, Ivana. Posso não ter visto o que vocês estavam fazendo lá dentro, mas senti o cheiro — ele me disse, fazendo minhas bochechas arderem.

— *Benz.*

— O quê? — Suas duas sobrancelhas escuras se ergueram. — Aquele idiota partiu seu coração. E você finalmente tem a chance de talvez encontrar outra pessoa. Mas se você o deixar brincar assim...

— Ele não está brincando comigo — argumentei. — Ele... — Ele me fez *confidências*. Me contou coisas que eu percebi que eram pessoais para ele. Coisas que ele não disse a muitas outras pessoas, se é que disse a alguém. — O Cillian é complicado.

Benz bufou.

— Não me diga.

Peguei uma calça jeans.

— Não quero discutir sobre o Cillian agora, Benz. Apenas me diga o que está acontecendo.

Porque eu precisava me distrair de meus pensamentos, que estavam basicamente girando em torno da frustração.

Cillian finalmente me beijou.

Depois, pediu desculpas.

Por ter se teletransportado depois de me beijar? Por ter me beijado? Por outra coisa completamente diferente?

Eu queria rosnar, gritar e aplaudir, tudo ao mesmo tempo. Era um misto de emoções que forcei a diminuir enquanto vestia uma camisa e aguardava a resposta de Benz.

Quando ele não disse nada, encontrei seu olhar incrédulo e arqueei uma sobrancelha.

Ele suspirou em resposta e balançou a cabeça.

— Se ele te machucar...

— Eu sigo em frente — respondi, sem querer discutir mais o assunto. — Agora me diga o que fez o Cillian entrar em modo Alfa.

— Quando é que ele não está no modo Alfa? — Benz murmurou enquanto passava os dedos em seu espesso cabelo castanho.

— Benz.

— Alguém já disse que você está muito mandona para uma Ômega?

Semicerrei os olhos.

— Pare de enrolar e diga logo. — Porque eu reconhecia um desvio quando o via.

A cintilação em suas íris azul-turquesa também me disse que eu estava certa.

Assim como o xingamento que escapou de seus lábios quando ele inclinou a cabeça para trás e olhou para o teto. Quando ele me olhou novamente, sua expressão ficou sombria, o que me disse que algo estava muito errado.

— Lorcan encontrou Sylvia inconsciente em seu iglu.

Franzi a testa.

— Alguém a nocauteou?

Ele curvou a boca.

— Mais ou menos.

— O que você quer dizer com *mais ou menos*?

— Ela está entrando no cio — ele respondeu. — Um cio forçado.

Pisquei os olhos, sem entender.

— Por que alguém a nocauteou...? — Não era assim que um ciclo de cio era provocado. Além disso, Sylvia era uma loba do V-Clan. — Nossos ciclos de cio só começarão daqui a alguns meses.

Nós só entramos no cio durante o verão. Essa era uma

das razões pelas quais nossa espécie escolheu prosperar à noite... Ômegas hibernavam em nossos ninhos durante os meses ensolarados.

Por causa de nossos ciclos.

Se Sylvia estava entrando no cio agora, então...

Engoli em seco.

Então, alguém ou alguma coisa forçou o início de seu ciclo.

E foi isso que a deixou inconsciente.

— Oh — murmurei. — Oh. — Isso era ruim. Muito, *muito* ruim.

E pior... *isso aconteceu no turno de Cillian. Enquanto ele estava comigo.*

Sinto muito, Vana, ele me disse mentalmente. *Mas não posso ser seu.*

Porque, sem dúvida, ele estava me culpando por tê-lo distraído de seu trabalho.

Ele me contou tudo, explicando por que achava que não merecia uma Ômega, por que não era bom o suficiente para mim, porque dedicou sua vida a proteger os outros enquanto vivia sozinho.

Cillian carregava o peso do mundo V-Clan em suas costas, assumindo a culpa pelos pecados de seu pai.

E agora, ele estava lá fora tentando resolver o que quer que aconteceu com Sylvia, ao mesmo tempo em que provavelmente se culpava por passar tempo comigo.

Quase rosnei de frustração.

Alfa teimoso pra caramba.

Eu esperava que ele tivesse ouvido isso.

Mas ele provavelmente já me bloqueou em sua mente.

Que pena, pensei para ele. *Porque eu posso ser tão teimosa quanto.*

Ele gostava de mim. Me queria. Achava que eu era boa demais para ele. Desejava mais, mas dizia a si mesmo que não poderia tê-lo.

O que me obrigava a provar que ele estava errado.

Nós poderíamos ser bons juntos. Perfeitos, até. Eu não precisava ser sua prioridade. Seria bom de vez em quando? Claro. No entanto, eu entendia sua necessidade de proteger os outros. Eu também respeitava essa necessidade.

E esse era o momento perfeito para mostrar isso a ele.

— Vamos ver o que podemos fazer para ajudar — eu disse a Benz, enquanto calçava um par de botas de neve.

Não esperei que meu melhor amigo concordasse... ele sabia que não deveria discutir comigo quando eu me propunha a fazer algo, e desapareci nas sombras.

Meu faro me indicou onde encontrar Cillian e Sylvia.

Porque Benz estava certo, ela estava mesmo entrando no cio.

Meu estômago revirou com a ideia de ser forçada a entrar em um ciclo de cio contra a minha vontade. Alguns clãs faziam isso com suas Ômegas. Mas não os lobos do V-Clan.

Isso tornava essa situação ainda mais problemática.

Várias Ômegas estavam do lado de fora, com os braços cruzados e expressões preocupadas.

Ashlyn estava entre elas. Seus olhos azuis cristalinos encontraram os meus quando me aproximei. Ela e Sylvia eram amigas, mas ela não parecia muito preocupada.

— Já começou — ela murmurou baixinho quando eu estava a alguns metros de distância. — Lembre-se do que eu disse, por favor.

Franzi a testa para ela.

— Sobre o quê?

A energia Alfa que tudo consome nos envolveu antes que ela pudesse responder, a força e a vitalidade precedendo a chegada do Príncipe Cael quando ele se materializou à minha frente.

— Ivana — ele cumprimentou com um sorriso suave que instantaneamente congelou em seu belo rosto.

Ele olhou em direção ao iglu de Sylvia enquanto os dois Elites apareciam ao seu lado. Os machos intimidadores imediatamente farejaram o ar, seguindo o olhar de Cael.

— Que merda...? — O príncipe Cael se afastou, com as íris azul-esverdeadas voltadas para o irmão, Dixon. — Você veio aqui há noventa minutos para uma varredura de segurança e disse que estava tudo bem.

Seu irmão contraiu a mandíbula.

— Estava. Obviamente, esse é um acontecimento recente. — Seus olhos verdes penetrantes percorreram a multidão, pousando em mim por uma fração de segundo antes de pular para as outras Ômegas. — Nós deveríamos...

Cillian apareceu entre mim e o Príncipe Cael, interrompendo o comentário de Dixon e minha visão dos três homens.

— Kieran está a caminho. Ele quer conversar com todos os Alfas participantes, inclusive com você.

Outra onda de intensidade masculina acompanhou a resposta do Príncipe Cael:

— Entendo.

Silêncio.

Eu me arrepiei. A energia magnética de Cillian aumentava a cada segundo que passava. Ele parecia estar medindo poderes contra Cael e os dois Elites.

Ou talvez ele e Cael estivessem em uma conversa mental.

De qualquer forma, isso deixou uma corrente incômoda no ar, que fez com que algumas Ômegas se contorcessem em resposta.

Pigarreei e olhei para as outras mulheres.

— Talvez devêssemos ir tomar o café da manhã? — sugeri, tentando lembrar os dois Alfas de sua audiência.

Cillian, acrescentei em um sussurro mental. *Você e Cael estão deixando as Ômegas ainda mais nervosas.*

Ele não respondeu.

— O desjejum noturno parece uma boa ideia — Benz disse, reconhecendo meu comentário. — Vamos até o alojamento principal e ver o que há...

— Não — Cillian interveio. — As Ômegas vão voltar para o Território Noturno com Lorcan. O jato já está sendo preparado.

— Mas ele só estará pronto daqui a uma hora — Fritz acrescentou ao sair do iglu de Sylvia. — O desjejum pode ser uma boa ideia.

Foi uma atitude ousada questionar o julgamento de um Alfa. Mas o foco de Cillian permaneceu em Cael, os dois machos se recusando a desviar o olhar um do outro.

Isso não está ajudando.

Cansado da postura deles, eu apareci entre os dois e dei as costas a Cillian para poder olhar para o Príncipe Cael.

— Pode nos acompanhar até o desjejum? — perguntei a ele no tom mais suave que consegui reunir.

Cillian segurou meus quadris com firmeza, uma ação que Cael não perdeu.

Mas fingi não notar e acrescentei:

— Acho que as Ômegas se sentiriam mais confortáveis se um Príncipe Alfa os acompanhasse.

Porque o que quer que estivesse acontecendo aqui entre ele e Cillian estava tendo o impacto oposto, e o que as Ômegas mais precisavam agora era de uma distração.

— Por favor? — insisti, finalmente capturando o olhar do príncipe. A rigidez de seus traços suavizou enquanto ele voltava o foco para mim, com uma expressão indulgente relaxando seu maxilar tenso.

— Seria uma honra — ele respondeu, com a voz suave como sempre.

— Obrigada. — Eu o presenteei com um sorrisinho antes de olhar para Benz. — Você pode indicar o caminho?

Desde quando você comanda meus homens?, uma voz aveludada perguntou em minha mente, as palavras acompanhadas de um aperto sutil em meus quadris.

Segui o exemplo de Cillian e o ignorei, me concentrando em Benz e nas Ômegas.

— Estarei lá em um momento — eu disse a Benz. — Só preciso dar uma palavrinha com o Cillian antes.

Agora não é hora para isso, Vana, Cillian respondeu telepaticamente. *Sei que saí abruptamente, mas tenho...*

Shh, eu o silenciei. *Estou tentando me concentrar.*

— Ah, e, Ashlyn, se houver salmão defumado, pode guardar um pedaço para mim? — perguntei, fazendo o possível para parecer normal. Como se o fato de uma Ômega estar entrando no cio no iglu não me incomodasse nem um pouco.

Os lábios da Ômega de cabelo claro do Z-Clan se inclinaram como se ela entendesse o que eu estava fazendo e assentiu.

— Sim. Uma torrada com cream cheese também?

— Sim, por favor. — Fiquei surpresa por ela saber que eu gostava desse acompanhamento para o salmão. Mas, pelo visto, havia muito mais em Ashlyn do que apenas alguns comentários enigmáticos.

Como aquele sobre o Príncipe Cael e seu lado sombrio, eu me lembrei, olhando para ele agora.

Ele não parecia tão *sombrio* assim. Na verdade, parecia bem relaxado e quase entediado.

Mas seu olhar continuava a se deslocar para baixo, para onde as mãos de Cillian apertavam meus quadris.

Uma tensão sutil apareceu em sua mandíbula enquanto o polegar de Cillian se movia em um círculo possessivo, o Alfa atrás de mim, sem dúvida, totalmente ciente de seus movimentos.

Ou talvez fosse subconsciente.

Eu teria que perguntar a ele sobre isso mais tarde. Por enquanto, só queria que o ar cheio de testosterona se dissipasse e que as Ômegas relaxassem.

— Vou guardar um lugar para você, Ivana — Cael disse para mim.

Eu sorri.

— Obrigada, Cael.

Ele piscou para mim, provavelmente satisfeito por eu me dirigir a ele de maneira informal, e se virou para ajudar Benz a acompanhar todas até o alojamento para o café da manhã.

Quando todos estavam bem longe do alcance dos ouvidos, eu me virei para encarar Cillian. As mãos dele acompanharam o movimento, permitindo que eu completasse a rotação antes de se fixarem novamente nos meus quadris.

— Sinto muito pelo que aconteceu entre nós, mas...

— Pare — eu o interrompi. — Podemos conversar sobre isso mais tarde. O que eu quero saber é quando o jato estará aqui, quem irá pilotá-lo e se ele vai direto para o Território Noturno ou se vai parar no Território de Sangue primeiro. — Porque essas eram as perguntas para as quais as Ômegas gostariam de ter respostas.

Ele me olhou com certa cautela ao responder:

— Em uma hora, Lorcan, e direto para o Território Noturno.

Assenti.

— Todas nós precisamos ir para o Território Noturno ou o Território de Sangue pode ser uma opção?

— Você não quer ir para o Território Noturno?

— Eu preferiria meu ninho — admiti. — Mas se tiver permissão para ir ao Território de Sangue, outras podem querer ir para lá também. Portanto, antes de tomar qualquer decisão, quero saber quais são as opções.

— Imagino que todas as outras irão preferir o Território Noturno, já que é o lar delas.

— Concordo — eu disse a ele. — Mas, caso alguém decida de repente que prefere ir para o Território de Sangue, quero saber se essa é uma opção.

Ele me encarou.

— Você pode voltar para o seu ninho no Território de Sangue, Ivana. E se mais alguém quiser ir para lá, tudo bem também.

Assenti.

— Está bem, ótimo. Agora, o que posso dizer a elas sobre Sylvia, porque elas vão perguntar a respeito.

Ele balançou a cabeça.

— Ainda não sei de nada. Ela está... inconsciente. Lorcan está tentando curá-la, mas o que quer que esteja em seu organismo não pode ser revertido. — A frustração em seu tom aumentava a cada palavra, terminando com ele me soltando para passar a mão no rosto. — Isso é culpa minha. Eu estava distraído e...

— Você a drogou? — questionei, interrompendo-o.

— O quê? — Ele olhou para mim como se eu tivesse lhe dado um tapa. — Não. É claro que não. Como você pode...

— Se você não a drogou, então a culpa não é sua — eu disse, interrompendo-o mais uma vez. — Portanto, pare de se culpar e se concentre em resolver a situação. O que eu preciso é de detalhes que possa compartilhar com as outras para mantê-las calmas. O que posso dizer a elas?

Ele apenas piscou para mim.

— Ótimo, isso é muito útil, Cillian. Obrigada.

Ele semicerrou os olhos.

— Você está escolhendo me provocar agora, Ômega?

— Eu sempre vou te provocar, Alfa. Agora, pare de enrolar e responda à minha pergunta para que eu possa cuidar das Ômegas enquanto você se concentra em descobrir quem feriu Sylvia.

Cillian ficou olhando para mim por um instante. Seu choque era palpável. No entanto, ele se recuperou rapidamente com um sutil pigarrear.

— Diga-lhes a verdade: o cio da Sylvia não é natural. Kieran virá em breve para avaliá-la e, em seguida, vamos interrogar todos os Alfas com acesso a esse Território. Porque um deles deu a ela uma dose de algo. E esse Alfa será removido.

Não precisei que ele explicasse o que significava *ser removido*.

— Obrigada. Farei o possível para transmitir tudo isso da maneira mais suave possível — prometi a ele. — Também vou perguntar se alguém viu ou ouviu algo suspeito.

E eu começaria com Ashlyn.

Com o plano em ação, dei um passo ao redor de Cillian para ir em direção ao alojamento.

Mas, de repente, me vi incapaz de me mover porque minha nuca estava segura pela palma da mão dele.

Ele me puxou gentilmente de volta para encará-lo e encostou a testa na minha por um longo e silencioso momento. *Falaremos em breve*, ele prometeu em minha mente.

Não há nada sobre o que conversar, respondi, levando a mão à sua bochecha.

— É assim que as coisas são quando se tem um parceiro, Cillian — acrescentei em voz alta. — Você não precisa fazer isso sozinho. — Fiquei na ponta dos pés para dar um beijo em sua boca.

Em seguida, fui para o alojamento antes que ele pudesse responder com uma declaração contraditória ou algo sarcástico.

Dessa vez, ele não deu a última palavra. Eu dei.

E eu mostraria o que eu queria dizer sobre ter um parceiro.

Cuidando das Ômegas do Território Noturno e tentando deixá-las à vontade.

Mais fácil falar do que fazer.

No entanto, eu tinha que tentar, não apenas por elas, mas também por Cillian.

CILLIAN

Fiquei parado na rua gelada por muito tempo depois que Ivana desapareceu.

Quando percebi a chegada de Cael, me escondi para ficar entre ele e Ivana. Não que eu suspeitasse que ele estivesse drogando Sylvia... eu simplesmente não queria que ele se aproximasse de Ivana. Ela era minha para proteger. Minha para... bem, apenas *minha*.

Eu não conseguia impedir que meu lobo tentasse conquistá-la, mesmo sabendo que não deveria.

— Merda — murmurei ao passar a mão no rosto. O dia não estava sendo como eu esperava.

— Acasale com ela — Lorcan disse ao aparecer ao meu lado.

Olhei para ele com uma sobrancelha arqueada.

— O quê?

— Você me ouviu. *Acasale. Com. Ela.*

Não precisei perguntar a quem ele se referia.

— Você parece o Kieran.

Ele deu de ombros. Sua expressão não dizia absolutamente nada. Lorcan raramente falava, o que tornava seu comentário ainda mais importante. Porque ele sentiu a necessidade de expressá-lo em voz alta, algo que nunca faria a menos que estivesse realmente falando sério.

— Por falar nisso — comecei, mudando de assunto. — O que Kieran decidiu? — Ele e Lorcan estavam discutindo sobre como lidar com Sylvia quando senti a chegada de Cael. Por instinto, me escondi do lado de fora, deixando Kieran e Lorcan discutindo os próximos passos.

Foi uma reação incomum para mim, mas meu lobo exigiu que eu me escondesse nas sombras para Ivana. E eu estava muito envolvido com a sensação para lutar contra isso.

Se Lorcan se incomodou, não disse nada.

Assim como não comentou sobre minha mudança de assunto.

— Ele quer que eu acompanhe Sylvia até o Território de Sangue. Eu a deixei o mais confortável possível. Kieran vai precisar fazer o resto.

— Território de Sangue e não o Território Noturno? — perguntei, esclarecendo.

Lorcan assentiu. *Ele não quer deixar Quinnlynn desprotegida,* ele me informou mentalmente.

Entendo, respondi com uma careta. *Ele está preocupado de que isso seja apenas o começo de algo ruim, não é?*

Lorcan deu de ombros novamente. *Se for, cuidaremos disso.*

Verdade, concordei.

— Acasale com ela — Lorcan repetiu pela terceira vez, fazendo com que eu estreitasse os olhos. *Você não é o único adepto a mudanças abruptas de assunto*, ele pensou para mim, sua expressão e tom mental desprovidos de emoção.

— Ela merece mais do que eu — respondi.

— Eu sei — ele concordou com a voz ainda inexpressiva. — Então faça o seu melhor.

Com isso, ele desapareceu. E um segundo depois, o cheiro de Ômega no cio começou a se dissipar, me dizendo que ele levou Sylvia para o Território de Sangue.

— Ele está certo — outra voz falou, precedendo a chegada de Cael quando ele ficou no lugar de Lorcan. — Ela merece coisa melhor.

Semicerrei os olhos mais uma vez por um motivo totalmente diferente.

— Deixe-me adivinhar: você acredita que é melhor para ela?

— Ah, sei que sou — ele disse, fazendo com que minhas mãos se fechassem em punho ao lado do corpo. — Mas acho que você poderia ser o melhor para ela se conseguisse parar de ser tão cabeça-dura.

Ergui as sobrancelhas. Suas palavras me deixaram momentaneamente mudo. Eu estava lisonjeado, insultado e, acima de tudo, chocado.

— Ivana é a companheira ideal — ele continuou. — Ela é inteligente, confiante, espirituosa, estonteante e quer ter filhotes. Ela seria perfeita para mim se não fosse por uma falha muito séria.

Cerrei os dentes. *Ela não tem defeitos*. As palavras fluíram de minha mente para a dele, principalmente porque eu não conseguia contê-las. *Ela é perfeita.*

— Ela está apaixonada por você — Cael disse com naturalidade. — E, embora eu consiga lidar com muitos defeitos, esse é um que meu lobo não consegue aceitar.

Tensionei ainda mais a mandíbula. *É paixão, não amor*, eu queria argumentar. *E não é um defeito, idiota.*

Embora, de fato, fosse. Porque eu também não seria capaz de acasalar uma Ômega que cobiçasse outro Alfa.

— Então resolva seus problemas, Cillian — ele continuou, sem me dar chance de falar. — Caso contrário, ficarei tentado a mostrar à sua fêmea como um verdadeiro Alfa trata a companheira escolhida. E posso garantir que a pequena falha se tornará uma lembrança distante... ela acabará se esquecendo, enquanto isso o assombrará por toda a eternidade.

Podia jurar que minha mandíbula ia quebrar de tanto tensioná-la.

— Por que isso parece um desafio? — perguntei a ele enquanto minha fera interior andava dentro de mim, pronta para ensinar a esse Príncipe Alfa uma lição de dominância.

Cael era poderoso, e estaríamos em pé de igualdade.

Mas, nesse caso, eu venceria.

— Porque estou ameaçando tomar o que é seu — Cael respondeu, e seus olhos azuis esverdeados brilharam com a promessa enquanto ele praticamente arrancava as palavras da minha mente.

Eu venceria essa luta porque ela envolvia Ivana.

— Ou você a trata bem — ele me disse — ou vá se foder.

— Não é seu trabalho protegê-la — rosnei para ele. — Então, se alguém deve se foder, é você.

Ele bufou.

— Você está certo. É seu trabalho. Então, faça o *melhor*, Cillian. — Sua inflexão na palavra melhor nos fez voltar ao início dessa estranha conversa.

No entanto, em vez de desaparecer como Lorcan, Cael simplesmente se afastou, o que fez meu lobo arranhar meu interior com fúria.

Eu acabei de ser *dispensado*.

E o Alfa que fez isso não estava nem um pouco preocupado em me dar as costas.

— Se eu não o conhecesse, Cael, diria que você estava tentando brigar comigo, talvez para me distrair dos acontecimentos desta noite? — zombei, a teoria surgiu em minha cabeça antes que eu pudesse pensar direito.

Cael paralisou.

Depois, lentamente, me encarou mais uma vez.

— Se acha que eu tive algo a ver com a condição de Sylvia, não está prestando atenção, Elite.

Sua referência à minha posição foi intencional. Um lembrete. Algo que me fez encará-lo sem hesitar.

— Então, por que de repente você está tão preocupado com meus assuntos pessoais, Cael? — perguntei, deixando propositalmente de lado seu título.

— Não estou nem aí para os seus *assuntos pessoais*, Cillian — ele respondeu, e o lobo apareceu em seus olhos, transformando as íris azul-esverdeadas em um tom mais escuro de azul. — Mas Ivana despertou meu interesse. Ela merece algo melhor. Então, se você não tomar uma atitude – e logo –, vai perder sua Ômega para um verdadeiro Príncipe Alfa.

O ar esfriou ao nosso redor, nossos lobos se encarando.

— Lá vem você me desafiando de novo.

— Eu só desafio oponentes dignos. — Suas pupilas se dilataram enquanto ele me olhava de cima a baixo. — E não estou vendo nenhum na minha frente.

Dei um passo à frente enquanto meu animal se enfurecia.

— Você vê o melhor diante de você.

— Não — ele rebateu. — Vejo um covarde. Então, resolva seus problemas, Cillian. Lute pela sua Ômega. Trate-a bem. Ou vou te mostrar como é um verdadeiro desafio.

O cretino se escondeu nas sombras antes que eu pudesse responder, me deixando rosnar para o espaço vazio à minha frente. *E você me chama de covarde*, grunhi em sua mente.

Sua única resposta foi uma bufada, e seus pensamentos mentais se voltaram instantaneamente para as Ômegas que estavam por perto.

Ou para uma Ômega em particular.

A *minha* Ômega.

Por apenas um segundo, ele me deixou ouvir sua apreciação enquanto olhava para Ivana. Em seguida, me afastou com um empurrão mental que quase me fez cair de bunda no chão.

Semicerrei os olhos. Ou tudo isso deveria ser algum tipo de distração do assunto em questão ou...

Ou ele realmente estava falando sério em tudo o que disse.

Fechei as mãos ao lado do corpo. Primeiro Kieran, depois Lorcan e agora Cael. A preocupação de Kieran e Lorcan com minha vida pessoal fazia sentido... eles eram meus melhores amigos. Mas Cael? Cael e eu... não éramos exatamente amigos. Mas também nunca fomos inimigos. Na verdade, ele costumava ser um aliado quando eu precisava.

Ele também gostava muito de jogos. Normalmente, jogos políticos nos quais eu também me destacava. Daí nossa relação indefinida. Um relacionamento que estava prestes a ser severamente testado se ele tentasse tirar Ivana de mim.

Só que ela não era realmente minha.

Ainda não, eu pensei.

Não. Nunca. Balancei a cabeça, com um rosnado vibrando em meu peito enquanto meu lobo discordava veementemente da direção de meus pensamentos. Ou talvez meu animal estivesse reagindo ao saber que o Príncipe Cael estava perto da nossa Ômega agora.

Porque eu podia ouvir os pensamentos daqueles que estavam observando Ivana e Cael enquanto eles começavam a distribuir as refeições para todos na sala.

Eles ficam bem juntos, Ashlyn estava pensando, com a voz anormalmente alta e irritante. *Fico imaginando como serão os filhotes deles*.

Tensionei a mandíbula quando a desliguei, apenas para ser sugada para dentro da mente de Ransom enquanto ele resmungava sobre a concorrência desleal, como ele não podia se comparar a um Príncipe Alfa.

Bufei. *Com pensamentos como esse, não, você nunca será capaz de competir*, quase disse a ele. Mas engoli as palavras mentais e, em vez disso, segui para a área de jantar, para onde Ivana levou todas as Ômegas.

Me encostei em uma parede envolta em escuridão, as sombras parecendo gravitar em minha direção enquanto eu observava a sala.

Quase todos estavam sentados, a maioria das Ômegas quietas em um canto e os Alfas se acomodaram em outras mesas, com posturas cautelosas à medida em que observavam as saídas.

Ninguém notou minha chegada, principalmente porque eu não permiti que minha presença fosse sentida. Sempre preferi me demorar e ouvir sem ser visto. Situações como essa eram o motivo de eu ter aperfeiçoado minhas habilidades furtivas.

Eu me sintonizei com as vozes mentais ao redor, filtrando-as e ouvindo qualquer indício do que poderia ter acontecido com Sylvia.

Durante todo o tempo, meu olhar permaneceu em um ponto focal em particular: *Ivana*.

Ela estava ao lado de uma mesa de Ômegas, com a cabeça inclinada enquanto dizia em tom baixo:

— A Sylvia vai ficar bem. O Rei Kieran é um curandeiro. Ele não deixará que nada aconteça com ela.

— Mas ela está no cio — uma Ômega de cabelos escuros chamada Glory sussurrou. — E há Alfas não acasalados no Território de Sangue.

Ivana assentiu.

— Sim, é verdade. Mas o Território de Sangue tem um sistema que garante o consentimento.

— Que sistema? — Glory perguntou, franzindo as sobrancelhas grossas.

— As Ômegas do Território de Sangue fazem uma lista de candidatos a Alfa para nossos ciclos estrais — Ivana explicou, fazendo meu coração se apertar.

Porque eu sabia tudo sobre a lista de Ivana.

E o único nome que ela anotou lá.

O *meu*.

— Somente esses Alfas podem se aproximar de nossos ninhos durante nossos momentos de necessidade — ela acrescentou.

— Mas Sylvia não tem uma lista — Ômega Brie disse. Sua pele escura parecia um pouco pálida devido à pouca iluminação. — E ela não pode fazer uma nesse estado. Ela nem mesmo saberia quem escolher.

— Nem todas as Ômegas têm uma lista — Ivana disse. — Há lugares com, hum, acomodações apropriadas para aquelas que não têm um Alfa para ajudá-las durante o cio.

Glory franziu ainda mais a testa.

— Que tipo de acomodações?

— Do tipo que proporciona alívio — Ivana disse com cuidado.

— Brinquedos — Brie completou.

As bochechas de Ivana ficaram um pouco rosadas quando ela disse:

— Sim.

E meu nó pulsou instantaneamente.

— *Eu tenho um brinquedo* — ela me disse. — *Para meus ciclos de calor. Porque... você nunca...*

Estremeci, me lembrando do rumo que nossa conversa estava tomando antes de Benz nos interromper. Merda. Devo um pedido de desculpas à Ivana. Uma explicação. Qualquer coisa. Por tudo.

Minha garganta ficou repentinamente apertada, meus ouvidos se contraíram quando voltei meu foco para Ivana e sua conversa com as Ômegas.

— No Sant...? — Glory estava dizendo, mas acabou tossindo, e a ação não mascarou de forma alguma as palavras que ela pretendia dizer. — Quero dizer, no Território Noturno?

— Eu... não sei o que vocês usam lá — Ivana se esquivou —, mas imagino que sejam semelhantes.

Puta merda, elas ainda estão falando de brinquedos. Eu deveria voltar minha atenção para os outros na sala. Mas meu nó latejante me manteve preso, com o olhar grudado em Ivana e em sua boca sedutora. Sua língua deslizou para umedecer o lábio inferior carnudo, quase como se ela pudesse sentir meus olhos sobre ela.

Conhecendo Ivana, ela provavelmente sentia.

A pequena raposa sempre parecia me sentir. Era um milagre que ela ainda não tivesse olhado em minha direção.

— Foi isso que você fez, então? Usou brinquedos? — Glory perguntou a Ivana. — Você não tem uma lista?

Engoli enquanto Ivana murmurava:

— Não, eu... eu tenho uma lista. Mas só... — Ela

apertou os lábios. — Só porque uma Ômega dá permissão a um Alfa, não significa que ele vai tirar proveito disso.

Glory e Brie olharam para Ivana.

— Os Alfas dizem não para dar o nó a uma Ômega necessitada? — Brie parecia chocada.

— Os teimosos, sim — Ashlyn respondeu, do outro lado da mesa, a Ômega do Z-Clan permaneceu calada durante toda a conversa até agora. — Aqueles que não percebem o presente que está bem na frente deles podem ser bem cegos às vezes.

Cael parou atrás de Ashlyn, com os lábios franzidos.

— Como você está certa, querida — ele murmurou antes de colocar uma bandeja de bebidas no meio da mesa. — Mas a maioria dos Alfas de valor reconhece plenamente esse dom e o aceita sem hesitação. — Seu olhar se voltou para Ivana enquanto ele falava, fazendo com que minha Ômega corasse em resposta à sua avaliação aberta.

Tensionei a mandíbula e meu lobo se enfureceu mais uma vez. *Você deve ter um desejo de morte*, eu disse a Cael. Ele podia ser capaz de me impedir de ler sua mente, mas não podia bloquear minha habilidade telepática. *Não vejo outra razão para você continuar a me provocar.*

Talvez eu ache divertido, ele respondeu, as palavras em alto e bom som, quase como se eu estivesse lendo sua mente. Mas não, ele apenas permitiu que o pensamento superficial passasse por qualquer barreira mágica que possuía. *Ou, talvez, eu queira que você encontre a felicidade. Depende do quanto você me considera altruísta, não é?*

Seu olhar se voltou para mim nas sombras apenas por um segundo antes de voltar para a longa mesa de comidas e bebidas para pegar um drinque.

Kieran e eu teríamos uma longa conversa sobre o Príncipe Cael quando ele chegasse. Embora eu não acreditasse que o Príncipe Alfa fosse responsável pela condição de Sylvia, era evidente que seu poder aumentou no último século. E isso era algo que valia a pena discutir.

Porque Lorcan, Kieran e eu sempre ficamos de olho em Cael e nos outros príncipes. No entanto, havíamos classificado Cael como um aliado com habilidades razoáveis.

Agora, eu me perguntava se ele era um aliado com habilidades profundas.

Ou um inimigo impressionante disfarçado de aliado dócil.

Ele ergueu um copo em minha direção em um falso movimento de *brinde*, quase como se pudesse ouvir meus pensamentos calculistas, depois levou a água à boca e a bebeu como se fosse uma dose de bebida alcoólica. Em seguida, ele deixou o copo de lado, pegou outra bandeja e a levou para uma mesa ao lado de onde Ivana estava momentos atrás.

Mas ela não estava mais lá.

Olhei em volta e paralisei quando ela se materializou ao meu lado nas sombras, seu corpo parecendo se misturar ao meu, apesar de seus traços claros.

CILLIAN

Você percebeu algo digno de nota? Ivana perguntou mentalmente enquanto tomava um gole da bebida em sua mão. O líquido era amarelo-claro e o aroma agridoce sugeria que se tratava de limonada. *Sobre Sylvia, quero dizer,* ela esclareceu.

Admirei seus dedos longos e delicados ao redor da haste da taça, bem como a maneira como sua garganta se movia de leve a cada gole. Uma miríade de imagens sensuais surgiu em minha mente, cada uma delas envolvendo seus lábios em algo muito maior – e mais duro – enquanto sua garganta fazia um movimento semelhante.

Isso era errado.

O momento era absolutamente inapropriado.

No entanto, eu não conseguia interromper a corrente de pensamento.

Uma distração tão perigosa, disse a mim mesmo. *É por isso que não posso ficar com ela. Não* deveria *tê-la.*

Cillian? ela chamou, olhando para a sala, apesar de seus pensamentos estarem voltados para mim.

Sim?

Seus lábios se curvaram um pouco para baixo. *Perguntei se você encontrou alguma coisa.*

Ah, certo.

Ainda estou trabalhando nisso, menti. Bem, tecnicamente, não era mentira. Eu estava tentando trabalhar. *Eu só... puta merda, Ivana, me desculpe. Eu...*

Sua mão livre segurou a minha, apertando-a. *Não faça isso. Não aqui. Não agora. Nós dois temos um trabalho a fazer. Você precisa descobrir quem drogou Sylvia enquanto eu mantenho as Ômegas calmas.*

E quem vai te manter calma?, perguntei, sem saber o que mais dizer a essa criatura maravilhosa.

Ela me encarou, com uma sobrancelha loira arqueada. *Preciso me acalmar?* ela perguntou, com um tom de profunda paciência que não pude deixar de respeitar. *Porque estou me sentindo muito calma, Cillian.*

Como? perguntei a ela. *Como você está tão calma?*

Ela deu de ombros e tomou outro gole da bebida, a imagem da despreocupação.

Sei que você vai resolver isso e nos proteger, Cillian. E sei que a Sylvia está segura no Território de Sangue. Minha única preocupação no momento é com as Ômegas do Santuário. Elas não têm a mesma experiência e fé que eu tenho. Tudo isso ainda é muito novo. Elas precisam de garantias neste momento, que eu posso oferecer. E você fará o mesmo quando determinar quem feriu Sylvia.

Sua mão apertou a minha mais uma vez antes de se afastar.

Ou ela tentou, pelo menos.

Entrelacei nossos dedos antes que ela conseguisse e a

puxei de volta para mim, seu calor sendo uma sensação bem-vinda contra minha pele.

Por alguma razão, eu não estava pronto para deixá-la sair de perto de mim.

Talvez fosse sua aura calma.

Talvez fosse o fato de que eu não queria que ela se aproximasse de Cael.

Ou talvez eu apenas precisasse dela.

Quem sabia? Eu não podia soltá-la. Não agora. Não depois de ela ter me encontrado à espreita nas sombras. Ela já fez isso inúmeras vezes, mas algo estava diferente agora. Eu não tinha certeza se foi o nosso tempo no chuveiro, o beijo proibido que eu roubei dela ou alguma combinação de ambos.

Tudo o que eu sabia era que não conseguia soltá-la. Nem física nem mentalmente.

Cillian? Ela chamou, com a voz mental hesitante.

Preciso de um minuto, eu disse a ela, passando o polegar por sua mão. *Só mais sessenta segundos.*

Tudo bem, ela respondeu, sem pedir que eu explicasse.

Em vez disso, ficou em silêncio ao meu lado enquanto terminava sua bebida, com a mente mais tranquila que nunca. Ela exalava uma serenidade diferente de qualquer outra, e sua mera presença me permitia respirar um pouco mais fundo.

Passei tantos anos lutando contra essa atração entre nós, essa vontade de afundar em seu abraço e permitir que ela cuidasse de mim. Tantos momentos de tensão. Tanta tensão física e mental.

Era como se eu estivesse me afogando há anos e me recusasse a deixar que ela me puxasse para a superfície para respirar. Mas eu estava me afogando por ela. Protegendo-a da minha correnteza turbulenta. Garantindo que ela pudesse ficar sob o sol feliz sem que eu a puxasse para o fundo do oceano.

Alguns poderiam dizer que fui altruísta.

Outros poderiam me chamar de egoísta.

Suponho que tudo seja uma questão de perspectiva, porque, neste momento, eu me sentia mais egoísta que nunca, segurando a mão dela e mantendo-a longe de todos os pretendentes alfa da sala. Fazendo uma reivindicação que eu não deveria ter permissão para fazer.

No entanto, era uma sensação muito boa. Muito certa. Necessária demais.

Engoli em seco. Examinei a área diante de nós e notei os murmúrios entre as Ômegas, bem como os olhares cautelosos entre os Alfas. Todos estavam questionando as intenções uns dos outros, perguntando-se se algum tentou ferir Sylvia.

O tom geral de fúria sugeria que todos eram inocentes. Nenhum deles estava satisfeito com o fato de Sylvia ter sido drogada.

Era uma raiva que eu compartilhava com eles.

Uma raiva que a Ômega ao meu lado milagrosamente acalmou.

Nosso minuto se estendeu por dois. Depois, cinco. E depois, dez. Durante todo esse tempo, Ivana permaneceu ao meu lado sem dizer uma palavra, permitindo que eu concentrasse minha mente e continuasse a examinar todos ao nosso redor, inclusive os habitantes do Território das Geleiras, que não estavam nesse refeitório.

Uma miríade de pensamentos cheios de emoção se agitava em minha mente, me permitindo filtrá-los enquanto procurava informações úteis.

Preocupação. Raiva. Medo. Alguma irritação.

Mas nenhuma culpa.

E o medo vinha das Ômegas, não de um Alfa com receio de ser pego.

Apertei e soltei a mandíbula. Havia apenas três Alfas que eu não conseguia ler de jeito nenhum: Cael e seus Elites.

Kieran não vai ficar satisfeito, eu disse a Ivana. *Vamos passar dias interrogando todo mundo.* O que significava que ele estaria longe de sua companheira grávida.

Todo mundo? ela repetiu.

Não consegui encontrar uma única pista ou dica nos pensamentos de ninguém, o que significa que estou deixando passar alguma coisa. Um fato que me fez questionar tudo. Sylvia foi atacada em meu turno, enquanto eu estava distraído. E agora, eu não tinha provas.

Ou ninguém aqui é culpado, ela murmurou. *Talvez, quem quer que a tenha machucado tenha entrado e saído das sombras antes que alguém pudesse perceber. Ou talvez, isso tenha sido feito antes mesmo de chegarmos.*

Fiquei assustado com o pensamento dela. *Antes de chegarmos?* repeti, considerando suas palavras.

Os supressores levam semanas para se acumularem no organismo de uma Ômega. Ela me olhou. *Um indutor de calor não poderia funcionar de forma semelhante?*

O que você sabe sobre supressores? perguntei, e o conceito fez com que os pelos de meus braços se arrepiassem. *Você...*

Eu nunca os tomei, ela interveio antes que eu pudesse terminar minha próxima pergunta. *Mas sei tudo sobre eles. Assim como sei muito sobre as drogas usadas no Território Bariloche. Quinn provavelmente seria um bom recurso para se perguntar sobre indutores de calor.*

Meu estômago revirou ao ouvir sobre o inferno do qual Kieran, Lorcan e eu tiramos Quinnlynn há alguns meses. Felizmente, ela estava praticamente ilesa, apenas com a energia esgotada por ter curado todas as Ômegas ao seu redor.

Mas algumas delas estavam em situação muito pior, muitas foram drogadas repetidamente pelo antigo Alfa do Território Bariloche e seu alegre grupo de sádicos apoiadores.

Vou falar com a Quinnlynn, informei Ivana e fiquei de frente para ela e de costas para a sala. Mas a palavra a seguir precisava ser dita em voz alta, não sussurrada em sua mente.

Ela precisava entender a importância do que acabou de me oferecer. Não apenas as ideias em seus pensamentos, mas também o conforto silencioso que ela proporcionou quando precisei. E a liderança que ela demonstrou ao assumir o controle das Ômegas.

— Obrigado — eu disse com a mão estendida para cobrir sua bochecha enquanto me inclinava para encostar a testa na dela. — Obrigado, Ivana. — Valia a pena repetir.

Você não precisa me agradecer, Cillian.

Preciso, admiti em sua mente. *Quando isso terminar, nós vamos conversar.*

Seu suspiro de resposta tocou meus lábios, e sua agitação momentaneamente cintilou em sua mente. No entanto, dei um beijo em sua boca antes que ela pudesse responder ao meu comentário.

Porque nós conversaríamos.

Sobre o que aconteceu hoje. Antes de hoje. Depois de hoje. Apenas... *tudo*.

Infelizmente, por enquanto, eu a deixaria com um breve beijo, tentando demonstrar minhas intenções e emoções sem palavras.

Depois, me afastei para finalmente deixá-la ir.

Lorcan vai chegar em breve para levar todas ao Território de Sangue. Espero que você entre nesse avião, Ivana.

Seus olhos azuis ficaram fixos nos meus por um longo momento antes de ela assentir. *Certo.*

Certo, repeti, com a mão ainda em sua bochecha. Passei o polegar em seu lábio inferior, meu olhar acompanhando a ação. *Mantenha-se em segurança, Macushla. Mas me chame se precisar.*

Ela me encarou por mais um instante, com os olhos procurando por algo. Em seguida, deu um pequeno aceno e desapareceu para se juntar às Ômegas.

Ashlyn se moveu instantaneamente, abrindo espaço para Ivana. Minha Ômega a estudou por um segundo antes de colocar a taça vazia na mesa e se acomodar na cadeira livre. Ela pareceu quase desconfiada e a troca foi um pouco estranha.

No entanto, tudo ao redor da Ômega do Z-Clan parecia estranho. Até mesmo seus pensamentos que, mais uma vez, eram superficiais e pareciam estar direcionados a mim enquanto ela pensava: *Isso é muito melhor, Alfa. Muito melhor mesmo.*

Não respondi, mas me envolvi ainda mais nas sombras. Em seguida, abri a tela do relógio e digitei uma mensagem para Kieran, algo que eu sabia que ele não iria gostar. Mas o argumento de Ivana era extremamente válido.

Peça a Quinnlynn para avaliar Sylvia. Especificamente, veja se a condição a faz lembrar de algo do Território Bariloche.

Uma vez, ela disse que um Alfa do V-Clan estava visitando as Ômegas em cativeiro. E ainda não havíamos determinado quem era esse Alfa.

Era uma hipótese remota, mas se a condição fosse semelhante, então poderia ser o mesmo Alfa.

E os comentários de Ivana sobre como o soro poderia

ter sido dado a Sylvia antes de ela chegar ao Território das Geleiras poderiam ser válidos.

Meu pulso vibrou quando Kieran respondeu:

Vou falar com ela.

Me avise sobre o que você descobrir. Não tenho nada a relatar aqui.

Bem, exceto sobre os poderes crescentes de Cael.

Mas essa era uma discussão que Kieran e eu precisávamos ter pessoalmente.

Minimizando a tela, me recostei na parede e retomei minha observação.

Me avise se precisar de comida, Ivana pensou. *Eu levo algo para você.*

Quase sorri. *Estou bem por enquanto, mas obrigado.*

Tudo bem, mas até os Alfas teimosos precisam comer, Cillian.

A única coisa que quero comer agora é você, Vana, respondi antes que pudesse me conter.

Um som alto atraiu meu olhar para a mesa, onde ela estava se desculpando por ter deixado o garfo cair.

Sorri. *Cuidado, amor. Você deveria estar acalmando as Ômegas, não as assustando.*

Cillian, ela praticamente rosnou em minha mente, fazendo com que meu sorriso aumentasse. *Você não pode... não pode... arghhh.*

Não posso o quê? Comer você? Inclinei um pouco a cabeça. *Tenho certeza de que poderia devorá-la, macushla. Várias vezes.*

Pare, ela sibilou. *Você está me distraindo.*

Humm, estou bem familiarizado com o problema, eu disse. *Fico muito feliz em retribuir o favor agora.*

Ela rosnou novamente, mas não disse nada. Em voz alta, ela estava perguntando a Ashlyn sobre o caderno na mesa. A Ômega do Z-Clan murmurou algo sobre ser seu diário de rabiscos.

— Os verdadeiros são... bem, eu já te falei sobre tudo isso. Espero que você se lembre — Ashlyn concluiu.

Quase me intrometi de novo, só para fazer Ivana corar mais uma vez, mas decidi deixá-la em paz.

Porque ela estava certa, agora não era o momento para isso.

Talvez, mais tarde.

Ou talvez nunca, pensei, meu sorriso desapareceu enquanto eu passava a mão no rosto.

Eu tinha um trabalho a fazer primeiro.

Depois... depois eu iria... resolver essa merda.

PARTE IV

Queridas estrelas,

Infelizmente, estou no avião de novo, voltando para casa no Território de Sangue.

Sinceramente, tudo isso parece muito estranho. Eu... eu não sei o que dizer, além disso. Em especial, porque meu consolo e paz estão sendo interrompidos por uma intrusa. Ashlyn. Sim, estou te vendo olhar por cima do meu ombro. Por que você está se intrometendo?

Ivana,

Alguém já te disse que é falta de educação escrever sobre outras pessoas? Já me disseram isso. Embora eu suponha que, às vezes, seja necessário. Às vezes, ajuda. E, às vezes, machuca. É claro que você ainda não sabe o que quero dizer. Infelizmente, você saberá. Em breve.

Por favor, não se esqueça do que eu disse. Debaixo das tábuas do assoalho, Ivana.

Ah, e diga ao Cillian que uma vida nova é

mais importante do que uma antiga. Vou ficar bem.

Bons sonhos (ou será que tudo isso é real?). Ashlyn

Estrelas... Ou será que eu deveria escrever para você, Ashlyn?

Não sei nem o que dizer sobre isso. Portanto, vou fechar o diário agora.

Ivana

IVANA

Lar doce lar.

Mas a sensação de estar aqui não era tão doce assim.

Suspirando, me deitei em meu ninho, olhando para o teto. Foi um longo voo de volta para casa. Eu poderia ter ido direto para o Território de Sangue, mas não quis deixar as outras Ômegas. Elas precisavam de alguém – *alguém local* – para acalmar o nervosismo.

Fiz o melhor que pude. Agora, as Ômegas do Santuário estavam com Quinn e Kyra. Elas seriam melhores em proporcionar conforto, principalmente por causa das histórias delas.

Em vez de ficar, optei por voltar para cá. Sozinha. Principalmente, para pensar em Cillian.

Ele permaneceu no Território das Geleiras, onde todos os candidatos Alfa estavam se reunindo para um encontro. Kieran se juntaria a eles a qualquer momento. Ele decidiu esperar que todas as Ômegas se acomodassem no palácio antes de partir. Assim que ele fosse, Lorcan se tornaria o Alfa do Território de Sangue em exercício. Ou rei, eu diria.

Ou seria o Príncipe do Território de Sangue? grunhi. *Quem ainda sabe o termo certo?*

Bocejando, me enrolei em uma bola e mudei meu foco para Cillian. Principalmente em seu nó. Porque agora, eu sabia como era. Como era a sensação. E sim, meu brinquedo – olhei para a gaveta que abrigava o instrumento – não era nem de longe preciso o suficiente.

Minhas coxas se apertaram quando me lembrei da sensação do nó dele contra meu âmago, de como ele era quente e grosso entre minhas pernas.

Estrelas, não era hora de pensar nisso. Não depois de tudo o que aconteceu esta noite.

Primeiro, Sylvia.

Depois, todas as Ômegas estavam preocupadas com o que aconteceu e o que poderia acontecer em seguida.

E, depois, havia Ashlyn.

Ela era... interessante. A Ômega do Z-Clã ficou quieta durante todo o caminho para casa, exceto quando escreveu no meu diário. Eu quis gritar com ela por causa disso, mas algo em seu olhar me fez morder a língua.

Desamparada, pensei, imaginando-a novamente agora. *Ela parecia muito desamparada.*

Sylvia era sua amiga. É claro que Ashlyn estava preocupada. No entanto, parecia mais profundo, era quase como se ela tivesse perdido a esperança.

Em vez de lhe dar um sermão sobre etiqueta de diário, tentei convencê-la – e a várias outras – de que o Território de Sangue era seguro. Que Sylvia ficaria bem. Que os Alfas daqui as protegeriam, não as machucariam.

Será que Quinn e Kyra estão repetindo tudo isso para eles agora? eu me perguntei.

Provavelmente, sim.

Soltei um suspiro e fechei os olhos.

Nunca fui muito boa em fazer amigos, mas tentei ser uma hoje. Se as outras Ômegas não acreditassem em mim, acreditariam em Kyra e Quinn.

Se isso não funcionasse, provavelmente todo o programa iria pelos ares.

— Se é que já não foi — murmurei para mim mesma enquanto me afastava do meu ninho. — Preciso de uma distração. Talvez, comida.

E agora eu estava falando comigo mesma.

— Bom trabalho, Ivana — resmunguei.

Deixando de lado meu momento de estranheza, me concentrei em preparar uma refeição reconfortante. *Macarrão. Creme de queijo. Molho de tomate. Queijo mussarela. E levar ao forno por trinta minutos.*

Assim que o cronômetro tocou, devorei uma boa porção da caçarola de macarrão gratinado.

Tudo isso enquanto pensava na noite e em Cillian. *Será que ele chegou mais perto de descobrir o que aconteceu?*

Eu perguntaria, mas não queria interrompê-lo. Pelo menos, ainda não.

Agora que eu sabia o que ele realmente sentia por mim e como ele se considerava indigno de uma Ômega, eu estava determinada a lutar por ele. Lutar por *nós*.

Portanto, se ele tentasse me afastar – o que eu não tinha dúvidas de que faria –, eu o perseguiria. Daria tudo de mim. E se ele ainda me recusasse...

Engoli em seco.

Eu... não queria pensar nesse resultado. Ainda não. Não agora.

Afastando o pensamento de minha mente, limpei a cozinha enquanto o sol nascia lá fora. De jeito nenhum eu iria dormir tão cedo. Nem me sentia cansada. O que era estranho, já que mal dormi ontem.

O que eu precisava fazer era relaxar.

Olhei para o meu ninho e para a mesinha de cabeceira. *Essa é uma maneira de relaxar*, pensei, estremecendo ao imaginar o brinquedo na gaveta.

Mas depois de sentir o nó de Cillian, a forma como ele pulsava contra mim...

Senti a garganta se contrair mais uma vez.

Sim, não. Nada de brinquedo. Mas, talvez, um banho.

Trinta minutos depois, eu me encontrava na banheira cheia de meus sais favoritos e ainda pensando no pênis de Cillian.

Eu grunhia.

A necessidade reprimida que eu sentia por ele se transformou em um fogo crepitante naquela ducha, apenas para ser instantaneamente banhada em água gelada com a chegada de Benz.

No entanto, as chamas que percorriam minhas veias estavam se reacendendo agora que eu estava sozinha com meus pensamentos. *Pensamentos em Cillian. Seu corpo longo e musculoso. Nu. Molhado. Excitado.*

Fechei os olhos e imaginei todas as linhas rígidas de sua forma máscula, as pequenas covinhas nos quadris, os planos definidos do abdômen, até os peitorais impressionantes.

Ah, quem eu estava enganando?

Eu não estava olhando para cima, estava olhando para *baixo*.

Para seu nó.

Pulsando.

Pedindo meu toque.

Eu queria envolver minha mão nele e acariciá-lo. Lentamente. Memorizando o caminho. *Dominá-lo.*

Meu Alfa. Meu lobo. Meu Cillian.

Você pode tentar fugir, mas vou persegui-lo, avisei, ciente de que ele não poderia me ouvir aqui porque provavelmente ainda estava no Território das Geleiras. *Você foi feito para ser meu, Alfa. Nada dessa besteira de* indigno. *Meu. Meu. Meu.*

Mas ele não estava aqui para eu rosnar. No entanto, seu cheiro estava por toda parte. Era estranho, porque ele nunca esteve em minha casa antes. Mas podia jurar que sentia seu cheiro aqui.

Ele está impregnado em minha pele. Em meu coração. Em minha alma.

Como eu desejava que ele estivesse incrustado em mim, em outro lugar. Em algum lugar entre minhas pernas. Gemi ao pensar nisso, meu corpo se inflamou todo com a perspectiva.

Fiquei nervosa o dia todo, as outras Ômegas mal conseguiam me distrair do anseio que havia dentro de mim. Um desejo que Cillian despertou com força depois de me prender à parede do chuveiro.

Estrelas, eu estive tão perto de explodir. Tão perto de experimentar o toque alfa de Cillian.

Ou talvez sua boca, pensei, lembrando as palavras que ele disse em minha mente, aquelas sobre me *devorar*.

Ele estava flertando comigo naquele refeitório, me tratando como uma Ômega desejada em vez de uma rejeitada.

E eu adorei isso. Talvez não tenha sido o momento mais apropriado para seu comentário mental, mas me deu esperança.

Lembrar disso agora não inspirava tanta esperança

quanto luxúria, porque eu podia imaginar seu rosto entre minhas coxas e sua língua contra meu âmago escorregadio.

Cillian, gemi em minha mente, com a palma da mão deslizando pela minha barriga em direção ao lugar que mais me doía.

Eu deveria ter levado meu brinquedo para o banheiro. Deveria saber que acabaria me tocando.

Deuses, eu quero seu nó dentro de mim, queria dizer a Cillian. Mas ele não estava aqui. Então, pensei comigo mesma enquanto meus dedos exploravam a pele úmida. *Não é a mesma coisa...*

Meu toque não era quente ou duro o suficiente.

Quase senti como se estivesse entrando no cio com o quanto eu desejava meu Alfa. Isso era o quanto eu me sentia reprimida por nossa escapada no chuveiro. Tudo amplificado por seis anos de desejo por um homem que eu não podia ter.

Um homem que me desejou o tempo todo, mas que lutou contra sua atração sob uma noção equivocada de que eu merecia algo melhor.

Você é meu, Cillian, gritei em minha mente. *Não deixarei que me rejeite novamente.*

— Eu nunca te rejeitei, Vana — ele respondeu, fazendo com que meus olhos se abrissem.

Ele estava na entrada do banheiro, com um ombro apoiado no batente da porta, braços musculosos cruzados e olhos escuros ardentes.

— Cillian — murmurei, e meus pulmões pararam de funcionar.

— Ivana — ele respondeu. Aquelas íris pecaminosas percorreram meu corpo nu... um corpo que ele podia ver através da água. De repente, me vi desejando ter feito um banho de espuma em vez de usar apenas sal.

Minha mão instantaneamente deixou meu centro e minhas bochechas esquentaram.

— Não pare por minha causa — ele murmurou, voltando lentamente os olhos para o meu rosto. — Eu estava gostando muito do show.

Fechei a mão com firmeza.

— O que você está fazendo aqui? — gaguejei, ignorando seu comentário sobre o *show*.

— Bem, eu estava no corredor, prestes a bater na porta, mas você ameaçou me perseguir se eu fugisse, então me teletransportei para cá. — Seus lábios se curvaram ligeiramente. — Se quisesse me perseguir agora, em seu estado atual, acho que me pegaria bem rápido.

Engoli em seco e minhas bochechas arderam ainda mais.

— Você ouviu tudo?

— É um pouco difícil não ouvir, *macushla* — ele respondeu baixinho. — Você estava gritando comigo e depois gemendo. — Ele baixou o olhar mais uma vez. — Por favor, continue. Eu gostaria de ver como termina.

Eu estava tão confusa que nem sabia como responder a isso.

Naturalmente, escolhi a primeira coisa que me veio à cabeça e disse:

— Você deveria estar no Território das Geleiras.

— Humm — ele murmurou. — Eu estava lá, sim. Mas não há mais nada para discutir. Os candidatos Alfa parecem todos inocentes. Portanto, precisamos que Sylvia nos conte o que aconteceu, e vai demorar um pouco até que ela esteja coerente o suficiente para falar. Então, acho que vou passar o tempo vendo você gozar.

— *Cillian* — ofeguei, sem saber como começar a reagir à sua mudança abrupta de assunto.

— Sim, de preferência com você dizendo meu nome

enquanto chega ao clímax. — Ele se afastou da porta e veio em minha direção. — Mostre-me como você se diverte, Vana. Talvez eu a recompense com uma demonstração semelhante.

Meu coração pareceu acelerar, criando um som de batida em meus ouvidos. Havia tanta promessa em suas palavras, tanta intenção revelada, que tudo o que eu podia fazer era olhar para ele.

— Se toque — ele me disse, com a dominância nessas duas palavras. — Quero ver como você gosta de ser acariciada. — Ele ficou de pé sobre a banheira, com os braços soltos ao lado do corpo. — Me ensine, Vana. Me mostre o que te dá prazer.

CILLIAN

Não vim aqui para isso. Eu só queria ver como ela estava antes de ir para casa.

Esperava que ela estivesse dormindo.

Mas, não.

Ela estava pensando em mim em voz alta. Me cativando com seus pensamentos. E qualquer noção de fazer algo cavalheiresco, como deixá-la de uma vez por todas, se desfez em pó.

Ela estava linda. Nua. Molhada. Excitada. E desejando *meu* nó.

Foi preciso força física para ficar aqui, totalmente vestido, e não tocá-la. Mas eu queria que ela terminasse o que começou. Queria vê-la perder o controle. Ouvir sua respiração mudar. Sentir o cheiro de sua necessidade. *Sua umidade.*

— Se toque — repeti. — Agora, Ivana.

Porque eu precisava vê-la desmoronar. Testemunhar cada segundo excruciante. Saber o que eu estava perdendo todos esses anos. Determinar o quanto minhas fantasias estavam longe da realidade.

Seria um castigo e um presente. Doce tortura. Paixão selvagem.

Eu fui um tolo em negar essa conexão a nós dois. Ou talvez esteja sendo tolo por ceder a ela agora.

As nuances não importavam mais. A realidade poderia ir à merda junto com meus votos passados.

Porque tudo o que me importava naquele momento era a mão de Ivana e a tentativa de deslocamento de seu toque em direção à suavidade entre suas coxas.

— Seja ousada, *macushla* — eu disse a ela. — Me mostre o que estou perdendo nesses últimos seis anos.

Suas narinas se dilataram e um desafio iluminou seu olhar.

Ali está minha indomável. Minha Ômega. Aquela que nunca me temeu.

Deixei que ela ouvisse meus pensamentos, minha voz mental aberta à sua mente. Parecia justo, considerando tudo o que eu ouvi dela.

Sua necessidade furiosa.

Sua ameaça de me perseguir.

Sua súplica por meu nó.

Sua reivindicação.

Foi uma loucura. Intenso. Um destino fodido.

Mas essa Ômega me queria, mesmo depois de tudo o que eu disse. Ela estava determinada a me mostrar o que poderíamos ser juntos. A abraçar o pouco que eu tinha para dar.

Eu não a merecia.

Então melhore, Lorcan e Cael disseram.

Deuses, eu precisaria fazer mais do que apenas *melhorar*. E eu não tinha ideia de por onde começar. Se eu queria mesmo esse futuro. Se conseguiria alcançá-lo.

Entretanto, essa incerteza – o pouco que restava dela – desapareceu quando o dedo de Ivana tocou seu clitóris. Ela estremeceu, suas costas se curvaram e as pontas de seus belos seios ficaram à mostra acima da água.

Puta merda, eu queria me inclinar e lambê-la. Mordiscá-la. *Mordê-la*. Marcar cada centímetro de seu corpo. Sentir seu cheiro. Garantir que todos soubessem que ela era *minha*.

Esse desejo abrangente ia me matar. Destruir meu controle. Demolir qualquer determinação que me restasse para fazer o que era certo. Merda, eu nem conseguia mais definir o que era certo ou errado.

E aquela mão entre suas coxas não estava ajudando em nada.

Deuses, ela estava maravilhosa.

Toda corada e ofegante.

Sua mente implorando por mais. Pelo meu nó. Que eu a comesse do jeito que um Alfa deveria fazer.

— Continue — disse a ela, minha voz com um toque de rosnado. Porque eu estava amando e odiando essa demonstração. Eu quería ajudá-la. Tocá-la. Beijá-la. *Conquistá-la*.

Mas precisava dessa punição. Eu a *merecia*.

Durante seis longos anos, neguei a nós dois. Neguei *isso*. Seus lábios entreabertos. Pupilas dilatadas pela luxúria. Sexo *pingando*. Eu podia vê-la claramente através da água, seu dedo deslizando para dentro com facilidade. Toda vez que tocava seu pequeno clitóris, ela se retesava e depois gemia mentalmente.

— Fale comigo — eu exigi. — Não guarde isso para você, *macushla*. Me torture com suas palavras.

— Cillian — ela sussurrou, arqueando mais uma vez. — É você quem está... — Ela parou em uma inspiração brusca, depois exalou o resto da frase com: — Me torturando.

Ergui a sobrancelha.

— Como estou te torturando, Vana?

— Ao não me tocar — ela sussurrou. — Ao me negar por anos. Ao me *rejeitar*.

Um rosnado ficou preso em meu peito quando meus joelhos se dobraram em direção ao chão.

— Eu nunca te *rejeitei* — disse a ela novamente enquanto me acomodava ao lado da banheira, agarrando a borda e me inclinava sobre ela.

— Rejeitou, sim. — Seus olhos começaram a se fechar à medida que um tremor a percorria.

— Olhe para mim, Vana. — Eu me certifiquei de que meu tom tivesse a pontada certa de dominância. Sensual, não ameaçador. Porque, embora suas palavras me enfurecessem, não era por isso que eu desejava seu olhar. Queria observá-la, ver o momento em que ela se aproximava do precipício sem retorno, testemunhá-la na ânsia do clímax.

Seus cílios loiros se agitaram quando ela reabriu os olhos, as íris azuis sedutoras escureceram para mostrar sua loba interior.

— Você é tão linda, amor — sussurrei, minha irritação desaparecendo em um piscar de olhos. Suas bochechas estavam lindas e rosadas, seus olhos estavam cheios de desejo e seus lábios carnudos estavam entreabertos em expectativa. — Puta merda, Vana. Eu nunca poderia te rejeitar. Você é a única pessoa que eu quis por seis longos anos.

Ela começou a balançar a cabeça, um argumento já se formando em sua mente.

Mas eu não estava mais discutindo semântica. Queria ver minha linda Ômega gozar.

Puxei as mangas camisa até os cotovelos.

— Mas você...

Segurei a banheira novamente e coloquei a outra mão na água, silenciando-a. Seus olhos se arregalaram quando toquei seu pulso, depois ela ofegou quando a impedi de se afastar de mim.

— Se não vai terminar o trabalho, querida, então eu vou te ajudar — disse, deslizando meus dedos ao lado dos dela.

Ela gemeu alto quando pressionei a palma da mão sobre seu clitóris, nossas mãos se realinharam para permitir que eu introduzisse um de seus dedos – junto com um dos meus – em sua entrada escorregadia.

— *Cillian* — ela sussurrou, arqueando o corpo para fora da banheira e para a pressão criada pelo nosso toque.

Gentilmente, empurrei-a de volta e curvei nossos dedos dentro dela.

— Você é muito apertada, *macushla* — falei baixinho. — Precisamos trabalhar nisso se você quiser meu nó.

Ela se apertou em torno de mim, sua mente parecendo se estilhaçar apenas com minhas palavras. Principalmente, porque ela não conseguia acreditar que eu estava aqui, tocando-a e falando sobre transar com ela.

Me rejeitou por tanto tempo, ela estava pensando consigo mesma.

Quase suspirei quando ela usou essa palavra novamente. Não gostava dela em relação à Ivana. Eu disse a ela para procurar outro lugar? Sim. Mas nunca usei a palavra *rejeitar*.

No entanto, minhas ações e palavras...

Inclinei a cabeça.

— Você tem razão — admiti, me odiando um pouco

mais. — De certa forma, eu a rejeitei, mas não porque não a quisesse, Ivana. Espero que isso tenha ficado claro. E se não estiver, estou prestes a mostrar o quanto te quero.

Deslizei um segundo dedo para dentro dela enquanto suas coxas se fechavam.

— Cillian — ela gemeu e sua parte inferior tentou sair da banheira novamente. Mas dessa vez, eu estava pronto, minha mão já pressionava a dela até o clitóris.

— Você vai gozar para mim, Ivana — eu disse. — Depois vou tirá-la dessa banheira, levá-la para o seu ninho e lamber cada centímetro do seu corpo enquanto você goza de novo e de novo. — Porque eu devia a ela seis anos de orgasmos. Seis anos de prazer. Seis anos de *companheirismo*.

— Oh, estrelas... — O sibilo das palavras escapou dela em uma expiração enquanto sua mão livre descia para envolver meu pulso. Em seguida, ela levantou o quadril e liberou o som mais delicioso que já ouvi, um som que memorizei em um instante e guardei em minhas memórias para sempre.

Parte grito, parte gemido, e cem por cento Ivana.

Seu corpo estremeceu com a força do clímax, as paredes internas se apertaram com tanta força em meus dedos que meu nó pulsou fisicamente. Porque, puta merda, eu mal podia esperar para estar dentro dela. Ela estaria tão apertada, tão perfeita, tão *minha*.

Eu a soltei assim que os espasmos diminuíram e a tirei da banheira, fazendo com que a água espirrasse por toda parte. Mas não me importei. Precisava sentir seu gosto. Conquistá-la com minha língua. Forçar aquele som a sair de seus lábios o mais rápido possível.

Ela gritou quando a joguei no ninho, meu nome deixando-a com um tom de castigo - um tom que eu já conhecia bem demais.

Mas eu a ignorei.

Abri suas pernas.

E pressionei a boca em seu clitóris inchado.

Ivana gritou, suas mãos encontraram minha cabeça enquanto tentava me afastar.

— É demais — ela disse. — Muito cedo.

Ri em sua boceta encharcada.

— Você pode aguentar, Vana. Confie em mim.

Qualquer argumento que ela estivesse prestes a me lançar morreu em um emaranhado de palavras enquanto eu sugava seu ponto pulsante e deslizava dois dedos de volta para dentro dela.

Minha Ômega reagiu exatamente como eu esperava, liberando uma nova onda de lubrificação em minha mão. *Deuses, Ivana, é como se você estivesse no cio,* disse a ela, adorando sua reação ao meu toque. *Seu corpo está implorando para que eu lhe dê o nó.*

Sim, ela sibilou de volta em minha mente, seu corpo se contorcendo.

Pressionei a mão livre em sua barriga para mantê-la no lugar enquanto a devorava, lambendo cada centímetro, como prometi fazer. Mordiscando de leve. Beijando-a intimamente. Memorizando o sabor de sua boceta doce. Estocando com os dedos sua entrada apertada.

Ela entoou meu nome e puxou meu cabelo enquanto também me empurrava ainda mais para dentro. Esses cânticos se transformaram em gritos que provavelmente podiam ser ouvidos em todo o Território quando ela gozou novamente, seu corpo tremendo de maneira quase violenta com o ataque do êxtase.

Como não parei de lambê-la, ela começou a chorar, sua voz rouca se assemelhou a um pequeno e suave gemido de protesto.

Mas esse protesto morreu minutos depois, sua forma

Ômega mais do que capaz de suportar meu ataque sensual.

Você foi feita para isso, Ômega, lembrei a ela, lambendo sua entrada úmida enquanto eu me deliciava com seu sabor cítrico. *E, como seu Alfa, fui feito para te dar prazer. Desculpe-me por ter esperado tanto tempo para apresentá-la ao ápice, amor. Sinto muito.*

Eu passaria as próximas horas – *dias* – compensando-a.

E permiti que ela visse isso em minha mente, minhas promessas detalhadas enquanto colocava todas as minhas fantasias em sua cabeça.

Ela vibrou, sua boceta estrangulava meus dedos enquanto eu retomava o ritmo em seu clitóris.

Estrelas, estrelas, estrelas, ela estava pensando.

A palavra lentamente se transformou em outra coisa completamente diferente. Algo incompreensível. Porque tudo o que ela podia fazer era sentir. Abraçar. *Pegar.*

Quando ela se desfez pela terceira vez, sorri, adorando o fato de ela ter se tornado totalmente incoerente.

Encostei os lábios em sua pele sensível e sussurrei palavras doces de elogio, dizendo o quanto ela era boa, o quanto eu adorava fazê-la gozar e agradecendo por me deixar prová-la.

— Você é deliciosa — murmurei, beijando-a novamente e rindo quando ela ficou tensa. — Preocupada que eu force outro orgasmo, amor? — Passei meus lábios pelo seu monte bem aparado até o osso do quadril.

— Sim — ela gaguejou, trêmula.

— Humm, essa foi uma resposta bastante coerente — pensei. — Você precisa de mais orgasmos. No plural, Vana. Muitos mais.

Ela tentou fechar as pernas, mas eu estava entre elas, impedindo que isso acontecesse.

— Não, amor. Se sou o seu Alfa, então você é a minha

Ômega. E tenho a intenção de me marcar em sua alma, *macushla*. — Afundei os dentes em sua pele, deixando uma marca no quadril. Ela não havia me mordido antes, o que não fez dessa mordida uma reivindicação. Mas, certamente, demonstrou intenção.

E foi uma intenção que ela entendeu, porque paralisou embaixo de mim, com os olhos arregalados.

— Cillian...

Lambi a marca que deixei em seu quadril, levando o sangue para a minha língua, depois subi pelo seu corpo para que ela pudesse me ver engolir.

— Se vamos fazer isso, será de verdade, Ivana. Porque quando eu te der o nó, você será minha. — Prometi isso a ela no chuveiro – que se lhe desse o nó, não haveria outro Alfa para ela. — Eu não compartilho.

Já tinha sido difícil o suficiente vê-la sair com outros Alfas. Não havia como deixar que isso continuasse depois de tê-la conquistado.

— Então, é melhor ter certeza de que é isso que você quer — continuei. — Você disse em sua mente que eu era seu, que queria meu nó. Agora, estou dizendo em voz alta o que isso significa. Se eu transar com você, farei com que seja minha. Mesmo que você não me morda primeiro.

Porque fazer isso significava quebrar todos os votos que eu já fiz a mim mesmo.

Eu jurei viver sozinho.

Nunca ter uma companheira.

Para garantir que o legado de meu pai morresse comigo.

Proteger os descendentes do Território Eclipse até meu último suspiro.

Mas ter Ivana – *e dar meu nó a ela* – daria ao meu lobo o controle total dos meus instintos. Ele não se importava com meus votos pessoais, ele se importava com *ela*. E eu não podia lutar contra meu animal. Não por causa disso. Não quando eu queria e desejava Ivana tanto quanto ele.

Estive tão perto de deixá-la, tão perto de *perdê-la*. Vi em seus olhos quando ela me chamou de covarde. Senti na forma como ela se afastou de mim mentalmente pouco tempo antes. E percebi que não queria viver sem ela. Não queria vê-la se apaixonar por outro Alfa. Eu queria que ela fosse minha.

Um desejo tão egoísta.

Mas ela também me queria.

Ela lutou por mim sem parar nos últimos seis anos. Nunca desistiu até recentemente. E isso doeu mais do que eu jamais quis admitir.

— Eu não mereço te amar, Ivana — admiti em um suspiro, precisando falar a minha verdade. — E te amar me torna egoísta. Me faz querer coisas que não deveria, coisas das quais nunca fui digno na vida. Isso me aterroriza pra caramba.

Segurei suas bochechas, apoiando a parte superior do corpo nos cotovelos de cada lado de sua cabeça.

Seus olhos embaçaram com minhas palavras, um pouco do prazer se dissipou de suas feições.

— Não digo nada disso para magoá-la — continuei. — Só quero que você entenda como é complexo para mim. Sei que não sou bom o suficiente para você, Vana. Os últimos seis anos são prova suficiente disso. Que tipo de Alfa rejeita sua Ômega perfeita?

Usei propositalmente a terminologia escolhida por ela, pois era precisa, pelo menos na superfície.

— Aquele que acha que está fazendo a coisa certa para seu povo — ela sussurrou, me surpreendendo e, ao mesmo tempo, provando mais uma vez como ela era perfeita para mim.

Porque ela me entendia.

Não só isso, mas ela me *perdoou*. Eu podia ouvir em sua mente que, apesar de toda a dor, ela não me odiava como deveria. Em vez disso, reconheceu meus motivos e considerou-os válidos.

— Eu realmente não te mereço — repeti, mais do que ciente de que já havia pronunciado essa frase, bem como pensado nela um milhão de vezes.

Mas em vez de me afastar como deveria, optei por um novo caminho.

Um novo caminho a seguir.

Um passo hesitante.

Porque eu queria ser bom o suficiente para ela. Por ela. *Com* ela.

Entretanto, para fazer isso, ela precisava entender o que eu podia e não podia oferecer.

— Passei todos esses anos dizendo que você precisava de um Alfa melhor, que te colocasse em primeiro lugar e te amasse como você deveria ser amada. E talvez eu nunca seja capaz de fazer isso. — Muito provavelmente, eu nunca conseguiria fazer isso.

Eu poderia lidar com a quebra do meu voto de não aceitar uma companheira.

Mas eu me recusava a quebrar meu voto de proteção aos antigos habitantes do Território Eclipse e seus herdeiros. Portanto, Ivana sempre ficaria em segundo lugar em relação às minhas responsabilidades como Elite.

Admiti tudo isso em voz alta antes de continuar:

— É totalmente egoísta da minha parte querer ficar com você. Reconhecer e aceitar esse fato é a forma como tenho conseguido lutar contra a vontade de reivindicá-la. Eu ainda posso lutar contra essa inclinação, Vana.

Ela engoliu em seco, mas uma pontada de desafio surgiu em seu olhar, dizendo-me que ela estava planejando uma réplica.

No entanto, eu ainda não havia terminado.

Precisava que ela entendesse o que aconteceria entre nós se continuássemos nesse caminho. Como as coisas mudariam. O que eu seria forçado a fazer. Porque eu não era o tipo de Alfa de encontros de uma noite. Não com ela. *Nunca* com ela.

— Se você me disser para te dar o nó, Vana, não poderei ignorar a necessidade de mordê-la. Vou te reivindicar, mesmo que seja apenas pelo nome, e vou desafiar qualquer Alfa que tente tirar você de mim.

Disso eu tinha certeza.

Se nós transássemos, ela seria minha. Fim da discussão.

— Então, é melhor você ter certeza, amor — eu disse, roçando meus lábios nos dela. — Mas não precisa decidir agora. Leve o tempo que precisar, pense sobre isso, e eu...

Seus dentes afundaram em meu lábio inferior, tirando sangue em um instante.

Comecei a recuar, principalmente em resposta à mordida inesperada, mas ela sugou meu ferimento.

E engoliu.

IVANA

MEU. Eu me arrepiei. *Meu. Meu. Meu.*

O sangue de Cillian cobriu minha língua e garganta. Ele tinha o sabor de um dia refrescante. Fresco. Novo. *Inspirador.*

Puxei seu lábio, desejando mais de seu sabor viciante. Toda a força e a masculinidade, mas envoltas por uma sensação de frescor. Uma sensação de liberdade. De vida renovada.

Vana, ele gemeu em minha mente.

Meu, foi tudo o que eu disse em resposta.

Como se eu precisasse pensar em sua oferta. Que noção engraçada. Eu desejava esse Alfa há seis longos anos. Eu não ia perder um segundo a mais do que o necessário para tomar minha decisão.

— Puta merda — ele rosnou em voz alta, e sua boca se apoderou da minha no instante seguinte.

Não foi um beijo hesitante ou suave. Foi duro. Faminto. *Punitivo.*

Pequena Ômega safada — ele disse mentalmente. *Você nem me deixou terminar de falar.*

Estava cansada de esperar que você fosse direto ao ponto, respondi. *Além disso, não havia mais nada a dizer.*

Ele rosnou.

Resmunguei.

Sua mão envolveu meu pescoço e sua língua dominou a minha. Seu sangue se misturou ao sabor da minha excitação em seus lábios, dando um tom erótico ao nosso abraço.

Esse homem acabou de forçar três orgasmos em mim e, ainda assim, eu estava pronta novamente. *Mais que pronta.*

Estrelas, nunca experimentei algo assim. Foi mais intenso do que meu cio. Mais impactante. Mais *significativo.*

Cillian apertou minha garganta.

— Sempre tentando me dizer o que fazer.

— É um dos meus defeitos — respondi, fazendo-o sorrir contra meus lábios.

— É um dos seus pontos fortes — ele rebateu, depois tomou minha boca com uma vingança renovada.

A necessidade derretida aqueceu minhas veias, me incendiando por dentro. Cada parte de mim ardia, minha pele se retesava enquanto meus nervos formigavam de desejo.

Cillian atiçava minhas chamas internas com a língua e cada movimento me deixava ainda mais quente, a ponto de eu sentir que poderia entrar em combustão só com sua boca.

Mas antes que eu esperasse, seu polegar circulou meu

pulso e sua boca deixou a minha para trilhar um caminho de beijos até minha orelha.

— Eu vou dar o nó em você, Ômega. E depois, vou mordê-la.

Estremeci, suas palavras me lembraram um sonho.

— Sim — gemi. — Sim, Alfa. — Eu o queria bem dentro de mim, pulsando, reivindicando e me marcando como sua.

Mas ele ainda estava vestido.

Eu podia sentir a excitação pesada através de sua calça, mas não era o suficiente. Precisava dele mais perto. Nu. Duro e insistente contra minha pele.

Ele deve ter lido minha mente, ou talvez tenha se sentido da mesma forma, porque se ajoelhou para tirar a camisa de mangas compridas. Fiquei com água na boca ao ver sua força vigorosa, seus músculos ondulando com o movimento.

Em seguida, sua mão foi até a calça. O polegar abriu o botão e guiou o zíper para baixo.

Engoli em seco, meus olhos percorrendo cada centímetro exposto de seu corpo.

Um pequeno gemido escapou de mim quando ele se afastou da cama e minha pele ficou subitamente desprovida de seu toque.

Ele sorriu, claramente captando o som.

— Acho que eu gostaria de ouvi-la implorar pelo meu nó, Macushla. Mas não desta vez. Nós dois já esperamos tempo demais.

E de quem é a culpa? Quase perguntei em voz alta. Em vez disso, deixei que continuasse sendo um pensamento em minha mente, que ele definitivamente ouviu.

Porque ele respondeu em voz alta:

— Minha. E estou prestes a passar o dia todo me desculpando por isso. Então, espero que não tenha planejado dormir tão cedo, porque não vamos descansar muito.

Um arrepio percorreu minha coluna, a sensação aumentando o calor dentro de mim.

— Você está prestes a se tornar minha, Ômega — Cillian continuou. — Não haverá como voltar atrás depois disso.

Estrelas, tudo isso parecia um sonho. Uma fantasia. *Irreal*.

Os Alfas eram possessivos, mas Cillian... Cillian sempre me afastou. Dizia para eu procurar outro Alfa. Recusou-se a dançar comigo. Discutiu comigo.

Mas agora... agora, ele estava ameaçando me *possuir*.

E eu aceitei essa posse, abrindo mais as pernas para ele.

— Me dê o nó, Alfa — disse a ele. Mas as palavras saíram como um pedido, não como uma ordem. O que fez com que seu pênis ficasse impossivelmente maior em resposta.

Isso ia doer da melhor maneira possível.

Felizmente, sua boca e seus dedos me deixaram mais do que pronta para recebê-lo.

Mas ele não subiu imediatamente sobre mim e me penetrou.

Não.

Ele pegou uma das minhas pernas e beijou meu tornozelo. Traçou um caminho até a parte de trás do meu joelho enquanto se movia para frente. Seus dentes tocaram a parte interna da minha coxa, fazendo meu coração bater um pouco mais rápido.

Será que ele vai me tocar ali? me perguntei, tonta.

Estou reivindicando você com meu nó antes dos meus dentes, Ômega, ele sussurrou em minha mente. *Estou adorando você.*

Amando você. Garantindo que você esteja realmente pronta para que eu te coma.

Fechei as pernas, sentindo meu núcleo subitamente desesperado por fricção. Esse homem... as coisas que ele estava dizendo... *Deuses, Cillian...*

Apenas Cillian é o suficiente... ele respondeu enquanto sua boca encontrava meu calor úmido mais uma vez. O Alfa me deu uma longa lambida, com o peito ronronando de aprovação. *Seu gosto é tão bom, Macushla.* Ele passou a língua em minha pele sensível novamente, fazendo com que meus dedos dos pés se curvassem.

Ele introduziu dois dedos em mim e meu mundo inteiro girou. Porque tudo o que eu podia sentir era ele, seu toque, seu beijo íntimo.

Outro grunhido ecoou, este um pouco mais feroz. Um aviso. Algo que vi refletido em seu olhar sombrio enquanto ele me olhava. Seu lobo estava no limite, ameaçando assumir completamente o controle.

Entendi, porque meu animal também estava andando dentro de mim, exigindo que o nosso companheiro escolhido retribuísse o favor com uma mordida.

Mas em vez de cravar os dentes em minha pele, ele me lambeu. Com intensidade. *Com força.* Tudo isso enquanto esticava minha entrada com os dedos. Introduziu o terceiro, me fazendo estremecer um pouco.

Talvez eu não estivesse tão pronta quanto achei que estivesse, pensei enquanto arqueava o corpo com seu toque.

Está quase, ele murmurou, claramente em resposta ao meu pensamento. *Ainda vai doer, amor, mas vou te dar tempo para se adaptar.*

Não vou precisar, prometi a ele. *Esperei muito tempo por você, Cillian. Tempo demais por seu nó. Quero você por inteiro. Cada centímetro. Cada impulso violento. Fui feito para você, Alfa. Deixe-me te ter. Por favor.*

— Eu estava certo — ele rosnou. — Gosto de te ouvir implorar pelo meu nó. — Ele se arrastou por cima de mim, os lábios brilhando com minha excitação. — Da próxima vez, vou fazer você se ajoelhar enquanto implora. Depois vou comer essa sua boca linda e te fazer chupar meu pau.

Arfei contra seus lábios úmidos, a imagem criada me deixou ainda mais molhada. Mas ele não me deu chance de responder ao seu pedido... ou de pedir que ele fizesse isso agora, porque estava me beijando novamente.

Com paixão.

De forma possessiva.

Cillian...

Vana, ele respondeu, acomodando os quadris contra os meus.

— Passe suas pernas ao meu redor, amor.

Meus membros se moveram antes mesmo que ele terminasse de falar, meu centro úmido encontrou seus músculos. Eu o queria dentro de mim. Queria que ele me reivindicasse. Me desse o *nó*.

Ele se equilibrou em um braço, agarrou minha mão e a conduziu para baixo, entre nós dois. Meus dedos formigaram quando encontraram a base de seu pênis... bem no nó.

— Pegue meu pau, Ivana — ele exigiu. — E me mostre onde você me quer.

Cada parte de mim se incendiou ainda mais com suas palavras cheias de comando e, ao mesmo tempo, assegurando meu consentimento.

Esse Alfa não queria *tomar,* ele queria *dar.*

E eu queria muito *receber.*

Eu o guiei até minha entrada, meu interior se apertando em antecipação ao seu tamanho. *Tão grande. Tão alfa. Tão...*

Minha, ele interrompeu, seus quadris avançaram e me forçaram a aceitá-lo em um impulso poderoso.

Paralisei no mesmo instante. O choque de sua penetração me deixou sem fôlego.

Mas a dor durou apenas um segundo e o êxtase tomou conta de meu ser quando senti meu mundo *entrar nos eixos*.

Porque ele me preencheu por completo quando tocou aquele lugar dentro de mim que parecia quase proibido.

Muito melhor que meu brinquedo, pensei em uma expiração mental. *Deuses, muito, muito melhor.*

Cillian ronronou e o som rapidamente se transformou em um estrondo intimidador enquanto ele deslizava até a ponta e voltava a entrar.

— Você nunca mais vai usar um brinquedo — ele me informou, segurando minha mão no colchão. — Só o meu pau, Ivana. Só *o meu pau*, sempre.

Minhas coxas ficaram tensas em seus quadris, meu corpo concordando com essa nova regra.

— Somente o seu *nó*.

O peito dele vibrou em aprovação e sua boca capturou a minha em um beijo abrasador enquanto seu ritmo aumentava.

Meus dedos entrelaçaram os dele, agarrei seu ombro musculoso. Cravei as unhas em sua pele, meu interior se apertou e pulsou em torno de seu ataque sensual.

Foi intenso, mas delicado. Eu podia sentir que ele estava controlando sua força, o corpo parecendo me abraçar em vez de me possuir por completo.

Eu queria fazê-lo se mexer, forçá-lo a me pegar com mais força.

Mas não conseguia.

Principalmente porque isso parecia certo. Era *bom*. Havia tanta emoção envolvida nesse abraço, tanta história, tanto *desejo*.

Seu beijo se tornou derretido em minha boca, a língua me distraiu dos movimentos. Tudo o que eu podia fazer era respirá-lo, deixá-lo me devorar, submeter-me ao seu domínio e simplesmente... *existir*.

Foi libertador.

Uma sensação de liberdade.

De *esclarecimento*.

Eu nunca me senti tão amada e protegida, sua força me cercava de uma forma que não deixava dúvidas quanto à sua reivindicação.

Ele vai me morder, pensei, animada para sentir seus dentes em minha pele. Experimentar sua posse. *Ah, mas primeiro... primeiro ele vai me dar o nó...*

Meu interior se apertou, meu corpo estava preparado e pronto para sua reivindicação erótica.

Estrelas, isso era melhor do que qualquer coisa que já experimentei, melhor do que os prazeres intensos provocados pelo meu cio.

E isso se devia ao fato de Cillian estar dentro de mim. Meu companheiro escolhido. O Alfa dos meus sonhos.

— Você é incrível — ele disse contra minha boca. — Puta merda, quero ficar aqui para sempre, nunca deixar o calor da sua boceta doce e apertada.

Ele puxou meu lábio inferior e o mordiscou de leve, depois soltou minha mão para tocar meu peito.

— Quero marcar cada centímetro de seu corpo — ele continuou. — Cobrir você com meu sêmen e desfilar na frente de todos os outros Alfas para que saibam que você é minha.

Sua boca foi para o meu pescoço, os dentes afundaram em minha pulsação.

Mas não rompeu a pele, apenas mordeu com força suficiente para deixar uma marca.

Ou talvez um hematoma.

Não me importava. Eu adorava esse lado possessivo dele, suas palavras obscuras, seus votos íntimos.

— Vou te morder aqui — ele sussurrou. — Depois, nos seios. — Ele beliscou meu mamilo ao proferir a ameaça. — E, finalmente, entre suas pernas. Vou conquistar cada parte sua, Vana. E você vai fazer o mesmo comigo.

Sua mão deslizou até meu pescoço, traçando minha mandíbula com o polegar enquanto encarava meus lábios.

— Quero que você morda meu nó e depois chupe meu pau. — As palavras se assemelhavam a uma exigência perversa em minha boca. Seus olhos escuros estavam intensos. — Você vai ser minha dona, Vana. De cada centímetro meu. E vou te compensar gozando em sua linda garganta.

Estremeci, suas palavras me deixaram sem ação.

— Deuses, Cillian...

— Apenas Cillian — ele me lembrou, movendo os quadris para frente para pontuar suas palavras. — *Seu* Cillian.

Meu núcleo se retesou em torno dele e suas palavras me tocaram profundamente. Eu adorava o fato de ele ser meu. Eu queria ser *dele*.

— Por favor, Cillian. Me dê seu nó. *Por favor.*

Ele mordiscou meu lábio inferior.

— Sempre me dizendo o que fazer — ele falou, lambendo a marca que acabou de deixar em minha boca. — Puta merda, você é perfeita, Macushla. Perfeita demais.

Sua língua silenciou qualquer tipo de resposta que eu pudesse ter dado, suas mãos percorreram as laterais do meu corpo. Estremeci quando ele agarrou meus quadris, e aumentei o aperto das minhas pernas quando ele assumiu o controle da minha parte inferior.

Um som estrangulado escapou de mim quando ele

começou a me penetrar, seu pênis indo cada vez mais fundo.

Estrelas, eu achava que ele já tinha transado comigo antes. Mas, não. Aquilo foi suave comparado a isso. Uma introdução lenta de seu poder e proeza.

Isso... *isso* era Cillian assumindo o controle e liberando sua fera. Era um alfa tomando a ômega escolhida. Isso foi... *uma felicidade arrebatadora.*

Eu me inclinei para fora da cama. Meu corpo era dele para comandar. E minha boca se abriu para receber sua língua dominadora.

Sim, sim, sim, entoei em minha mente, a realidade desaparecendo lentamente à medida que a paixão tomava conta de meu ser.

Cillian rosnou, um som que ressoou profundamente em meu interior... um chamado alfa. Uma reivindicação. Uma forma de provocar ainda mais a ação de uma Ômega. Era uma resposta natural, um tipo de dominação que me fez cair em um turbilhão de sensações.

Escuridão.

Luz.

Calor.

Muito. Muito. *Calor.*

Seu nome saiu da minha boca enquanto eu gritava mentalmente. Meus membros tremiam e eu me estilhaçava sob uma avalanche de êxtase não adulterado.

É demais, pensei com selvageria. *Oh, estrelas, é demais...*

A pressão interna...

A dor...

O nó dele, percebi com um sobressalto. *Esse é o nó dele.*

Ele me seguiu até o ápice em um doce alívio, apenas para nos proteger com seu bulbo impressionante. Eu podia senti-lo pulsar dentro de mim, o sêmen me enchendo com a intenção de procriar.

No entanto, eu só poderia engravidar durante um ciclo estral.

Portanto, estávamos seguros.

A não ser que...

Franzi a testa.

Isso parece muito intenso...

Cillian sussurrou meu nome, mas parecia estar distante, apesar de estar acima de mim. Eu o encarei, mas seu rosto estava embaçado por causa das lágrimas em meus olhos.

Tentei responder, fazer uma pergunta, mas um espasmo sacudiu meu âmago com tanto vigor que tudo o que consegui fazer foi gemer.

Ah, Deuses, eu precisava de *mais*. Seu nó não estava mais pulsando dentro de mim, mas ele ainda estava lá, nos prendendo em um abraço agonizante e imóvel.

Mova-se, eu implorei. *Por favor, se mexa!*

Porque eu precisava que ele gozasse novamente. Me levasse ao limite mais uma vez. Que me preenchesse para que eu pudesse sentir seu *gosto*.

Ele repetiu meu nome, desta vez com um tom mais rouco.

Mas não conseguia me concentrar nele. Eu só queria gozar de novo. E mais uma vez. E *de novo*.

Isso era muito pior do que meu cio. Isso... isso *doía*.

Meus olhos se encheram de lágrimas, nascidas da dor, não do prazer.

Cillian segurou meu rosto entre as mãos com a expressão furiosa.

Sinto muito, tentei dizer. *Eu... eu não... eu não sei o que está acontecendo.*

Se ele me ouviu, não respondeu. Ou talvez tenha ouvido e eu não tenha conseguido ouvi-lo por causa do barulho dos meus ouvidos.

Tudo *estava queimando*. E eu me senti vazia. Muito, muito vazia...

Como sempre acontecia durante meus ciclos de calor.

Oh, Deuses, Cillian não vai me ajudar. Ele nunca me ajuda. Ele nunca está aqui...

Anos de tortura preencheram minha mente, todos aqueles momentos em que tentei me satisfazer com o brinquedo, apenas para acabar gritando em meu ninho. Sozinha. Em agonia. Sem um Alfa para cuidar de minhas necessidades.

Coloquei Cillian em minha lista porque ele era o único Alfa em quem eu confiava, o único Alfa que eu desejava.

Mas ele nunca veio.

Ele nunca vem.

Ele não me quer.

Ele nunca me quis.

Fechei os olhos, perdida no tormento do meu passado, nadando em um mar de solidão.

Preciso do meu brinquedo. Preciso do nó falso. Algo para aliviar essa pressão. Algo que me ajude a superar esse inferno!

Eu me contorcia, meu ninho não era mais reconfortante. Eu precisava... precisava... *estrelas!*

Será que gritei em voz alta?

Porque minha garganta... parecia... machucada.

Por que isso está acontecendo? É muito cedo, uma parte lógica de mim reconheceu.

Mas outro espasmo me puxou em uma onda de calor que me deixou ofegante por um ar que não existia mais.

Estou me afogando.

É só o cio, disse a mim mesma. *Vai ficar tudo bem.*

Mas ele não virá.

Ele nunca vem.

Cillian... nunca... vem.

CILLIAN

O QUE ESTÁ ACONTECENDO?

Em um minuto, Ivana estava se deliciando com o prazer e no outro, estava gritando.

Chorando.

De repente, estava no auge de um cio intenso.

Kieran, chamei, entrando na mente do meu melhor amigo. Antes que ele pudesse responder ou me repreender por interromper seu sono, eu disse: *Ivana acabou de entrar no cio.*

Assim como três outras Ômegas, ele me respondeu sem perder o ritmo. *Eu estava prestes a te chamar.*

Que merda. Segurei o rosto de Ivana entre minhas mãos enquanto tentava mantê-la embaixo de mim. Mas ela estava se contorcendo de forma quase violenta, com a mente caótica e desesperada. Ela não parava de pensar em seu brinquedo, em como precisava dele para ajudar.

Porque *eu* não viria para ajudá-la.

— Estou bem aqui, amor — disse a ela. Mas Ivana não parecia estar me ouvindo. Estava perdida demais em seus pensamentos, com as experiências passadas sendo reproduzidas em voz alta em sua mente.

— Ivana, estou bem aqui — tentei novamente quando Kieran disse meu nome.

Desculpe, pode repetir? pedi a ele, olhando para o rosto manchado de lágrimas de Ivana. Ela parecia estar olhando através de mim.

Estou com o Lorcan ao telefone – duas Ômegas no Território Noturno também acabaram de entrar no cio.

Franzi a testa. *Duas candidatas?*

Sim. Um pequeno grupo decidiu voltar para seus respectivos ninhos em vez de ficar no Território de Sangue.

Elas não confiam em nós, traduzi.

Não, não confiam. E isso não está ajudando, ele murmurou. *Precisamos...*

Ele parou de falar abruptamente, o que me fez enrijecer.

Kieran?

Não houve resposta... e isso fez com que eu me afundasse ainda mais em sua mente.

Onde eu soube, junto com ele, que outra candidata Ômega havia acabado de entrar no cio no Território Noturno.

— Puta Merda — murmurei, mas Ivana ainda estava embaixo de mim.

— C-Cillian? — ela sussurrou e seus olhos pareceram clarear por um momento.

Mas durou pouco, porque, no instante seguinte, ela estava de volta à escuridão de seu passado, seus pensamentos dizendo para não ter esperança. *Ele nunca vem,* ela disse a si mesma pela milésima vez. *Estrelas, ele* nunca *vem.*

— Iv...

Ela saiu de debaixo de mim para aterrissar de maneira desajeitada no chão ao lado da cama, sua habilidade entrou em curto-circuito devido ao estado vulnerável. As ômegas geralmente perdiam o controle durante o cio. Tudo o que seus corpos queriam era *procriar.*

Ivana abriu a gaveta da mesinha de cabeceira e sua mão alcançou um vibrador grosso que ela prontamente puxou em direção à sua boceta escorregadia.

Rosnei quando ela o enfiou dentro de si sem nem sequer se preparar, e seu corpo inteiro se curvou de lado no chão enquanto soluçava.

— Merda, Ivana — sussurrei, vendo-a se desfazer de uma forma que eu *nunca mais* queria testemunhar.

Mas não pude deixar de olhar por um longo período, pois a realidade do que eu estava vendo – o que eu estava *aprendendo* – atingiu em cheio o meu coração.

Era *assim* que ela suportava seus ciclos de calor. Como ela *sempre* os suportou.

Porque eu nunca vim.

Eu a deixei para esse destino.

Deixei-a nesse estado de agonia.

Por seis anos.

Cillian! Kieran gritou em minha mente, tentando captar minha atenção. Ele disse algo sobre Alfa Carlos – o ex-líder do que costumava ser o Território Bariloche – me atraindo para seus pensamentos, mas o gemido de dor de Ivana me fez sair de lá.

— Deuses, macushla... — Ela parecia muito perturbada e arrasada. Muito diferente da Ômega que eu conhecia e amava.

Desci da cama para o chão e a peguei em meus braços, sentindo meu peito se mover instantaneamente com um ronronar profundo e retumbante.

— Sinto muito — eu disse a ela. — Sinto muito. — Eu a puxei de volta para seu ninho, envolvendo meu corpo no dela enquanto ela continuava a usar aquela coisa entre as pernas e acariciava furiosamente seu clitóris com o polegar.

Não é suficiente. Não é suficiente. Não é suficiente. As palavras eram um cântico em sua cabeça.

Pressionei meus lábios em seu pescoço, com meu ronronar alto e exigente em suas costas. Ela nem pareceu perceber que eu estava aqui, seu corpo se contorceu em uma posição fetal mais tensa.

— Vana — murmurei, roçando os dentes em sua pulsação furiosa. Ainda não a havia mordido, porque no momento em que estava prestes a fazê-lo, ela entrou no cio. — Estou certo...

Cillian, Kieran repetiu, chamando minha atenção de volta para sua mente. *Você ouviu o que eu disse sobre as festas de cio?*

Festas de cio? repeti mais para mim mesmo do que para ele. Balancei a cabeça. Porque isso não importava. *Kieran, não posso fazer isso agora,* eu disse a ele pela primeira vez em nossa longa amizade. *Ivana... Ivana precisa de mim. Não posso me concentrar no que você está dizendo enquanto ela está...* Parei, engolindo em seco. *Ela precisa de mim,* repeti, meus braços se apertando ao redor dela.

Você está preferindo se concentrar na Ivana em vez de no nosso problema atual? Kieran perguntou. Sua voz mental tinha um tom que fez meus dentes rangerem.

Ela faz parte desse "problema", como você chama, argumentei. *E alguém tem que cuidar dela.* Algo que deixei de fazer por muito tempo.

E esse alguém é você?, ele insistiu, com o tom de voz ainda carregado. Não era incredulidade, mas era algum tipo de emoção.

Mas eu não estava com paciência para determinar o que significava ou por que ele estava sendo um idiota em relação a isso.

Sim, rosnei para ele. *Ela é minha. E ela precisa de mim. Então, vá se foder.*

O silêncio respondeu às minhas palavras, fazendo com que eu relaxasse apenas um pouco.

Porque Ivana ainda estava soluçando e usando aquele brinquedo em vez do meu nó.

Em vez de *mim*.

Porque ela ainda não tinha percebido que eu estava aqui, apesar do meu ronronar em suas costas.

— Iv...

Cillian, Kieran interrompeu novamente, mil anos conectado à sua mente tornando muito fácil para ele chamar por mim.

O que foi?

Já está na hora de você conquistar essa mulher, ele me disse. *Agora, concentre-se nela e pare de me ouvir.*

Pisquei e bufei de volta para ele. *Você é um idiota.*

Digo o mesmo. Vá cuidar de sua mulher. Um muro mental pareceu se abater entre nós, algo que eu nem sabia que ele podia criar.

Ou, talvez, eu tivesse feito isso.

Eu avaliaria isso mais tarde. *Depois que* ajudasse Ivana.

Beijando novamente seu pescoço, passei uma mão pelo seu corpo até encontrar a mão entre suas coxas.

— Tire essa porcaria de vibrador, Ômega — eu disse em seu ouvido enquanto agarrava seu pulso. — E fique de quatro.

Seu corpo inteiro estremeceu, sua mente parecendo clarear mais uma vez.

— Alfa?

— Sim, estou aqui e quero transar com você. Então, livre-se desse nó falso e me deixe montá-la.

Ivana soltou um som que era parte lamento, parte alívio, e tirou o objeto do lugar.

No instante seguinte, sua mente se rebelou, dizendo que aquilo era uma fantasia, que eu não estava aqui, porque nunca vinha.

Ao ouvir todo esse caos – e a dor que esses pensamentos causavam –, rosnei em seu pescoço de uma forma que só um Alfa poderia fazer.

— *Agora*, Ômega — exigi. — Coloque essa sua bunda sexy para cima, abra a porra das pernas e se apresente para mim.

Ela estremeceu em resposta à onda dominante de energia que liberei, e a nuvem em sua mente se dissipou em um instante.

Você está realmente aqui, ela pensou para mim.

Sim, estou. E meu nó está tão inchado que estou prestes a tomá-la assim mesmo. Portanto, coloque-se em posição ou se agarre ao colchão. Porque eu vou te comer, Ômega. Com força.

Outro tremor a percorreu, fazendo com que ela finalmente se movesse do jeito que eu queria.

Cada parte dela tremeu quando ela ficou de quatro, com a umidade escorrendo pela parte interna das coxas. Eu a apalpei ali e meus dedos encontraram instantaneamente sua intimidade dolorida.

— Eu estava dentro de você, Ômega — lembrei a ela. — Enchendo você com meu sêmen. Não se lembra?

Afastei a mão e me posicionei atrás dela, de joelhos enquanto levava a mão à sua boca.

— Lamba meus dedos — eu disse a ela. — Prove-nos.

Porque meu esperma se fundiu à sua essência, proporcionando uma mistura erótica que eu sabia que ela iria gostar. Especialmente nesse estado.

As Ômegas no cio adoravam o sabor de qualquer coisa relacionada a sexo com um Alfa. E o gosto de nosso prazer combinado provaria a ela que eu estava aqui. Que eu não a abandonei como todas as outras vezes. Que seu Alfa finalmente se juntou a ela no ninho.

Sua língua tocou minha pele, reacendendo o ronronar em meu peito.

Esse ronronar se transformou em um rosnado baixo quando ela envolveu os lábios no meu dedo e o sugou profundamente.

Agarrei seu quadril com a outra mão, minha metade inferior se alinhando com sua linda bunda enquanto meu pau encontrava sua entrada úmida.

Segurando sua mandíbula, a forcei a levar mais um dedo à boca enquanto eu a penetrava profundamente.

Ela gritou, com as unhas cravadas na cama em resposta aos meus movimentos bruscos. Chupou com força meus dedos enquanto sua bunda se movia em minha direção, implorando para que eu a tomasse. A comesse. A levasse ao ápice.

Não fui calmo desta vez. Antes, se tratava de finalmente ceder aos nossos instintos e experimentar um ao outro pela primeira vez.

Isso era sobre um Alfa satisfazendo sua Ômega.

Ela estava vulnerável, com dor e precisava do meu nó. Sem mencionar todos os outros cuidados e carinhos que ela exigiria pelo tempo que durasse esse cio forçado.

Ivana gemeu, girando a língua em meus dedos para absorver cada gota de nossa essência.

Ele está aqui, ela disse a si mesma repetidamente. *Meu Alfa está aqui. Ele está aqui.*

Me inclinei sobre ela. Meus lábios encontraram sua nuca e a mordi de leve, dominando-a de uma forma que eu sabia que ela precisava para se sentir segura.

Sim, estou aqui, confirmei em sua mente. *Chega de brinquedos, Vana. Não haverá mais aquecimentos solo. Estou* aqui. Pontuei essa última palavra com meus quadris, forçando-a a sentir meu nó.

O gemido fez com que minha mão deixasse seu quadril e mergulhasse entre suas coxas, meu polegar encontrou o clitóris inchado e deu a devida atenção.

Ela gozou imediatamente, pois o cio a forçava a viver no limite perpétuo do prazer.

Um grito baixo escapou dela, mas o som foi abafado pela minha mão.

Não é o suficiente, ela estava pensando. *Não é o suficiente.*

Rosnei em sua nuca enquanto meus quadris se moviam mais rápido e com mais força.

— Você quer o meu nó, Ômega?

— Simmm — ela sibilou, fazendo com que meus dedos saíssem de sua boca.

Envolvi sua garganta com minha mão úmida e a apertei, mantendo a outra entre suas coxas enquanto a comia.

Fazia muito tempo que eu não experimentava o prazer da boceta de uma Ômega. Fazia muito tempo que eu não dava o nó em ninguém.

Até esta noite.

Até finalmente estar com Ivana.

— Mais de seis anos — ofeguei em sua nuca, ciente de que ela não fazia ideia do que eu estava dizendo ou por quê. — Há mais de seis anos não vejo uma Ômega no cio, Vana. Desde o dia em que te encontrei, não quis mais ninguém. Só você.

Era uma admissão que eu teria que reiterar mais tarde.

Ou talvez ela se lembrasse.

O cio variava para cada Ômega, as mentes e corpos de cada uma delas lidavam com a experiência de maneiras diferentes.

Ivana respondeu, se pressionando contra mim, o corpo pequeno tremia com violência debaixo do meu.

— Não se preocupe, macushla — eu disse, aproximando meus lábios de seu ouvido. — Posso estar sem prática, mas tenho anos de fantasias para explorarmos.

Muitas. Muitas. Fantasias.

— Você vai ficar muito dolorida quando eu terminar com você — eu a avisei. — Mas vou melhorar tudo isso, Vana. Vou beijar cada machucado. Cada marca. Lamberei sua boceta doce até você desmaiar de tanto gozar. Darei banho em você. Darei comida. Depois, vou transar com você de novo.

Sua boceta se apertou ao meu redor e outro clímax a dominou apenas com minhas palavras.

Ela queria tudo isso e muito mais.

Se ao menos ela entendesse o que significava *mais*. Mas quando ela acordasse do cio, entenderia o significado por completo.

Então, eu a tornaria oficialmente *minha*.

A ideia de acasalar com ela fez com que meu nó saísse de mim em uma reivindicação primordial. Meu animal rugiu enquanto eu rosnava meu orgasmo.

Puta merda, gemi quando o orgasmo me invadiu em uma onda intensa de agonia deliciosa.

Ivana se juntou a mim na espiral descendente, seu clímax provocando um grito de prazer seguido de espasmos violentos enquanto caía em um poderoso estado de êxtase.

Meu nó pulsava dentro dela, meu esperma a preenchia

até o fim. Cada pulsação provocava ondulações orgásticas que a mantinham saciada e contente. Seu corpo estava satisfeito com nossa conexão.

Infelizmente, não duraria muito tempo.

Ela precisava de alívio constante. Seu corpo superaquecido estava obcecado por um único objetivo: a *procriação*.

Eu não tinha ideia se ela poderia se reproduzir nesse estado, pois não era um ciclo de cio normal. E já era tarde demais para que eu pudesse fazer algo para evitar uma gravidez. Os machos da nossa espécie podiam tomar pílulas, mas elas exigiam planejamento.

Não havia planejamento aqui, apenas um desejo desesperado.

Um desejo renovado que Ivana estava começando a sentir novamente.

Ela começou a rosnar e sua boceta apertava meu nó enquanto tentava se contorcer para longe de mim e nos forçar a começar de novo.

Mordi de leve sua nuca e afastei a mão de seu calor para envolver o braço em seu corpo.

— Não se mova — eu disse. Porque, se ela tentasse se afastar agora, meu nó seria arrancado de dentro dela. E embora ela pudesse não perceber a dor em seu estado atual, com certeza perceberia mais tarde.

Ivana rosnou, fazendo com que meu lobo respondesse.

Ela gemeu, submetendo seu corpo ao meu, com os instintos totalmente dominados pelos desejos e necessidades de seu animal.

Ronronei, dizendo a ela sem palavras que eu apreciava o fato de ela me ouvir e que eu a recompensaria por isso. *Em breve.*

— Por favor, Alfa — ela pediu depois de mais alguns minutos.

Eu a silenciei com meu ronronar ainda ressoando contra suas costas e beijando sua nuca.

— Você está se saindo muito bem, Vana. Muito bem.

Eu não estava mais gozando, mas meu nó nos mantinha unidos. Nenhum de nós podia controlá-lo, pois meu corpo foi feito para reproduzi-la.

Puta merda, eu não queria criar um filhote. Minha linhagem deveria morrer comigo.

No entanto, a ideia de Ivana grávida... isso mexeu comigo. Provocou uma necessidade feroz de me manter dentro dela até que eu tivesse certeza de que meu sêmen havia se enraizado.

Pressionei os lábios em sua nuca, me sentindo tonto com essas ideias.

É o cheiro dela, disse a mim mesmo. *Seu calor. Não estou pensando direito.*

Mas nunca tive tanta certeza de algo em minha vida. Eu queria essa fêmea. Eu a desejava há anos. E agora, eu a tinha embaixo de mim.

Minha linda Ômega.

Minha pequena e ousada raposa.

Ela poderia estar se submetendo a mim agora, mas sabia que ela me desafiaria no momento em que seu cio terminasse.

O que significava que eu precisava aproveitar ao máximo. Parar de pensar e deixar que nossas feras se comessem.

Meu nó finalmente voltou para a base e meu corpo claramente compreendeu isso.

Imediatamente tirei Ivana de dentro de mim e a virei, o desejo de ver seus olhos era algo que eu não podia ignorar.

— Olhe para mim — exigi, com um rosnado subjacente em meu tom.

Os longos cílios loiros de Ivana se agitaram, seu olhar estava embriagado de endorfinas enquanto me olhava.

— Sim, Alfa.

Caramba, essas palavras me deixaram instantaneamente excitado.

— Vou gostar de transar com você, Ômega. De todas as formas imagináveis.

Suas pernas envolveram meus quadris, seu calor úmido pressionou minha virilha.

— Sim, Alfa — ela repetiu, me fazendo estremecer.

— Agarre meus ombros, macushla — disse a ela. — E não tenha medo de usar suas garras.

Porque eu ia comê-la com intensidade. Colocá-la em um coma de prazer. Depois, eu a forçaria a se hidratar e comer.

E daria o nó a ela várias e várias vezes...

IVANA

Meu Alfa está aqui. Mas ele está sendo um idiota.

Uma bufada soou em resposta aos meus pensamentos. *Termine seu sanduíche*, ele falou em minha mente.

Minha loba rosnou, irritada com a insistência do nosso Alfa para que eu comesse. Tudo o que queríamos era *transar*. Mas toda vez que eu colocava meu traseiro no ar, ele dava um tapa.

— Não vou transar com você até que eu esteja satisfeito com suas necessidades básicas — ele me informou pelo que pareceu ser a centésima vez. — Pare de ser teimosa, Vana.

Eu? Teimosa? Bufei para ele. *Você é quem está obcecado por comida.*

Ele continuava com isso... fazia uma pausa e exigia que eu comesse.

267

— Já se passaram sete dias, macushla. Você precisa se manter hidratada. Não estaria fazendo meu trabalho se não te alimentasse.

— Argh — resmunguei antes de dar outra mordida forçada no sanduíche. Tinha um gosto seco. Chato. Não tinha o sabor que eu desejava com desespero.

Olhei para sua virilha e para o impressionante nó na base de seu pênis. Umedeci os lábios, ansiando por prová-lo.

— Dê mais três mordidas e te deixo chupar meu pau, Ômega — ele disse.

Olhei para seu rosto e meus mamilos se contraíram com o olhar que encontrei ali.

Ele estava tão excitado quanto eu, mas estava se fazendo de difícil. Ou, talvez, ele apenas gostasse de adiar as coisas.

De qualquer forma, me forcei a comer o sanduíche antes de colocar a comida de volta no prato e rastejar em direção a ele na cama.

— Não, Vana. Mais duas mordidas.

Rosnei para ele, cansada desse jogo.

— Nó. Agora.

Seus lábios se curvaram.

— Eu deveria saber que você continuaria tentando me dizer o que fazer, mesmo estando no cio. — Então se inclinou para frente e seu nariz encontrou o meu. — Não. Mais duas mordidas e depois vamos transar.

Ele levou seu sanduíche à minha boca.

Franzi o nariz, o cheiro não era nada atraente. Mas me forcei a obedecer para satisfazer meu Alfa.

— Boa garota — ele elogiou, fazendo com que minha loba se encolhesse. — Espero que você se lembre disso mais tarde, macushla. Foi muito divertido.

Por que eu não me lembraria?, me perguntei. *Alfa bobo.*

Ele também ficava me chamando de *macushla*. Eu não fazia ideia do que isso significava, mas minha loba parecia gostar. Eu preferia *Ômega*.

— Mais uma mordida, *Ômega* — ele insistiu, como se pudesse ler minha mente.

Talvez pudesse.

Ele sorriu novamente, como se estivesse se divertindo com alguma coisa. Eu gostava daquela expressão, então fiz o que ele pediu e engoli.

— Uma pequena Ômega tão obediente — ele comentou, roçando os nós dos dedos em minha bochecha. — Acho que gosto de você nesse estado, Vana. Toda louca por sexo e obcecada pelo meu nó. É muito agradável.

Tudo o que me importava era que ele mencionasse seu nó. *Meu*, pensei, olhando para a protuberância impressionante. *Meu nó.*

Ele deu uma risadinha.

Eu o ignorei e me arrastei entre suas pernas abertas para lamber o objeto de minha afeição.

Ele colocou aquele prato de comida irritante de lado e ele agarrou minha nuca. Gemi quando seus dedos se entrelaçaram em meu cabelo. Seu pênis grosso era como uma marca em meus lábios.

— Me prepare para você, amor — ele disse. — Me deixe tão duro a ponto de não conseguir pensar em outra coisa a não ser te dar o nó.

Hum, esse era um desafio que eu entendia e aceitava.

Minha língua percorreu a parte de baixo de seu pênis impressionante até a ponta. Um pouco de sêmen me aguardava ali, me deixando faminta por mais.

Eu o levei à boca, sugando-o até onde minha garganta permitia. Mas meus lábios nem sequer roçaram o topo de seu nó. Ele era muito longo e largo para que eu pudesse engoli-lo, o que me fez gemer de frustração.

— Shh — ele sussurrou. — Use sua mão, Ômega. Massageie meu nó enquanto acaricia o resto a boca e a língua.

Eu me arrepiei, adorando o modo como ele me treinava.

Ele também fez isso nas últimas vezes, quase como se soubesse que eu não tinha experiência nessa área.

Uma parte da minha mente registrou essa percepção... uma parte mais profunda começou a vir à tona. Aquela que entendia a história.

Cillian, pensei, saboreando o nome. *Humm, meu Cillian.*

Seu Cillian, meu Alfa ecoou, confirmando que eu estava certa. *Parece que seu cio está começando a diminuir.*

Humm? murmurei, confusa com o significado.

É melhor continuar chupando, amor. Quero te dar o nó mais algumas vezes antes que você esteja coerente o suficiente para sentir como está dolorida.

Dolorida? repeti, com o nariz franzido. Eu não estava nem um pouco dolorida, apenas *vazia*.

Algo que eu pretendia consertar, com o nó do meu alfa.

Passei os dentes por sua pele sensível, uma ação que o fez rosnar, e coloquei a mão ao redor da base larga. Seu rosnado se intensificou quando apliquei pressão no nó, fazendo com que minha loba dançasse cheia de excitação dentro de mim.

Meu interior se apertou na expectativa de despertar meu alfa. Deuses, ele era feroz, protetor e *forte*.

Coloquei a mão livre sobre sua coxa, com as unhas cravadas na perna musculosa, enquanto eu o sugava com força até a ponta. Desci novamente, tentando tirar mais dele.

— Sabe o que acho de você se sufocar — ele falou em

voz alta. — Quero que você respire, Ômega, não que se sufoque.

Eu me afastei um pouco, ouvindo o comando do meu Alfa, e passei a língua em volta da ponta dele – um truque que aprendi e que sabia que meu companheiro escolhido gostava.

— Boa garota — ele elogiou, soltando um pouco da pressão em meu cabelo. — Muito boa, Vana.

Fechei as pernas e a parte interna das minhas coxas ficou escorregadia com a necessidade. Eu gostava de agradar minha fera. E adorava quando ele expressava seu apreço por minhas ações.

Apertei seu nó novamente e gemi quando ele me recompensou com mais sêmen.

Então, de repente, me vi de costas e olhando para um par de olhos escuros e intensos.

— Você ficou muito boa em chupar meu pau, Ômega — ele me informou, com seu pênis já na minha entrada. — Mas quero gozar dentro de sua boceta, não na sua garganta.

Um grito escapou de mim quando ele me penetrou. A ação abrupta me deixou sem fôlego da melhor maneira possível.

Agarrei seus ombros, cravando minhas garras na pele para marcá-lo com pequenas luas crescentes enquanto meus quadris se erguiam para atender às suas investidas violentas.

Sim, sim, sim, eu ofegava, perdida na reivindicação do meu Alfa.

Mas não era uma reivindicação verdadeira, porque ele ainda não tinha me mordido de volta.

Por que ele ainda não me mordeu?, uma parte de mim se perguntava, causando confusão.

Mas essa confusão se dissipou no instante seguinte,

quando o calor banhou meu interior e uma dor abrasadora ecoou do meu útero. Rapidamente se transformou no prazer mais delicioso que já senti.

Seu nó, pensei, tonta enquanto meu corpo se contorcia ao redor do dele em incríveis ondas de euforia.

O mundo desapareceu. A realidade se desfez. E tudo o que importava era o nó dele pulsando dentro de mim.

Eu me acomodei na cama – no nosso *ninho* – em um suspiro, me deliciando com cada pulsação arrebatadora até que logo ela desapareceu. Mas a dor de antes não voltou imediatamente. Em vez disso, me senti plena.

Finalmente, pensei, exausta. *Finalmente, posso dormir... pelo menos, por um tempo.*

Devo ter fechado os olhos, pois quando dei por mim, estava aninhada ao corpo duro do meu Alfa, sua força me envolvia enquanto eu cochilava.

Meus lábios se curvaram e um contentamento diferente de qualquer outro aqueceu meu coração e minha alma. *Ele está aqui. Cillian está aqui.*

Voltei lentamente à inconsciência, mas acordei um pouco mais tarde – ou talvez tenham se passado várias horas – com uma pontada na barriga.

Algo doce tocou meus lábios no instante seguinte, fazendo com que eu abrisse a boca, mastigasse e engolisse. Alguma parte de mim registrou que eu estava comendo frutas. Depois de alguns minutos desfrutando o sabor, abri os olhos e vi Cillian ajoelhado ao lado da cama com um morango na mão. Peguei-o com a boca e depois me sentei para avaliar o quarto.

Nosso ninho estava uma bagunça.

Franzi a testa e comecei a dar tapinhas na roupa de cama fofa para consertá-la. Primeiro, os travesseiros. Depois, os lençóis. Mas isso não era suficiente. Ele... precisava de alguma coisa.

Rastejei para fora do refúgio macio, sentindo mais algumas dores em meu corpo ao fazê-lo e procurei o que precisava.

Meu nariz me levou a uma pilha de tecidos em uma cesta no chão, perto dos pés da cama. Farejando, me curvei e comecei a vasculhar as coisas que estavam lá dentro, e minha loba ficou imediatamente satisfeita.

Reconheci que era *uma oferta do nosso Alfa* e sua colônia de hortelã-pimenta era um aroma bem-vindo.

Juntei todo o material para começar a refazer meu ninho, mantendo os travesseiros, mas substituindo os lençóis por aqueles com cheiro de hortelã-pimenta. Depois de alisar as rugas, coloquei os lençóis sujos na cesta e me sentei para avaliar meu refúgio melhorado.

Humm, humm, humm... preciso de algo mais. Alguma coisa...

Lentamente, virei a cabeça para o meu Alfa, que estava esperando. Ele não se moveu, com seu corpo nu ajoelhado ao lado da cama. A única coisa que ele fez foi colocar a tigela de frutas na mesa de cabeceira.

Ele arqueou uma sobrancelha diante de minha avaliação.

— Sim, macushla?

Apontei para o ninho.

— Deite-se.

Ele sorriu, achando graça.

— Somente por você vou obedecer a essas ordens. — Ele se arrastou com cuidado para o centro do meu novo refúgio, se deitou de costas e colocou as mãos na cabeça. — Venha me montar, Ômega.

Somente por você obedecerei a essas ordens — repeti para ele em minha mente, fazendo com que seus olhos se estreitassem em desafio.

— Você vai fazer muito mais do que *obedecer* — ele

respondeu enquanto eu o montava. — Você vai implorar e rastejar também.

Ele se impulsionou para cima, me preenchendo com um movimento dos quadris, depois rolou para me colocar de costas.

— Me beije, macushla — ele exigiu. — Porque seu cio forçado está acabando e quero passar o resto do nosso tempo juntos transando.

Passei as pernas em torno de seus quadris, meu corpo sob seu comando.

Mas minha mente... minha mente se agarrou às suas palavras, uma pequena parte de mim se perguntando o que ele queria dizer com *acabando* e *passar o resto do nosso tempo*.

No entanto, seu pênis me atingiu tão profundamente no instante seguinte, que perdi o foco nas palavras.

E tudo o que eu conseguia pensar era: *mais, mais, mais...*

IVANA

Quente.

Segura.

Mas, ah, minhas estrelas, ai!

Cometi o erro de esticar as pernas e agora nunca mais pretendia me mexer. *O que foi que fiz ontem à noite?*

Eu, uma voz profunda respondeu. *Ou melhor, eu fiz com você. Repetidamente. Por quase nove dias.* Lábios sensuais encontraram meu pescoço, depois minha orelha enquanto Cillian sussurrava:

— De nada.

Fiquei paralisada. *O quê?*

Meus olhos se agitaram.

Meu coração acelerou.

E minha mente... minha mente começou a reproduzir vários abraços íntimos, muito sensuais e *intensos*.

Todos envolvendo o nó de Cillian. Suas mãos. Sua língua.

Minha mão voou para o espaço entre as minhas pernas, depois começou a percorrer o meu traseiro, mas eu não conseguia alcançar mais, porque a virilha dele estava pressionada contra a minha bunda.

— Sim, eu a tomei até lá — ele confirmou em meu ouvido. — Eu a tomei em todos os lugares, Vana.

Um arrepio percorreu minha coluna enquanto eu me agarrava às lembranças que se agitavam em meus pensamentos. Tentei colocá-las em ordem para entender como isso aconteceu.

Entrei no cio. Isso está claro.

Só não tinha ideia de *como*.

Há nove dias, pensei, examinando vários trechos de sexo enquanto tentava identificar a origem do cio. *Será que houve alguma dica que não percebi? Algum tipo de...* meu pensamento se interrompeu quando me lembrei de ter cravado meus dentes no lábio de Cillian. *Ah, não...*

Eu o reivindiquei.

Eu... eu o tornei *meu*.

Mas não foi completo.

Ele não me mordeu de volta, percebi no instante seguinte. *Isso ainda pode ser desfeito.*

Cillian se deslocou para trás de mim. Sua boca deixou minha orelha e ele se afastou um pouco. Quase rolei com ele. Meu corpo era naturalmente atraído pelo seu, mas não consegui me mover.

Porque nosso acasalamento não estava completo.

Ele não me reivindicou como sua.

Se outro Alfa me der o nó, comecei a pensar, mas acabei afastando o pensamento antes que pudesse terminá-lo. Só a ideia de tomar o nó de outro Alfa já me dava nojo.

Cillian era o único Alfa que eu desejava, o único Alfa com quem eu poderia acasalar.

Mas ele não me reivindicou... nosso acasalamento não é permanente.

Uma onda de náusea me atingiu em cheio, parte dela inspirada pela constatação que me atingia e parte dela causada por...

Abri os olhos.

— Estou grávida — murmurei, com a garganta rouca ao pronunciar as palavras. *Oh, estrelas...*

Eu mordi Cillian.

Ele transou comigo durante meu cio.

Não me reivindicou de volta.

Mas deixou uma... uma *criança* em meu ventre.

— Não houve tempo para prevenção — ele me disse com uma ponta de remorso na voz.

Esse remorso quase me desfez... porque sugeria arrependimento.

O que fazia sentido.

O que ele me disse? Sobre seu pai?

Fiz um voto a mim mesmo há mais de mil anos de nunca tomar uma companheira. De nunca ser como meu pai. Para garantir que sua linhagem terminasse... comigo.

Engoli em seco, suas palavras estavam claras como o dia em minha cabeça.

Ele jurou nunca ter filhos, nunca ter uma *companheira*.

No entanto, eu o mordi.

Eu me impus a ele.

Por quê?, me perguntava agora, com a cabeça girando. *Por quê...?* A pergunta se arrastou em minha mente quando me lembrei de algumas coisas que Cillian disse sobre não ser capaz de controlar seu animal se transássemos, sobre como ele me morderia. *Mas ele... ele não fez isso. Por que ele não...?*

Cillian suspirou atrás de mim e o som machucou meu coração.

— Sinto muito, Ivana.

Estremeci. Suas palavras me cortaram ainda mais do que seu suspiro.

— Na verdade, não, eu não sinto muito — ele continuou, fazendo com que meus pulmões parassem de funcionar. — Mesmo que eu pudesse, acho que não teria feito.

O mundo girou ao meu redor, sua admissão desmantelou minha alma.

— Por quê? — Expirei, liberando o resto do oxigênio que havia dentro de mim. — Por que, Cillian?

— Porque eu não teria desejado — ele respondeu sem hesitar.

Não teria desejado, repeti em minha mente.

Ele não me mordeu porque não queria me morder.

Isso... isso...

Engoli em seco, sentindo meu peito arder.

Cillian não queria me possuir.

Eu sabia. Ele já disse isso muitas vezes. Mas escolhê-lo – mordê-lo – e ele não retribuir...

Estrelas, isso doeu.

Doeu pra caramba.

E agora estou grávida, pensei, levando a mão à barriga enquanto meus pulmões exigiam que eu inspirasse. *Oh, Deuses...*

O que isso significava?

Eu... eu era uma Ômega não acasalada, carregando o bebê de um Alfa que não me queria.

Por que você me viu através do cio?, queria perguntar a ele. *Por que você está aqui?*

— Vana. — A maneira como ele disse meu nome – com outro suspiro – me fez querer expulsá-lo do meu ninho. — Pensei que você me quisesse aqui. Estou em sua lista. Caramba, sou o único em sua lista. E você ficou pensando o tempo todo que eu não estava aqui, e isso *me machucou*. Eu... eu queria ajudar.

Minhas narinas dilataram, minhas paredes internas pareciam ter se erguido, exatamente como aconteceu depois que ele me puniu.

Porque isso tinha a ver com pena novamente.

Ele me deu o nó por pena.

Assim como o beijo.

Assim como todo o resto.

— Ivana.

— Não quero mais falar sobre isso — rosnei, minha mente tentando desligar as lembranças do meu cio inesperado – e *indesejado*.

Havia partes que não faziam sentido. Pedaços sobre ele prometendo me morder. Algo sobre o amor.

Foi inventado ou real?, eu me perguntava.

Mas não queria resolver isso. Não agora. Eu estava exausta demais, *dolorida* demais para fazer uma avaliação adequada.

Eu precisava de um banho de chuveiro. *Ou de banheira.*

A ideia me fez ficar quieta. *Foi aí que tudo começou... no banho.*

Não. Não vou reviver isso agora.

Doía demais.

Tomar banho. Comer. Descobrir... todo o resto.

Comecei a me afastar dele, mas estremeci quando a agonia subiu pelo meu âmago.

Deuses, ele realmente me deu um nó muito bom...

E eu meio que o odiava por isso.

— Deixe-me cuidar de você — Cillian pediu baixinho.

— Eu...

— Acho que você já fez o suficiente — resmunguei, interrompendo-o. — Vou ficar bem sozinha.

De qualquer forma, eu teria que me acostumar com isso. Porque de jeito nenhum eu permitiria que ele criasse nosso filho por pena.

— Ivana — ele rosnou.

— Não quero mais falar sobre isso — repeti, quase saindo do ninho telepaticamente, apenas para me lembrar que *não podia fazer isso.*

Porque estou grávida.

Coloquei as mãos na barriga, depois me enrolei em uma bola antes de soltar um soluço frustrado.

— Puta merda, Vana — ele murmurou, com o braço em volta de mim. — Eu...

Ele se afastou, nos deixando em silêncio enquanto eu tentava controlar minhas emoções furiosas.

Parte de mim sabia que isso era resultado do cio, a névoa em minha mente atrapalhava meu julgamento. A gravidez também não estava melhorando as coisas.

Deuses, eu estava péssima.

Precisava me acalmar, pensar bem, falar minhas frustrações em voz alta. Mas eu não sabia nem por onde começar.

As lembranças se misturavam em uma nuvem caótica de luxúria, prazer e emoções fortes. Tudo culminando em um bebê.

Nosso filhote.

— Preciso falar com Kieran — Cillian disse em voz baixa. — Nós... nós vamos resolver isso quando eu voltar, certo?

É claro que ele estava me deixando por Kieran. Por que ele não me deixaria por Kieran?

— Nunca poderei colocar você em primeiro lugar —

Cillian me avisou. — Você merece alguém que faça de você o mundo dele, Vana. Alguém que sempre te escolherá acima de tudo e de todos. Eu não posso ser esse alguém.

— Quem disse que quero esse alguém? — respondi.

Naquela época, eu acreditava nisso.

E agora? Aqui? Eu... eu queria esse alguém. Um Alfa que me escolhesse. Que me mordesse. Que *acasalasse comigo*.

Mas Cillian não seria esse companheiro. Ele disse isso há alguns instantes:

— *Eu não teria desejado.*

Ele não teria me mordido porque não queria.

O que mais poderia ser dito sobre isso?

— Ivana? — Cillian me chamou.

— Sim? — respondi em tom quase que robótico.

— Você me ouviu?

— Sim — repeti. — Você precisa ir até o Kieran. — Porque ele era a prioridade de Cillian. Ele sempre colocaria o Rei do Território de Sangue em primeiro lugar, assim como todos os lobos sob a proteção de Kieran.

Eu seria a última.

Uma prioridade baixa.

Será que nosso filhote seria tratado de maneira semelhante?, eu me perguntava. *Será que Cillian iria querer a criança em sua vida?*

Deuses, eu não podia permitir que isso acontecesse.

Mas nosso acasalamento ainda não era permanente. Eu poderia... poderia encontrar outro Alfa.

Supondo que algum deles me quisesse agora.

Carregar o bebê de outro lobo não me tornaria muito popular entre os machos possessivos da minha espécie.

Eu me encolhi um pouco mais, mal ouvindo a voz de Cillian quando ele disse algo atrás de mim. Algo sobre voltar.

Apenas dei de ombros.

Não importava quando ou se ele voltaria.

— Faça o que precisar fazer — eu disse a ele, minha voz soando distante.

Ele deu um beijo em meu pescoço que mal senti, e os lençóis se moveram quando ele saiu da cama. *Meu ninho.* Mas não parecia certo agora. Parecia... estranho. Infiltrado por seu cheiro de menta.

Encostei o nariz nos lençóis e estremeci, percebendo que em algum momento eu troquei a roupa de cama. Provavelmente quis que meu refúgio cheirasse como o Alfa que eu escolhi.

Mas ele não me escolheu.

Ele me rejeitou.

Disse que nunca me morderia.

Mas... mas uma lembrança me incomodava, uma em que ele dizia que se fizéssemos isso, se ele me desse um nó, ele me reivindicaria.

Isso era real ou sonho?

Uma fantasia ou realidade?

Ele me beijou novamente, dessa vez na têmpora.

— Vou trazer algo para comer daqui a pouco — ele me disse.

Bufei. A noção de comida não me agradava.

O que me trouxe mais algumas lembranças estranhas de Cillian me forçando a comer um sanduíche, além de frutas frescas.

— Descanse um pouco, macushla — ele sussurrou, com os lábios encostados em minha testa.

Descansar, pensei, grunhindo um pouco. *Sim, claro. Isso vai ajudar a situação.*

Ele soltou outro daqueles suspiros horríveis e desapareceu, me deixando em meu ninho estranho.

Grávida.

Não acasalada.

Sozinha.

Ele me avisou, pensei com tristeza, me enrolando em uma bola ainda mais apertada. *Não dei ouvidos. E agora, só tenho a mim mesma para culpar...*

CILLIAN

Meu lobo rosnou dentro de mim, furioso com a decisão de abandonar a companheira escolhida. Tinha planejado mordê-la no momento em que ela se tornasse coerente o suficiente para entender minha intenção, mas então as coisas deram terrivelmente errado.

Eu não consegui ouvir seus pensamentos – o bloqueio natural parecia estar em vigor entre nós agora que seu cio diminuiu. No entanto, ouvi o suficiente para saber como ela se sentia em relação à gravidez, que ela me culpava por sua condição atual.

E com razão.

Ela não consentiu em ser mãe. É claro que a maioria das Ômegas desejava filhotes tanto quanto, se não mais, que seus Alfas. Mas tudo isso era novo. Nós mal discutimos o que significaria acasalar um com o outro.

E eu fui bem claro sobre não querer continuar minha linhagem.

No entanto, agora que Ivana estava grávida... não conseguia imaginar a vida de outra forma.

Estava falando sério quando disse a ela que não queria usar contraceptivos, mesmo que pudesse. Eu queria reproduzi-la. Torná-la minha em todos os sentidos. Para começarmos um futuro juntos.

O que aparentemente me tornava um idiota, porque Ivana não queria nada disso.

Sim, ela me reivindicou. Mas depois de ouvir sua reação à gravidez e todos os seus pensamentos sobre nosso acasalamento não ser permanente, eu estava começando a me perguntar se ela estava no estado de espírito certo quando me mordeu.

Era por isso que eu precisava falar com Kieran, para saber mais sobre o cio forçado e o estado mental que o acompanhou.

Se eu a mordesse, nossa conexão seria definitiva. Não haveria como voltar atrás. Eu não tinha certeza se poderia fazer isso sabendo que esse não era seu desejo. Ainda não, pelo menos.

Eu tinha muito trabalho a fazer no que dizia respeito à Ivana, principalmente para me mostrar digno dela. Sabia disso. Só não esperava que ela reagisse dessa forma ao fato de estar grávida.

Mas eu nunca perguntei o que ela achava de filhotes.

Ela me disse que não se importaria em ficar em segundo lugar em relação às minhas responsabilidades, apontou algumas vezes que eu nunca considerei seus sentimentos, que apenas tomava decisões por nós.

Essa era mais uma dessas decisões?

Rosnei, irritado não apenas comigo, mas também com ela. Porque eu não entendia suas reações. E então, ela disse que não queria mais falar sobre isso, basicamente me dispensando.

A maioria das Ômegas queria amor e carinho depois de um ciclo de cio, exigindo que o lado gentil de seu Alfa as ajudasse a cuidar delas enquanto se curavam.

Mas Ivana, não.

Por que ela seria normal?

Porque ela nunca foi normal. Ela era uma deusa. Um quebra-cabeça que eu nunca consegui resolver.

Passando a mão no rosto, engoli outro grunhido e me concentrei em encontrar algumas roupas. As que usei na semana passada ficaram no quarto de Ivana, o que me deixou nu quando voltei para a minha toca.

Estava frio aqui. Isolado. E o cheiro estava todo errado.

Talvez eu devesse voltar e trazer Ivana para cá, pensei. *Deixá-la rolar em meus lençóis enquanto vou falar com Kieran.*

Teria sorrido com a ideia se minha Ômega não estivesse tão chateada comigo no momento.

Deuses, eu nunca imaginaria que ela reagiria dessa forma ao fato de estar grávida. *Será que eu não a conhecia?*, eu me perguntava.

Como acabamos em lados tão opostos?

Eu nunca quis ter um filhote, a ideia de espalhar minha semente fazia minhas bolas se encolherem.

No entanto, tudo mudou durante o cio dela. Parte de mim estava obcecada com o conceito de reproduzi-la. Eu a queria tão cheia de meu sêmen, que ela poderia sentir seu gosto. E não me arrependi nem por um instante dessa decisão ou escolha.

Mas agora... agora eu me arrependia muito. Porque não a deixei decidir.

Eu deveria ter pensado melhor. Esse cio não foi planejado ou mesmo esperado. Ela não tinha como se preparar para ele.

Não era de se admirar que ela tivesse me reivindicado com tanta vontade.

— Droga — murmurei, pegando uma calça jeans. Vesti um suéter preto – a cor que combinava com meu humor.

Eu não ia tomar banho de jeito nenhum. Queria o cheiro de Ivana em mim. Podíamos não estar acasalados ainda, mas ela era minha, e eu queria muito que todos soubessem sobre nós.

Ela poderia estar brava comigo agora, mas me perdoaria.

Espero que sim.

Engolindo em seco, terminei de me arrumar, calçando meias e botas, depois verifiquei o relógio. Passava um pouco da meia-noite, o que explicava o ronco em meu estômago. Ivana também devia estar com fome. No entanto, ela zombou da minha promessa de voltar com comida.

Depois, disse que descansar não ajudaria em nada.

Esse pensamento foi alto e claro.

Significava que o descanso não a ajudaria a ficar menos grávida.

Tentei me desculpar, mas percebi que não era sincero. Porque eu gostava que ela estivesse grávida. E isso me tornava um idiota.

Pelo menos, sou um idiota honesto, disse a mim mesmo.

Passando os dedos pelo cabelo, fui em direção à porta.

Então pensei melhor e me conectei à mente de Kieran. Aquela parede que ele criou durante o cio de Ivana ainda estava lá, mas eu podia sentir como era provisória, a estrutura era frágil, na melhor das hipóteses. Mais como uma barreira temporária para evitar que eu me distraísse.

Kieran, murmurei, tentando romper a barricada que ele ergueu. *Preciso falar com você.*

Como a Ivana está?, ele respondeu alguns segundos depois.

É sobre isso que eu quero falar.

Humm. Eu o encontrarei em meu escritório em dois minutos. Sua mente permaneceu aberta depois que ele pronunciou as palavras, permitindo que eu o ouvisse pensando para Quinnlynn.

Rapidamente, fugi de seus pensamentos, sem querer me intrometer, e fui para o covil dele, esperar na escrivaninha. Não tendo nada a fazer além de esperar, procurei a psique de Ivana, querendo ouvir sua voz mental. Mas ela estava em silêncio.

Talvez ela tenha preferido seguir meu conselho e descansar? Era o que eu esperava.

Mas outra parte de mim estava preocupada com a possibilidade de ela ter me bloqueado novamente.

Agarrei a madeira de mogno da mesa de Kieran e olhei para a janela, meu reflexo me encarando graças à luz dentro do escritório.

Como é que eu estraguei tudo? eu me perguntava.

Exigi o consentimento dela antes mesmo de dar o nó, e não percebi que ela estava à beira do cio.

Um cio sobre o qual eu ainda não sabia nada, como o que o causou, porque durou apenas nove dias, como ele a tornou fértil ou que impactos poderia ter tido em seu estado mental.

Abaixando a cabeça, respirei fundo, com meu lobo andando dentro de mim. Ele não gostou do fato de nossa companheira escolhida ter nos isolado mentalmente. Ele também não gostava de ficar longe dela. Mas eu tinha que falar com Kieran para ver o que ele descobriu sobre as outras Ômegas na última semana.

O que causou o cio repentino? Isso alterou a capacidade de consentimento de Ivana? Há mais alguma coisa que eu precise saber antes de voltar para ela? Todas essas eram perguntas que eu precisava responder.

E também algumas a respeito de como essa dinâmica funcionaria daqui para frente.

Porque eu escolhi Ivana em vez de meu dever para com o Território de Sangue, e não parecia errado fazer isso. Na verdade, parecia natural. Como se não houvesse escolha alguma.

A madeira rangeu sob minhas mãos e meus músculos se flexionavam à medida que minha frustração aumentava.

— Cuidado com isso — Kieran alertou ao se materializar perto da janela. — Essa escrivaninha é uma das poucas relíquias que guardei do Território Eclipse e gostaria que ela permanecesse intacta.

Cerrei os dentes quando me forcei a soltar o mogno e endireitar a coluna.

— Você está com um humor estranho para um homem que acabou de passar uma semana e meia brincando no ninho de uma Ômega — ele disse ao se acomodar na cadeira e arqueou uma sobrancelha escura. — Posso sentir o cheiro dela em você, então sei que fez o seu trabalho. Posso perguntar por que sente a necessidade de destruir minha mesa? Ela o prejudicou de alguma forma?

Estreitei o olhar para ele.

— Seu sarcasmo não é apreciado.

— Sua grosseria também não — ele respondeu. — O que está acontecendo, Cillian? Por que você não reivindicou a Ivana?

É claro que ele também sentiria esse cheiro.

A marca dela estava incrustada em minha pele, mas não o contrário.

Qualquer Alfa de poder sentiria seu cheiro imediatamente.

— Ela está grávida — consegui dizer entre os dentes.

— Esse é um resultado natural do cio de uma Ômega. Acredito que você sabia disso antes de decidir acompanhá-la durante o processo, certo? — ele falou em tom de pergunta, o que me deu vontade de dar um soco na cara dele.

Mas, na verdade, eu apenas o usaria como válvula de escape para a minha agressividade, algo que eu suspeitava que ele estava tentando oferecer se eu precisasse. Caso contrário, ele não estaria me provocando dessa forma.

— Preciso que você me diga o que descobriu sobre o acelerador de cio, soro ou o que quer que tenha causado isso. Eu... — Respirei fundo, querendo que meu coração parasse de tentar escapar do peito. — Preciso saber que Ivana me escolheu pelos motivos certos.

Kieran me encarou por um longo momento, sua expressão mudando de curiosa para incrédula.

— Você está brincando, não é? — ele questionou em nossa língua antiga em vez da atual. — Aquela Ômega está obcecada por você há seis anos e está questionando *o consentimento* dela?

Soltei um suspiro e caí na cadeira de couro em frente à sua mesa, inclinando a cabeça para trás para que eu pudesse apreciar as vigas escuras que decoravam o teto.

O fato de Kieran mudar para a língua antiga significava que eu o irritei. Normalmente, ele preferia conversar em inglês ou irlandês moderno. Para qualquer outra pessoa, sua decisão de mudar de idioma seria um aviso.

Meu lobo via isso como um desafio divertido.

Esse era meu melhor amigo, um dos dois homens em quem eu confiava mais do que em qualquer outra pessoa neste mundo.

Foi por isso que me senti confortável o suficiente para responder:

— Ivana não está reagindo bem à gravidez. — Engolindo em seco, finalmente olhei para ele. — Na verdade, ela parece estar furiosa comigo por eu não ter usado métodos contraceptivos. Mas não houve tempo. E, honestamente, não gostaria de ter usado nenhum, mesmo que pudesse.

Kieran grunhiu.

— Você esperou seis anos para dar o nó nela, então não estou surpreso. — Ele se recostou na cadeira e inclinou a cabeça. — Mas não entendo por que a Ivana está com raiva.

— Por que tirei a escolha dela? — sugeri. — Por que ela não estava no estado de espírito certo quando me reivindicou? Por que ela estava drogada?

— Você perguntou a ela? — ele rebateu, com a sobrancelha arqueada mais uma vez.

— Não. Vim aqui para falar com você.

Ele me encarou.

— Sabe, sempre o considerei um especialista em negociações políticas e assuntos de metamorfos. Não tinha ideia de que você era tão ruim com as mulheres, mas acho que não deveria me surpreender, pois você levou seis anos para reivindicar a Ivana. E ainda não fez isso.

— Vai continuar se repetindo? — questionei. — Estou ciente de que levei seis anos para descobrir que a queria.

— Aparentemente, não descobriu nada — ele rebateu. — Pergunte à Ivana por que ela está chateada. Não presuma. Isso está no *manual das mulheres*, Cillian. Pelo amor de Deus, é como se você nunca tivesse dado o nó em alguém antes.

— Estou começando a achar que você quer que eu te dê um soco — rosnei para ele. — Você está com vontade de brigar, Kieran?

Seu sorriso era o epítome do lobo.

— Na verdade, estou. Tem sido uma semana e meia muito fodida, e eu adoraria extravasar em um saco de pancadas.

Agora foi minha vez de grunhir para ele.

— Você não conseguirá acertar mais do que dois golpes em mim antes que eu o derrube, *Rei*.

— Então você quer ser um Rei Alfa — ele disse.

Revirei os olhos.

— Pare de me provocar e me diga o que sabe sobre esse soro.

Ele ficou mais sério e um pouco de sua diversão desapareceu.

— Bem, primeiro, não é um soro. É uma bebida.

Franzi a testa.

— Uma bebida?

— Sim. Parece que o falecido Alfa do Território Bariloche, *Carlos*, desenvolveu uma droga que pode ser ingerida. Ele gostava de fazer isso em suas infames festas de cio.

Festas de cio, repeti, lembrando o termo de minha conversa mental com Kieran na semana passada.

— Será que quero saber o que isso significa?

— Tenho certeza de que você pode adivinhar — ele disse, mas todos os sinais de seu bom humor anterior desapareceram por trás de uma nuvem de fúria.

Era uma nuvem que eu entendia.

Porque, sim. Eu podia adivinhar o que aquilo significava.

No entanto...

— Preciso de todos os detalhes que você descobriu, Kieran. — Essa era a única maneira de eu conseguir falar com Ivana. — Preciso entender exatamente o que foi feito com minha Ômega. Então, poderei trabalhar para consertar o que quer que eu tenha quebrado.

IVANA

FIQUEI OLHANDO PARA O TETO, com a mão sobre a barriga.

O Alfa me disse para descansar.

Eu não queria descansar. Mas também não queria me mexer. Eu só queria... *existir*. Mas meu ninho tinha um cheiro errado. *Muito, muito errado.*

Muito apimentado.

Muito masculino.

Muito parecido com *ele*.

Meu Alfa.

Aquele que eu escolhi como companheiro.

Aquele que me rejeitava constantemente.

E, agora, ele estava rejeitando nosso filho.

Passei o polegar pela minha barriga lisa. A vida dentro de mim ainda era pequena demais para ser sentida. No entanto, senti o espírito crescer ali, a compreensão muito real da alma florescendo dentro de mim.

Não se preocupe, sussurrei para meu filho ainda não nascido. *A mamãe não deixará que ninguém o machuque.*

Inclusive eu.

O que significava que eu precisava comer.

O Alfa disse que traria comida, mas parecia que isso aconteceu há horas. Talvez tenham se passado apenas trinta minutos. Eu não tinha como saber.

E não confiava que ele cumpriria sua promessa.

Certas lembranças se agitaram em minha mente, uma delas repetitiva e insistente.

— *Se você me disser para dar o nó em você, Vana, não poderei ignorar a necessidade de mordê-la. Eu a reivindicarei, mesmo que seja apenas pelo nome, e desafiarei qualquer Alfa que tente tirá-la de mim.*

A voz *dele* percorreu minha mente, me fazendo bufar em voz alta agora.

Porque ele *mentiu.*

Apenas mais um ato de piedade, pensei com raiva.

— Bem, ele que se foda — gritei, com a garganta seca de dias de sexo e gritos.

O Alfa deixou um pouco de água ao lado da cama, mas não quis tocá-la. Não queria nada dele. Não mais.

Farta. Levantei-me e me sentei. *Estou. Farta.*

Mas eu tinha que pensar em algo mais do que em mim mesma.

Por você, vou me levantar e comer, disse ao meu filho. *Por você, farei tudo.*

Meus membros protestaram enquanto eu me movia, com a parte interna das coxas particularmente dolorida.

— Vou precisar me acostumar com isso — disse a mim mesma, estremecendo quando meus pés encontraram o chão.

O fato de ser uma metamorfo do V-Clan, normalmente me permitia curar quase instantaneamente.

Mas eu estava grávida.

E a gravidez trazia uma série de complicações divertidas.

— Mas vai valer a pena — eu disse ao bebê, minha mão encontrando minha barriga novamente enquanto eu olhava para baixo, para meu corpo nu.

Fiquei surpresa ao descobrir que eu estava bem limpa, sugerindo que o Alfa me deu banho recentemente. *Bem, isso foi gentil*, suponho, pensei em tom sombrio para ele.

Não que ele pudesse me ouvir.

Ergui outra parede, esta reforçada com todos os bloqueios mentais que eu pudesse imaginar.

Ele não podia esperar que eu continuasse aberta depois de ter me enganado para que eu o reivindicasse, me engravidasse e depois pontuasse minha falta de importância, me abandonando enquanto eu ainda estava fraca do meu ciclo de calor.

Não.

Farta, repeti enquanto me forçava a entrar no banheiro para tomar um banho rápido.

O jato quente contra meus ombros era agradável, e os músculos dos braços pareceram se soltar um pouco.

Meu banho *rápido* se transformou em um banho *longo* enquanto eu ficava ali, olhando para a parede de mármore.

Mas, por fim, a pontada em minha barriga me fez lembrar por que eu deixei o ninho.

— Tudo bem, tudo bem — resmunguei antes de pegar uma toalha.

Não me preocupei com as roupas, apenas fui para a cozinha. Depois, rosnei para o conteúdo vazio da geladeira.

O Alfa a limpou, provavelmente para nos alimentar durante meu cio. Imaginei que não teria muita coisa na cozinha, já que tinha acabado de chegar do Território das Geleiras antes disso.

Uma carranca provocou minha boca. *Como Cil... o Alfa me alimentou durante meu cio?*

Lembrei-me de frutas frescas.

Um sanduíche.

Até mesmo um prato de macarrão.

Alguém deve ter trazido refeições para ele.

No entanto, a máquina de lavar louças recém usada – e os itens dentro dela – sugeriam o contrário.

Será que ele cozinhou para mim? me perguntei, levando a mão ao ventre novamente enquanto minha testa franzida se aprofundava. *Isso sugere que ele se importa.*

A menos que eu estivesse interpretando demais a ação.

Ou, talvez estivesse exagerando em suas respostas anteriores.

Exceto... exceto pelo fato de ele ter declarado abertamente que não tinha interesse em me morder. Bem, não dessa forma. Mas ele disse que não teria feito isso mesmo que pudesse.

— Porque eu não teria desejado — ele disse, as palavras me feriam no coração quando me lembrava delas agora.

O Alfa nunca quis e nunca ia querer uma companheira. Ele deixou isso perfeitamente claro da maneira mais cruel possível.

Me encostei na geladeira e soltei um suspiro.

— Então nós também não o queremos — eu disse, falando em meu nome e em nome do pequenino dentro de mim.

Infelizmente, minha necessidade de comer ainda prevalecia.

Então, fui para o quarto, encontrei algumas roupas e saí para encontrar algo que satisfizesse minha fome.

Ao contrário do Território das Geleiras, o Território de Sangue possuía vários lugares para fazer compras, comer e socializar. Entretanto, compartilhávamos a maior parte do nosso espaço com os humanos sob a proteção do Rei Kieran, o que tornava a cidade um pouco mais populosa.

Os mortais tendiam a se manter isolados, uma preferência que fazia sentido para mim. Para viver aqui, eles tinham que doar sangue – que minha espécie absorvia para manter nossa conexão com a magia do V-Clan.

Isso gerava alguns momentos sociais estranhos.

No entanto, havia alguns humanos que não se importavam nem um pouco e, de fato, pareciam gostar da ideia de doar sangue de forma sensual.

Um grupo desses humanos estava do lado de fora da minha pizzaria favorita, com os olhos fixos em um par de Betas do outro lado da rua.

— Deuses, o que eu não daria para sentir todo esse poder dentro de mim — um deles estava dizendo.

— Será que a Beta Yuko vai se oferecer para me morder de novo se eu convidar a Yasmina para se juntar a nós? — outro perguntou, fazendo com que eu franzisse a testa.

— Aposto que a sensação é muito, muito boa. Mas nunca saberei. Não sou bonita como a Isla.

Piscando, olhei para o grupo, tentando descobrir quem disse essa última frase.

— Pepperoni parece bom — uma mulher esguia falou, sua voz me fazendo lembrar daquela que acabou de comentar sobre Beta Yuko. *Mas não tão bom quanto o pau do Beta,* eu a ouvi acrescentar sem que sua boca se movesse. Seus olhos negros se voltaram para o Beta em questão, enquanto umedecia o lábio inferior. *Deuses, o que eu não daria para ter as presas dele em meu pescoço novamente.*

— Podemos acrescentar salsicha? — outra garota perguntou, fazendo com que meu olhar se voltasse para ela. *De repente, fiquei com vontade de comer depois de ver aquele Alfa se transformar em lobo mais cedo. Isso é impressionante.*

Fiquei boquiaberta com a loira. *Como você está fazendo isso?*

Ela deu um pulo e seus olhos castanhos voaram em minha direção.

— O quê?

Pisquei novamente. *Você ouviu isso?*

Seus olhos se arregalaram ainda mais.

— Eu... Eu... — Um rubor manchou suas bochechas pálidas, seus *pensamentos* de repente se tornaram uma sequência interminável de palavras.

Ela pode falar em minha mente. Oh, Deuses, ela leu minha mente. Ela me ouviu pensar naquele Alfa. Deuses, espero que não seja o Alfa dela. Ela é uma Ômega, certo? Eu... eu preciso ir. Preciso dizer algo. Eu preciso...

— Pare — implorei, levando as mãos à cabeça enquanto lutava contra a dor.

Mas os outros ao redor dela começaram a pensar para mim também. Ou apenas pensaram em geral. Todos ficaram subitamente preocupados, seus pensamentos sobre os Betas desapareceram em uma nuvem de julgamento bizarro.

O que há de errado com ela?

Por que aquela Ômega está segurando a cabeça?

O que está acontecendo?

Devemos chamar alguém?

Ela não está parecendo bem.

Passei pelo grupo, com as mãos ainda na cabeça

enquanto tentava empurrá-los *para fora*, e comecei a correr pela rua para me afastar.

Por fim, as vozes desapareceram, mas minha cabeça ainda estava girando. *Como isso é possível?* eu me perguntava. *O que está acontecendo?*

Encostei-me em uma parede, com o revestimento frio atravessando meu suéter fino. A sensação era boa contra minha pele superaquecida.

Respire, disse a mim mesma, inspirando lentamente e me deliciando com o ar invernal. *Apenas respire*.

Vários minutos se passaram.

Ou talvez tenham sido segundos.

De qualquer forma, minha cabeça estava um pouco mais clara.

Pelo menos até ouvir uma voz que fez minha pele se arrepiar.

— Patética — Miranda grunhiu para mim, com um tom semelhante ao de unhas em um quadro-negro.

Fechei os olhos com mais força, pois não estava interessada em lidar com suas besteiras de menina má no momento.

— Parece que ela finalmente conseguiu fazer com que o Cillian desse o nó nela — Chastain, uma de suas colegas malvadas, falou. — Ou talvez outro Alfa tenha feito o trabalho?

— Oh, Deuses, ela está *grávida*? — Miranda continuou.

Eu podia ouvi-la me cheirar.

Ou talvez isso estivesse em minha cabeça.

Minha cabeça, repeti para mim mesma quando olhei para cima e vi que Miranda, Chastain e Mindy estavam a quase um quarteirão de distância, as três olhando diretamente para mim.

Ela está grávida! Está grávida! Miranda praticamente

gritou, mas sua boca não se moveu. *Mas ela... ela não foi reivindicada.*

Que Alfa poderia ser se não o Cillian? Chastain estava pensando ao mesmo tempo, seus pensamentos eram claros como o dia, como se ela os estivesse falando em voz alta. Mas sua boca permanecia fechada, assim como a de Miranda.

Oh. Meu. Deuses. Grávida e não reivindicada. Ela é ainda mais patética agora do que antes. As palavras de Miranda se assemelharam a um tapa em meu rosto, que eu normalmente devolveria na mesma moeda.

Mas não tinha energia para tentar. Tampouco queria me esforçar.

Por que qual seria o objetivo? Miranda não estava errada. Cillian me deu o nó e não retribuiu a mordida.

Foi patético.

Eu sou patética, disse a mim mesma. *E estúpida. E ingênua. E estou tão, tão... cansada.*

Meus joelhos tremeram enquanto minhas pernas ameaçavam ceder sob mim. Durante todo esse tempo, ouvi Miranda e Chastain me julgando. Mindy também.

Segurei a cabeça mais uma vez, sem saber ao certo quando havia parado, e tentei parar o tremor que percorria meus membros.

Mas não conseguia... não conseguia parar de tremer.

Eu... eu não conseguia desligar as vozes.

Não reivindicada.

Grávida.

Pobrezinha.

Acho que ela finalmente conseguiu o que queria − a única parte de Cillian que ele estaria disposto a dar.

Pare, implorei, tentando desligar todas as vozes, enquanto o mundo girava perigosamente ao meu redor. *Por favor, pare.* O concreto bateu em minhas canelas. Ou talvez em meus joelhos? Eu estava lutando para sentir, para entender o que estava ao meu redor. Estava tudo tão *alto*. Tão *intenso*.

Olhe para ela. Está praticamente caindo na rua.

Algo está muito errado, Mindy estava pensando, sua declaração sublinhada pelo medo.

— Ivana — eu a ouvi dizer em voz alta.

Ou talvez tenha sido em sua cabeça.

— *Cillian*! — ela gritou, provocando um estremecimento dentro de mim, cuja fonte era o meu coração.

Não, eu queria dizer. Mas eu... eu não podia... *eu não podia... oh, Deuses...*

Cillian! Cillian! Cillian!

Cada grito parecia uma bala em meu coração. Não queria ouvir seu nome, mas ele estava gritando em minha mente, gravando sua presença em minha alma.

As lágrimas embaçaram minha visão, minha cabeça girava com pensamentos indesejados. Gritos. *E rosnados de lobo.*

Um rosnado alto ecoou do fundo de mim, a vibração era tão intensa que abracei meus joelhos contra o peito na tentativa de acalmar o som.

Mas não fui eu quem o soltou.

Cillian, ouvi várias pessoas pensarem.

— Ivana. — Sua voz ressoou, como se ele estivesse pairando sobre mim. Me cercando. Preenchendo-me com seu calor. — *Ivana.*

Um ronronar se seguiu, fazendo minha loba suspirar de desejo. Queríamos um Alfa que ronronasse para nós. Que cuidasse de nós. Que nos nutrisse.

Um Alfa que nos amasse.

Que nos quisesse.

Que nos *escolhesse*.

Mas eu estava sozinha. *Nós* estávamos sozinhos. Eu. Minha loba. *O bebê.*

Meus braços se enrolaram em volta da barriga de maneira protetora, minha mente parecia se estilhaçar sob a intensa incerteza que me cercava.

As vozes. Tantas vozes. Vozes demais.

Ouça-me, uma delas exigiu. *Somente a mim, Ivana. Ouça meus pensamentos. Minhas palavras. Somente a mim.*

Tentei sacudir a cabeça, mas parecia estar imobilizada contra algo duro e quente. *A calçada? Não. Muito quente para isso. Eu... Eu...*

Ivana. O tom profundo percorreu minha cabeça, fazendo minha loba choramingar com o domínio daquela voz. *Concentre-se em mim, macushla. Finja que há portas em sua mente e feche todas elas, exceto a que está conectada a mim.*

Não, não, pensei, tentando mais uma vez balançar a cabeça. Por que não. Não, eu não queria ouvi-lo de jeito nenhum. *Ele não nos quer. Eu ou o bebê.*

Meu coração falhou, os últimos vestígios de minha força pareciam ter desaparecido enquanto músculos me envolviam. Ou talvez já estivessem lá há algum tempo?

Eu não tinha certeza.

E não me importava mais.

Porque tudo finalmente se acalmou.

Paz, pensei, agradecida pelo alívio mental. *Finalmente... um pouco de paz.*

CILLIAN

Alguns minutos antes

Encarei Kieran, enojado e chocado com tudo o que ele acabou de dizer sobre Alfa Carlos e suas infames festas de cio.

Kieran compartilhava da minha repulsa. Sua mente me dizia exatamente o que ele gostaria de fazer com o Alfa. Infelizmente, o cretino já estava morto.

Mas muitos outros participaram das festas, muitos dos quais ainda estavam vivos. Como o Alfa do V-Clan que Quinnlynn farejou em algumas ocasiões.

Infelizmente, nenhum dos candidatos tinha o mesmo odor. Aparentemente, Kieran e Quinnlynn verificaram isso enquanto eu estava ocupado com Ivana.

— Então, não é nenhum dos candidatos — eu disse. — E quanto aos Alfas do Território das Geleiras?

— Ela conheceu cerca de vinte deles até agora... todos trazidos para cá por Lykos, e nenhum é compatível — Kieran respondeu, sua irritação era palpável. — Até Tadhg trouxe alguns Alfas. Todos eram tão encantadores quanto seu príncipe.

Seu sarcasmo seco não passou despercebido por mim. Tadhg não era conhecido por seu charme, mesmo que tenha demonstrado um pouco de magnetismo durante suas recentes visitas ao Território de Sangue. Mas tudo isso era fachada. Um rosto agradável para a arena política.

Por trás de tudo isso, ele era um guerreiro.

E um guerreiro poderoso.

Puta merda.

Eu só podia imaginar a contenção que Kieran precisou ter para se sentar e observar enquanto sua companheira grávida farejava outros Alfas. Quando – ou *se* – um deles acabasse emitindo um cheiro que ela reconhecesse, Kieran mataria o lobo na hora.

— Lykos pretende trazer mais cinco esta noite, mas estou começando a pensar...

Lorcan apareceu no escritório, interrompendo a declaração de Kieran. A surpresa ficou registrada nas feições dele e, em seguida, uma carranca surgiu em seu rosto. — Você não está acasalado — ele disse, afirmando o óbvio.

— Verdade — respondi, fazendo o meu melhor para ignorar a sensação que estava me incomodando. — Obrigado por notar.

Sua carranca se aprofundou.

— Por quê?

— Porque ele é um idiota que não sabe como se

comunicar de maneira adequada — Kieran interveio. — O que você descobriu sobre a Ashlyn?

Me surpreendi, não apenas com o insulto de Kieran, mas também com o comentário sobre Ashlyn.

— O que há de errado com a Ashlyn?

— Ela desapareceu — Kieran respondeu em tom distraído. — Lorcan?

— Desapareceu? — repeti antes que Lorcan pudesse responder. — Um Ômega desapareceu *e* você não sentiu a necessidade de me dizer?

— Só posso lidar com uma preocupação Ômega por vez, e é em Ivana que eu quero que você se concentre, não na Ashlyn.

— Essa decisão não é sua.

Seus olhos escuros brilharam quando ele encontrou meu olhar.

— Na verdade, Cillian, como seu *rei*, a decisão é minha.

Cerrei a mandíbula e ouvi os braços da cadeira em que eu estava rangerem, assim como a mesa momentos atrás. Mas, desta vez, eu estava apertando madeira envolta em couro.

— Se quiser me desafiar para o papel, ficarei mais do que feliz em atender ao pedido — ele continuou. — Mas, como você não demonstrou desejo de liderar, então liderarei por você. A Ivana é sua prioridade no momento, não Ashlyn.

— A Ashlyn é minha prioridade — Lorcan interveio. — Ela é uma Ômega do meu Território. E para responder à sua pergunta original, Kieran, não. Ninguém sabe nada sobre para onde ela foi ou como ela desapareceu.

Kieran se recostou em sua cadeira e um xingamento ecoou no ar entre nós.

— Ela estava no Território Noturno quando

desapareceu? — perguntei, tentando me atualizar sobre o que perdi.

A resposta de Kieran foi imediatamente abafada por alguém gritando meu nome em minha cabeça.

Que merda! Procurei instantaneamente a origem da voz. *Mindy.*

Cillian! Cillian! Cillian!, ela gritou.

O que é que está acontecendo? Onde você está? perguntei, mas só consegui localizá-la meio segundo depois, quando vários outros pensamentos me assaltaram.

— Ivana — murmurei, seguindo para uma rua a algumas quadras de distância de onde ela morava. — Ah, Ivana. — Eu a levantei da calçada, com um rosnado vibrando no peito. — O que aconteceu, macushla?

Ela não disse nada, sua mente estava em silêncio.

Até que não estava mais.

Estava *barulhenta*.

Com as vozes mentais de todos ao nosso redor.

— Ah, merda. — Eu deveria ter esperado isso. Às vezes, as Ômegas – especialmente as poderosas – herdavam os talentos de seu companheiro Alfa durante o processo de acasalamento. Não importava que eu ainda não a tivesse mordido de volta... o processo já havia começado.

A mesma coisa aconteceu com Quinnlynn e Kieran. Ela recebeu uma parte da habilidade de cura dele, o que a permitiu ajudar todas as Ômegas do Território Bariloche por quase um século.

Se Quinnlynn tivesse dormido com outro Alfa, o vínculo teria sido rompido. Mas ela permaneceu fiel a ele e, como resultado, seu poder permaneceu intacto.

Assim como Ivana agora seria capaz de ler mentes e, possivelmente, se comunicar telepaticamente também. Os talentos se aprofundariam quando eu a mordesse.

Supondo que ela queira isso.

— Ivana — eu disse, ignorando o pensamento indesejado. Eu a abracei com a intenção de protegê-la. Apoiá-la. *Ajudá-la.* — *Ivana.*

Um ronronar cresceu em meu peito e a necessidade de acalmá-la floresceu dentro de mim.

Ivana relaxou por meio segundo, depois estremeceu e imediatamente cobriu o abdômen. Fiz uma careta ao ver o movimento, ciente de que ela estava tentando proteger nosso filho. Só não entendia de quem ela estava protegendo o bebê.

Das vozes?

De mim?

Não tinha certeza, porque não conseguia ouvi-la por causa de todos os outros pensamentos que ecoavam em sua cabeça.

Ouça-me, exigi. *Somente a mim, Ivana. Ouça meus pensamentos. Minhas palavras. Apenas a mim.*

Ela estremeceu. Ou talvez estivesse tentando se mover.

Ivana, tentei novamente, dessa vez reforçando meu tom com o domínio do meu lobo.

Um lamento sutil ecoou quando seu animal reconheceu minha presença e poder.

Então, continuei.

Concentre-se em mim, macushla. Finja que há portas em sua mente e feche todas elas, exceto a que está conectada a mim.

Não, não, ela respondeu, com a voz baixa. Baixa demais. Como se ela estivesse perdida em um túnel longo e escuro. *Ele não nos quer. A mim ou ao bebê.*

Eu franzi a testa. *Por que você acha isso?,* perguntei a ela, confuso com seus pensamentos.

Nada.

Ivana, por que você acha que eu...

Ela ficou mole em meus braços e sua mente se acalmou mais uma vez.

Suspirando, encostei a testa na dela.

— Você e eu vamos ter uma longa conversa quando você acordar, Vana.

— Isso seria sensato — Kieran disse atrás de mim. Ele e Lorcan me seguiram até aqui, prevendo uma ameaça. Eu não notei, pois estava muito envolvido com Ivana e o caos em sua mente. Mas, agora, ouvia Kieran e Lorcan com clareza.

— Ela também precisa de comida — ele continuou.

Não me diga, pensei, já ciente de que minha Ômega precisava se alimentar. Eu pretendia levar um pouco para ela depois de falar com Kieran.

— Ômegas grávidas estão sempre com fome — ele continuou, como se eu fosse incapaz de entender as necessidades da minha fêmea.

Me virei lentamente para encarar meu amigo mais antigo, enquanto segurava Ivana junto ao peito.

— Gostaria de compartilhar algum outro conselho sobre relacionamento? — perguntei a ele em tom sombrio, sem me divertir com sua provocação descarada.

— Apenas se comunicar — ele disse com um sorriso rápido. — Vá cuidar da sua Ômega.

Vamos atualizá-lo quando soubermos mais sobre Ashlyn, Lorcan acrescentou com um pensamento.

Obrigado, respondi telepaticamente aos dois.

Comecei a me dirigir ao condomínio de Ivana – caminhando em vez de nos teletransportar, já que ela estava grávida – e me aventurei por mais de um quarteirão antes de perceber que eu a priorizei novamente. Foi uma reação natural.

Minha companheira pretendida precisa de mim. Como posso me concentrar em outra coisa que não seja ela?

Estremeci e outro pensamento se seguiu. *É por isso que nunca aceitei uma companheira. Isso está mudando tudo.*

Mas... essa mudança é tão ruim assim? me perguntei, franzindo a testa.

Passei mais de mil anos sozinho, compensando minha incapacidade de matar meu próprio pai. Jurei nunca estender sua linhagem familiar. Nunca ter uma companheira.

Mas e se criar uma nova vida for de fato a solução?

Viver sob a sombra constante de meu pai tornou impossível escapar verdadeiramente de seu fantasma. Entretanto, com Ivana, eu me senti... renovado. Como um homem totalmente diferente.

Talvez, a verdadeira maneira de destruir o passado de meu pai fosse substituí-lo por um futuro mais brilhante.

Um futuro com Ivana, pensei enquanto nos aproximávamos de seu prédio.

Ela ainda estava em silêncio e imóvel, sua pele mais pálida do que eu gostaria. Considerando o local onde a encontrei, parecia claro que ela não descansou como sugeri e, provavelmente, também não comeu.

Benz, chamei através do vínculo telepático que usei várias vezes nas últimas duas semanas. Primeiro, no Território das Geleiras. Depois, no Território de Sangue.

Não confiei em mais ninguém para nos trazer suprimentos enquanto Ivana estava no cio.

Sim? ele pensou para mim. Sua irritação era palpável. Eu podia jurar ter ouvido o termo *Mestre* após essa resposta, mas ele parecia estar tentando combater o título sarcástico.

Ivana desmaiou, eu disse a ele, captando instantaneamente toda a sua atenção. Sua mente começou a disparar perguntas, mas eu as ignorei e acrescentei: *Ela precisa de algo para comer, e rápido. Pode pegar uma pizza de queijo, com pepperoni e azeitonas verdes no San Marinos?* Eu sabia, por ter observado Ivana no passado, que essa era uma de suas refeições favoritas.

E, agora que ela não estava mais no cio, eu podia alimentá-la adequadamente.

Antes, eram só sanduíches e algumas refeições leves que eu preparava com os mantimentos que Benz trouxe para nós.

Peça ao Diego para cobrar em minha conta. E, se puder trazer um suco de morango, eu agradeceria muito. Porque Ivana também adorava suco de morango.

Benz não respondeu de imediato. Sua mente estava processando tudo o que acabei de pedir. Pude sentir a surpresa em seus pensamentos, bem como uma nota de respeito. *Tudo bem*, foi tudo o que ele disse. *Me dê de trinta a quarenta minutos.*

Obrigado, respondi a ele, depois voltei a me concentrar em minha Ômega.

Ela não se mexeu quando entramos em seu prédio ou subimos as escadas, mantendo a cabeça encostada em meu ombro enquanto dormia.

Eu a afastei um pouco para encontrar a chave no bolso de sua calça jeans e destranquei a porta, depois nos acomodei no sofá.

— Eu nunca disse nada sobre não querer nosso filho — eu disse a ela, me lembrando de seus pensamentos. — Por que você acha isso, *macushla*?

Minha mente percorreu tudo o que aconteceu quando ela acordou de seu cio, relembrando todos os nossos comentários e dissecando-os em minha cabeça.

— Pensei que você não quisesse nosso bebê — continuei em voz alta enquanto passava os dedos pelos cabelos úmidos dela. Ela devia ter tomado banho antes de sair. Meu lobo e eu não gostávamos muito dessa ideia, pois nosso cheiro estava ausente da pele da nossa Ômega. — Achei que você estava chateada comigo por não ter usado nenhum método contraceptivo.

Nada ainda.

Nenhum som.

Nem mesmo um pensamento.

A menos que ela tenha me bloqueado de sua mente mais uma vez.

Se eu a mordesse agora, resolveria esse problema. Mas eu queria que ela estivesse coerente quando eu fizesse minha reivindicação. E que a aceitasse.

— Ah, mas isso vai acontecer — acrescentei em voz alta. — Vou mordê-la, Vana. Mesmo que eu tenha que implorar por semanas ou anos para que você me deixe fazer isso. Você é minha, *Macushla*. Acho que você é minha desde o dia em que nos conhecemos.

Isso explicava por que a levei de volta para o meu covil naquele dia em vez de levá-la para um dos muitos lares temporários que tínhamos no Território de Sangue.

Isso explicava por que nenhum outro Alfa era bom o suficiente para ela, por que nenhum dos Alfas do Território de Sangue *tentou* cortejá-la.

— Fui um tolo ao evitar isso por tanto tempo — admiti para ela, com o olhar fixo na parede do outro lado da sala, enquanto processava tudo em voz alta.

Teria que repetir tudo quando acordasse, mas não me importaria. Eu faria tudo e qualquer coisa por ela. Caramba, eu já fiz. Só não tinha percebido isso.

— Você é minha prioridade, Vana. Acho que sempre foi, mas mantê-la à distância facilitou minha concentração no Território de Sangue. Ou talvez tenha sido mais fácil me enganar e pensar que eu estava fazendo a coisa certa para nós dois. — Engoli, ainda passando os dedos pelo cabelo dela.

Ela parecia tão frágil em meus braços.

Tão pequena e quieta.

Queria sentir sua luta, ouvir sua voz, explorar sua *mente*.

Em vez disso, continuei falando, esperando que talvez minha voz – junto com meu ronronar – ajudasse a confortá-la.

— Agora, percebo o quanto estava errado. Porque a coisa certa é o que estou fazendo agora: te colocando em primeiro lugar. Mesmo quando estou morrendo de vontade ajudar Lorcan e Kieran a encontrar Ashlyn, sei que é aqui que preciso estar. E sei que posso confiar neles para encontrá-la. Assim como eles fariam...

— Encontrá-la? — Ivana repetiu, fazendo com que meu olhar se voltasse para ela. Eu nem percebi que ela estava acordada, muito menos que estava olhando para mim. Ela estava tão imóvel e silenciosa que supus que ainda estivesse inconsciente.

— Há quanto tempo você está acordada? — perguntei.

— Tempo suficiente — ela respondeu, com o olhar fixo. — O que aconteceu com a Ashlyn?

— Não se preocupe com ela — murmurei. — Lorcan e Kieran estão cuidando disso.

Ela tentou se afastar de mim para se sentar, mas eu a segurei com mais força.

— Ivana...

— Não, quero saber o que está acontecendo com a Ashlyn — ela insistiu, colocando um pouco mais de força nas mãos enquanto se afastava novamente.

Dessa vez, deixei que ela se movesse, dando a entender ter percebido que ela não queria me tocar.

Mas, em vez de sair do meu colo, ela apenas se reposicionou e agarrou meus ombros.

— Me conte sobre a Ashlyn.

Balancei a cabeça.

— Não sei muito — admiti. — Apenas que ela está desaparecida e ninguém sabe como ou quando ela sumiu. — Passei a mão por suas costas. — Lorcan estava no processo de colocar Kieran a par da situação quando Mindy começou a gritar por mim. Eu saí para te ajudar.

Ivana piscou para mim.

— Foi por isso que o Kieran precisou de você antes? Por causa da Ashlyn?

Franzi a sobrancelha.

— O Kieran não precisou de mim.

— Mas você disse que tinha que falar com ele. Achei que ele tinha te chamado.

— Não, eu precisava falar com ele sobre seu cio e o soro... ou acho que era uma *bebida* usada para provocá-lo.

Ela me encarou.

— Você me deixou para falar sobre mim?

— Para falar sobre o soro usado em você, sim. Queria saber se ele alterou sua capacidade de consentir. — Apoiei a mão em seu quadril, meu olhar sustentando o seu. Em vez de brincar com as palavras, decidi ser direto. — Queria ter certeza de que você não me reivindicou por causa do soro.

Ela arregalou os olhos.

— *O quê?*

— Bem, você ficou chateada por eu não usar contraceptivos, o que é justificável. Eu deveria ter perguntado antes o que você achava de filhotes... — murmurei, estremecendo. Kieran tinha razão. *Estou agindo como se nunca tivesse dado o nó em uma Ômega.*

Pigarreei e tentei começar de novo.

Mas Ivana começou a falar primeiro.

— Eu não estava chateada por não usar contraceptivos. Eu *estava* – e estou – chateada por você não ter me reivindicado, Cillian. Por você *não querer* me reivindicar. Por você ter dito que não o faria, mesmo que pudesse. E...

Silenciei-a com meus lábios.

O que acabou sendo a coisa errada a se fazer, porque a pequena vilã me *mordeu* novamente. Com força. Tirando sangue no mesmo lugar em que ela me mordeu na semana passada.

Não se atreva a me beijar, ela rosnou em minha cabeça. *Você rejeitou a mim e ao nosso filho. Não vai mais me beijar, nunca mais.*

Me afastei para encará-la.

— Eu *não* te rejeitei.

Ela revirou os olhos e entreabriu os lábios carnudos para pronunciar o que eu sabia que seria algum tipo de argumentação.

Segurei sua nuca e a forcei a olhar diretamente em meus olhos enquanto repetia:

— Eu não te rejeitei, Ivana Michaels. E, certamente, não rejeitei nosso filho.

— Você disse que não sentia muito e que não teria me mordido mesmo que pudesse.

— Eu disse que não sentia muito por não ter usado contraceptivo e que não o teria usado mesmo que pudesse — corrigi imediatamente. — O que me torna um idiota, eu sei. Mas a ideia de você estar grávida me deixa tão excitado que mal consigo pensar direito. E você estava no cio? Sim, não havia como eu tentar impedir o resultado, porque era tudo o que eu poderia querer.

Ela arregalou os olhos e entreabriu os lábios enquanto tentava formar palavras.

Mas nada saiu.

— E tudo o que eu quis fazer durante nove dias foi te morder — decidi acrescentar. — Mas eu te queria coerente e disposta. E não aborrecida e irritada por eu ter te engravidado sem permissão.

Ela piscou.

— Aborrecida e irritada...? — Ela balançou a cabeça e alguns de seus pensamentos pareceram escapar no processo.

Ele quer o bebê.

Ele quer me morder.

Ele... ele não está arrependido de ter me engravidado.

Reprimi a vontade de rosnar com a última frase, mas a boca de Ivana estava subitamente na minha, a língua traçando o ferimento que ela deixou em meu lábio.

Eu a envolvi em meus braços e meu lobo ronronou de aprovação enquanto ela montava em meus quadris e pressionava seu centro aquecido contra minha virilha.

Era um contraste tão grande com momentos atrás, quando ela parecia pronta para me matar. Agora, ela parecia querer me devorar.

Deixei que ela me conduzisse, cedendo ao seu beijo enquanto ela envolvia meu pescoço com seus braços, sua língua duelando com a minha em uma busca por algo mais. Algo profundo.

Subi a mão por sua coluna até a nuca, mantendo-a comigo enquanto eu abria minha mente, permitindo que ela ouvisse meus pensamentos mais íntimos. Meus medos. Meu passado. Meus desejos. Meu *amor*.

Ivana estremeceu. Parte dela ficou sobrecarregada com a riqueza de informações que surgiam enquanto um lado intrínseco dela se agarrou à verdade: *minha* verdade.

Eu te quero. Quero isso. Eu quero a nós. Quero nosso filho. Nosso futuro. Nossa vida juntos. Eu não tinha ideia de como estava sozinho até você. Como a vida era sem sentido. Você é o meu mundo agora. Minha prioridade. Meu propósito. Eu te amo, Vana. Para mim, sempre foi apenas você. Somente você.

Ela começou a chorar, fazendo com que minha mão se deslocasse para suas bochechas. Mas Ivana não estava triste. Ela estava... *aliviada*.

Porque ela me entendia. Ela entendia tudo.

— Você é minha, *macushla* — sussurrei. — Assim como eu sou seu.

Uma mordida não provava isso, mas nossas almas, sim. Nossos corações, sim. Nossos corpos, sim.

Mas quando ela lambeu meu lábio inferior mais uma vez, senti meu lobo rosnar, desejando retribuir *e* finalmente prová-la.

Permiti que ela ouvisse aquela necessidade, aquele *anseio* absoluto. A sensação dentro de mim que exigia que eu finalizasse nosso acasalamento, que eu a conquistasse de uma vez por todas.

— Sim — ela sussurrou. — Por favor.

Estava na ponta da língua para dizer a ela que *tivesse certeza*, quando uma batida ecoou na sala de estar, tirando um rosnado do meu peito.

Benz entrou no momento seguinte, optando por se teletransportar em vez de abrir a porta.

E minha cabeça caiu no ombro de Ivana.

Beta filho da mãe.

— Seu timing é impecável, como sempre.

IVANA

Pisquei para sair da névoa erótica e me concentrei em meu melhor amigo.

— B-Benz? — gaguejei, confusa com sua aparição em meu espaço.

— Servo Benz a seu serviço — ele disse, se inclinando com uma caixa de pizza em uma mão e uma bebida na outra. — Fico feliz em ver que você esteja um pouco mais coerente, Raio de Sol. Gostaria de poder dizer o mesmo de seu Alfa.

Cillian estreitou o olhar para Benz.

— Cuidado, Beta.

Benz olhou para ele e respondeu:

— De nada, *Alfa.* — Colocou os itens no balcão da cozinha. — Precisa de mais alguma coisa, *Alfa*?

Cillian se eriçou embaixo de mim.

— Você tem sorte da minha Ômega te favorecer tanto quanto ela o faz, Benz. É a única coisa que me impede de te ensinar uma lição muito importante.

Benz sorriu.

— Talvez eu gostasse da lição, Alfa. Já pensou nisso?

Meu amigo sarcástico desapareceu antes que Cillian pudesse responder, deixando o Alfa rosnando embaixo de mim.

— Ele acabou de me fazer uma proposta?

— Acho que sim. — Contraí os lábios. — Acho que isso significa que ele está começando a gostar de você.

A expressão de Cillian me disse que ele não estava gostando desse desenvolvimento.

— Não preciso que ele *goste de* mim. Sou um Elite. Ele só precisa me respeitar.

— Ele é meu melhor amigo. O fato de ele gostar de você é importante para mim — observei.

Parte da irritação de Cillian se transformou em um olhar indulgente.

— Será que a Quinnlynn não poderia se tornar sua melhor amiga?

Pude ouvir a leveza da pergunta, o que fez com que meu sorriso aumentasse ao responder:

— Não. Você vai ter que aprender a amar o Benz.

Ele inclinou a cabeça para trás com um gemido.

— *Amar*? Isso é ir longe demais, Ômega. A única pessoa que eu amo é você. Mais ninguém.

Meu sorriso vacilou.

— Mais ninguém? — repeti. — Nem mesmo o Kieran ou o Lorcan?

Ele ponderou por um momento antes de dizer:

— Eu respeito e me preocupo com os dois. Eles são meus irmãos. Mas a maneira como eu amo você é diferente da deles. É mais intensa. Mais profunda. Apenas... *mais*.

Meu coração apertou no peito, pois nunca pensei em ouvir essas palavras dele. Eu esperava um acasalamento, talvez a oportunidade de criar seu filhote.

Mas isso?

Cillian admitindo seu amor por mim? E não apenas luxúria?

Eu...

— Eu também te amo — murmurei, segurando seu rosto entre minhas mãos. — Deuses, Cillian. Eu realmente te amo.

Ele flexionou a mão em minha nuca e fixou seu olhar em mim.

De repente, estava me beijando.

Não, não apenas me beijando, mas me *possuindo*.

Não havia nada de hesitante ou restritivo nesse abraço. Era libertador. Um novo nível de existência. Um evento cataclísmico.

— Deuses, quero te morder, Vana, mas você precisa comer primeiro. — Ele me beijou novamente antes que eu pudesse responder.

Que se danasse a comida.

Quero que você me reivindique, pensei para ele. *Por favor, Cillian.*

— Eu quero, macushla. Caramba, eu *preciso*. Mas você acabou de desmaiar por ter herdado meu poder, e não comeu nada desde que acordou. Você precisa comer, amor. Precisa de energia. Porque, assim que eu te morder, vou te comer. *Com força.*

Eu me arrepiei com a imagem mental que suas palavras evocaram. *Sim, sim.*

Ele rosnou e sua testa encontrou a minha.

— Pedi ao Benz que trouxesse sua pizza favorita, de

pepperoni e azeitonas verdes. Coma pelo menos uma fatia, está bem? Se não por mim ou por você e pelo nosso bebê. — Ele afastou a mão da minha nuca para tocar minha barriga por cima do suéter.

Paralisei, o movimento significativo fazendo meu coração quase parar.

Nosso bebê.

Coloquei a mão sobre a dele e nossos dedos se entrelaçaram enquanto eu olhava para baixo.

Nosso bebê, pensei novamente.

— Nosso bebê — Cillian repetiu em voz alta, com orgulho. — Você será uma mãe incrível, Ivana.

Meus olhos se encheram de lágrimas.

— Não estou me sentindo muito incrível.

Ele estendeu a outra mão para acariciar minha bochecha.

— Você é uma inspiração, macushla. Só está um pouco cansada, e com razão. Vamos comer e ver como você se sente depois, está bem?

Mordi o lábio. Meu interior parecia espiralar em vinte direções diferentes ao mesmo tempo.

Provavelmente, porque acordei com metade de um vínculo de companheiro e um bebê, e pensei que meu Alfa não queria nenhum de nós.

Então, eu...

Eu consigo ler mentes, pensei, estremecendo. *Mais ou menos?*

Acabei de descobrir que tudo o que eu achava que entendia sobre Cillian não era verdade.

Ah, e eu estava grávida.

Então, sim. Eu estava um pouco tonta. Meus olhos estavam cheios de lágrimas. Meu coração batia em um ritmo estranho. Meu estômago roncava. E o calor queimava meu ventre, onde nossas mãos se tocavam.

Era muita coisa para absorver de uma só vez.

— Comida — falei com a voz embargada por mil emoções conflitantes. Pigarreei. — Comida parece bom.

Cillian sorriu e secou uma de minhas lágrimas.

— Então, vamos comer.

Assenti e comecei a me soltar, com a intenção de pegar alguns pratos e arrumar a mesa de dois lugares na pequena área de jantar ao lado da cozinha.

Mas Cillian segurou meus quadris e me acomodou no sofá.

— Eu pego — ele me disse, se afastou e foi em direção à cozinha.

Ele encontrou os pratos na primeira tentativa, bem como os talheres, confirmando sua familiaridade com meu espaço. *Provavelmente por ter me alimentado enquanto eu estava no cio.*

Contraí as coxas com o pensamento e pigarreei novamente, sentindo a pele subitamente quente.

Se Cillian percebeu, não fez nenhum comentário e me trouxe um prato. O cheiro de queijo derretido com pepperoni picante fez minha boca salivar. Acrescente o toque salgado das azeitonas verdes e eu estava praticamente babando.

— Benz te disse que esse é o meu sabor favorito? — perguntei ao aceitar o prato de delícias italianas.

— Não — Cillian respondeu antes de pegar uma fatia para si.

Era o que eu achava que ele estava fazendo, mas, em vez disso, ele me trouxe uma bebida.

Eu reconheceria aquele cheiro em qualquer lugar.

— Suco de morango — falei com um suspiro e tomei um longo gole. Meu interior se alegrou com o sabor e com o fato de eu finalmente ter bebido alguma coisa. — Benz comprou isso para me agradar?

— Não — Cillian murmurou, pegando mais um prato. Mas ele não retornou imediatamente, fazendo com que eu franzisse a testa.

— Você gosta de suco de morango, então? — questionei. — E pizza com pepperoni e azeitonas verdes?

— Suco de morango é ótimo. — Ele se virou para se juntar a mim, com uma fatia de pizza mutilada no prato. — Pepperoni também é bom. Mas, na verdade, odeio azeitonas verdes.

E isso explicava o estado da fatia.

— Então por que você pediu? — perguntei, confusa.

— Porque é a sua favorita, pelo menos quando o San Marinos a faz. Percebi que você não gosta das azeitonas do Eddie's, mas adora a do San Marinos. Então, foi para lá que pedi para o Benz ir. — Ele deu uma mordida em sua fatia enquanto eu o encarava.

— Você sabe quais são as minhas pizzas favoritas? — perguntei, atônita.

— Sei muitas das suas coisas favoritas, Vana — ele me informou com uma piscada. — Agora coma, por favor. Antes que esfrie.

Eu não sabia ao certo o que me surpreendeu mais: sua admissão ou o uso da palavra *por favor*.

De qualquer forma, fiz o que ele pediu e quase gemi com a explosão de sabores em minha língua.

No entanto, isso só me distraiu por algumas mordidas antes que minha curiosidade fosse despertada novamente.

— Que outras coisas você sabe? — Não pude evitar a suspeita na voz. Principalmente, porque eu não conseguia acreditar que ele realmente sabia essas coisas íntimas sobre mim. Nunca pensei que ele se importasse o suficiente para notar.

— Humm, vamos ver.

Ele colocou o prato quase vazio de lado... ele comeu

aquela fatia em três mordidas rápidas. Uma pequena pilha de azeitonas era tudo o que restava.

— Sorvete de chocolate com menta e granulado de chocolate, não do tipo colorido — ele começou. — Frango ao Bourbon é um prato de que você gosta. Queijo quente, salada de brócolis e, ocasionalmente, *pierogi* São pratos que você adora. E vodca tônica é a sua bebida alcoólica preferida.

Fiquei olhando para ele.

Cada detalhe era preciso.

— Você também gosta de bifes malpassados, geralmente marinados com limão e pimenta, e não gosta muito de peixe – o que é uma pena, considerando o local onde moramos. Mas você come, desde que haja condimentos para temperar. E você não gosta de cogumelos, cenouras, framboesas ou azeitonas pretas.

Tudo verdade.

— Como você sabe tudo isso? Pelos meus pensamentos?

Ele balançou a cabeça.

— Não. Eu presto atenção.

— Ah. — Isso fazia sentido. Ele estava encarregado de proteger todos no setor. — Imagino que você tenha que fazer isso, com seu trabalho e tudo mais.

— Não, Ivana. — Ele se inclinou para a frente, sua mão segurando minha mandíbula. — Eu prestei atenção em você. Sempre prestei. E sempre vou prestar.

Ah, repeti para mim mesma. *Ah*.

Não sabia o que dizer. Sempre achei que Cillian não se importava comigo, preferindo apenas notar minha presença quando eu estava bem na frente dele.

Mas isso...

— Eu não fazia ideia — sussurrei.

Ele curvou um pouco os lábios.

— Agora você sabe. — Ele fez um gesto com o queixo em direção ao meu prato. — Termine de comer, *macushla*.

Eu estremeci, a promessa subjacente a essas palavras fez meu estômago se apertar em antecipação.

Ele vai me morder.

Sim, eu vou, ele concordou em minha mente. *Mas não até você terminar o que está no seu prato.*

Outro tremor me percorreu com o domínio de sua voz, devido ao tom alfa falando em um nível íntimo para minha ômega interior.

Dei outra mordida, seguida de um gole da bebida celestial enquanto ele observava.

O brilho escuro em seu olhar deixava claro seus objetivos futuros, mas não pude deixar de sentir um pouco de curiosidade sobre o que ele estava realmente pensando. O que ele estava planejando. *O que ele estava imaginando...*

Sua mente se abriu para a minha em um piscar de olhos, me mostrando o que ele queria fazer comigo.

Como e onde ele queria me morder.

Havia três – não, *quatro* – lugares que ele tinha em mente. E, agora mesmo, ele pretendia se entregar a todos eles.

De repente, minha garganta ficou seca, me forçando a tomar mais alguns goles de suco. Deuses, eu precisava de uma distração ou nunca terminaria de comer.

Algo que me deixasse mais calma.

Algo... algo não sexual.

O bebê, pensei, acariciando minha barriga. *Sim. Pense no bebê... e não no processo pelo qual ele foi criado... ou no cio... ou... ou no desejo de Cillian de me possuir...*

Fechei os olhos.

E jurei ter ouvido Cillian soltar um risinho.

Mas quando olhei para o Alfa, ele era o epítome da seriedade.

O que significa que aquela risada estava em sua cabeça.

Ler mentes é... impressionante. As palavras eram destinadas a Cillian, mas, em vez de pensar nelas como eu normalmente faria, tentei falar diretamente com ele. Como ele poderia fazer comigo.

— Não é bem assim — ele murmurou em voz alta. — Isso ainda era apenas um pensamento. Mas é possível que você não herde minha telepatia, apenas a leitura da mente.

— Apenas a leitura da mente — repeti, pegando a pizza novamente. — Como se isso fosse um pequeno detalhe. — Mordi o pedaço de queijo e me forcei a mastigar enquanto pensava em tudo o que ouvi lá fora.

Cada insulto.

Cada *pensamento*.

Embora eu não tivesse certeza se todos eram pensamentos ou se alguns foram ditos em voz alta. Com a Miranda, era difícil dizer.

— *Oh. Meus. Deuses. Grávida e não reivindicada. Ela está ainda mais patética agora.*

Estremeci ao me lembrar das palavras insensíveis, depois me encolhi, pois pensar nisso parecia me levar aos pensamentos dela mais uma vez.

Ela estava olhando para um cardápio, decidindo o que comer.

— Ivana — o tom profundo de Cillian me trouxe de volta a ele, com seu olhar capturando e mantendo o meu. — Vou ter que te ensinar a desligar as vozes.

Engoli, já sem fome.

— Não tenho certeza se gosto dessa nova habilidade. — Especialmente porque eu ainda podia ouvir Miranda sussurrar no fundo da minha mente... as palavras cruéis, os pensamentos ainda mais.

E não era só ela. Eu podia ouvir... *mais*.

Meus olhos se fecharam novamente quando um ataque de vozes invadiu minha mente, todas parecendo falar ao mesmo tempo.

Limus finalmente reabasteceu o queijo. Graças aos deuses.

Por que aquela Beta está olhando para mim?

Ela tem um sorriso bonito. Ah, mas aqueles lábios ficariam muito mais interessantes ao redor do meu...

Ivana.

Qual é mesmo a senha? Três, cinco, seis? Não. Argh. Três, quatro, seis?

Ashlyn não fugiria.

Franzi a testa. *Essa é a voz da Quinn?*

Mas antes que eu pudesse tentar seguir o fio, mais vozes me atacaram de uma vez. Todas sobre atividades cotidianas, alimentação ou *sexo*.

Coloquei as mãos na cabeça, sem conseguir me concentrar em nada ao meu redor. Nada tangível. Apenas *pensamentos*.

B positivo é sempre tão picante.

Por que o leite é sempre deixado no balcão?

Contagem regressiva a partir de dez. E respire.

Aquele rebeldezinho deixou marcas de dentes na mesa de novo!

Puta merda, isso está ficando fora de controle. Se descobrirem onde...

Ivana!

Estremeci, aquela voz dominante abafou todo o resto.

Mas ela durou apenas um segundo.

Quase imediatamente, *mais* vozes me atacaram.

Todas se transformaram em uma bagunça caótica de palavras, rosnados e ruídos que eu não conseguia compreender. Era demais. Muito forte. Muito...

Um estrondo reverberou em minha cabeça, um som que instantaneamente acalmou minha mente e me envolveu em um mar de vibrações consistentes.

Rítmico.

Calmante.

Silencioso.

Eu me enrosquei na fonte desse ruído repetitivo, percebendo tarde demais que era o ronronar de Cillian. Seus braços estavam ao meu redor, me abraçando com seus lábios em meu ouvido enquanto cantarolava em meu ouvido.

Vou ensiná-la a bloqueá-los, ele sussurrou em minha mente. *Não será difícil quando você souber como formar as paredes mentais, Ivana. Você já tem uma inclinação natural para isso.*

Tenho?, perguntei, tremendo.

Sim. Você já a usou perto de mim inúmeras vezes. É por isso que sua mente é sempre tão pacífica — você guarda todos os seus pensamentos. Somente os mais altos escapam de sua mente. Seus lábios roçaram minha testa.

— Vamos resolver isso, amor — ele continuou, em voz alta. — Vou te ajudar.

Eu me inclinei para ele enquanto outro tremor percorria minha coluna. Tudo o que eu queria era cair em seu ronronar e ficar ali por toda a eternidade.

Meus olhos ainda estavam fechados, meu interior nauseado pelo ataque de ruídos que acabou de invadir minha mente. Mas muito lentamente, comecei a relaxar. Pelo menos, um pouco.

Eu continuava ouvindo todas aquelas declarações repetidamente, os donos eram um grande borrão.

Exceto por Quinn.

Sua voz se destacou.

Ashlyn não fugiria.

Abri os olhos.

— Ashlyn está desaparecida. — Eu tinha esquecido que Cillian mencionou isso quando estava falando sobre me priorizar em vez de encontrá-la. Eu fiz algumas perguntas, mas depois me distraí com a confissão sobre o motivo de ter ido ver Kieran.

Sobre mim. Sobre o soro. Sobre como ele pode ter alterado minha capacidade de consentir.

Mas agora... agora, eu me lembrava do que estávamos discutindo antes daquela conversa.

— Você me colocou em primeiro lugar, mesmo que Ashlyn talvez estivesse em apuros — continuei, em voz alta. Era isso que ele estava dizendo quando eu o interrompi, perguntando sobre o paradeiro dela.

Não, não havia nada de *talvez* nisso.

Ashlyn estava *em apuros*.

E Cillian estava ocupado demais se preocupando comigo para ajudar Lorcan a encontrá-la.

Percebi há pouco tempo que queria ser a prioridade dele, mas não às custas de outra vida.

Ashlyn não fugiria, Quinn pensou.

Embora eu não conhecesse bem a Ômega do Z-Clan, concordei com sua avaliação.

— Sim, eu coloco você em primeiro lugar — Cillian respondeu, me fazendo franzir a testa.

O quê?

— Foi a decisão mais natural do mundo, Vana — ele continuou, me confundindo ainda mais. — E foi a decisão certa. — Ele segurou minha bochecha, acariciando-a. — Mas agora, entendo que a afastei porque era a única maneira de me concentrar em Kieran e no Território de Sangue. Aceitar isso – aceitar a *nós* - muda tudo para mim.

Pisquei.

Ele já tinha me dito isso enquanto me segurava em seus braços.

Logo antes de mencionar Ashlyn.

Balancei a cabeça.

— Pare de me distrair — eu disse a ele, fazendo com que seus lábios se curvassem para baixo.

— Eu estava explicando por que colocar você em primeiro lugar, ou melhor, sempre te colocar em primeiro lugar. Eu...

— Não, eu entendi. Eu... — Fechei os olhos por um momento, depois os abri novamente. — Ashlyn está desaparecida.

— Sim, eu sei.

— Ela não fugiria.

Ele ficou mais sério.

— Certo.

— Não, quero dizer, eu ouvi a Quinn pensar sobre isso e concordo com ela. — E eu não estava fazendo nenhum sentido agora, porque continuava mudando de assunto com ele.

Balançando a cabeça novamente, tentei clareá-la.

Algo sobre isso era importante.

Algo sobre Ashlyn.

— Ela... ela escreve em um diário — murmurei, pensando em voz alta. — Quero dizer, ela escreve. E ela escreveu no meu diário no avião. Mas ela também... me contou coisas sobre ela... — Parei de falar, me lembrando da conversa que tivemos em nossa viagem ao Território das Geleiras.

Suas palavras eram sempre tão enigmáticas, como um aviso.

— Como Ômega do Z-Clan, ela é profética — falei. — E ela escreve as visões em seus diários. — O que significava que ela deveria ter previsto isso.

Talvez ela tenha previsto, pensei. *Talvez tenha sido por isso que ela me contou sobre seus diários...*

— *Tenho muitos cadernos cheios de reflexões em meu ninho. Mas somente alguém que sabe onde procurar pode encontrá-los.*

Eu estava confusa com o motivo pelo qual ela sentiu necessidade de me contar isso, mas estava começando a pensar que poderia haver um motivo muito bom.

— *Escondo meus diários embaixo do meu ninho, sob as tábuas do assoalho. Esse é o meu segredo.*

— *E você está me contando isso porque...?*

— *Para o caso de você precisar saber de alguma coisa.*

— *Há algo que eu deva saber?*

— *Muitas coisas, tenho certeza.*

Arregalei os olhos.

— Precisamos encontrar esses diários.

CILLIAN

Lorcan? chamei, ativando o vínculo telepático com meu velho amigo e não esperando que ele respondesse. *Ivana disse que alguém precisa procurar os diários no ninho de Ashlyn. Estão embaixo das tábuas do assoalho.* Essa última parte não foi dita em voz alta por Ivana, mas eu captei a localização flutuando em seus pensamentos.

Diários? Lorcan repetiu, sem entrar em detalhes.

Sim. Como um caderno. Ashlyn disse para Ivana que sempre escrevia suas visões nos diários. O que significava que poderíamos encontrar uma pista de onde ela estava se examinássemos seus escritos.

Eu tinha que acreditar que ela contou a Ivana por algum motivo.

E Ivana também parecia pensar assim.

— Ela também me avisou sobre o príncipe Cael — ela

disse, estreitando os olhos. — Ashlyn falou que ele estava cercado pela escuridão. Eu disse a ela para contar a Quinn, mas ela disse que o Príncipe Cael não era perigoso e que eu deveria ter cuidado. Achei que ela estava tentando fazer algum jogo de menina má comigo, então a ignorei.

A culpa atormentou a mente de Ivana, seus pensamentos girando em um território perigoso.

— Isso não é culpa sua — eu disse com firmeza.

— Eu sei, mas eu a julguei mal. — Seus olhos tristes encontraram os meus. — Presumi que ela era como a Miranda e as outras. E eu... ignorei o que ela estava tentando me dizer.

— Ou você está se lembrando do que ela disse no momento certo. — Encostei os lábios nos dela, com os braços ao seu redor enquanto a segurava no colo. — Pelo que você me disse, Ashlyn te deu informações que, sem dúvida, ela esperava que você usasse no momento apropriado.

E, agora que eu estava pensando sobre isso, Ashlyn podia ter me deixado algumas pistas também.

Me lembrei de nossa conversa no dia em que ela caiu no lago de gelo, de como ela se assustou com a chegada de Grey.

— Eu não o vi chegar, então sua aparição... me surpreendeu. O que é bastante incomum, para dizer o mínimo — ela disse.

Mas isso não foi tudo o que ela disse sobre o assunto.

— Quinn me perguntou se eu concordava com a entrada dele — ela murmurou, falando sobre o fato de Grey ser um dos candidatos a Alfa no programa de acasalamento. — Não sou de lutar contra o destino, então concordei. No entanto, achei que nossos caminhos se cruzariam mais tarde. Não hoje.

Será que ele tem alguma coisa a ver com isso? me perguntei, fazendo uma careta.

Talvez.

No entanto, ela também disse:

— Grey e Henrik não querem me fazer mal.

O resto de nossa conversa foi quase tão enigmática, ela basicamente me repreendendo por levá-la de volta ao seu iglu.

Mas agora eu me perguntava se todas aquelas palavras foram sobre Ivana.

— *Não é comigo que você deve se preocupar, Cillian. Embora eu aprecie seus instintos protetores, eles são desnecessários.*

— *Sabe que não é o único que está sendo punido por suas ações, não é?*

— *Escolher sofrer por uma necessidade equivocada de se arrepender não afeta apenas você, Cillian. Essa escolha – aquela em que você coloca todos os outros em primeiro lugar – também tem impacto sobre ela. Se você se lembrar de alguma coisa que eu disse, por favor, lembre-se disso.*

Na ocasião, pensei que ela estava me repreendendo por ter deixado as outras Ômegas na lagoa enquanto cuidava dela.

— Eu realmente fui teimoso — murmurei. — E talvez um pouco burro.

Ivana bufou, com uma série de respostas sarcásticas passando por seus pensamentos.

Segurei sua cintura, apertando um pouco suas laterais.

Ela gritou, os olhos arregalados de indignação.

— Você acabou de *fazer cócegas em* mim?

Dei uma risadinha.

— Sim, macushla, eu fiz. — E comecei a fazer de novo, o que me rendeu um grito mais alto enquanto ela tentava sair do meu colo.

Mas eu não estava disposto a soltá-la.

LEXI C. FOSS

Ela era minha, algo que comecei a mostrar lutando com ela no sofá e prendendo seu corpo debaixo do meu.

— *Cillian* — ela bufou para mim, se contorcendo de forma inútil.

— Ivana — devolvi, me acomodando ainda mais sobre ela.

Seu rosnado me fez querer retribuir o som da mesma forma, mas com um tom muito mais erótico.

Infelizmente, a voz de Lorcan em minha cabeça me impediu antes que eu pudesse começar. *Kyra está procurando agora mesmo. Ashlyn disse a ela em quais tábuas do assoalho do ninho ela deveria procurar?*

Deixe-me perguntar, respondi enquanto repetia a pergunta em voz alta para Ivana.

— Não, ela só disse que escondia os diários debaixo das tábuas do assoalho do ninho. Talvez diretamente embaixo da cama? — Ivana sugeriu.

Transmiti a mensagem a Lorcan.

Silêncio.

— Kyra está procurando — informei a Ivana.

— Sim, ouvi em sua mente.

Arqueei uma sobrancelha.

— Você ouviu os pensamentos de Lorcan?

Seus lábios se contorceram, seu olhar ficou contemplativo.

— Não, não exatamente. Eu... eu te ouvi pensar sobre isso? — Ela soltou um suspiro. — É realmente complicado...

Sorri.

— Sim, macushla, é. Mas vou te ajudar.

Ela engoliu em seco, mas assentiu.

— Eu já consigo ver como você compartimenta.

— Consegue? — perguntei, surpreso.

— Acho que sim. — Ela mordeu o lábio inferior, com

a sobrancelha franzida. — Talvez *ver* não seja a palavra certa. Mas eu... eu pude sentir que você estava favorecendo Lorcan enquanto ignorava os outros. E acho que sei como você fez isso.

— Interessante — murmurei, cutucando um pouco a mente dela para ouvi-la entender o processo. As partes eram basicamente incoerentes, mas eu podia ouvi-la resolver o caos.

Não conseguia entender a maior parte.

Na verdade, não conseguia ouvi-la por completo.

Porque ela estava me impedindo de ir muito fundo em seus pensamentos.

— Eu me pergunto se sua imunidade natural tem algo a ver com a construção da mente — pensei em voz alta. — E agora esses dons estão se misturando para criar algo completamente diferente.

Ela fez uma careta.

— O que você quer dizer com isso?

— Quero dizer que não consigo compreender os processos da mente de outra pessoa. Eu ouço seus pensamentos. Mas você parece não apenas estar ciente de como mantenho minha habilidade, mas também é capaz de imitar o conceito. Isso sugere uma forma única de leitura que vai além da conversa mental.

— Mas eu já senti seu poder, Cillian. Você já me amarrou antes com sua mente, e não apenas no outro dia no Território das Geleiras.

Estremeci, pois não queria reviver essa lembrança. Mas ela estava muito presente em sua mente.

— Eu não deveria ter feito isso.

— Não, não deveria — ela concordou. — Mas essa não é a questão. Seu poder controla os receptores no cérebro que processam o livre-arbítrio. E você é capaz de aplicar restrições a ele. O que torna o que você pode fazer muito mais poderoso do que a simples leitura da mente.

— Eu nunca disse que a leitura da mente era simples — falei, processando suas palavras. — Também nunca me dei conta de como controlo a vontade dos outros... eu simplesmente faço isso. No entanto, parece que você não apenas sente, mas também pode ver o que está acontecendo.

Ela me olhou fixamente.

— Sim. Presumi que todos pudessem.

— Sentir, talvez — concordei. — Mas não acho que a maioria dos lobos, se é que algum, possa ver. Você está dizendo que já me viu imobilizar Alfas antes? Como quando a Quinnlynn foi atacada há alguns meses?

Ela assentiu lentamente.

— Você amarrou todos os Alfas do setor naquele dia, garantindo que ninguém pudesse desaparecer nas sombras.

— E você sentiu ou viu isso?

Ivana considerou minha pergunta por um momento.

— Acho que os dois? A sensação é a mesma para mim. Eu só estava ciente do que estava acontecendo.

— Isso é... fascinante — comentei, olhando para ela com admiração. — Mas você não podia ler minha mente ou ver como funcionava, certo?

Ela balançou a cabeça.

— Não, apenas senti o que estava acontecendo. E sabia o que você estava fazendo.

— Você consegue sentir quando Lorcan e Kieran evocam pressões semelhantes em outras pessoas?

— Sim. O domínio deles é tão poderoso quanto o seu.

— Mais — esclareci. — Mas talvez semelhante.

— Igual, Cillian — ela respondeu. — Vocês três exalam força mental no mesmo comprimento aterrorizante de onda.

Resmunguei.

— Não tenho certeza quanto a ser aterrorizante.

Ela me olhou.

— Você sabe que é. Posso ouvir a confirmação em sua cabeça agora mesmo.

A facilidade com que ela estava descascando as camadas da minha mente era ao mesmo tempo espantosa e impressionante.

— Você possui um talento que envolve a compreensão das complexidades das habilidades mentais, o que explica sua habilidade em frustrá-las.

E agora que ela tinha acesso aos meus poderes de leitura da mente, estava aprofundando essas habilidades.

— Fascinante — repeti.

— O mesmo acontecerá com você quando me morder? — perguntou ela. — Quero dizer, você, hum, vai *herdar* meu suposto dom?

— Não há nada de *suposto* nisso, Vana. Você tem um dom. — E um extraordinário. Sempre me perguntei por que a mente dela parecia tão quieta. Agora eu entendia um pouco.

Quanto a se eu herdaria ou não seu talento único quando a reivindicasse...

— Não sei, mas descobriremos muito em breve — prometi, desviando o olhar até sua boca. — Ou, talvez, agora. — Porque eu realmente queria reivindicá-la. Dominá-la. Torná-la minha.

Kyra encontrou os diários, Lorcan interrompeu com seu timing deixando muito a desejar. *Há centenas deles, Cillian. Ivana pode nos dar alguma orientação sobre por onde começar?*

Reprimindo um grunhido, reiterei a pergunta em voz alta para ela.

— Eu... — Ela piscou. — Não. Tudo o que ela me disse foi onde encontrá-los. — Ivana franziu a testa. —

Mas... ela voltou ao Território Noturno antes de desaparecer?

Como eu não sabia a resposta, perguntei a Lorcan.

— Sim — disse a ela, repetindo a resposta dele em voz alta.

— Então, me pergunto se o diário que ela estava escrevendo naquele dia é o que ela quer que encontremos — Ivana concluiu. — Isso faria sentido. Ela fez questão de que eu o visse. Mas eu... precisaria vê-los para reconhecê-lo, pois não estava prestando atenção suficiente naquele dia.

Mais daquela culpa lhe assaltou os pensamentos. *Deuses, por que pensei o pior dela?* ela estava pensando.

Não faça isso, sussurrei de volta. *Você está ajudando agora e é isso que importa.*

Ela engoliu em seco e seu queixo baixou em um sutil aceno de cabeça.

Transmiti a informação a Lorcan.

Kyra vai teletransportá-los até o escritório de Kieran. A menos que prefira que nos encontremos aí? Uma pontada de sarcasmo sublinhou a pergunta.

Porque meu melhor amigo sabia minha resposta antes mesmo de perguntar.

Fique longe do ninho da minha companheira.

Ainda não a reivindicou? Ele provocou.

Vá se foder, Lor.

Sua risada serviu como uma provocação que me fez rosnar baixinho.

Ivana estremeceu embaixo de mim.

— Desculpe — murmurei, fazendo o possível para domar meu animal. — O Lorcan está me provocando.

— Mas você até que merece — ela respondeu, fazendo com que minhas sobrancelhas se erguessem.

— Mereço?

Ela assentiu.

— Você deveria ter me reivindicado durante o cio. Em vez disso, preferiu esperar. Então, sim, merece ser provocado por seus amigos. Na verdade, estou bastante satisfeita por eles estarem fazendo isso por mim. Acho que eles deveriam estar fazendo isso há anos.

Olhei boquiaberto para ela.

— Você é uma traidora atrevida.

Ela deu de ombros, a imagem de falsa inocência.

— Só estou sendo honesta.

— Humm — murmurei, me inclinando para mordiscar sua boca. — Vou me lembrar disso mais tarde, quando você estiver implorando para que eu te deixe gozar.

Ela arregalou os olhos.

— O quê?

— Você me ouviu, minha querida e atrevida Ômega. — Eu a mordisquei novamente e depois me arrastei lentamente para longe dela. — Vou te dar uma lição sobre gratificação atrasada.

— Por que seis anos já não ensinaram essa lição? — ela respondeu sem perder o ritmo.

Deuses, eu adorava essa mulher.

— Você está me fazendo sentir vontade de esquecer os diários e transar com você, Ivana.

Ela bufou.

— Talvez você precise dar a si mesmo aquela lição sobre *gratificação tardia*, Cillian. Porque eu não quero mais seu nó.

Eu ri.

— Sua boceta escorregadia diz o contrário, Ômega.

Suas narinas arderam enquanto ela se levantava do sofá, com as mãos apoiadas nos quadris.

— Eu não estou escorregadia agora, *Alfa*.

Outra risada escapou de mim.

— E agora você está mentindo.

— Não estou.

— Está — assegurei, pegando-a pela cintura antes que ela pudesse pensar em escapar.

Ela soltou um suspiro de choque enquanto eu apalpava sua boceta, pressionando os dedos em seu calor sedutor.

— Mesmo através da calça jeans, posso te sentir, Vana. — Eu me inclinei para aproximar os lábios de sua orelha. — E posso sentir seu cheiro também. — Mordi o lóbulo, massageando-a através da calça. — Você está tão molhada que vai ter que trocar de roupa.

Eu a pressionei, fazendo com que ela sentisse minha necessidade.

— Não se preocupe, Vana. Eu te quero tanto quanto, talvez até mais. — Lambi um caminho por seu pescoço, roçando meus dentes em sua pulsação furiosa. — Deuses, mal posso esperar para estar dentro de você novamente. Para *mordê-la*. Quero fazer isso agora, que se dane todo o resto.

Marcá-la como o ser mais importante em minha vida.

Provar que ela é minha prioridade.

Torná-la minha.

— Não — Ivana murmurou, apoiando as mãos em meus ombros enquanto tentava me afastar. — Temos que encontrar Ashlyn.

Suspirei.

— Ivana...

— Não, Cillian. — Ela se afastou e segurou meu rosto entre as mãos. — Quero que você me coloque em primeiro lugar. Percebi isso no momento em que você me deixou para ir ao encontro de Kieran. Então, posso admitir: eu estava errada sobre o que precisava de um companheiro.

Você estava certo quando disse que eu merecia um Alfa que me priorizasse.

— É o que estou tentando fazer agora — disse a ela. — Eu...

Ela colocou seus dedos sobre meus lábios, me silenciando.

— Eu ainda não tinha terminado — ela me repreendeu baixinho. — Sei que você quer me colocar em primeiro lugar, e eu te amo por isso. Mas isso tem a ver com o que somos como casal, Cillian. Só quero ser incluída no seu processo, saber que você me respeita o suficiente para me contar o que está acontecendo. Quero que você me deixe apoiá-lo. Que me deixe te mostrar como é. Me deixe te mostrar quem podemos ser.

Seu polegar roçou a maçã do meu rosto e seu olhar procurou o meu.

— Leve-me ao escritório de Kieran — ela continuou. — Juntos, vamos encontrar Ashlyn. Como uma equipe. Como um par. Como *nós*.

Fiquei olhando para ela, hipnotizado pela Ômega forte diante de mim.

— Você é incrível, Ivana — disse. — Muito incrível.

E fui um tolo por não ter percebido isso antes. Por tentar me esconder dela. Por afastá-la.

Essa linda, feroz e incrível Ômega quis ser minha desde o momento em que nos conhecemos. Foi preciso quase perdê-la para perceber a sorte que eu tinha por ela ter me escolhido.

— Vou passar o resto de nossas vidas sendo digno de você — prometi. Selei a promessa com um beijo que a fez arquear contra mim enquanto eu a abraçava.

Ela gemeu, com a mente completamente aberta para a minha. Eu podia ouvir seus desejos. Suas necessidades.

Seus *anseios*. Mas, por baixo de tudo, havia uma determinação de aço para localizar Ashlyn.

Tudo o que Ivana queria era ser minha parceira. Ser minha confidente. Ser minha companheira.

E eu finalmente estava vendo o que isso significava.

Não se tratava de priorizar Kieran ou o Território. Tratava-se de trabalhar com minha companheira para realizar ainda mais. Tratava-se de trabalho em equipe. Comunicação. Apoiar um ao outro, não importava o que acontecesse.

Essa Ômega acabou de me ensinar uma lição que eu não sabia que precisava aprender.

Agradeci com a língua, adorei-a com a mente e a amei incondicionalmente com meu coração.

Vamos encontrar Ashlyn, sussurrei em seus pensamentos. *Depois disso, vou torná-la oficialmente minha.*

IVANA

Os DIÁRIOS de Ashlyn estavam espalhados pelo chão, com estampas idênticas.

Não dá para reconhecer um deles, pensei, suspirando.

O único identificador era o símbolo no canto inferior direito de cada capa. Mas ninguém parecia saber o que significava.

Ninguém além de mim, Cillian, Kieran, Lorcan, Quinn e Kyra.

Começamos a examinar as pilhas enquanto Lorcan e Cillian procuravam os símbolos em seus arquivos de dados.

Três horas depois, nenhum de nós chegou a lugar algum.

— Está faltando alguma coisa — eu disse, olhando para Cillian. — Ela me falou sobre esses diários. Ela me disse para ter cuidado com o Príncipe Cael, que ele está cercado pela escuridão. E me disse para te dizer que uma nova vida é mais importante do que uma antiga.

Essa última parte ainda não fazia sentido para mim.

Ela estava falando do nosso bebê? Ou de outra coisa completamente diferente?

E quem é a vida antiga? Ela?

— O que exatamente ela te disse? — Kieran perguntou, seu foco também em Cillian.

— Ela me chamou de teimoso, disse que minhas decisões não afetavam apenas minha vida, mas a de outra pessoa também... o que, desde então, percebi que provavelmente se aplica à Ivana. E ela pareceu bastante assustada ao ver Grey. — Cillian franziu a testa ao fazer a última revelação. — Ela disse que ele não queria fazer mal. Apenas expressou surpresa por seus destinos estarem se cruzando tão cedo.

Kyra e Quinn compartilharam um olhar.

— Ela não entrou nesse programa para encontrar um companheiro — Quinn disse. — Você e eu sabemos disso.

Kyra assentiu.

— Ela sempre se interessou por Alfas, mas não para acasalamento. — Ela olhou de relance para Lorcan e acrescentou: — Ela queria saber como lutar contra eles.

— Como se defender — ele esclareceu.

Kyra deu de ombros.

— É a mesma coisa.

Seu companheiro grunhiu.

— Só para você, pequena assassina.

Ele fala muito mais agora, pensei, piscando para Lorcan.

Sim, é enervante, Cillian respondeu em minha mente, com uma pontada de diversão em suas palavras.

— Mas o que quero dizer é que sabíamos desde o início que Ashlyn entrou nesse programa com um propósito que não tinha nada a ver com a obtenção de um companheiro — Quinn declarou. — E agora estou achando que foi para proteger as outras Ômegas.

— Mas, ainda assim, elas receberam o soro da festa do cio — Kieran respondeu com o olhar atento enquanto estudava sua rainha.

— Sim, mas Sylvia foi a primeira a receber a dose. — A expressão de Quinn ficou pensativa. — E se isso não tiver sido intencional? E se fosse um sinal? Uma forma de tirar os outros do Território das Geleiras antes que todas entrassem no cio?

— Você acha que Ashlyn as drogou? — Kyra perguntou, incrédula.

— Não... não sei. Eu só... — Quinn fez uma pausa para soltar o fôlego. — Veja, tudo o que a Ashlyn faz tem um propósito oculto. Sempre foi assim. E ela pediu para ficar no quarto da Sylvia.

— Então, talvez ela tenha visto o que aconteceu, e quem está por trás disso a levou para silenciá-la — Kyra sugeriu.

— Ou talvez ela já soubesse o que ia acontecer e queria ter certeza de que Sylvia seria encontrada — Quinn contrapôs.

As duas se estudaram por um longo momento, parecendo que a conversa continuava apenas com os olhos.

Elas eram melhores amigas, e momentos como esse apenas reforçavam essa história.

Deixei que continuassem a discussão silenciosa e voltei a examinar os diários. Especificamente, os símbolos.

— Você acha que eles estão relacionados a algum tipo de linguagem? — perguntei, falando mais com Cillian do que com o grupo. — Talvez algo que os lobos do Z-Clan usam para se comunicar?

Porque as letras pareciam um pouco com runas. Mas não era uma escrita que eu já tivesse visto antes e, considerando o pouco que Lorcan e Cillian encontraram em seus arquivos, também não era nada que eles reconhecessem.

O que dizia muito, considerando a idade deles.

Mas talvez precisássemos de uma opinião externa.

— Deveríamos perguntar à Alfa Grey — comentei em voz alta, arregalando os olhos. — Ela disse que os caminhos deles estavam destinados a se cruzar, certo? Talvez isso tenha sido uma pista. Talvez ela quisesse dizer que eles deveriam se cruzar agora. Tipo, *hoje*.

— Ou estava insinuando que Grey era a ameaça — Lorcan interveio.

— Não, ela disse especificamente que ele não queria fazer mal algum — Cillian respondeu. — E acho que ela não estava falando apenas do incidente no lago de gelo.

— Essa parece ser a Ashlyn que conhecemos — Kyra comentou. — Todo comentário é sempre um enigma em camadas.

— Você costuma gosta desses enigmas — Quinn comentou.

— Não quando a Ashlyn se coloca em perigo — Kyra rosnou e sua expressão ficou sombria. — Vou torcer o pescoço dela quando a encontrarmos.

— Isso parece certo — Lorcan disse.

Kyra estreitou o olhar para seu companheiro de cabelos e olhos escuros.

— Você quer que eu te mate?

Seus lábios se curvaram.

— Adoro quando você flerta comigo, pequena assassina.

— Pare de me distrair.

— Pare de me fazer propostas — ele rebateu.

— Você é irritante. — Ela pronunciou as palavras com

convicção, depois o abraçou e enterrou o rosto em seu pescoço enquanto ele a abraçava de volta. — Obrigada.

Não entendo o que acabou de acontecer, disse a mim mesma e à Cillian.

Mas então percebi algumas das respostas nos pensamentos de Kyra e Lorcan.

Lorcan provocou sua companheira de propósito, para que ela não pensasse em Ashlyn. Só por um momento.

Porque ela estava se culpando por não ter insistido mais quando perguntou sobre as intenções da amiga.

Na verdade, enquanto eu observava o grupo, percebi que havia muita culpa em relação a ela.

Cillian, Lorcan e Kieran se sentiam responsáveis como protetores de Ashlyn.

Ao mesmo tempo, Quinn e Kyra estavam se repreendendo internamente por não terem feito ela falar.

— Ela não teria dito nada, mesmo que você tivesse tentado forçá-la a confessar — deixei escapar. — Ela me disse que não podia *compartilhar* suas visões. Foi por isso que ela as escreveu. — Mostrei dois dos diários. — E eles estão cheios de bobagens, sem linhas do tempo. Analisar todos levará semanas. Mas se conseguirmos descobrir o que esses símbolos significam...

— Eles podem ajudar — Cillian concluiu por mim. — Eu concordo. E concordo que precisamos do Grey. Não acho que a Ashlyn estivesse falando sobre o incidente na lagoa naquele dia. Acho que ela estava tentando me dizer outra coisa.

— E quanto à escuridão ao redor de Cael? — Kieran perguntou. — Ela estava nos avisando que ele está, de alguma forma, envolvido em tudo isso?

Balancei a cabeça.

— Acho que não. Ela disse propositalmente que estava

cercado pela escuridão. E também me disse que ele não era perigoso.

Kieran assentiu.

— Então vamos ligar para Cael e Grey, ver se eles reconhecem esses símbolos e partir daí.

— Acha que podemos confiar neles? — Kyra perguntou, com a cabeça encostada no peito de Lorcan. Ele não a soltou, mas o olhar dela estava em Kieran.

— Não — ele respondeu. — Mas estou disposto a considerar o conceito.

— Eu também — Cillian concordou, seus pensamentos me dizendo o porquê.

Meus olhos se arregalaram quando ele se lembrou de tudo o que Cael disse a ele sobre mim, como ele chamou Cillian de indigno, dizendo que ele precisava fazer *melhor*.

Aparentemente, Lorcan fez o mesmo.

Fiquei boquiaberta com ele e depois com Cillian. *Eles disseram tudo isso?*

Ele olhou para mim, contraindo os lábios nas laterais. *Surpresa?*

Sim.

Por quê?

Eu... não sei. Eu só... franzi a testa. *Lorcan nunca fala.* Era uma desculpa esfarrapada, mas foi a primeira coisa que me veio à mente. Para Cael, eu não tinha comentários. Eu estava... atônita.

Como você já percebeu, Lorcan está um pouco mais falante ultimamente, Cillian disse, com o braço em volta dos meus ombros. *E ele se preocupa com você. Comigo também. É por isso que estou curioso sobre os motivos de Cael.*

Em voz alta, ele mudou de assunto, contando a Kieran sobre o poder crescente de Cael.

Ouvi atentamente, ainda surpresa com tudo o que ouvi

em sua mente, e ainda mais atônita com o que ele disse sobre Cael o estar bloqueando.

Parecia o que eu consegui fazer. Mais ou menos.

Só que meu *dom*, como Cillian chamava, parecia girar em torno de processos cerebrais. Ou, pelo menos, de sentir esses processos. Talvez, apenas a percepção de outros talentos mentais.

Tudo isso era muito confuso.

No entanto, eu estava intrigada em saber mais sobre Cael e suas possíveis habilidades.

Não, Cillian disse em minha mente, segurando meu queixo.

— Pare de pensar em Cael. Você é minha.

Eu bufei.

— Você ainda não me mordeu.

— Ivana — ele rosnou, baixo e com advertência. — Vou morder você bem aqui e te comer, só para garantir que o Cael receba a porra da mensagem de que você é minha.

Um arrepio percorreu minha coluna com a possessão que se destacava em seu tom.

— Eu...

— Asseguro que isso não será necessário — o Príncipe Cael interveio, aparecendo sem aviso no escritório de Kieran. — Embora eu goste de uma boa dose de voyeurismo de vez em quando, agora não é um desses momentos. — Ele se virou para falar com o Rei do Território de Sangue. — Precisamos conversar, O'Callaghan.

— Parece que sim — Kieran murmurou, com a cabeça ligeiramente inclinada para o lado. — Eu estava prestes a chamá-lo.

O Príncipe Cael sorriu.

— Eu sei. É por isso que estou aqui.

— Você vai precisar explicar isso — Cillian rosnou, com seus instintos protetores em ação.

— Sim, isso e muitas outras coisas — Príncipe Cael respondeu. — Mas, primeiro, Alfa Grey precisa revisar os diários. Há uma resposta em um deles de que todos nós precisamos desesperadamente.

— Você quer dizer uma confirmação — uma voz grave disse quando Grey se materializou na sala, com seus longos cabelos loiros ondulando de forma ameaçadora.

Não senti nenhum deles chegar, Cillian rosnou para Kieran e Lorcan, mas eu o ouvi, graças ao meu talento herdado.

— Comece a falar — Kieran exigiu, seu poder pontuando a afirmação.

— Achamos que sabemos onde Ashlyn está — Príncipe Cael respondeu. — E achamos que sabemos quem a levou.

— Quem? — Kieran exigiu.

Príncipe Cael encontrou seu olhar e rosnou:

— Príncipe Tadhg.

PARTE V

Querido Oráculo das Estrelas,

Se você está lendo isso, então é hora de entender algumas das minhas escolhas. Algumas de minhas visões. Algumas de minhas...

Não.

Não reaja. Não deixe que saibam o que você descobriu. Está entendendo?

Certo, como eu estava dizendo... está na hora. Por isso, preciso que ouça com atenção, Estrelas.

Se eu estiver certa, seu poder está mudando. Consegue sentir as coisas, certo?

Shh. Não reaja. Estou falando sério, Estrelas. Concentre-se e bloqueie todo o resto.

E mantenha o foco em seu talento.

Alguma coisa parece estranha?

Vibrações esquisitas?

Possíveis quebra-cabeças para resolver... ou desmontar?

Este é um daqueles momentos em que você precisa escolher seus aliados com sabedoria.

Considere todos os caminhos possíveis.

E cuidado onde pisa...

Há minas terrestres no caminho, Estrelas. Minas que alertarão nosso inimigo de que estamos chegando.

Tenha cuidado. Siga com calma.

E lembre-se...

Não. Faça. Um. Único. Som.

Espero... espero que seja o suficiente. Não posso fornecer mais nada. Estamos em uma encruzilhada, Estrelas. Eu... eu vejo duas maneiras de isso acabar.

Talvez você encontre um terceiro caminho.

Adeus, por enquanto.

Ashlyn

PS: Parabéns pelo bebê. Envio minha bênção do túmulo.

PS2: Nosso passado nos torna mais fortes, não mais fracos. Lembre-se disso. Lembre-se de onde você veio. E entenda, de uma vez por todas, que você não é ele. Mas, às vezes, é preciso pensar como ele para encontrar a verdade. Para encontrar... a mim.

CILLIAN

Foi preciso me conter fisicamente para ficar em silêncio e deixar Cael falar. Sua chegada abrupta disparou todos os alarmes em minha cabeça.

Poder.

Poder obsceno.

Igual ao de Kieran. Ao meu. E de Lorcan.

Um claro rival.

Uma ameaça em potencial.

Mas à medida que ele continuava a falar, a sensação de alarme mudou da presença inesperada de Cael para a situação sobre a qual ele falava agora.

— Aquela operação que você e os lobos do X-Clan realizaram no Território Bariloche foi apenas uma de muitas — ele estava dizendo, me deixando muito chocado.

Ele mencionou de forma casual nosso envolvimento na

destruição do Território Bariloche, como se fosse de conhecimento geral, quando, na verdade, não tínhamos falado nada sobre isso fora de nosso círculo, que era muito pequeno.

Só estivemos lá por causa de Quinnlynn, algo que Kieran, Lorcan e eu não contamos a mais ninguém.

— Também foi retirada do ar prematuramente — Cael continuou. — Tínhamos uma entrada, alguém trabalhando para invadir o sistema, mas então vocês queimaram o Território inteiro.

Grey grunhiu, com os braços cruzados. Ele permaneceu em silêncio desde sua chegada abrupta. No entanto, sua mente estava repleta de informações. Comentários internos sobre o *comércio de escravas ômega* que ele e Cael vinham pesquisando há anos.

— Trabalhando para invadir o sistema... o que isso significa? — Kieran perguntou. Sua mente estava silenciosa enquanto ele se concentrava em Grey e Cael.

— A rede de leilões das Ômegas — Cael esclareceu. A terminologia diferia um pouco do monólogo interno de Grey, que se referia a isso como um comércio de escravos.

— Que leilões das Ômegas? — Kieran questionou. — Nunca ouvi falar de tal coisa.

— Porque é administrado por um coletivo secreto de Alfas. Estamos tentando nos infiltrar na rede deles há anos. — Cael deu um suspiro e passou os dedos pelos cabelos escuros. — Estávamos tentando convencer Tadhg a falar com nosso contato no Território Bariloche para que pudéssemos expô-lo.

— Para provar que ele é um dos membros do coletivo — Grey acrescentou com um murmúrio, sua mente me dizendo que era muito mais profundo do que apenas estabelecer provas do envolvimento de Tadhg nos leilões das Ômega.

Havia outra peça nesse quebra-cabeça. Algo que ele estava tentando provar que Tadhg fez. Mas antes que eu pudesse discernir essa peça, ele me excluiu, dirigindo seu olhar glacial a mim.

Já o deixei bisbilhotar o suficiente, ele pensou para mim. *Não estou aqui para te machucar ou a qualquer outra pessoa no Território de Sangue, algo que você já observou em suas varreduras na minha cabeça. Portanto, pare de investigar.*

Há mais na história do que você está dizendo, eu disse a ele.

É claro que há, mas minhas razões pessoais não são da sua conta.

Isso também é pessoal para nós, eu disse.

Não da mesma forma, ele respondeu, com o olhar fixo no meu. Em voz alta, ele disse:

— Preciso ver os diários da Ashlyn. Posso decifrá-los de uma forma que nenhum de vocês consegue.

Kieran se irritou.

— Não até que eu entenda o que realmente está acontecendo aqui.

— O que está acontecendo é que alguns Alfas de Território de alto escalão criaram um comércio de escravas Ômegas quando a Era Infectada começou — Grey resumiu de maneira categórica. — Eles sequestraram Ômegas fugitivas de todas as espécies, as colocaram em leilões e as venderam para quem desse o maior lance em todo o mundo. Eles continuaram esse processo por décadas, porém com menor quantidade de leilões devido ao suprimento limitado de Ômegas. E os principais clientes eram idiotas como Carlos.

Vários outros nomes foram mencionados na mente de Grey, e ele me permitiu ouvir. Nenhuma das identidades que listou me surpreendeu. Havia lugares como o Território Bariloche em todo o mundo, todos administrados por Alfas que viam Ômegas como mercadorias a serem usadas, não como tesouros a serem adorados.

— Ah, e a recente revelação do Santuário provavelmente despertou o interesse deles — Grey concluiu.

— Porque não temos dúvidas de que Tadhg compartilhou a informação — Cael acrescentou.

— Sim — Grey rosnou. — Por isso, preciso revisar os diários da Ashlyn para provar que ele está envolvido e ver o que ela sabe sobre isso.

— Como você sabe sobre os diários? — Ivana interveio. Seus olhos brilhantes estavam focados em Grey. — Não os chamamos e ninguém sabia sobre os diários até que eu disse a Cillian onde encontrá-los. No entanto, você e o Príncipe Cael entraram aqui com a clara missão de lê-los. Como? *Como* sabiam?

Grey a encarou, seu domínio pesado no ar, fazendo com que meu lobo se agitasse por dentro. Se ele desse um único passo em direção à minha Ômega, eu seria forçado a intervir.

Ninguém desafiava Ivana.

Ninguém, exceto eu.

— Mostre a ela — ele disse, sem desviar a atenção da minha fêmea. — Mostre a carta a ela.

Cael colocou a mão no paletó e tirou um envelopinho branco, depois o estendeu para minha Ômega.

Eu o peguei antes que ela pudesse se mover, não querendo que minha fêmea se aproximasse de seu toque principesco. Seus lábios se contraíram, mas ele não disse nada. Apenas observou enquanto eu entregava o item à minha fêmea para que ela o examinasse.

Ivana observou o nome rabiscado nele – *Grey* – e o símbolo no canto inferior esquerdo. Era igual aos que estavam nas capas dos diários.

Sem dizer uma palavra, ela o abriu e retirou um cartão branco simples.

Eles irão precisar de sua orientação, dizia o cartão. *E ela também precisa de você. Não desista, Grey. Conte os dias. Traduza os diários. Revise as visões. E lembre-se de que o tempo é essencial. Tique-taque. Tique-taque. Tique-taque. Tique-taque. Tique-taque...*

Abaixo, havia uma série de símbolos que não faziam sentido para meus olhos antigos. Assim como os outros nas capas.

— É uma linguagem primitiva — Grey explicou quando Ivana o olhou com expressão questionadora. — Semelhante aos hieróglifos, só que mais antiga e de uma região diferente. *Minha* região. Mas aquela linha ali diz Território de Sangue e, abaixo dela, está a data de hoje, junto com a hora – e isso foi há cerca de dez minutos.

— Imaginamos que todos vocês estariam aqui — Cael acrescentou. — Mas não tínhamos certeza. Por isso, chegamos alguns minutos antes da hora marcada no cartão.

— Há quanto tempo você tem isso? — perguntei, apontando para o bilhete enigmático de Ashlyn.

— Desde hoje de manhã — Grey murmurou, puxando as lapelas de seu casaco de couro. — Encontrei-o no bolso da jaqueta que não uso desde semana passada.

Porque a Ômega inteligente deve ter visto que eu não usaria esse casaco novamente até hoje, ele pensou, as palavras parecendo ser para si mesmo. No entanto, ele não tentou me impedir de ouvir essas reflexões. Nem mesmo quando acrescentou:

— E ela deve ter feito isso depois de me distrair com aquela porcaria de beijo.

Arqueei a sobrancelha. *Beijo?* me perguntei.

Mas não questionei a ele, porque Kieran já estava falando.

— Isso tudo foi muito interessante, mas onde você acha

que a Ashlyn está? — Kieran olhou entre Grey e Cael. — E por que tem tanta certeza de que Tadhg está envolvido?

Grey cerrou a mandíbula e sua mente se fechou mais uma vez.

Havia algo ali.

Algum tipo de história que ele não queria que eu ouvisse.

O que só fez com que eu estreitasse meus olhos para ele. *Quanto mais você se esconde, mais suspeito parece.*

Não tenho medo de você, Elite, ele respondeu, com o olhar fixo no meu. *Não tenho medo de ninguém. Portanto, me acuse o quanto quiser. Mas só perderá seu tempo.*

Aquela parede se interpôs entre nós novamente, quase me fazendo recuar.

Ele é muito poderoso, Ivana sussurrou para mim. *Eu... eu posso sentir a energia dele envolvendo todos nós, como quando você amarra os Alfas. Mas isso... é ainda mais intenso. Como se ele estivesse fazendo algo que nenhum de nós pode sentir.*

Não gostei da maneira como isso soou e rapidamente transmiti as descobertas de Ivana a Kieran.

Mas ele estava muito ocupado ouvindo a explicação de Cael, algo que eu perdi enquanto conversava com Grey.

Felizmente, podia me atualizar ouvindo a mente do meu melhor amigo.

Infelizmente, não gostei do que ouvi.

Eles estão usando os territórios decaídos como playgrounds comerciais... territórios decaídos como o Território Eclipse.

Não há provas tangíveis do envolvimento de Tadhg, mas sabemos que um Alfa do V-Clan poderoso é membro dessa organização, e o cheiro de Tadhg tem permanecido em vários locais associados aos leilões do mercado clandestino.

Kieran olhou para sua companheira.

— Tadhg é o Alfa que você farejou no Território Bariloche?

Ela franziu a testa.

— Não. Eu o vi muitas vezes nos últimos tempos e posso dizer com certeza que não foi ele.

— Sim. Tadhg nunca visitou o Território Bariloche. Apenas meu irmão o fez. — O comentário inesperado fez com que o foco de Kieran voltasse instantaneamente para Cael. — Foi Dixon quem se infiltrou no Território Bariloche. O informante cujo trabalho foi anulado quando você e os lobos do X-Clan derrubaram a operação de Carlos.

— Seu irmão visitou o Território Bariloche? Para estuprar Ômegas? — Kieran perguntou, com seu tom calmo e uma violência latente.

— Ele não estuprou ninguém — Cael rosnou. — Mas foi forçado a jogar alguns dos jogos de Carlos. Não era um papel de que ele gostava de desempenhar.

Quinnlynn bufou.

Assim como Kyra.

O que rendeu a ambas um suspiro de Cael.

— Vocês não conhecem meu irmão como eu, mas ele valoriza o consentimento. Qualquer uma das Ômegas com quem ele jogou dirá o mesmo. Acredito que as três estejam no Território Andorra agora, se quiserem contatar para fazer um acompanhamento.

O fato de ele saber a localização delas confirmava o quanto ele estava prestando atenção ao incidente no Território Bariloche.

Um incidente que não deveria tê-lo preocupado.

No entanto, ele sentiu a necessidade de acompanhar para onde as Ômegas foram levadas depois disso. *Interessante.*

— Eu curei algumas dessas Ômegas — Quinnlynn disse por entre os dentes. — Sei o que foi feito com elas.

— Mas não por ele. Você fugia sempre que ele se

aproximava do Território Bariloche. Ele sentia você partir. — Cael olhou fixamente para Kieran. — É por isso que eu sei que você ajudou os Alfas do X-Clan a derrubar o Território Bariloche. Você foi lá por causa de Quinnlynn. A propósito, demorou para encontrá-la.

Kieran deu um passo à frente.

— Cuidado, Príncipe Cael. Não gosto da acusação que está em seu tom.

Cael estreitou os olhos.

— Podemos manter a pose se quiser, *Rei Kieran*, mas estamos perdendo um tempo precioso. Se Ashlyn está onde pensamos que está, ela será leiloada em breve. E quando acontecer, recuperá-la será muito mais difícil.

— Escutem — Grey o interrompeu, deu um passo à frente e deixou as mãos caírem ao lado do corpo. — Entendo que o que estamos falando parece inacreditável. É por esse motivo que estamos trabalhando há décadas para tentar pegar Tadhg em flagrante. Precisamos de provas tangíveis do que ele fez para que possamos responsabilizá-lo.

— Era o que Dixon estava tentando fazer no Território Bariloche. Ele estava tentando chamar a atenção de Tadhg como parte interessada para que pudesse ser convidado a participar — Cael acrescentou.

— Sim, Dixon e Cael presumiram que se Tadhg descobrisse que outro Alfa do V-Clan estava interessado no modo de vida de Carlos, ele entraria em contato e marcaria um encontro. — Grey parecia entediado. — Isso não aconteceu.

— Você não parece muito surpreso com esse resultado — Kieran observou, algo que eu também fiz.

— Porque não estou. Tadhg passou um século, talvez mais, escondendo quem ele é de todos em nosso mundo. Ele provavelmente percebeu as intenções do Dixon.

Cael soltou um suspiro e balançou a cabeça. Sua postura e expressão sugeriam que essa não era a primeira vez que ele e Grey trocavam essas palavras.

— Tínhamos que tentar.

— Claro — Grey falou. — E agora, Ashlyn tomou o destino nas próprias mãos, se oferecendo como isca. Ela viu o que vai acontecer com as Ômegas do Santuário e está tentando impedir. É por isso que preciso ver esses diários. *Agora.*

— Merda — Kyra xingou. — Merda, merda, *merda.*

— Eu sei — Quinnlynn murmurou.

Ivana franziu a testa.

— O quê?

— Isso é típico da Ashlyn — Kyra sibilou e seus olhos de gato brilharam com irritação. — Sempre se colocando em perigo para proteger os outros. Sabíamos que ela não entrou no programa de acasalamento para encontrar um Alfa. Sabíamos e não insistimos no assunto.

— Não teria feito diferença — Quinnlynn argumentou. — Você sabe como ela pode ser teimosa.

Kyra assentiu.

— Vou matá-la quando a encontrarmos.

Dessa vez, Lorcan não respondeu à ameaça repetida de Kyra. Ele apenas observou sua companheira atentamente, sem dúvida ouvindo uma sequência de palavras por meio do vínculo de companheiros. Ou talvez estivesse apenas sentindo o humor dela.

Ignorando tudo isso, me concentrei em Cael e Grey.

— Então vocês acham que ela se deixou capturar para tentar impedir que as outras Ômegas fossem feridas — reiterei.

— Sim — Grey respondeu. — E faz todo o sentido. Tadhg teria descoberto sobre as habilidades proféticas dela com Hawk ou com um dos outros candidatos a Alfa do território dele. Ou ele sabia, porque ela é uma Ômega do Z-Clan. Independentemente disso, ele a teria visto como uma ameaça da qual precisaria se livrar. E ela se colocou em uma posição em que poderia ser eliminada.

— Ao se voluntariar para voltar ao Território de Sangue para ajudar as que ficaram aqui durante o cio — Kyra murmurou, balançando a cabeça novamente e se castigando mentalmente por não ter percebido.

— Ela também foi uma das poucas que não entrou no cio e disse que provavelmente a sua espécie não reagia ao soro — Quinnlynn resmungou. — Mas aposto que ela não tomou a bebida.

— Supondo que a bebida tenha sido introduzida — Kyra respondeu. — Ainda não sabemos como isso aconteceu.

— Com certeza, foi o soro da festa do cio. Eu o reconheci enquanto tentava curar algumas das Ômegas. — Os olhos de Quinnlynn se estreitaram para Cael. — Um soro ao qual seu irmão teria acesso.

— É verdade, se o Território Bariloche ainda existisse — ele respondeu, arqueando uma sobrancelha. — Posso trazê-lo aqui para ser interrogado por Cillian, se isso ajudar na situação.

— Ele tem um bloqueio natural em sua mente, o que torna as coisas bem difíceis — observei. — Algo que acho que você já sabe.

— É uma barreira que ele pode remover. — Cael começou a fazer exatamente isso, abrindo a mente para que eu pudesse ver a verdade. — Não é difícil fazer isso.

Não respondi. Fiquei bisbilhotando seus pensamentos e ouvindo a sinceridade dentro deles.

E também preocupação com Ashlyn.

Porque ele sabia muito bem o que estava prestes a acontecer com ela. E isso me disse que já aconteceu antes.

Com alguém próximo a ele.

Não. Não com ele.

Com Grey, percebi.

Grey era o único que tinha contato com os leilões dessa organização.

Ele experimentou a dor da traição. A dor da *perda*.

Tudo isso, as acusações em torno de Tadhg, a necessidade de derrubá-lo, foi por causa de Grey. De alguma forma, ele sabia que o Príncipe Alfa era responsável por tudo o que aconteceu em seu passado.

Tadhg sequestrou e vendeu a irmã de Grey para o comércio de escravos, Cael pensou para mim, suas íris azul-turquesa girando com uma fúria mal contida. *E ele está tentando provar isso há mais de cem anos. Só me juntei à luta nas últimas décadas.*

Por que não nos contou? perguntei, surpreso com sua revelação.

Pelo mesmo motivo que você não nos contou sobre o Território Bariloche, ele respondeu. *Pelo mesmo motivo que você não nos informou sobre o Santuário até recentemente. Confiança leva tempo, Cillian. Acho que você conhece essa lição melhor do que ninguém.*

Humm, murmurei, sem confirmar nem negar esse ponto. Porque nós dois sabíamos que eu entendia em vários níveis.

Há mais coisas que podemos compartilhar, ele continuou. *Mais coisas que descobrimos em nossa busca por Tadhg, especificamente sobre essa organização sombria conhecida pelos leilões de Ômega. Mas não vale a pena continuar essa conversa se você acha que estamos mentindo.*

— Cillian? — Kieran me chamou, fazendo com que eu olhasse para ele. — Precisamos do Dixon?

Voltei minha atenção para Cael. Esse era o momento sem volta. Ou trabalhávamos com Grey e Cael, ou optávamos por ir contra eles.

Neste momento, eu não via nenhuma razão óbvia para a segunda opção.

Porque, tudo o que encontrei na mente de Cael foi o desejo de uma nova aliança. Um respeito por Kieran. O reconhecimento de nossos poderes.

E a aceitação de que Ivana me escolheu.

Essa última constatação pairou entre nós dois, o pensamento genuíno permanecendo no limiar de sua mente, garantindo que eu o ouvisse.

É melhor você se mostrar digno dela, ele acrescentou. *Porque ela merece o melhor. Não abaixo da média. Não medíocre. Nem mesmo bom. O melhor.*

Eu sei, respondi telepaticamente. Depois, olhei para Kieran e respondi à sua pergunta.

— Não, não precisamos do Dixon. Mas precisamos dar os diários para o Grey. Porque acho que eles estão dizendo a verdade. E, como já mencionaram, o tempo não está do nosso lado.

IVANA

Pilhas de diários estavam espalhadas pelo chão enquanto Grey os organizava por data.

Ou foi isso que ele disse quando Kyra perguntou o que as pilhas representavam.

— Esses são dos últimos três anos — ele nos disse, apontando para uma torre com uma dúzia de cadernos. Tinha um em meu colo agora, com o interior cheio de reflexões incoerentes e ilustrações bizarras.

Folheei as páginas, procurando por algo familiar.

Ela descrevia várias cenas, escrevia frases enigmáticas e desenhava bolhas aleatórias em todas as páginas. Às vezes, essas bolhas tinham setas. Outras eram apenas círculos sobre círculos, me lembrando um pouco de um buraco negro.

— Isso significa alguma coisa para você? — perguntei a Grey, mostrando a ele todos os rabiscos.

Ele deu uma olhada na página e balançou a cabeça.

— Não, ainda não. — Em seguida, voltou a atenção para o item em sua mão. Sua mandíbula se contraiu com o que leu ali.

Bloqueei antes que pudesse ouvi-lo, pois minha cabeça já estava sobrecarregada por todos os pensamentos que giravam na sala.

Caramba, não era nem mesmo na sala.

Era no território inteiro.

Eu não fazia ideia de como Cillian vivia com isso todos os dias.

Bem, não era verdade. Eu tinha alguma ideia, porque herdei esse truque de bloqueio mental dele. Mas estava precisando de muita concentração para mantê-lo contra as várias reflexões que flutuavam pelo Território de Sangue.

Fechando os olhos, respirei fundo e acalmei meus próprios pensamentos. Silenciando tudo e todos ao meu redor.

Então, lentamente, voltei à tarefa de tentar encontrar dicas na escrita caótica de Ashlyn.

Devia haver pelo menos trezentas passagens nesse diário, algumas compartilhando a mesma página, outras, rabiscadas em dois papéis.

Eu continuei lendo.

E lendo.

Podia jurar que horas se passaram. Todos os outros na sala estavam em silêncio, todos nós absortos nas palavras enigmáticas de Ashlyn.

Esfreguei as têmporas, mas continuei insistindo.

Caro Oráculo,

Estamos perto.
Sinto falta de meus sonhos.
Ashlyn

DEI uma olhada no rabisco abaixo, contando os círculos. *Dezessete. Certo.*

A página seguinte tinha vinte e sete círculos.

E a posterior tinha dois.

É um padrão? me perguntei, anotando os números em uma folha em branco ao meu lado.

A página seguinte tinha sete.

Dezessete. Vinte e sete. Dois. Sete.

Franzindo a testa, passei para a próxima entrada e comecei a contar, mas pisquei ao ver a primeira linha.

Querido Oráculo das Estrelas.

As estrelas tinham um círculo em volta.

Mas não foi isso que chamou minha atenção.

Embaralhando alguns papéis, comecei a ler os títulos de tudo que levava a isso.

Caro Oráculo.

Caro Oráculo.

Caro Oráculo.

Peguei outro caderno para dar uma olhada em várias entradas. Todas elas começavam com *Caro Oráculo.* Nunca *Querido Oráculo das Estrelas.*

Minha careta se aprofundou.

Eu escrevia *Queridas Estrelas* em meus diários, algo que Ashlyn sabia, porque ela tinha problema para respeitar espaço pessoal e me viu escrever no avião.

Uma coincidência ou algo completamente diferente? me perguntei, voltando ao seu registro.

Querido Oráculo das Estrelas, eu li novamente. *Se estiver lendo isso, então é hora de entender algumas das minhas escolhas.*

Algumas das minhas visões. Algumas das minhas... Não. Não reaja.
Não deixe que eles saibam o que você descobriu. Está entendendo?

Pisquei e olhei em volta, com a testa franzida. Ela não poderia estar falando comigo. Isso... Isso...

Pigarreei.

Esta é a Ashlyn. Tudo é possível.

Passei os olhos sobre a última frase, sobre entendê-la, mas fui distraída por um suspiro alto do outro lado da sala.

— Não — o Príncipe Cael falou, pressionando um botão em seu ouvido. — Está tudo bem. Eu ligo para você se isso mudar.

Cillian e Lorcan estavam olhando para o Príncipe Cael. Grey também.

Eu não conseguia ouvir com quem ele estava falando, apenas um zumbido baixo e o grunhido de resposta do Príncipe Cael.

— Certo, tudo bem. Se você vai fazer birra, então venha até aqui e seja um inútil, tanto faz. — Ele baixou a mão, indicando que encerrou a ligação.

— Dixon? — Grey perguntou.

— Não. Granger — Cael rosnou. — Ele está insistindo que eu preciso de um Elite presente.

Kieran bufou.

— Parece familiar.

Cillian e Lorcan ergueram as sobrancelhas em sua direção.

— Você se sente sozinho sem nós — Cillian retrucou.

— Claro que sim — Kieran respondeu.

O ar tremeluziu quando Granger apareceu no escritório, inexpressivo e observando a cena diante dele.

— O que é que você está fazendo? — ele perguntou.

— Lendo — Grey respondeu, depois voltou ao objeto em sua mão.

— Lendo o quê? — Granger questionou.

O Príncipe Cael suspirou e começou a explicar sobre os diários de Ashlyn, fazendo com que eu voltasse a olhar para o que estava lendo antes de sua conversa me distrair.

Certo, como eu estava dizendo, era a próxima linha, fazendo com que eu arqueasse a sobrancelha. *Está na hora. Então, preciso que você ouça com atenção, Estrelas.*

Certo, agora eu tinha... cerca de oitenta por cento de certeza de que ela escreveu isso para mim. Talvez.

Se eu estiver certa, seu poder está mudando. Você consegue sentir as coisas, certo?

Pisquei. *Isso não pode ser real*, sussurrei para mim mesma.

Vana? Cillian falou enquanto eu lia a próxima linha do diário, que dizia: *Shh.*

Santo Deus, pensei.

Não reaja. foi o que veio a seguir. *Estou falando sério, Estrelas. Apenas se concentre e **bloqueie** todo o resto.*

A palavra *bloquear* foi escrita várias vezes, dando-lhe uma aparência arrojada. Ao vê-la e pensar sobre ela, eu já estava erguendo muros em toda a minha mente por instinto, mas não com Cillian.

Em vez disso, deixei meus pensamentos abertos para ele e sussurrei:

— *Acho que encontrei algo, mas não podemos contar a ninguém. Ainda não. Pelo menos até que eu entenda o que isso significa.*

Em minha visão periférica, eu o vi dar um passo em minha direção. *Não, você não pode reagir. Apenas me deixe... me deixe ver o que Ashlyn pode estar tentando me dizer.*

Ele continuou vindo em minha direção de qualquer maneira, fazendo com que eu cerrasse os dentes. Mas tudo o que ele fez foi segurar meu queixo e me puxar para um beijo.

Eles já me viram olhando para você, ele sussurrou em minha mente enquanto sua língua deslizava para dentro da minha boca. *Agora, estou apenas os distraindo para que não se perguntem o que chamou minha atenção.*

Cillian aprofundou o abraço, levando a mão até meu pescoço e apertando minha garganta.

Por uma fração de segundo, esqueci o que estava fazendo. Tenho quase certeza de que esqueci meu próprio nome.

Porque Cillian estava me beijando.

Na frente de seus amigos.

Na frente das companheiras deles.

Eu a beijarei na frente de todo o mundo, Vana, ele me disse baixinho. *Farei o que for preciso para provar que você é minha.*

Tudo o que você precisa fazer é me morder para que isso seja verdade, eu o lembrei.

Ele rosnou baixo e o som vibrou através de mim em uma onda de posse.

Eu faria isso agora mesmo, Macushla, mas acho que você não quer que eu te cace na frente de uma plateia. E também não tenho certeza se quero compartilhar você dessa forma. Ele mordiscou meu lábio inferior antes de se afastar. *Volte a ler. Estarei ouvindo. E mantenha suas paredes erguidas.*

A mudança brusca de assunto me deixou sem fôlego e um pouco confusa quando olhei em volta da sala.

Todos estavam olhando para Cillian.

Bem, nem todos.

O Príncipe Cael estava sorrindo.

— Está tentando dizer alguma coisa?

Cillian se virou abruptamente e me beijou de novo, me surpreendendo ainda mais. *Volte ao trabalho,* ele exigiu em minha mente. *Quero saber o que mais essa passagem diz.*

Quase perguntei a ele: *que passagem?*

Mas então me lembrei do que estava fazendo antes de seu comportamento errático começar e, em resposta, estremeci.

Calma, amor, ele murmurou. *Sem reações, lembra?*

Seus dentes tocaram meu lábio inferior novamente, seus olhos escuros arderam nos meus.

— Que tal essa mensagem, príncipe? — ele perguntou, ainda olhando para mim.

— Eu teria acrescentado mais língua — foi a resposta implicante do Príncipe Cael.

Um fogo se acendeu no olhar de Cillian, algo que senti me queimar até a alma.

— Se vão brigar, façam isso lá fora — Rei Kieran interveio. — Meu escritório está lotado demais para essa merda.

— Mas era isso que você queria, não era? — Príncipe Cael perguntou. O tom suave fez com que Cillian e eu olhássemos para ele. — Você me pediu para entrar no programa de acasalamento para estimular seu Elite a agir, certo?

O Rei Kieran o encarou com uma sobrancelha escura arqueada.

— Eu disse isso?

O Príncipe Cael sorriu novamente.

— Não, mas nós dois sabemos que essa era sua intenção. E parece que funcionou.

Volte para a passagem de Ashlyn, Cillian sussurrou em minha mente. *E ignore a conversa que estamos prestes a ter.*

O quê?

Aproveite a distração, Vana, ele me disse, depois me soltou para me juntar aos dois homens enquanto o Rei Kieran perguntava:

— Eu faria isso?

— Com certeza, faria — Cillian murmurou. — Da mesma forma que mexeria com a organização das acomodações para garantir que Ivana e eu dividíssemos um iglu. Ah, espere, você *fez* isso.

O Rei Kieran bufou, mas percebi a diversão em seus pensamentos.

Ele estava brincando.

Algo que Cillian deve ter pedido a ela para fazer.

Como distração, percebi, me lembrando do que Cillian acabou de dizer. *Eles estão distraindo todo mundo para que eu possa me concentrar no que encontrei.*

Olhando para baixo, reli algumas das falas de Ashlyn.

Estou falando sério, Estrelas. Apenas se concentre e **bloqueie** *todo o resto.*

Engolindo em seco, fiz o que ela pediu mais uma vez e continuei olhando para baixo.

E concentre-se em seu talento.

Certo, pensei para ela.

Alguma coisa parece estranha? Foi a frase seguinte. *Vibrações estranhas? Quebra-cabeças em potencial para resolver... ou desmontar?*

Franzi a testa enquanto revisava seus enigmas. As únicas *vibrações estranhas* na sala vinham de Cillian e do Príncipe Cael, que pareciam estar se enfrentando.

O que fez com que Granger e Lorcan ficassem tensos.

Mas Grey, não.

Ele estava totalmente imerso em outra coisa.

Aquele estranho poder ainda emanava dele, aquele que eu não conseguia decifrar antes. Só que não foi a habilidade dele que chamou minha atenção enquanto eu examinava a sala, mas a de Granger. Sua mente... sua mente era como...

Um quebra-cabeça, percebi, piscando de volta para o diário e pegando aquela palavra na página mais uma vez.

Esse é um daqueles momentos em que você precisa escolher seus aliados com sabedoria, ela continuou. *Considere todos os caminhos possíveis. E cuidado onde pisa...*

Certo... ela estava falando sobre resolver o quebra-cabeça? Ter cuidado com a forma como eu o desvendava?

Quebra-cabeças em potencial para resolver ou desmontar foi basicamente o que ela disse. Portanto, faria sentido que ela estivesse tomando cuidado com a forma como eu o *desmontava*.

Há minas terrestres no caminho, Estrelas, Ashlyn escreveu. *Minas que vão alertar nosso inimigo de que estamos chegando. Cuidado. Pise devagar. E lembre-se... Não. Faça. Um. Único. Som.*

Engoli em seco. Seus avisos pareciam sinistros. Mas, à medida que eu sondava os pensamentos de Granger e observava as camadas de sua mente... fazia sentido.

Ele estava se escondendo atrás de uma camada espessa de poder que permitia que apenas suas reflexões superficiais escapassem. Mas eu podia sentir a escuridão por baixo.

Quase arregalei os olhos. *Cuidado com o príncipe Cael,* ela me escreveu naquele avião. *Ele está cercado pela escuridão.*

A escuridão era Granger? eu me perguntava.

Ele não era quem Príncipe Cael e Grey acusaram de levar Ashlyn, mas talvez... talvez eles estivessem errados?

Engolindo em seco, continuei lendo.

Espero... espero que isso seja suficiente. Não posso fornecer mais nada. Estamos em uma encruzilhada, Estrelas. Eu... eu vejo duas maneiras de como isso pode terminar. Talvez você encontre um terceiro caminho. Adeus por enquanto, Ashlyn.

Abaixo do nome dela havia dois pós-escritos, o primeiro me deu arrepios. Mas, definitivamente, parecia que era para mim.

PS: Parabéns pelo bebê. Envio minha bênção do túmulo.

Quanto ao segundo, eu não tinha certeza.

PS2: Nosso passado nos torna mais fortes, não mais fracos. Lembre-se disso. Lembre-se de onde você veio. E entenda, de uma vez por todas que você *não é ele. Mas, às vezes, é preciso pensar como ele para encontrar a verdade. Para encontrar... a mim.*

Talvez essa parte fizesse mais sentido quando eu resolvesse o quebra-cabeça na mente de Granger.

A menos que seja Grey quem eu deva decifrar, pensei, considerando o outro homem.

Esse é um daqueles momentos em que você precisa escolher seus aliados com sabedoria, Ashlyn havia escrito. *Considere todos os caminhos possíveis. E cuidado onde pisa...*

Eu... eu não tinha certeza de qual *caminho* ela queria que eu seguisse.

Olhando para baixo, reli a linha que dizia:

— *Vejo duas maneiras de isso acabar...*

Mas então ela mencionou um terceiro caminho.

Qual é o terceiro caminho? me perguntei.

Não acho que seja o Grey, Cillian me disse. No entanto, em voz alta, ele estava dando um sermão no Rei Kieran sobre sua *intromissão.*

— O que deu em vocês dois? — Quinnlynn exigiu.

— Seu *companheiro* continua se envolvendo em meus assuntos — Cillian disse a ela. — E não fique rindo, Cael. Você é tão ruim quanto eu.

Pare de me ouvir, acrescentou mentalmente. *Veja se consegue mexer com a mente de Granger. Estou prestes a distraí-lo de verdade.*

Fazendo isso...

Arregalei os olhos quando ele deu um soco na mandíbula do Príncipe Cael.

— *Cillian* — sussurrei em voz alta.

Veja o que ele está escondendo, ele exigiu em minha cabeça. *Agora.*

O Príncipe Cael avançou com um rosnado e os dois homens caíram no chão em um monte de testosterona e rosnados.

Me levantei da cadeira, com o diário na mão e corri para me apoiar em uma parede enquanto o rei Kieran levava Quinnlynn para fora da sala.

Kyra apenas balançou a cabeça.

Assim como Lorcan.

E Grey... Grey estava absorto demais com seu material de leitura para se importar com o caos atrás dele.

Franzi a testa, minha curiosidade foi aguçada ao considerar sua mente por um momento.

O poder que ele estava exalando havia diminuído, seu foco estava voltado para as palavras de Ashlyn. *Encontrou alguma coisa?*, queria perguntar a ele.

Mas um movimento na visão periférica atraiu meu olhar de volta para a briga que estava acontecendo ao lado da mesa de Kieran. Granger puxou uma faca e estava com o olhar fixo em Cillian.

Entreabri os lábios, com um aviso pronto para sair da minha boca quando os pensamentos assassinos de Granger me puxaram para dentro. Não, não eram apenas seus pensamentos, mas seu... seu *poder*.

Ele estava pulsando.

Girando.

Regenerando-se a cada segundo para criar uma nova camada pela qual nadar.

Que habilidade única, pensei, me perdendo em seu processo mental. Ele estava constantemente mascarando, e não apenas suas reflexões, mas todo o resto também.

Tudo o que o tornava um lobo.

Como sua voz.

Seu rosnado.

Seu cheiro, percebi, encontrando aquele fio que girava em torno dele.

Ele era literalmente um quebra-cabeça no qual reorganizava as peças ao seu redor para criar uma nova versão para cada situação.

Tudo isso enquanto se escondia sob uma série de proteções de ferro. Elas me lembravam fitas de aço, flexíveis até certo ponto, mas, em sua maioria, inquebráveis.

Passei por baixo delas com cuidado, desejando ir mais fundo, ouvir suas confissões. Porque ele estava escondendo alguma coisa.

Todos ao meu redor ficaram em silêncio enquanto eu me concentrava atentamente em meu alvo, apertando o diário no peito.

O que você está escondendo? eu me perguntava. *Quem é você?*

Porque tudo nele era mentira. Uma máscara. Um alter ego.

Ele passou décadas aperfeiçoando essa identidade, vivendo com essa voz, esse rugido, esse *cheiro*. Mas outra versão se escondia por baixo de todas essas barreiras.

Continuei empurrando, tirando delicadamente os fios do caminho e procurando a verdadeira identidade por baixo de todas as suas barricadas mentais.

Mostre-me, exigi, nadando pelo campo minado mental. *Era isso que Ashlyn queria dizer sobre observar meus passos, andar com cuidado e não alertar...*

O ar saiu dos meus pulmões quando uma pedra de concreto bateu em mim, cortando minha capacidade de respirar.

Tudo girava.

Tudo *latejava.*

O mundo... o mundo... estava muito escuro. Muito preto. Muito...

Ivana! Cillian gritou. Isso estava em minha mente? Foi em voz alta? Eu... não sabia dizer.

Eu... não sei onde estou...

Esperei por sua resposta.

Nada.

Apenas silêncio.

Escuridão.

O nada.

A morte.

CILLIAN

Um minuto antes

Puta merda, Cael sabia como dar um bom soco.

Flexionei a mandíbula e me abaixei, evitando ser atingido novamente.

Ele rosnou.

Devolvi o rosnado.

E nós dois começamos a lutar com nossas mentes, tentando forçar o outro a se submeter.

Essa distração não ia funcionar por muito tempo. Cael sabia que eu estava tramando algo. Ele disse isso com um pensamento logo após eu tê-lo atingido pela primeira vez. *Não sei por que estamos fazendo isso, mas vou jogar, Elite. Me dê o seu melhor.*

Respondi com o punho em seu rosto novamente.

O que enfureceu Granger.

Mas Cael exigiu que ele se retirasse.

— Estou bem. Consigo lidar com isso.

— Ele acabou de desrespeitar você — Granger falou entre dentes.

— Eu disse que *posso lidar com isso*.

E ele conseguiu.

Ele estava se escondendo por toda a a sala nos últimos minutos. Dando socos. Chutes. Insultos verbais. *E uma risada mental ocasional.*

O idiota estava gostando demais daquilo.

A contragosto, eu podia admitir que uma parte de mim sentia o mesmo. E eu odiava muito o fato de nós dois estarmos tão bem equiparados. Se eu gostasse dele, o convidaria para treinar com mais frequência.

Infelizmente...

Meu pé encontrou a parte inferior de suas costas enquanto eu o contornava em um movimento rápido para tentar derrubá-lo. O chute o mandou direto para a mesa de Kieran, derrubando vários itens no chão.

Se você estragar o meu escritório, vou ficar muito irritado, Kieran me informou enquanto Cael empurrava a madeira com um rosnado.

Eu levaria isso para fora, mas preciso acessar a mente de Granger. Ivana está perto de romper suas últimas camadas mentais. Eu quase poderia ouvir seus verdadeiros pensamentos agora, ver o que quer que ele...

Fui para o lado oposto da sala, evitando por pouco as garras de Cael.

Porque o cretino acabou de transformar sua mão em pata de lobo.

— Esse é um talento impressionante — admiti com um murmúrio.

O cretino sorriu e depois desapareceu.

Girei, tentando me antecipar ao seu reaparecimento.

— Eu poderia rasgá-lo — ele falou perto do meu ouvido, com as garras cravadas em minha garganta no instante seguinte. *Porque você mal está tentando,* ele acrescentou mentalmente, seu peito rugindo nas minhas costas. *O que está acontecendo, Cillian?*

Murmurei um xingamento.

Ele sabia que eu não estava falando sério sobre esse ataque. Eu nunca teria feito isso com Ivana na sala. Sua mente dizia isso.

E ele estava certo – eu não estava tentando. Nem um pouco.

Apenas alguns minutos se passaram desde que o atingi pela primeira vez, e minha distração momentânea durou pouco.

Mas parecia ter sido tempo suficiente para Ivana encontrar seu caminho na mente de Granger.

Mostre-me, eu a ouvi exigir enquanto as garras de Cael cravavam em minha garganta.

Comece a falar, ele pensou para mim.

Mas eu estava muito ocupado ouvindo Ivana pensar sobre os campos minados na mente de Granger. *Foi isso o que Ashlyn quis dizer sobre observar meus passos, pisar com cuidado, para não alertar...*

Houve uma explosão, fazendo com que eu segurasse minha cabeça enquanto a agonia cortava cada terminação nervosa.

A dor irrompeu em meu pescoço quando os joelhos cederam e o chão abraçou minha queda. Ou, pelo menos, interrompendo-a. Com dureza. Com frieza.

Deuses, que merda é essa? Eu não conseguia respirar. Estava sufocando. Me afogando. Perdido em um mar de escuridão perpétua.

Mas...

Havia rugidos ao meu redor. Reverberações. *Poder.*

Abri os olhos quando Kieran me atingiu com uma dose de seu dom de cura, e meu mundo de repente voltou ao lugar.

Mas nada estava certo no que eu estava vendo.

Granger estava com a mão no pescoço de Ivana, o corpo dela mole contra a parede por causa do que quer que ele tivesse acabado de fazer.

Ivana! gritei em sua mente.

Nada.

Nem um único som.

Nenhum sinal de vida.

Fiquei de pé em um instante, meus dons se fixaram em Granger enquanto eu rugia em seus pensamentos. Cada grama do meu domínio de lobo foi aplicado naquele som enquanto eu *exigia* que ele se submetesse.

Suas pernas tremeram, mas sua mão permaneceu em volta do pescoço da minha Ômega.

Não pensei, agi, enviando outro estrondo em sua cabeça. Meu peito ecoou esse som, fazendo com que a sala inteira tremesse.

Ou, pelo menos, foi essa a sensação.

Na verdade, eu não estava olhando para ninguém que estivesse por perto. Minha atenção estava voltada para o Alfa que mantinha minha fêmea em cativeiro. E em sua forma flácida. Suas bochechas pálidas. *Seu estado sem vida.*

Um terceiro uivo saiu da minha mente para a dele, ordenando que ele obedecesse. Que libertasse minha Ômega. *Que se ajoelhasse.*

Gotas de suor pontilhavam sua testa enquanto suas paredes mentais vacilavam sob meus comandos opressivos.

Cillian? Ivana sussurrou. Sua voz mental provocou uma onda de necessidade primordial em meu interior. *Eu... eu...*

Ela se arrastou e sua mente parecia procurar a minha em busca de conforto e apoio.

Não.

Não apenas conforto e apoio.

Conhecimento.

Senti que ela o absorvia, usava e aplicava com uma determinação profunda.

Então, ela soltou seu próprio rosnado. Sua habilidade recém-descoberta ganhou vida à medida que ela atravessava a consciência de Granger e derrubava as barreiras que protegiam seus verdadeiros pensamentos.

Aproveitei a vantagem, dominando sua mente com a minha e amarrando-o com meu poder. Minha força. Meu *domínio.*

Ele rosnou, liberando Ivana. Me aproximei para pegá-la e meus braços instantaneamente se fecharam ao redor dela antes que Granger caísse em uma pilha no chão. Outra explosão potente o nocauteou, permitindo que minha atenção se voltasse para Ivana.

Ela tremia em meus braços, com os olhos ainda fechados e a pele úmida. *Kieran!* chamei com minha mente.

Ele estava ao meu lado em um instante, com a palma da mão sobre a forma de Ivana. *Ela está bem,* ele me disse. *O bebê também está bem.*

Então, por que ela não está acordada? perguntei. Minha voz mental estava rouca, parecendo cascalho. *Por que ela mal está respirando?*

— Ela está respirando muito bem — ele disse em voz alta. — Dê a ela um momento, Cillian.

Eu não tinha um momento.

Precisava que ela acordasse agora mesmo.

Precisava que ela fosse minha.

Viva.

Minha companheira.

Deuses, o poder que ela acabou de exalar, o belo talento, a maneira como acabamos de derrubar Granger juntos... eu a abracei com mais força, com meus lábios perto de sua orelha.

— Acorde — exigi. — Acorde para que eu possa mordê-la.

Porque eu não podia esperar nem mais um segundo.

Essa mulher era minha. E eu precisava terminar isso. Nos completar. Abraçar nosso futuro juntos.

Por favor, Vana, sussurrei em sua mente. *Por favor, acorde.*

Kieran e os outros estavam conversando ao nosso redor, mas não ouvi. Eu não me importava. Tudo o que importava era Ivana. Nosso vínculo que estava incompleto. Nossas almas perdidas. Precisávamos nos unir, nos tornar um só.

Seus cílios se agitaram, seus pensamentos pareciam roçar os meus. *Granger?* ela perguntou.

É a porra de um homem morto, jurei, enviando outra explosão através de sua mente quebrada por garantia. Alguém o estava amarrando fisicamente.

Grey, percebi.

Mas imediatamente ignorei suas ações e me concentrei em minha bela Ômega. Seus lindos olhos azuis me observaram lentamente. Suas bochechas ainda estavam em um tom pálido, o que fez meu coração acelerar.

— Vana — sussurrei, minha voz tinha um tom de reverência.

Essa fêmea era tudo.

Poderosa.

Linda.

Determinada.

Confiante.

Ela lutou por mim por tanto tempo, e eu retribuí com rejeição – algo que neguei antes, mas agora via como ela estava certa ao usar esse termo.

Eu a rejeitei em todos os momentos.

Disse a ela para encontrar outro Alfa.

Alguém mais digno. Alguém melhor. Tudo isso ignorando o fato de que eu poderia ser esse Alfa.

Porque eu temia me tornar meu pai. Eu temia estender sua linhagem. Eu temia decepcionar todos os outros ao priorizar uma companheira em vez de sua segurança.

Mas, ao fazer isso, dei propósito a todos esses medos. Vivi no passado. Deixei o fantasma do meu pai me assombrar por mais de mil anos.

Não faria mais isso.

Não deixaria que um homem morto ditasse meus desejos e necessidades.

Não daria mais ouvidos àquela voz em minha cabeça que dizia que eu não era bom o suficiente ou que não merecia uma companheira.

Ivana e eu éramos mais poderosos juntos do que separados. O dia de hoje provou isso. Os últimos seis anos provaram isso.

Eu estava sozinho sem ela. Perdido. Inconscientemente infeliz.

E foi preciso que ela me chamasse de covarde para me endireitar.

Foi preciso que eu a visse com outros Alfas, percebendo que eu poderia perdê-la de uma vez por todas, para acordar e reivindicar o que era meu há anos.

Errei novamente durante seu cio. Depois de seu cio. Até mesmo agora.

Passei os dedos pelo seu cabelo, com o olhar fixo no dela.

— Você é minha, Vana.

Ela engoliu em seco, me examinando enquanto eu liberava todos os pensamentos em sua mente. Toda a minha angústia. Todo o meu desejo. Todos os meus sonhos não realizados. Toda a minha frustração. Todos os meus medos. *Tudo o que* tenho.

Mas, o mais importante é que compartilhei meu amor. Minha devoção. Minha intenção. *Minha reivindicação.*

Lágrimas se formaram ao redor de suas íris, fazendo as profundezas azuis brilharem.

Então, ela sutilmente inclinou a cabeça para expor seu pescoço, o convite era claro.

— Me morda, Alfa — ela sussurrou, seus lábios cheios se movendo com as palavras.

Não percebi o quanto eu precisava que ela dissesse essas palavras. Que *exigisse que eu fizesse isso.* Porque só provava que estávamos destinados a ficar juntos.

— Sempre me dizendo o que fazer — murmurei de volta para ela.

Ela soltou um suspiro, sugerindo que estava prestes a dizer outra coisa, talvez proferir outro comando.

Mas o ar escapou dela em um suspiro quando afundei os caninos em seu pescoço.

Seu sangue tocou minha língua no instante seguinte, provocando um rosnado possessivo em meu peito, que logo se transformou em um ronronar. Porque sua essência era *o paraíso.* Cítrica, mas picante. Sedutora. E cem por cento *minha.*

Engoli antes de finalmente me afastar e olhar para a minha companheira deslumbrante. Sua expressão de êxtase me disse que ela gostou daquela mordida e que queria muito senti-la novamente.

Agradeci, me inclinando, e mordisquei seu lábio com

força suficiente para romper a superfície. Depois, limpei a ferida e a beijei.

Beijei-a com toda a força do meu coração.

Dominando-a com cada passada de minha língua.

Tudo isso enquanto ela se contorcia e gemia em meus braços.

Foi preciso muito esforço para me afastar, para encostar a testa na dela, mas eu precisava confirmar que ela estava realmente bem. Verdadeiramente curada. Verdadeiramente *viva*.

Porque aqueles poucos segundos sem ela pareceram uma eternidade de perda.

Parte de mim reconheceu a insanidade dessa necessidade – *é claro que ela está viva* –, mas eu tinha que ter certeza de que não era um sonho. Parecia fantástico demais para ser a vida real. Para ser *minha* vida.

No entanto, quando olhei para baixo, para seu olhar cheio de luxúria, tudo o que encontrei foi meu futuro. Minha existência renovada. Meu *mundo*.

— Eu amo você — disse a ela. — Amo muito.

Ela acariciou minha bochecha, o polegar desenhando uma linha abaixo do meu olho.

— Muito bem, Alfa. Agora me diga que vai me amar para sempre.

Sua resposta atrevida me fez rir, sua propensão a me dizer o que fazer estava em plena forma.

— Quem sou eu para negar algo a uma Ômega tão linda? — comentei. — Uma que *amarei para sempre*.

O olhar de Ivana brilhou.

— Até que enfim — ela disse com um suspiro, enquanto eu a abaixava lentamente até ficar de pé com as mãos em seus quadris. — *Finalmente,* você está me ouvindo.

Eu ri, puxando-a para um abraço.

— Eu sempre te ouvi, Vana. — Esse nunca foi o problema. — Eu só tive que aprender a te *escutar*.

Ela inclinou a cabeça para trás, exibindo um sorriso provocante.

— Ajudou o fato de você finalmente encarar a realidade.

Eu ri de novo e balancei a cabeça.

— Você tem sorte de eu te amar, Ômega, ou eu ficaria tentado a dar alguns tapas na sua bunda por falar assim comigo.

Ela estremeceu.

— Isso parece mais uma recompensa do que um...

Alguém pigarreou, fazendo com que meu lobo rosnasse com a interrupção inesperada – e muito *indesejada*.

— Embora isso tenha sido divertido, eu gostaria que alguém me explicasse o que aconteceu com o meu Elite — Cael falou.

— Ele atacou minha companheira — respondi sem olhar para ele. — Então Ivana e eu o atacamos.

— Sim, com um poder impressionante — Cael disse. — Mas eu gostaria de entender o que levou a esse surto de insanidade. Presumo que tenha algo a ver com sua falta de habilidade de luta...

Grunhi, finalmente olhando para ele.

— Não havia nada de errado com minhas habilidades de luta.

— Por favor, não me trate como se eu fosse um idiota, Cillian. Eventualmente, ficarei ofendido e entraremos em uma briga de verdade. Lá fora. Como lobos. Com nossos dentes e garras. — Seus olhos pareciam se estreitar ainda mais a cada palavra que ele dizia. — Diga-me o que está acontecendo.

— Granger está nos enganando — Grey rosnou enquanto deixava cair uma pilha de diários no chão ao lado do corpo de Granger. — E confirmei a localização de Ashlyn.

— Onde ela está? — Cael questionou.

Os olhos glaciais de Grey encontraram os meus quando ele respondeu:

— Território Eclipse.

CILLIAN

— Território Eclipse? — repeti. — Isso está em um dos diários da Ashlyn? — Porque, com base no que eu vi de suas anotações, não parecia normal que ela fosse tão franca.

— Não — Grey respondeu.

Sem elaborar.

Sem contexto.

Sem explicação.

— Como você encontrou a localização dela? — Tentei mais uma vez, precisando de mais do que apenas sua declaração confiante.

— Meus dons são irrelevantes para esta conversa — ele me informou em um tom entediado. — Use seus próprios talentos para verificar o que eu disse. Pesquise a mente do Granger. A informação está bem ali.

Cerrei a mandíbula. Eu não gostava de desconhecidos, e tanto Grey quanto Cael estavam provando possuir poderes *desconhecidos*. Poderes que talvez fossem uma ameaça.

Subestimamos muito o Território Lunar, eu disse a Kieran.

Sim, foi sua única resposta. Sua mente estava ocupada avaliando a cena. Grey fez algo para prender Granger. Não era algo tangível ou visível, mas uma restrição mental semelhante à capacidade de um lobo de desaparecer nas sombras.

Mas a energia de Grey parecia mais espessa. Mais pesada. Mais intensa.

Estava prestes a perguntar a Ivana o que ela sentiu quando percebi que seu foco estava inteiramente em Granger, à medida em que ela tentava vasculhar os pensamentos dele em busca de qualquer coisa relacionada a Ashlyn.

A trajetória dela serviu como um chute no traseiro, me forçando a segui-la até a mente dele também. Descobrir mais sobre Grey e suas habilidades desconhecidas poderia esperar. Ashlyn, não. Ela estava lá fora, em algum lugar, provavelmente sofrendo e esperando para ser salva.

Só espero que não seja tarde demais, Ivana estava pensando, sua determinação se tornando desesperada. *Não sei nem por onde começar a procurar.*

Em suas memórias, murmurei telepaticamente.

Em seguida, mostrei a ela o que eu queria dizer, pressionando as partes de seu cérebro que guardavam seu passado. Seus segredos. Sua *identidade*.

Um rosnado mental profundo ecoou em minha mente, chamando minha atenção para a fonte do som. *O que é isso?* perguntei, encontrando o olhar de Kieran.

O cheiro, ele rosnou de volta com seus pensamentos. *Quinnlynn o reconhece.*

Arqueei uma sobrancelha. *O cheiro de Granger é o que ela sentiu no Território Bariloche? Não o de Dixon?*

Sim, foi sua confirmação, sua necessidade de despedaçar o cretino despertou um calor violento na sala. No entanto, sua expressão permaneceu neutra. Ele era a epítome da calma e da concentração. Mas, por dentro, estava planejando uma morte lenta e dolorosa para o lobo no chão.

— Você acha que ele colocou o cheiro de Tadhg naquelas cenas? — Cael perguntou. Sua pergunta parecia ser para Grey.

— Não sei — ele respondeu. — Mas pretendo descobrir. Depois que localizarmos Ashlyn.

Cael assentiu e seu olhar turquesa pousou em mim.

— Você verificou a confirmação de Grey no Território Eclipse?

— Ainda não — respondi a ele, depois voltei a vasculhar as memórias de Granger.

Ivana ouviu em silêncio, observando enquanto eu procurava as informações de que precisávamos.

Não demorou muito para descobrir uma lembrança recente de suas intenções sombrias em relação a Ashlyn. *Essa vadia vai estragar tudo,* ele pensou. *Tenho que me livrar dela.*

Eu não conseguia ver seu passado, apenas ouvia partes de eventos.

Mas quando me deparei com ele pensando no Território Eclipse e na vasta terra cheia de zumbis que existia lá, ficou bem claro que ele levou Ashlyn até lá através das sombras e a deixou se defender sozinha.

— Droga — murmurei. — Grey está certo.

O homem em questão simplesmente grunhiu.

Eu o ignorei e tentei determinar na mente de Granger onde exatamente ele deixou a Ômega do Z-Clan, mas os detalhes eram obscuros. Como se ele não tivesse realmente prestado atenção para onde a levou, apenas foi até um dos vários lugares que visitou no Território Eclipse no passado, jogou-a no chão e desapareceu antes que pudesse processar mais.

Ficou claro que ele estava com pressa para se livrar dela.

— Você tem alguma ideia de para onde ele a levou no Território Eclipse? — perguntei a Grey, imaginando se o seu talento misterioso teria mais detalhes.

— Não, eu esperava que você pudesse ajudar com essa parte.

Balancei a cabeça.

— Granger não se concentrou em nada além do território como um todo. — O que basicamente significava que ele poderia tê-la deixado em qualquer lugar da Irlanda.

— E quanto ao registro no diário dela? — Ivana perguntou, olhando em volta para o caderno. — Aquele que eu estava lendo. Tinha... — Ela parou quando o viu a alguns metros de distância.

Soltei seus quadris para que ela pudesse se mover, depois a observei se curvar para pegar o item em questão. Ela rapidamente começou a folhear as páginas, procurando pelo *Querido Oráculo das Estrelas* no topo de cada entrada.

— Havia algo no final — ela disse enquanto continuava a examinar. — Algo que não entendi muito bem... aqui. Isto. — Ela começou a ler novamente, seus olhos percorrendo as palavras até encontrar o pós-escrito. — Esta parte prova que ela estava falando comigo.

Ivana voltou para o meu lado, apontando para a primeira parte que a parabenizava pelo *bebê*. Franzi a testa ao ver a última linha.

— Envio minha bênção do túmulo — li em voz alta.

Isso certamente era mórbido. — O que você acha que significa?

— Não sei, mas dê uma olhada na próxima parte.

Grey se juntou a nós enquanto eu revisava o segundo *P.S.*, recitando as palavras para que todos ouvissem.

— Nossos passados nos tornam mais fortes, não mais fracos. Lembre-se disso. Lembre-se de onde você veio. E entenda de uma vez por todas: você *não é ele*. Mas, às vezes, é preciso pensar como ele para encontrar a verdade. Para encontrar... a mim.

Isso era algum tipo de pista.

Mas o que significava?

— Lembre-se de onde você veio — repeti. — Certo, como sabemos que ela está no Território Eclipse, eu diria que essa frase é para mim, Lorcan ou Kieran.

No entanto, a parte seguinte...

— Você não é ele — repeti. — Mas, às vezes, é preciso pensar como ele para encontrar a verdade. Para encontrar... a mim.

Seu pai, Ivana pensou para mim. *Você não é seu pai.*

Eu franzi a testa. Poderia ser tão simples assim? Eu mesmo cheguei a essa conclusão ao reivindicar Ivana. Eu não era meu pai. Caramba, eu não era nada parecido com ele.

Mas, às vezes, é preciso pensar como ele para descobrir a verdade.

Franzi a sobrancelha ainda mais. *O que meu pai teria feito nessa situação?* Ele não teria se importado e teria deixado Ashlyn morrer.

Mas isso não poderia ser o que ela quis dizer.

Ela está comparando Granger com seu pai? Ivana se perguntou.

Possivelmente. Mas eles também não eram tão parecidos assim. Meu pai teria simplesmente jogado Ivana em um poço e a deixado para morrer, sem se preocupar em levá-la para outro lugar. Isso teria exigido muita energia. E ele ia querer fazer uma declaração, forçando todos os outros a vê-la sofrer. Morrer de fome. Murchar até virar nada.

Vi vários lobos morrerem naqueles buracos.

Ele acabaria queimando os restos mortais e cortando as cabeças como uma exibição pública.

Porque ele era um monstro.

Deuses, só de pensar nele já me dava vontade de encontrar seu cadáver e queimar seus restos mortais. Mas não havia mais nada dele. Kieran, Lorcan e eu já havíamos feito isso há muito tempo.

Então, o que está tentando me dizer, Ashlyn? me perguntei, estudando o texto dela. *Você está em um daqueles antigos buracos?* Isso parecia impossível, considerando quantos séculos se passaram desde que estiveram em uso. Mas, talvez, ela tenha sido deixada perto do local favorito de tortura do meu pai.

Ou do lugar onde ele morreu.

Envio minha bênção do túmulo.

Tudo bem, pequena vidente, pensei. *Vou aceitar sua charada.*

— Ela pode estar escondida no subsolo, talvez perto das antigas colinas — eu disse a Kieran. — Onde Abbán costumava entregar suas mensagens.

— E que colinas seriam essas? — Grey questionou.

Soltei um suspiro e coloquei a mão na nuca.

— É mais ou menos perto da Giants Causeway. — Droga, eu não podia desenhar um mapa. Se ele não tivesse visitado a área específica do Território Eclipse, não saberia para onde ir.

Mostre a ele, Ivana me disse.

O quê?

Leve-o até lá, ela reiterou, fazendo com que eu olhasse para ela.

Não vou sair do seu lado, Vana. Acabei de reivindicá-la.

Caramba, tudo o que eu deveria estar fazendo agora era transar com ela em seu ninho. *Nosso* ninho.

Que merda. Tudo isso era um pesadelo.

Afastei a mão da nuca para cobrir seu rosto. *Você é minha prioridade*, lembrei a ela. *Não vou deixá-la.*

Ela colocou a mão em cima da minha. *Você não vai me deixar,* ela concordou. *Mas é isso que somos juntos, Cillian. Você vai com Grey, Cael e Kieran ou Lorcan encontrar Ashlyn.*

— Você está me dizendo o que fazer de novo — disse em voz alta.

— Você é meu agora, Alfa. É melhor se acostumar com isso — ela respondeu. *Agora vá,* acrescentou com sua mente. *Somos uma equipe, Cillian. E Ashlyn é a sua - a nossa – prioridade no momento. Então, vá procurá-la.*

Eu me inclinei para roçar meus lábios nos dela. *Só para que fique claro, Ômega, vou dar o nó em você por dias quando eu voltar.* Porque sua insistência para que fizéssemos isso juntos, suas lições contínuas sobre o que significava ser um par acasalado, estava me fazendo arder muito mais por ela.

Vou te fazer cumprir essa promessa, Alfa, ela sussurrou ao retribuir meu beijo. *Volte logo.*

Com a testa apoiada na dela, eu a abracei por um longo momento, depois olhei para Kieran e Lorcan. Eles estavam de pé, um ao lado do outro, com seus olhares focados em mim.

— Quem quer ir a uma excursão?

— Eu — Lorcan respondeu de imediato.

Kieran olhou para ele.

— Sabe que posso cuidar de mim mesmo, não sabe?

— Sei — seu primo disse. — Mas estou com vontade de matar zumbis.

— E eu não estou?

— Não, não está. Você está com vontade de torturar — Lorcan afirmou. — Então, descarregue em Granger enquanto estamos fora. — Ele deu um passo à frente. — Para o cemitério primeiro?

Assenti.

— Sim.

— Mantenha-o vivo — Cael interveio, com o foco em Kieran. — Precisamos de respostas.

Kieran deu de ombros.

— Vou tentar.

— Faça mais do que tentar — Cael rosnou. — Você não tem ideia do que ele fez.

— Talvez você deva me esclarecer quando voltar — Kieran sugeriu.

— Talvez eu o faça — ele respondeu. Sua raiva era muito diferente da personalidade carismática e descontraída de Príncipe Alfa que ele costumava apresentar.

Por trás de todo aquele glamour e circunstância, havia um lobo astuto e poderoso.

Aliado ou inimigo? eu me perguntava. *O tempo dirá.*

— Vamos precisar de armas — Lorcan afirmou.

Assenti.

— Sim. E uma distração.

— Com certeza. — Seus olhos brilharam. — Quer caçar alguns zumbis conosco, pequena assassina?

Kyra bufou enquanto entrava na sala. Seus pensamentos me disseram que ela estava à espreita no corredor nos últimos minutos, esperando uma oportunidade para entrar. Lorcan também deve tê-la percebido. Ou talvez ele a estivesse convidando para um encontro. Quem podia saber?

Ela girou um par de facas nas mãos e sorriu.

— Apenas me diga para onde ir.

— Digo o mesmo — Grey acrescentou. — E eu não

preciso de arma. Vocês podem cuidar dos zumbis enquanto eu caço a pequena adivinha.

Presumi que a *pequena adivinha* se referia a *Ashlyn*.

— Eu também não preciso de armas — Cael murmurou. — Vou usar outros talentos.

Lorcan deu de ombros e saiu sem dizer nada. Sua mente me disse que ele estava invadindo o arsenal. Menos de sessenta segundos depois, ele reapareceu com duas de nossas sacolas de viagem. Jogou uma para mim, que eu vasculhei para encontrar meus coldres e brinquedos favoritos.

Eu estava no meio do processo de vestir um colete à prova de balas sobre o suéter quando senti Ivana me examinar por trás.

Gosta do que está vendo, Ômega?, perguntei, ativando a conexão exclusiva de nosso novo vínculo. Ainda não a usamos, confiando principalmente em minhas habilidades telepáticas e de leitura da mente. Mas parecia certo envolvê-la dessa forma agora. Mais íntimo. Mais... *nós*.

Gosto, sim, Alfa, ela murmurou de volta, se conectando facilmente a mim por meio da mesma conexão. *Muito.*

Humm, murmurei. *Vou me lembrar disso mais tarde.*

Depois, acenei para Lorcan.

— Vamos lá.

IVANA

Kieran viu seu escritório desarrumado e balançou a cabeça.

— Que bagunça.

Contraí os lábios.

— Poderia ser pior.

— Humm — ele murmurou, olhando para os itens espalhados no chão, antes de voltar sua atenção para o corpo de Granger. — Você deveria estar descansando em nosso ninho.

Pisquei, confusa, por uma fração de segundo, com suas palavras, até que Quinn entrasse com a mão sobre a barriga redonda.

— E você deveria parar de me dizer o que devo ou não fazer.

— Sou um Alfa, querida. É quem eu sou.

Quinn bufou e veio até mim, curvando mais os lábios a cada passo. Só quando ela estava bem na minha frente comecei a entender seu sorriso, porque ela se inclinou para frente e cheirou meu pescoço. — Ele te mordeu!

Arqueei uma sobrancelha provocadora.

— Essa é uma maneira muito estranha de cumprimentar alguém, Quinn.

— Sou uma loba. Estou grávida. Cada parte de mim dói. Releve, Ivana. Porque um dia você vai entender. Confie em mim. — Então, ela abriu os braços e os envolveu em um abraço inesperado enquanto gritava de animação. — Deu certo! Estou tão animada que deu certo!

Eu a abracei de volta, um pouco alarmada por suas emoções selvagens e comportamento bizarro. Principalmente, porque eu temia que ela estivesse certa e que em breve eu estaria agindo assim... cheirando as pessoas aleatoriamente e soltando exclamações estranhas.

— O que deu certo? — perguntei a ela.

— O programa de acasalamento! — Ela me soltou e girou em direção a um Kieran com aparência divertida. — Eu te disse que daria certo.

— Fui eu quem convenceu Cael a se juntar a nós — ele disse.

— Sim, porque eu sugeri que eles formariam um belo casal.

— Verdade — ele concordou.

Eu franzi a testa.

— Espere aí, então você convenceu o Príncipe Cael a se juntar a nós para tentar deixar Cillian com ciúmes? — perguntei. Eles falaram sobre isso enquanto eu vasculhava os diários de Ashlyn mais cedo, mas Kieran fingiu inocência.

Agora, ele também parecia convencido.

Enquanto isso, Quinn parecia satisfeita.

—Já era hora de ele te reivindicar.

Balancei a cabeça.

— Vocês dois são realmente intrometidos. E se eu tivesse me apaixonado pelo Príncipe Cael?

— Então vocês teriam feito um belo casal — Kieran reiterou. — E o Cillian teria se arrependido de ter te perdido pelo resto de sua longa e solitária vida.

Estremeci ao pensar nisso, não gostando nem um pouco dessa ideia.

— Ele carrega muita responsabilidade nos ombros.

Kieran ficou um pouco mais sóbrio.

— Eu sei. Muitas delas são indevidas também.

Engoli em seco e assenti, não querendo mais falar sobre isso. Parecia errado falar sobre meu companheiro com seu melhor amigo.

Companheiro, repeti para mim mesma. *Meu companheiro.*

Porque Cillian me mordeu. *Duas vezes.*

Estremeci com a promessa acalorada que ele deixou, com as intenções muito maliciosas que estavam por trás de suas palavras.

Deuses, eu o queria.

Eu o queria tanto que mal conseguia pensar direito.

Apertei as coxas, o que fez com que minhas bochechas esquentassem em resposta. Eu precisava de uma distração. Uma situação. Algo que ajudasse a esfriar o inferno que estava se formando dentro de mim.

A reivindicação de Cillian ainda zumbia em meu sangue, fazendo com que meu corpo reagisse da mesma forma.

Precisávamos terminar nossos votos. Nos amarrarmos com *nós* literais. *Dar prazer um ao outro durante dias.*

Era como meu cio de novo.

Mas eu não estava no cio, apenas muito, *muito* excitada.

Ao pigarrear, olhei novamente para o escritório, procurando outra coisa em que me concentrar.

Granger chamou minha atenção. Seu corpo sem vida ainda estava no chão.

— Você acha que ele nos deu o soro do cio? — deixei escapar, procurando qualquer coisa que pudesse pensar para desligar meus hormônios.

A mudança de assunto também pareceu funcionar com Kieran e Quinn, pois os dois fizeram uma careta instantânea. Ela olhou para o homem em questão, com o nariz torcido em desgosto.

— Com certeza foi ele quem visitou o Território Bariloche, então ele deve saber tudo sobre o soro.

— E não o Dixon? — Kieran perguntou a ela, entrando no modo de trabalho.

— Só senti o cheiro de um lobo do V-Clan, e era esse Alfa. — Ela olhou para ele. — Mas o que eu não entendo é: por que não o reconheci nas outras vezes em que o encontrei? Por que o cheiro dele me parece familiar agora?

— Porque a Ivana fez algo para desmascará-lo — Kieran explicou.

Quinn olhou para mim.

— O que você fez?

— Eu... — comecei, mas me interrompi. Curvei os lábios enquanto eu pensava em como dizer o que fiz. — O Cillian disse que tenho uma compreensão natural dos processos psíquicos, então eu... meio que manobrei através das barricadas mentais de Granger para procurar a verdade por baixo de todas as suas camadas.

O que me deu uma ideia. Cillian me mostrou como acessar as memórias de Granger. Talvez eu pudesse encontrar uma associada ao soro do cio.

Em vez de expressar minhas intenções em voz alta,

cutuquei a mente de Granger novamente, curiosa para saber em que estado ela estava depois do que Cillian fez com ele. A sensação foi de uma explosão psíquica, algo que eu não gostaria de ter recebido. Provavelmente foi como levar um tiro na cabeça. Ou talvez uma explosão.

Tremendo, ignorei a sensação e me concentrei em Granger.

Tudo parecia obscuro, o que era estranho. Antes era categórico e em camadas, mas agora... agora era... quase estranho. Como se essa não fosse a mente dele.

Isso é estranho, pensei, cutucando um pouco mais e parando quando encontrei algo familiar.

Mas não era nada familiar.

Aquela energia bizarra que Grey omitiu antes estava toda em Granger. Eu não conseguia defini-la ou entendê-la, mas podia *sentir* sua potência. O perigo. *As más intenções.*

Arregalei os olhos.

Kieran e Quinn estavam falando sobre o que ela passou no Território Bariloche, como ela costumava se esconder sempre que o Alfa do V-Clan a visitava. Mas ela conhecia o cheiro dele. Ele permanecia em algumas das Ômegas com quem brincou lá.

— Tem certeza de que é o Granger? — perguntei em tom instável, fazendo com que os dois franzissem a testa, pois interrompi Quinn no meio da frase.

— Com certeza é esse cheiro — ela respondeu. — Por quê?

Porque não estou mais convencida de que é realmente dele — quase respondi. Mas um lampejo em sua mente – um indício de algo *mais* – me fez não pronunciar uma palavra.

Havia algo mais acontecendo aqui.

Segui esse lampejo, procurando a fonte, apenas para me deparar com uma parede de energia maciça. Dei um solavanco para trás, a parede interrompendo minha queda.

— Ivana? — Kieran me chamou.

Eu o encarei com os olhos arregalados.

— Algo está vindo, Kieran. Alguma coisa...

Ele enrijeceu e seu olhar se voltou para as janelas que emolduravam sua mesa.

— *Merda. Corram!*

Quinn agarrou minha mão antes mesmo de ele terminar o pedido, mas outra mão segurou meu outro pulso antes que eu pudesse segui-la.

Essa mão me puxou de volta para o chão, fazendo com que eu aterrissasse com um gemido.

De repente, Granger estava em cima de mim, com o olhar selvagem enquanto colocava as mãos em volta do meu pescoço, como se quisesse arrancar minha cabeça.

Meu grito foi silenciado pela incapacidade de respirar. Suas unhas estavam cravadas em minha pele e arrancando sangue.

Deuses, ele realmente vai me...

— Sua puta de merda — ele rosnou, a expressão tinha um toque de insanidade. Quase como se ele tivesse perdido a cabeça.

Para outra coisa? Outra pessoa? Será que é ele mesmo?

Agarrei seus pulsos, tentando desalojá-lo, mas ele era grande demais. Muito grande. *Muito forte.*

Ele soltou um som que me lembrou o de um cão raivoso, seus olhos pareceram clarear por meio segundo enquanto um toque de horror se espalhou por suas feições.

Foi chocante se comparado à fúria assassina de um segundo atrás.

Então, de repente, ele desapareceu.

Desapareceu.

E Kieran apareceu acima de mim, com a mão balançando na minha frente.

Olhei para a esquerda, procurando o corpo de Granger.

Mas ele não estava lá.

Ele *desapareceu pelas sombras* do escritório antes que Kieran conseguisse alcançá-lo.

Se foi muito rápido.

Arfei, tocando as feridas em meu pescoço. Quando Kieran me alcançou e me puxou para ficar de pé, eu gritei. Seu olhar foi para o meu pescoço machucado enquanto uma rajada de energia de cura percorria minha pele. A fonte dela era ele.

Então, abruptamente, ele me empurrou em direção a Quinn com um grunhido:

— *Vá!*

A confusão se espalhou ao meu redor, o mundo girando.

Tudo aconteceu muito depressa, talvez em poucos segundos.

E, de repente, eu estava experimentando um *déjà vu* quando Quinn me segurou novamente. Mas, dessa vez, ela me empurrou para a frente, me arrancando do escritório de Kieran um mero instante antes de o vidro explodir por toda parte em nosso rastro.

Estremeci e tentei acompanhar o ritmo dela, que agora corria. Ela era rápida para alguém que estava com a gravidez tão adiantada.

Ela se dirigiu para uma das salas, mas fez uma pausa e voltou para a escada.

O caos irrompeu atrás de nós e os rosnados de Kieran ecoaram pelo prédio enquanto o cheiro metálico chegava às minhas narinas. *Sangue.*

Seu berro logo seguiu, fazendo Quinn pular um passo.

Eu a peguei pelo braço, erguendo-a antes que pudesse cair. Mas ela parou completamente, sua expressão se contorcendo de terror enquanto olhava por cima do ombro.

Então, Kieran uivou, um aviso único e assustador.

E Quinn começou a correr novamente.

Sem palavras. Sem gritos. Sem assobios ou rosnados. Apenas pés silenciosos subindo as escadas e descendo o corredor em direção a seus aposentos.

Eu já estive nesse corredor antes, mas não no ninho deles.

No entanto, Quinn me puxou para dentro e bateu a porta atrás de nós com um clique estrondoso.

Em seguida, correu para a parede.

Puxou um painel e revelou um teclado onde digitou uma série de números. Fiquei boquiaberta quando uma sala secreta apareceu cheia de consoles de segurança que foram ativados quando ela entrou.

— O que...?

Ela me ignorou, sentando-se para abrir uma imagem do escritório de Kieran e da violência que se desenrolava dentro dele.

Kieran estava se defendendo de três ou quatro Alfas. Não consegui contar, pois tudo era um borrão de homens que se moviam rápido demais para a câmera focar.

Mas seus rugidos podiam ser sentidos e ouvidos até aqui, quase como se ele estivesse ao nosso lado.

Quinn praguejou e, em seguida, abriu algumas outras imagens dentro do complexo e viu vários Alfas subindo as escadas.

As mesmas escadas que acabamos de subir.

— Para dentro! — ela gritou para mim, e essa ordem me fez correr. Me virei para a porta e tremi quando a entrada do ninho dela cedeu sob um chute forte de um Alfa.

Suas íris multicoloridas encontraram as minhas um

instante antes que eu fechasse a porta de ferro. Quinn se levantou para trancar algum tipo de fechadura automatizada no momento em que aquele macho enorme se chocou contra a entrada pelo lado de fora.

O ferro se manteve firme.

E outra série de fechaduras se encaixou.

Seguida por um fino escudo metálico que cobria toda a parede.

— Ficaremos bem aqui — ela sussurrou. — Há um encantamento protetor que impede que eles entrem através das sombras, e o ferro deve aguentar. Por um tempo, pelo menos.

Engoli.

— O que está acontecendo?

Obviamente, estávamos sendo atacados. Mas por quem? E por quê?

Ela apenas balançou a cabeça.

— Não sei, mas preciso avisar os outros.

Estava prestes a perguntar a quem ela *se* referia quando Quinn abriu uma tela e digitou uma mensagem que dizia: *TSSA*. Em seguida, selecionou o nome de Jas e clicou em *Enviar*.

— TSSA? — repeti.

— Território de Sangue sob ataque — Quinn respondeu quando um zumbido soou em seu pulso. Ela tocou no relógio, me mostrando a resposta de Jas: *P.* — Isso significa que eles estão se preparando.

— Para vir ajudar?

— Não. Para defender o Santuário — ela respondeu. — Caso algo aconteça comigo. Ou ao Kieran. — Ela olhou para as telas ao pronunciar a última frase, com o maxilar tensionado. — Há muitos deles.

Mas, no momento em que ela disse isso, Kieran rugiu e jogou vários lobos de volta pela janela e para a rua.

Então, ele *pulou* atrás deles.

— Merda — Quinn murmurou, puxando outra tela no momento em que Kieran apareceu no chão. Ele devia ter se transportado pelas sombras para a rua em pleno ar – um truque impressionante – e já estava curado do que quer que tivesse acontecido antes.

Seu poder aqueceu o ar, comandando todos os aspectos do território e provando seu lugar como rei.

Quinn estremeceu, depois se recostou na cadeira e pressionou a mão na barriga.

— Sim, seu pai é meio durão — ela sussurrou. — Mas preciso que você se acalme e deixe a mamãe pensar, está bem?

— Pode mandar uma mensagem para o Cillian ou o Lorcan? — perguntei.

— Sim, eu...

Outra onda de energia pulsou pelo território, interrompendo sua resposta e fazendo com que as telas ao nosso redor congelassem antes de se apagarem.

Ela tentou clicar em um botão para ligá-las novamente.

Mas, no instante seguinte, a energia acabou, nos deixando na escuridão.

— Os geradores entrarão em funcionamento em alguns minutos — ela sussurrou, com a voz carregada de tensão.

Um tom que eu entendia muito bem.

Porque muita coisa poderia acontecer em poucos minutos.

— Mas devo conseguir ligar para o Cillian. — Quinn acionou o relógio, abrindo uma tela de mensagem. No entanto, o ícone de sinal indisponível aparecia no canto superior direito, confirmando o que nós duas sabíamos que realmente aconteceu.

Aquele surto não tinha acabado apenas com a eletricidade. Ele nos desconectou dos satélites.

Isso significava que quem estivesse atacando o Território de Sangue, chegou com armas destrutivas.

E com um poder sobrenatural terrível...

CILLIAN

Um calafrio percorreu minha coluna quando cheguei à minha terra natal. Uma terra que eu amava e odiava ao mesmo tempo. Amava porque era meu lar. Odiava por causa do homem que me criou aqui.

Meu pai.

Alfa Abbán.

Puta merda, eu poderia jurar que o fantasma dele vivia aqui. Podia sentir seu hálito gelado em meu pescoço e ouvir suas provocações cruéis em meu ouvido. Era doentio. De cortar as entranhas. Quase esmagador.

E era exatamente por isso que eu nunca vinha aqui.

Era por esse motivo que eu *detestava* este lugar.

Doía respirar. Existir. *Pensar.*

409

Mas... aquela brisa fria de familiaridade logo se dissipou. Muito mais rápido do que antes. E, por trás disso tudo, senti um calor estranho. Um calor que irradiava de meu coração, queimando minha própria alma.

Ivana, percebi, apalpando meu peito.

Ela não estava aqui, mas estava comigo. Presa *a* mim. Meu novo propósito. Minha linha da vida. *Meu presente e meu futuro*.

Balancei a cabeça, afastando o passado assombroso de meus pensamentos, e me concentrei no agora.

Era isso que o bilhete de Ashlyn dizia, certo? Nossos passados nos tornavam mais fortes. Perceber que eu não era meu pai. Mas pensar como ele para encontrá-la.

Lorcan e Kyra apareceram a alguns metros de distância, meu amigo mais antigo claramente sabia onde eu pretendia aterrissar. Então, ouvi Cael e Grey tentando me encontrar em algum lugar perto dos penhascos.

— Eles estão perto da água — falei baixinho para Lorcan.

Ele assentiu e saiu sem dizer uma palavra, com a intenção de trazê-los para cá – para o lugar onde tudo começou.

Ah, a paisagem mudou no último milênio, e os aromas eram diferentes. Mas reconheci a alma do lugar. A história. As memórias embutidas na própria terra.

Comecei a rondar, com uma arma ao meu lado.

Ainda era noite, o que tornava o momento ideal para caçar. Mas o início da manhã estava chegando e, em breve, o sol se aproximaria do horizonte.

Não que isso importasse.

Eu não era afetado pela luz do sol. Infelizmente, nem os infectados. Ou *zumbis,* como Lorcan os chamava.

Mas não ouvi nenhum por perto. Apenas os sons de

ondas suaves rolando contra as margens, lembrando-me de outra vida. Uma vida antiga.

Tudo bem, Ashlyn. Onde você está? me perguntei, procurando por sua mente.

Como não a encontrei, me escondi nas colinas e parei mais uma vez para ouvir.

Ainda não havia sinal dos infectados ou dos pensamentos de Ashlyn.

Lancei meu poder em uma rede mais ampla, mas não encontrei nada. Ou Ashlyn estava inconsciente ou não estava aqui.

Rangendo os dentes, me concentrei novamente em seu bilhete, tentando descobrir como *pensar* como meu pai.

Supondo que fosse isso que ela queria dizer. Mas o que mais poderia ser?

Franzindo a testa, tentei uma nova tática e segui para o lugar de onde literalmente vim – o local onde minha mãe Ômega teria me dado à luz.

Não era muito longe de onde encontrei Lorcan e Kyra, apenas mais acima, em uma colina. Embora eu não me lembrasse de onde realmente nasci, sabia que era ali que as Ômegas do Território Eclipse costumavam ir para dar à luz. Minha mãe teria feito o mesmo.

Engoli em seco, pensando na mulher que um dia me deu a vida. Eu não me lembrava de nada sobre ela. Minha mãe morreu quando eu era bebê. Talvez com alguns meses de idade.

Em minha infância, soube que meu pai a matou. Saber disso fez com que eu quisesse matá-lo novamente.

Mas, no momento, eu paralisei, pensei, semicerrando os olhos.

Era um momento que eu odiava há muito tempo. Um do qual me arrependia. Um momento que eu *temia que* me tornasse um Alfa inferior.

Considerando aquilo, me perguntei se aquele era o passado ao qual Ashlyn havia se referido. A noite em que não consegui matar meu pai.

— Você mencionou que o Território Eclipse fazia parte do comércio de escravas Ômega. — A voz de Kyra chegou aos meus ouvidos de algum lugar à minha esquerda. Eu não conseguia vê-la e suas palavras eram baixas, mas minha audição aprimorada permitiu que seus tons suaves chegassem até mim. — Como?

— Como uma área de comércio ou um possível local de leilão — Cael respondeu. — Ou é isso que pensamos. É possível que também tenham organizado festas de caça por aqui.

— Festas de caça? — ela repetiu, e o termo causou outro arrepio em minha espinha.

Porque eu sabia perfeitamente o que era uma festa de caça. Meu pai as adorava. *Ansiava por* elas. Ele adorava fazer suas fêmeas gritarem.

— Onde as Ômegas correm e os Alfas caçam — Grey rosnou e seu resumo grosseiro me fez grunhir. — Nunca vimos acontecer, só ouvimos falar. Mas sabemos que são reais.

— E você acha que as faziam aqui? — Kyra pressionou, fazendo uma pergunta para a qual eu também estava morrendo de vontade de saber a resposta.

— Não regularmente. — A resposta de Cael foi mais alta. Seu cheiro se enrolou em meus sentidos e confirmou que eles estavam próximos. — Mas, pelo menos, uma vez. A menos que fosse um leilão ou tráfico.

— Há muitos aromas para tráfico — Grey murmurou. — Um leilão, talvez. Mas o mais provável é que seja uma caçada. Esta terra é perfeita para isso.

— E as colinas também têm uma história associada — acrescentei quando eles apareceram à minha esquerda.

Grey assentiu.

— Sim, é verdade.

Eu não tinha certeza do que ele sabia, a não ser talvez rumores. Mas o brilho assombrado em seu olhar me fez pensar se era algo mais. Algo a ver com o que ele estava escondendo. Seu talento, talvez?

Eu não tinha coragem de pressioná-lo, não quando estava claro que precisávamos nos concentrar em Ashlyn.

— Não a ouço em lugar nenhum — disse a eles, indo direto ao ponto e mudando o tópico para longe do *comércio de escravas Ômega*. Nós... lidaríamos com essa questão depois com a outra. — Você sente o cheiro dela? — Minha pergunta era principalmente para Grey. Eu suspeitava que, de todos nós, ele era o mais familiarizado com o perfume natural dela.

Infelizmente, ele balançou a cabeça.

Suspirando, estava prestes a sugerir que nos separássemos em diferentes partes da ilha quando ele disse:

— Mas ela está aqui.

— Consegue senti-la? — Cael perguntou.

— Não.

— Então, como sabe que ela está aqui? — Kyra insistiu, sua exasperação rivalizando com a minha.

— Eu só... — Ele se afastou e pigarreou. — Confie em mim. Ela está aqui.

Confiar em você, pensei, grunhindo internamente. *Certo.*

Onde estão todos os infectados? Lorcan pensou, com o olhar fixo em mim. *Não estou sentindo o cheiro de nenhum deles.*

Provavelmente estão nas cidades antigas, respondi telepaticamente. Fazia muito tempo que não voltávamos para cá. Talvez quatro ou cinco décadas. Não havia motivos para visitar depois que levamos todos para o Território de Sangue.

Mas não sentir o cheiro de um? Ele deu uma olhada ao redor, estreitando o olhar. *Não sei, C. Não gosto disso.*

Nem eu. Não gostava de nada disso. O registro enigmático no diário. A traição inesperada de Granger. Os poderes misteriosos de Cael e Grey. O comércio de escravos Ômega. Deixar Ivana para trás. Estar *aqui.*

Algo não estava certo.

O que estou deixando passar?

Estou abraçando meu passado, como você disse. Estou aqui. Não sou o meu pai. Mas você quer que eu pense como ele...

Ele deixou Ômegas em buracos. Ashlyn enviou sua bênção do túmulo.

Mas ela não está aqui.

Franzi a sobrancelha e minha mente girou com bobagens. Quase parecia que...

Arregalei os olhos.

Parece uma distração.

Usada para desviar todos nós da verdade.

Não muito diferente da noite em que Kieran matou meu pai. Nós o atraímos para essas colinas com uma Ômega no cio. Ou assim ele pensou. Nós o enganamos com o cheiro, depois o encurralamos.

E Kieran terminou a tarefa.

Agora, fomos atraídos para cá para rastrear outra Ômega. Uma Ômega do Z-Clan. Tudo com base no fato de Grey saber que ela estava aqui.

— Como? — perguntei a Grey, encarando-o. — *Como* você sabe que ela está aqui? Você não pode senti-la. Nenhum de nós pode sentir seu cheiro. Então me diga como você sabe. É o seu dom? Ela é sua companheira? Ou é outra coisa completamente diferente?

Seu olhar pareceu congelar ainda mais.

— Não preciso me explicar para você.

— Sim, precisa — eu disse a ele. — Porque não acho que ela esteja aqui. Acho que nos armaram uma cilada.

— Você acha que estamos blefando? — Cael interveio. — Que estamos jogando algum tipo de jogo?

— Não — respondi. — Acho que alguém mexeu com a cabeça do Grey. — Isso explicaria o estranho ar de poder que Ivana e eu percebemos. Presumimos que fosse o dom dele. Mas e se não fosse? E se alguém tivesse obscurecido seu julgamento?

E se Granger fosse apenas mais uma distração?, pensei a seguir. *Ele mentiu sobre Ashlyn estar aqui? É por isso que a memória era tão vaga sobre onde ele a deixou? Será que era mesmo real?* Arregalei os olhos. *E se ele for a proverbial Ômega no cio, o arenque vermelho que atraiu a presa para uma armadilha?*

Kieran.

Não. Kieran, não.

Quinnlynn e o herdeiro do Território de Sangue, que está crescendo em seu ventre.

Derrubá-los acabaria com a linhagem dos MacNamara, e a barreira encantada ao redor do Território Noturno e do Santuário Ômega dentro dele cairia.

Se Cael e Grey estivessem certos sobre essa rede secreta de leilões Ômega, então as Ômegas eram o alvo o tempo todo. E todos esses episódios com o soro do cio eram apenas distrações.

O desaparecimento de Ashlyn foi outra distração.

Granger também.

Isso era uma distração.

— Precisamos voltar para o Território de Sangue agora mesmo — eu disse a Cael e Grey antes de olhar para Lorcan e Kyra. — E vocês dois precisam ir para o Território Noturno. — Porque se alguém estava tentando acabar com a linhagem MacNamara, então outros estavam esperando a oportunidade de atacar as Ômegas sob a proteção de Quinnlynn.

— E quanto a Ashlyn? — Grey exigiu.

— Ela não está aqui — eu disse a ele. — Não há nada neste lugar. — O que deveria ter sido nossa pista inicial.

Os infectados não se aventuravam por aqui há muito tempo, o que confirmava que não havia sinal de vida recente.

— Ela nunca esteve aqui — acrescentei. — Olhe bem no fundo... você verá que estou certo.

O olhar glacial de Grey brilhou com fúria quando um imenso poder saiu dele. Mas, em vez de se enfurecer comigo, ele respirou fundo.

Em seguida, inclinou a cabeça e *uivou*.

Dei um passo para trás, pois sua explosão de energia era diferente de tudo que eu já senti. Lorcan agarrou Kyra, me dizendo com a mente que estava prestes a levá-la para um lugar seguro.

Mas nada seguiu a onda de intensidade de Grey.

Ela morreu quase tão imediatamente quanto apareceu.

E tudo o que aconteceu em seguida foi Grey dizer:

— Vou matar o Tadhg.

Ele desapareceu no instante seguinte.

— Puta merda — Cael murmurou. — *Puta merda*!

Captei as intenções em sua mente assim que ele seguiu Grey.

— Eles estão voltando para o Território de Sangue — eu disse a Lorcan. — Eu te envio uma mensagem assim que souber de alguma coisa.

— Igualmente — ele disse, se referindo ao Território Noturno.

Em um piscar de olhos, fui direto para o escritório de Kieran.

Onde o encontrei coberto de vidro quebrado e sangue.

O cheiro aterrorizado de Ivana permaneceu no ar, fazendo com que meu lobo se enfurecesse dentro de mim.

Rosnei seu nome e minha mente instantaneamente localizou a dela. *Onde você está?* rosnei.

Quinn e eu estamos trancadas em uma sala segura em seu ninho.

Uma parte de mim relaxou. Não totalmente, apenas um pouco. *Você está machucada?*

Estou bem. Mas Kieran...

Você está machucada?, repeti. Porque eu podia sentir o cheiro do sangue dela no ar.

Estou bem, Cillian. Vá ajudar o Kieran!

Meu sorriso parecia feroz. Se Ivana estava fazendo exigências, então ela realmente estava bem.

Mas alguém a fez sangrar.

Alguém tinha que pagar.

Quem te machucou? exigi.

Oh, meus Deuses, Cillian, vá!

Quem? repeti, me assegurando de que ela sentisse a impaciência que estava por trás daquela única palavra.

Granger, ela sussurrou, sua submissão foi um presente que valorizei naquele momento.

Porque eu precisava daquele nome.

Ele vai morrer, prometi enquanto caminhava para fora.

Kieran estava no meio da rua, com o terno em frangalhos, os olhos escuros brilhando enquanto se concentrava em Tadhg.

Filho da mãe traidor, pensei, olhando para o Príncipe careca do Território Alfa. Em breve, o *ex-príncipe* do Território Alfa. Porque Kieran parecia estar pronto para destruí-lo.

Se Tadhg notou minha chegada, não demonstrou, pois sua atenção estava voltada para Kieran.

— Você se atreve a atacar o rei do V-Clan na porra da minha própria casa? — ele gritou. — E você pensa em tentar tocar na minha rainha? Minha Ômega? *Na porra da minha companheira?*

O território inteiro tremeu com o rosnado de Kieran. Seu poder emanava com tanta ferocidade que dificultava a respiração.

Vários lobos caíram de joelhos nas proximidades, com as cabeças abaixadas.

Mas Tadhg simplesmente sorriu.

— Seu latido não me assusta, *Rei.*

Uma onda de poder emanou do Príncipe Alfa, a força dela me atingiu no peito e me fez dar um passo para trás.

No entanto, Kieran manteve sua posição, estreitando ainda mais os olhos.

— Você precisa fazer melhor que isso, *Príncipe.*

Cillian.

A voz não era de Kieran, mas de Cael.

Encontrei seu olhar do outro lado da rua, um tanto surpreso por vê-lo encostado em uma parede.

Cael, eu retornei.

Onde está a Rainha Quinnlynn? ele perguntou.

Estreitei meus olhos. *Segura.*

Tem certeza? Ele olhou ao redor e vi sua mandíbula tensionar. *Porque isso parece um redirecionamento. Esses vira-latas foram muito fáceis para eu abater. E agora, não consigo encontrar o Grey.*

Levei um segundo para entender o que ele queria dizer – para *senti-lo* controlar os outros Alfas que estavam à espreita na rua. Muitos estavam ensanguentados e respirando pesadamente, e suas vestimentas rivalizavam com as de Kieran.

Sua mente me ajudou a juntar as peças, me contando como ele lutou com vários deles no escritório antes de levar a festa para fora.

Onde ele encontrou Tadhg.

No entanto, Cael estava certo. Isso... foi fácil demais.

Tadhg atraiu todos nós para longe do Território de Sangue por algum motivo. Talvez eu tenha descoberto suas intenções mais rápido do que ele esperava, mas ele ainda parecia calmo demais.

Então, onde está o Grey? me perguntei enquanto minha mente imediatamente procurava o Alfa em questão. A intenção assassina se espalhou pelos pensamentos do macho, fazendo com que eu olhasse bruscamente para o prédio escuro atrás de mim.

Não pensei. Simplesmente fui direto para os aposentos pessoais de Kieran.

E encontrei Grey no meio de três Alfas, mostrando a eles o verdadeiro significado da força dos Alfas do Z-Clan.

Vana! gritei por meio de nosso vínculo, e seu cheiro me envolveu como um abraço caloroso. Apenas aquele toque de ferro subjacente ao seu perfume natural me deixou furioso. Eu já sabia que Granger a machucou. Mas agora eu me perguntava...

Estou bem, ela respondeu antes que minhas preocupações aumentassem. *Mas algo está acontecendo com a Quinn. Aquela névoa estranha que senti ao redor de Grey e Granger está... está fazendo algo com ela.*

Granger? repeti.

Sim, logo antes do ataque, senti algo nele. Mas, agora está na Quinn, e eu... não sei o que isso significa. Mas ela está agindo de forma estranha.

Você consegue descobrir como desfazer a névoa? perguntei a ela.

Estou tentando, mas toda vez que desfaço parte dela, aparece mais.

Você pode rastrear a origem? Fiz a pergunta enquanto examinava o resto da sala, procurando por outras ameaças. Mas tudo o que encontrei foram alguns Alfas mortos por Grey – ou, pelo menos, presumi que ele era o executor.

Ele confirmou essa suposição no instante seguinte, quando outro Alfa perdeu a cabeça e caiu para se juntar à cena macabra no chão.

Legal, pensei antes de voltar a me concentrar em Ivana.

Ela não respondeu, mas eu a ouvi tentando localizar a fonte da névoa que estava obscurecendo a mente de Quinn.

Enquanto ela trabalhava, procurei em todo o Território de Sangue, examinando as mentes de todos os presentes em busca de sinais de má intenção.

Havia vários idiotas do lado de fora com Tadhg que estavam esperando uma oportunidade para atacar. Mas parecia que Cael já havia envolvido seus próprios poderes em torno deles, segurando-os enquanto Tadhg e Kieran se enfrentavam em uma demonstração de energia Alfa.

No entanto, havia alguns retardatários que escaparam da atenção de Cael. Eu os ouvi se mover pelo prédio, subir as escadas, lentamente se arrastar até aqui para alcançar seu prêmio.

Você estava certo sobre ser uma distração aí fora, eu disse a Cael. *Grey está aqui em cima, cuidando de três dos bandidos. Há seis... não, sete, subindo até aqui.*

Precisa de mim?

Eu sorri. *Não, posso lidar com esses idiotas.*

Porque um deles era Granger.

E nós tínhamos um encontro planejado.

Um muito sangrento e violento.

IVANA

— Deveríamos abrir a porta — Quinn disse de repente.

— O quê? — perguntei, assustada com a sugestão.

— Está muito escuro aqui dentro.

— Somos lobas. Nós podemos enxergar muito bem — lembrei a ela. — E a energia vai voltar a qualquer momento, certo? — Foi o que ela me disse após o apagão inicial. Mas, desde que isso aconteceu, ela parecia um pouco estranha.

Foi assim que notei a misteriosa névoa que encobria sua mente.

Assim como aconteceu com Grey.

E com Granger.

Cillian, Quinn quer abrir a porta.

De jeito nenhum, ele sibilou de volta para mim por meio de nosso vínculo. *Há vários inimigos subindo, inclusive Granger.*

Não tenho certeza de que ele seja hostil, eu disse a ele, franzindo a testa. *Eu... não sei o que ele é.*

Um lobo morto, Cillian me informou. *É isso que ele é.*

Se contenha até que eu descubra a fonte...

— Quinn — sussurrei, encerrando abruptamente o que eu estava dizendo através da mente para Cillian. Ela estava de pé, perto de um painel junto à barreira metálica.

— Precisamos ir — ela me disse sem rodeios.

— Precisamos ficar aqui mesmo — rosnei para ela, me afastando da cadeira para encontrá-la no painel. Com gentileza, afastei suas mãos do painel e me concentrei em sua mente, tentando rastrear a origem da névoa estranha. A energia se intensificou, criando uma camada turva que zumbia com correntes elétricas.

Quem está fazendo isso com você? me perguntei enquanto desenrolava os fios novamente.

Ela piscou.

— O que está acontecendo comigo?

— Alguém está... não sei como descrever. Talvez a esteja coagindo? Ou forçando você a acreditar em informações falsas?

— Por exemplo, que eu deveria abrir a porta? — ela questionou.

— Sim, isso mesmo — murmurei. Capturei a nuvem que se formava em sua cabeça e soprei-a para longe antes que ela pudesse se prender.

Então, dei um solavanco quando aquela névoa se aproximou de mim, tentando mexer com meu próprio senso de certo e errado.

Acho que não, pensei, erguendo uma barreira mental para impedir que ela atrapalhasse meu julgamento.

A eletricidade percorreu minha coluna e a magia se intensificou à medida que a energia psíquica exigia que minha barreira caísse.

— Ah — murmurei, batendo a mão contra a parede enquanto meus joelhos ameaçavam se dobrar.

Cillian disse algo, mas não consegui ouvi-lo, minha mente lutava para se proteger de toda e qualquer intrusão.

Somente um Alfa poderia me fazer submeter, e ele não era o dono desse poder intrusivo. Essa nuvem manipuladora. Essa bobagem compulsiva.

Afaste-se, rosnei para ele. Minha barreira mental vibrou com resistência. Determinação. Com falta de vontade de se curvar.

Arfei quando o poder me atingiu de novo, desta vez como uma lâmina em minha cabeça, provocando uma dor que senti na alma.

Mas meu escudo resistiu.

Ele nem sequer rachou.

Ou será que sim?

Eu... não tinha certeza.

O mundo parecia escuro.

Pouco familiar.

Frio.

Por que estou tão sozinha aqui?

Eu tremia, meus olhos piscavam na noite escura. *O que aconteceu? Onde estou?*

Ivana! Cillian gritou, me fazendo piscar.

Cillian?

Puta merda, Vana. Volte para mim, macushla. Lute!

Franzi a testa. *Lutar contra o quê?*

Mas, no instante seguinte, eu a senti. Aquela presença opressiva. O poder que atravessou meus bloqueios mentais, ameaçando assumir o controle da minha mente. *Não!*

A cortina escura se rompeu e depois detonou em uma pilha de blocos de obsidiana.

E minha visão voltou.

Eu ainda estava na sala com Quinn.

Mas ela estava tentando abrir a porta novamente, digitando depressa sobre o teclado do painel.

Peguei seu pulso, puxando-a para trás no momento em que um clique soou.

— Quinn! — gritei, tanto em voz alta quanto em sua mente. Em seguida, tirei aquela névoa de seus pensamentos mais uma vez e a enviei de volta para o dono dela.

Mas não era quem eu esperava.

Ele... não era nem mesmo um Alfa. Mas uma *Ômega*.

Eu a senti tropeçar. Ouvi seu grito. Senti que ela estava se recarregando para atacar novamente.

No entanto, dessa vez eu estava preparada. Peguei seu ataque com um punho mental e devolvi o fogo com seu próprio poder, atingindo sua mente e forçando-a a se ajoelhar.

Cillian usou uma de suas explosões psíquicas, deixando a mulher completamente inconsciente.

Um uivo soou, algo que reverberou no chão abaixo de mim, bem como as paredes ao nosso redor.

Esse uivo exigia atenção. Exigia submissão. Exigia *respeito*.

Rei Kieran, pensei, tremendo quando ele uivou mais uma vez, com ainda mais ferocidade.

Me agarrei à escrivaninha para me apoiar quando a porta da sala segura começou a se abrir.

Não consegui deter Quinn a tempo. Ela correu, com a intenção de trancá-la novamente.

Mas já era tarde demais.

A parede se abriu e revelou o caos em seu ninho. A morte estava espalhada pelo chão. E Grey estava do outro lado, coberto com os restos dos Alfas a seus pés.

Ele rosnou e o estrondo ameaçador por natureza fez com que Quinn tropeçasse vários metros para trás.

Seus olhos estavam negros como o breu, a sede de sangue refletia suas feições em linhas duras. *Um Alfa do Z-Clan em fúria,* pensei, engolindo em seco.

Ouvi rumores sobre sua espécie, sabia que eles eram brutais e cruéis. Mas, em um piscar de olhos, as íris de Grey voltaram à cor de gelo e sua expressão suavizou um pouco.

Cillian entrou na sala, com as roupas escuras manchadas com a evidência de sua luta e as mãos cobertas de sangue. Mas isso não o impediu de me agarrar pela nuca e me puxar para sua forma dura. Sua boca se chocou contra a minha no instante seguinte, seu beijo faminto, exigente e *confuso.*

Havia uma batalha em andamento.

Guerra em toda parte.

E ele estava me beijando como se tivesse a intenção de me comer aqui mesmo, no ninho devastado de Quinn.

Quando ele terminou, eu mal conseguia respirar. Meu corpo e minha mente estavam tão consumidos por ele que eu estava começando a questionar minha própria realidade.

Só então ele disse:

— Deuses, eu amo você. — Ele mordiscou meu lábio inferior antes que eu pudesse retribuir o sentimento, depois começou a me puxar para o corredor, onde Quinn estava esperando.

Grey não estava à vista.

Outro uivo ecoou, o de um Alfa chamando sua alcateia. Era alto. Intenso. E meus joelhos ameaçavam se dobrar novamente.

Mas o ronronar de Cillian me manteve firme, com seus dedos entrelaçados aos meus.

— Precisamos ir até Kieran.

Quinn já estava caminhando naquela direção. Seus

passos não eram tão vacilantes quanto os meus. Talvez porque era o seu companheiro quem estava emitindo aquele som. Ou talvez fosse porque o poder dela rivalizava com o dele. Ela era nossa rainha por algum motivo.

Quando chegou à escada, ela fez uma pausa.

— Onde estão todos os corpos?

Não tinha certeza do que ela queria dizer até que chegamos ao mesmo ponto e vi todo o sangue manchando as paredes. Meus olhos se arregalaram. *Foi você?*

Sim, Cillian confirmou.

— Acompanhei os Alfas inconscientes até a rua para que Cael os pegasse. Os mortos foram jogados em uma pilha ao lado de Tadhg.

Engoli em seco.

— E onde Tadhg está?

— De joelhos, lá fora — Cillian respondeu. — Kieran está fazendo uma declaração. Uma que não precisa de palavras.

Quinn estremeceu visivelmente e suas pupilas se dilataram em resposta aos comentários de Cillian. O que quer que Kieran estivesse fazendo, ela, sem dúvida, sentia. E a leve curva de seus lábios me disse que aprovava.

Onde está a Ômega?, me perguntei.

Sylvia está inconsciente, ele respondeu, fazendo com que eu parasse no meio do caminho.

— *Sylvia?* — repeti em voz alta, fazendo com que Quinn também vacilasse. — A Ômega que tem o poder de compulsão é a *Sylvia?*

Ele cerrou a mandíbula quando assentiu.

— Sim.

— Como isso é possível? — Quinn questionou. — Ela é do Santuário.

— Há quanto tempo ela está lá? — ele perguntou. —

Faz tempo que se juntou ao território? Você sabe de onde ela veio?

— Eu... — Ela se afastou, franzindo a testa. — Jas examinou todas as Ômegas. Ela só voltou a examiná-las recentemente, depois de tudo o que aconteceu com Fritz.

Cillian assentiu.

— E ela provavelmente deve supor que examinou a Sylvia. Isso é o que a Ômega a teria forçado a acreditar.

Quinn cerrou a mandíbula e seu olhar endureceu enquanto continuava a descer as escadas. Mas agora ela estava marchando.

— Mas Sylvia também foi drogada — eu disse, franzindo a testa. — Por que ela se drogaria?

— Para ter acesso ao Território de Sangue — Cillian respondeu. — Acesso a Kieran e Quinn. Aos poderes deles. Às *mentes* deles.

Arregalei os olhos.

— Ah, merda.

— E, então, Granger administrou o mesmo soro em todas as outras para criar uma distração. Ele o colocou nos refrescos que Cael e Dixon estavam distribuindo após o ataque de Sylvia.

Arregalei ainda mais os olhos.

— Eu ajudei a distribuir aquela bebida.

— Você não tinha como saber, Vana.

— Sim, a culpa não é sua — Quinn afirmou. — Isso... a culpa é toda *deles*.

Seus batimentos cardíacos ficaram ainda mais altos e sua raiva era uma presença palpável que me fez estremecer. As emoções da gravidez eram... intensas. No entanto, eu as compartilhava neste momento.

Porque eu ajudei Granger.

Sim, sem saber.

Mas isso não mudava o que aconteceu.

— Qual foi o objetivo de tudo isso? —perguntei em voz alta. — Por que eles nos drogaram? — Porque ficou claro que eles não se beneficiaram da "festa do cio" que criaram... ela começou depois que chegamos ao Território de Sangue.

— Originalmente, eles planejaram nos atacar enquanto estávamos ocupados cuidando das Ômegas no cio, mas Ashlyn fez algo para impedi-los. Ainda não sei o que foi, apenas que ela representou um problema que exigiu que mudassem os planos.

— Você descobriu tudo isso na mente de Sylvia? Ou da de Granger?

— Dos dois — ele respondeu. — E os pensamentos de Tadhg também confirmaram algumas coisas.

— Vou gostar de ver o Kieran matar o Tadhg — Quinn resmungou. — Mas *eu* vou cuidar da Sylvia.

— É possível que ela seja uma vítima aqui — Cillian se esquivou. — Pelo que vi na mente de Granger, Tadhg a preparou para se tornar sua arma pessoal, algo que ele usava à vontade.

— Mas... mas como ele sabia que deveria mandá-la para o Santuário? — perguntei. — Vocês não compartilharam informações sobre isso até recentemente, certo?

Cillian cerrou o maxilar.

— A organização sombria mencionada por Cael e Grey estava ciente do Santuário há algum tempo, mas não sabia como atravessar a barreira. Eles colocaram Sylvia como isca e, possivelmente, outras também.

Quinn rosnou, e sua bota pousou com força no último degrau antes de chegar ao andar principal. Se ela estivesse usando salto alto, provavelmente teria quebrado um deles com aquela pisada.

— Então o comércio de escravas é verdade — sussurrei.

— Sim — Cillian murmurou. — Com certeza é. — Seu incômodo se infiltrou em nosso vínculo. Não era incômodo com a existência de tal conceito... escravas Ômegas não eram novidade em nosso mundo, mas incômodo por não ter conhecimento desse grupo em particular.

Quem quer que fosse, se destacou por manter a existência em segredo por um longo tempo.

E isso preocupava Cillian.

A mim também.

Engoli em seco e segui a ele e Quinn para fora do prédio, em direção ao massacre do lado de fora.

Havia Alfas e Betas por toda parte, a maioria ajoelhada com a cabeça baixa, outros inconscientes na rua, além de um grupo de pé com a atenção voltada para Kieran.

Bem, não exatamente concentrados.

Ninguém olhava direto para ele.

Apenas Cillian parecia ser capaz de fazer isso, e até mesmo ele estremeceu um pouco com o poder que jorrava da forma vibrante de Kieran.

Era impressionante.

Quase tão impressionante quanto o fato de Benz estar entre os Alfas em pé. Ele era o único Beta que não estava ajoelhado em submissão. Seu olhar azul-turquesa encontrou o meu, com o alívio brilhando nas profundezas de seus olhos. Retribuí o olhar e lhe dei um aceno de cabeça. Parecia fazer um milhão de anos desde a última vez que o vi. Havia muita coisa a dizer e colocar em dia.

Mais tarde, pensei, sabendo que Benz entenderia, mesmo que ele não pudesse me ouvir. O dom da telepatia era algo que não herdei por meio do meu vínculo com

Cillian. Não fiquei chateada com isso. A leitura da mente era... suficiente.

Kieran deu uma olhada em Quinn e estendeu o braço, deixando clara a sua ordem implícita.

Ela foi até ele com confiança em seus passos e parou ao seu lado. O Rei apoiou uma das mãos na barriga protuberante dela, e seu rosnado se transformou em um ronronar sutil.

Pelo menos, até ele olhar para a cabeça careca de Tadhg.

O Alfa estava de joelhos, como vários outros, mas o modo como seu corpo se contorcia e pulsava, indicava que ele não assumiu essa posição por vontade própria. Todos os outros pareciam estar ajoelhados por respeito. Mas Tadhg não. Ele estava sendo mantido ali pela vontade de Kieran.

Grey apareceu um instante depois, carregando Sylvia, que estava inconsciente.

Ele a colocou lenta e gentilmente no chão. Seus instintos Alfa assumiam o controle quando se tratava de lidar com alguém tão menor que ele.

Essa mesma *bondade* não existia em mim.

Quando olhei para Sylvia, vi uma traidora. Uma vilã. Alguém que mexeu com a mente dos outros para ter algum benefício desconhecido.

Mas as palavras de Cillian ecoaram em minha mente.

É possível que ela seja uma vítima aqui.

Possível, talvez. Mas o poder dela não parecia tão inocente assim. Parecia proposital. Intrusivo. *Mortal.*

— Príncipe Tadhg do Território Alfa, você e seus companheiros cometeram o mais alto nível de traição hoje — rei Kieran anunciou em um tom de voz que se estendeu por quilômetros, sua proeza Alfa em pleno vigor. — Não haverá defesa de seu caso. A sua vida e a de seus conspiradores estão perdidas.

Ele fez uma pausa, como se estivesse esperando que alguém tentasse argumentar.

Mas tudo o que Tadhg fez... foi *rir*.

O estrondo pareceu rivalizar com o do rei Kieran, o tom zombeteiro viajando por quilômetros.

— Você é um tolo — Tadhg gritou.

— Eu sou um tolo? — rei Kieran repetiu, inclinando a cabeça para o lado de uma forma que parecia ameaçadora demais para ser inocente.

— Vocês são todos tolos — Tadhg reiterou. — Perguntem a Grey. Ele sabe.

O Alfa em questão o olhou fixamente e seus olhos escureceram na mesma tonalidade que vi ao sair da sala segura. Mas ele não emitiu nenhum som. Não deu explicação. Apenas olhou para Tadhg com um ódio tão imenso que não deixou dúvidas de que os dois tinham uma história.

Tadhg balançou a cabeça enquanto lutava contra o controle que Kieran exercia sobre ele, e conseguiu olhar para Grey.

— Você guarda suas relíquias, não é? Primeiro, Nikiski. Agora, Ashlyn. — Ele soltou outra risada. — Você continua falhando com suas Ômegas, não é, Grey?

Os punhos de Grey se fecharam.

— *Onde* está a minha irmã?

— Então você escolheu a ela em vez de Ashlyn? — Tadhg provocou. — Seu próprio sangue em vez de uma companheira em potencial? Vou me certificar de que ela saiba de sua escolha.

Um rosnado saiu de Kieran.

— Você não vai deixar ninguém saber de nada. — Uma onda de poder se abateu sobre o príncipe, fazendo com que seu pescoço ficasse tenso e a mandíbula retesada enquanto ele rosnava.

— Onde ela está? — Grey exigiu, dando um passo à frente. — Onde você a deixou?

O sangue escorria da boca de Tadhg. O peso da energia de Kieran parecia agir como um golpe físico.

— Eu a deixei no Território Kodiak — ele gritou. — Aquela vadia intrometida já deve estar morta. Boa viagem, seu idiota.

Grey o encarou por um longo momento. Sua expressão pareceu suavizar e todos os sinais de sua fúria morreram quando ele desviou o foco de Tadhg para o Príncipe Cael.

Ele estava de lado, com os braços cruzados e um ombro apoiado em uma parede do prédio. Ele era a personificação do tédio. No entanto, eu podia sentir a presença de seu dom ao nosso redor.

Cillian disse que deixou todos os Alfas para que o Príncipe Cael os guardasse.

Agora eu entendia o que isso significava.

Ele parecia ter todos sob seu punho mental, segurando-os de forma semelhante à maneira como rei Kieran aprisionava Tadhg agora.

— Aquela nota final não era para Cillian ou Ivana... foi para mim — Grey disse, me fazendo franzir a testa.

— Que nota final? — Cillian perguntou antes que eu pudesse expressar a mesma pergunta.

— Aquele sobre nossos passados nos tornar mais fortes e me lembrando que não sou ele. — Grey olhou para Cillian. — Isso foi escrito para mim. E agora, sei onde a Ashlyn está. — Ele olhou para Tadhg. — Obrigado. Você foi muito útil.

Com esse comentário enigmático, ele desapareceu.

CILLIAN

A MENTE de Kieran girava em torno da necessidade de *matar*.

Ele estava furioso. Mais furioso que nunca.

Mas ele era prático, mesmo em sua raiva.

Destrua a mente dele, o rei me disse. *Descubra cada detalhe sobre essa organização sombria que...*

Um grito cortou seu comando mental e a fonte de repente se contorceu no chão.

Feminina. Dolorida. *Furiosa.*

Quinn deu um solavanco para frente, pronta para intervir quando o corpo da Ômega no chão se contorceu em agonia, o grito vindo de seus lábios entreabertos.

Tadhg estremeceu, depois começou a se contorcer junto com ela.

Ivana ofegou ao meu lado. Sua mente começou a

trabalhar instantaneamente enquanto ela tentava desfazer o que acabou de perceber que estava acontecendo.

Não! Ivana gritou, estendendo a mão para frente com seus dons mentais.

Mas já era tarde.

O estrago foi feito em um instante, em um golpe à prova de falhas que eu nunca poderia ter previsto.

Uma sequência suicida. Destinada a destruir a mente.

Sylvia parou de gritar. Seu corpo ficou estranhamente imóvel enquanto Tadhg caía ao seu lado, os dois com morte cerebral.

Kieran xingou, ajoelhando-se para curá-los. Mas nem ele poderia trazê-los de volta da morte.

Qualquer que fosse o gatilho que a Ômega acionou, foi programado há muito tempo para acabar com ela e Tadhg.

Cael rosnou, assim como Kieran.

Quinn e Ivana pareciam chocadas.

E Granger... Granger ficou pálido, com seus pensamentos caóticos. Porque ele acabou de perceber que o deixaram como o único vivo, com as informações de que precisávamos desesperadamente.

Mas ele não sabia o suficiente para ser útil.

Eu podia ouvir, lá no fundo, que ele já havia me dado tudo o que sabia sobre o que aconteceu. Os contatos secretos eram todos de Tadhg. Era ele quem estava à mesa, atendendo às ligações, participando das *caçadas*, sem nunca permitir que Granger entrasse em seu santuário.

Agora, ele era inútil para nós.

E estava quase morto.

— Covarde, filho da mãe — Cael murmurou, dando um passo à frente para cuspir no cadáver de Tadhg. — Pelo menos, Grey teve uma vitória antes que aquele cretino se matasse.

— Mas a irmã dele...? — Quinn sussurrou olhando para Cael. Ela estava sobre Sylvia. Tentou curá-la enquanto Kieran ia até Tadhg, mas nenhum deles conseguiu fazer a diferença. Qualquer que tenha sido o truque mental usado por Sylvia, foi permanente.

— Grey usou as expectativas de Tadhg contra ele — Cael disse, suavizando um pouco a voz. — Tadhg sabia que ele estava caçando Nikiski há décadas. Ele presumiu que Grey perguntaria sobre a irmã, não sobre Ashlyn. Então, ele entrou no jogo, sabendo muito bem que, se o fizesse, Tadhg daria a informação oposta.

— A localização de Ashlyn, não a de Nikiski — traduzi, entendendo o que aconteceu.

— Exatamente. Ele fez parecer que ainda estava mantendo Ashlyn, o que todos nós sabemos que não é verdade. Granger fez parecer que ele a deixou no Território Eclipse, mas confirmamos a mentira. Aposto que Granger nunca a pegou. — Ele se virou para olhar para seu antigo Elite. — Estou certo?

Granger cerrou a mandíbula, sem dizer nada.

No entanto, sua mente confirmou a informação.

Aquela *memória* foi obra de Sylvia, a Ômega poderosa tinha muito poder de manipulação da mente. No entanto, pude ver tudo claramente agora que ela desapareceu.

Sylvia foi uma das aquisições de Tadhg por meio do comércio de escravas, uma Ômega de genética extraordinária. Principalmente V-Clan, mas com um toque de vampiro. Semelhante a Kyra nesse aspecto, mas incrivelmente diferente também.

Tadhg a adquiriu quando ela era criança e a preparou como arma, exatamente como disse a Quinn e Ivana.

Ela era inocente até certo ponto. Sofreu uma lavagem cerebral por parte de seu dono.

Mas isso não tornava nada do que ela fez menos maligno.

— O que Ashlyn fez para frustrar seus planos? — perguntei a Granger.

Ele me olhou com um olhar de desdém.

Isso era bom.

Não precisava que ele falasse. Eu poderia quebrar sua mente com uma ajudinha de minha companheira.

Vana, murmurei. *Pode me ajudar a contornar as barreiras dele?* Porque elas eram fortes. Eu não tinha dúvidas de que aquele dom de conseguir mascarar sua identidade era exatamente o motivo pelo qual Tadhg o recrutou.

Ivana apertou minha mão e se encostou ao meu lado, depois fechou os olhos e começou a trabalhar.

No início, Granger reagiu, tentando afastá-la. Mas ela se esquivou com facilidade, e sua confiança aumentou a cada passo.

Ela passou a vida inteira se escondendo atrás de escudos, sem nunca ter percebido que aquele era um talento especial, não apenas uma habilidade corriqueira. Não me surpreendeu nem um pouco a facilidade com que ela aceitou essa extensão de seu poder. Ela era natural. Inteligente. *Linda*.

O poder zumbia entre nós enquanto ela trabalhava. Sua mente estava tão concentrada em Granger que parecia não perceber mais nada. Nem os grunhidos ou gemidos dos Alfas quando Kieran começou a andar por ali e a matá-los um a um com as próprias mãos.

Nem os estremecimentos da multidão que estava observando.

Nem o rugido de Kieran quando ele exalava sua força e lembrava a todos os lobos do V-Clan presentes o que ele podia fazer.

Nem o fogo que se acendeu para começar a queimar os corpos.

Nada.

Apenas Granger.

No entanto, o alfa estava *muito* consciente da morte que o cercava, de seu futuro à espreita no vento.

Ele ia morrer. Mas não seria Kieran quem o mataria. Esse prazer seria meu, assim que eu extraísse todas as informações que pudesse de sua mente.

Ivana pensou para mim, com a cabeça encostada em meu ombro. *Ele está pronto.*

Obrigado, Macushla. Virei o pescoço, depois encontrei o olhar de Granger. *Hora de começar a trabalhar.*

Granger cerrou os dentes e sua mente instantaneamente tentou combater minha intrusão. Mas Ivana manteve seu poder sob controle à medida em que eu me aprofundava nos recessos de sua mente, procurando por algo útil.

Encontrei o dia em que ele conheceu Tadhg. A amizade entre eles se formou com a concordância mútua de que as Ômegas deveriam ser propriedades, não companheiras. No início, Tadhg não usava Granger. Foi só muito mais tarde que o Elite o procurou para contar o que Cael e Grey estavam fazendo, que suspeitavam que Tadhg tomou a irmã de Grey.

A princípio, Tadhg negou o fato.

Mas Granger não acreditou.

Em vez de informar Cael, que era onde sua lealdade deveria estar, ele continuou a fornecer informações atualizadas a Tadhg. Ele queria que o lobo o aceitasse como Elite porque, como um tolo, acreditava que o Alfa lhe daria mais poder.

Não, não apenas poder.

Ômegas.

Não havia muitas no Território Lunar, e as que moravam lá estavam sob a proteção de Cael. Granger sabia que nunca receberia uma para brincar. Porque Cael acreditava em laços de companheiros e em dar escolha à elas.

Granger ficava enojado com esse conceito.

E tinha inveja do fato de Dixon também receber favoritismo. Por ser irmão de Cael, embora fosse o Elite mais fraco.

Bufei com essa última descoberta. Granger não entendia o significado de *fraqueza*. Caso contrário, ele saberia o quanto sua suposição estava errada. Granger se considerava superior por causa de suas habilidades mentais. Sim, seu talento era impressionante. Mas a forma como ele escolheu usá-lo o marcou como o mais fraco dos homens.

Os Alfas não deveriam tirar proveito daqueles que consideravam mais fracos, mas sim *proteger* os que precisavam.

E as Ômegas não eram fracas ou feitas para serem dominadas. Elas eram poderosas, algo que Ivana provou várias vezes.

Mas não comentei nada disso na mente de Granger, apenas continuei processando seus pensamentos e experiências.

Como eu já havia percebido, ele não sabia nada de útil sobre a organização, apenas que ela existia. Ele estava esperando que Tadhg o convidasse para a mesa, esperando uma recompensa por compartilhar informações privilegiadas.

Patético, murmurei, depois continuei pesquisando.

Horas pareceram se passar enquanto eu examinava todos os aspectos da mente dele, procurando o que ele sabia sobre Ashlyn. Sobre como ela interferiu.

Quando finalmente encontrei, não pude deixar de rir alto.

A pequena médium estava esperando no quarto de Sylvia quando ele e Tadhg entraram através das sombras para começar o ataque.

Ela lhes deu um tchauzinho e murmurou:

— Espero que vocês não estejam esperando que Sylvia acorde tão cedo. Talvez eu tenha usado algumas daquelas bebidas do Território das Geleiras... vocês sabem, aquelas destinadas a mim e às outras, para manter Sylvia hidratada durante o calor. Como podem ver, ela ainda está, bem, no auge, por assim dizer.

Tadhg ficou louco e rosnou bem na cara de Ashlyn, dizendo que ela era uma ameaça.

Ela apenas deu de ombros e respondeu:

— Já me chamaram de coisa pior.

Furioso, ele a agarrou pelo braço e desapareceu.

Granger esperou mais de uma hora para que o Alfa voltasse, mas, como ele não apareceu, foi para o Território Lunar, irritado.

Foi somente alguns dias depois que Tadhg entrou em contato com um plano revisado.

— No fim das contas, aquela vadia louca terá um papel nisso — ele disse, satisfeito consigo mesmo por sua nova ideia. — Vamos enviá-los em uma caçada pelo Território Eclipse, o que é apropriado, considerando os recentes acontecimentos ali. Enquanto isso, derrubamos Quinnlynn MacNamara e aquela merda de escudo ao redor da ilha. Depois, vou notificar meu contato para que a diversão possa começar.

Granger perguntou sobre o contato e a que *diversão* ele se referia, mas Tadhg não entrou em detalhes e só respondeu:

439

— Digamos que será a festa de cio mais impressionante até agora.

Granger, o idiota, não fez nenhuma outra pergunta.

Um seguidor até o fim.

— Porque esse idiota era seu Elite, nunca vou entender — eu disse a Cael, ciente de que ele veio ficar ao meu lado há algum tempo. Ele não interferiu em meu trabalho, apenas esperou em silêncio enquanto Ivana e eu vasculhávamos a mente de Granger.

Em vez de responder, ele simplesmente perguntou:

— Descobriu algo útil?

Kieran se juntou a nós, com seu olhar e pensamentos me dizendo para responder à pergunta de Cael.

E foi o que fiz, explicando tudo o que acabei de descobrir, inclusive como Ashlyn frustrou os planos deles.

— Ele já foi fiel a mim? — Cael perguntou, parecendo cansado.

— Sim — admiti. — Ele só não compartilha da sua moral. Tadhg o atraiu mais.

Cael assentiu.

— Dixon nunca se interessou por Granger. Terei que informar ao meu irmão que ele estava certo e eu, errado. — Seu tom se aprofundou com essa última parte, sugerindo que não estava acostumado a admitir erros. Mas o fato de poder afirmar isso tão claramente e em voz alta dizia muito sobre seu caráter.

— Mate-o — Kieran exigiu, as palavras parecendo ser dirigidas a Cael.

O Príncipe Alfa olhou para mim.

— Sinto o cheiro do sangue de Ivana nele.

— Ele a atacou.

Ele assentiu, como se já tivesse percebido isso.

— O cretino me traiu da pior maneira possível. Mas eu não saberia disso se você e sua companheira não tivessem descoberto a verdade. Então, que tal se nós... trabalhássemos juntos?

Arqueei uma sobrancelha.

— O que está sugerindo?

— Você remove a cabeça. Eu queimo o corpo. — Ele pronunciou as palavras de forma casual, como se não estivesse anunciando a morte de Granger bem na frente dele.

— Quero usar as mãos.

— Tudo bem. — Cael sorriu, e um indício do predador que estava por baixo brilhou para mim. — Sou a favor de provocar dor.

Ivana fez um som, o que fez com que eu olhasse para ela. Ela não estava enojada com a ideia, pois não parecia irritada, nem mesmo com uma expressão de desaprovação. Foi um *bocejo*.

Uma olhada em seu rosto me disse o porquê.

Foi um dia longo pra caramba, que se tornou ainda mais longo devido ao tempo que se passou enquanto eu estava dentro da cabeça de Granger. Considerando que todos os outros Alfas já estavam queimados na rua e que o sol estava alto no céu, com certeza foram horas, como eu suspeitei.

Minha Ômega – minha linda e *grávida* Ômega – estava exausta.

Estou bem, ela sussurrou em minha mente.

Você está cansada.

Ela deu de ombros. *Vamos voltar para o nosso ninho depois disso.*

Nosso ninho? ecoei, adorando ouvir aquelas palavras.

Sim. Você me deve uma boa sessão de nó.

Arqueei uma sobrancelha. *Estou coberto de sangue, macushla.*

Estou muito consciente. Seu olhar me examinou com

interesse. *Meu Alfa letal, sexy e violento.*

Humm, murmurei, apreciando o olhar dela.

Eu queria escurecê-lo.

O que me deu uma ideia.

Algo que concretizei ao soltar sua mão, caminhar até Granger e arrancar sua cabeça sem nem piscar. *Vou matar qualquer um que pense em machucá-la,* eu disse a ela. *Lembre-se e acredite nisso.*

Suas pupilas dilataram ainda mais. *Sempre confiei em você, Cillian.*

Desculpe-me por ter demorado tanto para confiar em mim também, respondi enquanto voltava para ela e a segurava pela nuca para dar um beijo profundo.

Cael grunhiu.

— Já entendi, Elite. Ela é sua.

— Príncipe — Kieran corrigiu, fazendo com que eu paralisasse. — Supondo que ele queira o Território Alfa, de qualquer forma.

Eu me afastei para olhar para ele.

— Vá. Se. Foder.

Kieran inclinou a cabeça para trás e riu.

Não o segui.

— Não vou assumir a posição de Alfa do Território. Dê para o Hawk. Ou melhor, para o Grey. — Presumi que ele voltaria com Ashlyn em breve.

Ele parecia saber exatamente para onde ir, o que era bom, porque o Território Kodiak era terra de ninguém para os lobos do V-Clan.

Estava cheio de Alfas do Z-Clan, com os quais nenhum de nós queria se envolver.

Mas esse não era o objetivo da conversa.

— Não estou interessado em liderar, Kieran. Sei que posso fazer isso. Sou poderoso. Mas não quero ser um Príncipe Alfa. Isso não tem nada a ver com minha falta de qualificações ou com minha linhagem. É porque gosto de ser seu segundo. Portanto, pare de insistir nisso.

Seus olhos brilharam com diversão.

— Meu segundo, hein?

Revirei os olhos.

— Elite. Você sabe o que eu quis dizer.

— Ah, acho que sim — ele respondeu. — E *Segundo* soa bem. Ou Rei interino quando eu precisar de um descanso. Como, digamos, em alguns meses, quando minha companheira der à luz?

Eu o encarei com os olhos semicerrados.

— Você acabou de me enganar para que eu concordasse em assumir o Território de Sangue para que você pudesse sair de férias?

— Licença paternidade não é férias, pelo que sei.

Idiota, pensei para ele.

O que, é claro, fez com que ele risse novamente.

Por ter acabado de aniquilar uma horda de Alfas, ele com certeza estava de bom humor.

— A propósito, o Território Noturno está seguro — Kieran acrescentou, e sua mudança de assunto me deixou com os nervos à flor da pele. — Se você vai ser o meu Segundo, deveria verificar mais o seu relógio. Lorcan está enviando mensagens há horas e você sabe como ele não gosta de conversar.

Depois disso, o rei começou a se afastar enquanto pensava:

— *Rei Cillian... soa muito bem.*

— *Kieran morto também soa bem,* pensei de volta para ele.

Ele riu de novo. *Não morro facilmente, rei Cillian. Acho que acabei de provar isso.*

Veremos na próxima vez que lutarmos, eu disse a ele.

Vou anotar em minha agenda para a próxima semana. Primeiro, você tem que cuidar de uma Ômega. E suspeito que precisará de algum tempo de folga para atender às necessidades dela.

Queria dizer a ele para não comentar sobre as *necessidades* da minha Ômega, mas decidi que não valia a pena. Ele apenas me responderia com algo espirituoso.

Além disso, ele tinha razão.

Ivana precisava de mim.

E eu precisava dela.

— Você acha que Grey vai encontrar a Ashlyn? — ela perguntou. A pergunta parecia ser para Cael, já que ela estava olhando para ele.

Ele já havia começado a queimar os restos mortais de Granger, garantindo que o idiota abraçasse completamente a morte. Normalmente, os lobos do V-Clan tinham de ser decapitados e queimados para morrer.

Aparentemente, fritar o cérebro também funcionava, como Tadhg e Sylvia provaram.

Ela era mesmo uma arma.

Algo que foi usado de forma errada, um fato que me entristeceu. No entanto, não pude deixar de me sentir aliviado por ela não poder causar mais destruição.

— Sim — Cael garantiu, chamando minha atenção de volta para ele. — Pode levar algum tempo, mas acredito que ela tenha deixado pistas suficientes para ele.

— Do bilhete que ela escreveu para Ivana? — perguntei.

— Entre outros registros, sim — ele murmurou. — Há muito mais coisas acontecendo entre Grey e Ashlyn do que ele tem dito. Esses dois lobos enigmáticos se merecem.

— Você não está preocupado? — Ivana pressionou.

Cael sorriu.

— Estou sempre preocupado, querida. Mas há uma razão para eu confiar minha vida e meu território a Grey.

Ele é o cretino mais resistente que já conheci. Se alguém pode tirar Ashlyn de lá, é ele. Você vai ver.

Ivana engoliu em seco, mas assentiu.

— Espero que esteja certo.

— Geralmente estou — ele respondeu, olhando para mim. — Basta perguntar ao seu companheiro.

Eu o encarei.

— Você faz jogos perigosos, *Príncipe*.

— Assim como você, *Segundo*.

— Em breve, será *Rei* para você — eu o provoquei.

Ele sorriu.

— Vou começar a trabalhar em minha reverência formal.

— Faça isso — eu lhe disse. — E nos avise quando tiver notícias de Grey.

O desaparecimento de Ashlyn pesaria sobre mim até que eu tivesse notícias dele. Mas reconheci que não havia nada que pudesse fazer aqui.

Ela disse a Ivana para me dizer que uma nova vida era mais importante do que uma antiga, e que ela ficaria bem.

Finalmente entendi o que isso significava.

Ela estava falando sobre *minha* nova vida, a que Ivana me deu. Tudo isso enquanto prometia que sobreviveria.

Escolher sofrer por causa de uma necessidade equivocada de se arrepender não afeta apenas você, Cillian. Essa escolha... aquela em que você coloca todos os outros em primeiro lugar, também a afeta. Se você se lembrar de alguma coisa que eu disse, por favor, lembre-se disso.

Ashlyn estava certa.

Optar por tentar ir atrás dela agora me colocaria em risco. O que colocaria Ivana em risco também.

Minhas escolhas eram as de Ivana, assim como as dela eram as minhas.

Éramos uma equipe agora.

Uma dupla.

Eu tinha que colocá-la em primeiro lugar. Sempre.

Mas, como Ivana me mostrou, isso não significava que eu tivesse que renunciar a outras prioridades por ela. Nós funcionávamos melhor como uma unidade. Como *nós*.

E eu estava ansioso para descobrir o que tudo isso significava.

Pela primeira vez na vida, o futuro era brilhante.

Por causa da Ômega ao meu lado.

Minha Ivana.

Meu amor.

Minha companheira.

IVANA

Gotas de água vermelha escorriam pelo peito de Cillian, excitando minha fera interior.

Isso era errado.

Depravado.

Mas me fazia arder por inteiro.

Meu Alfa mostrou sua força hoje. Ele lutou. Matou. *Venceu.*

E algo nisso despertou uma necessidade primordial dentro de mim, algo que me fez querer mordê-lo novamente. Para garantir que ele soubesse que era meu. Que todos *soubessem que* ele pertencia a mim.

Esse mesmo desejo possessivo se refletiu em seu olhar, sua mente espelhando a minha. Eu podia ouvir seus anseios, suas intenções, seus desejos obscuros.

Ele queria me dar o nó assim, me reivindicar enquanto

a água lavava os restos de morte. Me penetrar em uma alegre união de nova vida. Me mostrar que ele me escolheu – a *nós* – acima de tudo.

— Minha Ômega — ele sussurrou contra minha boca.

— Meu Alfa — sussurrei de volta, depois gemi quando ele me beijou.

Parecia que estávamos separados há anos, não há horas. Como se tivéssemos nos declarado um ao outro há uma década, não no último dia.

Beijá-lo foi como voltar para casa.

Estar viva mais uma vez.

Abraçar totalmente meu futuro neste mundo.

Estrelas, eu o desejava há tanto tempo. Muito, *muito* tempo.

Finalmente tê-lo em meus braços... parecia quase um sonho. Mas era real. Ah, tão *real*.

Ele me pressionou contra a parede de mármore, com seu nó marcando meu baixo ventre.

— Isso vai ser forte e rápido, Vana — ele me avisou. — Vamos devagar lá no ninho. Mas fiquei sem você por muito tempo e não tive o suficiente.

— E de quem é a culpa? — murmurei, arqueando em direção a ele.

Ele mordiscou meu lábio inferior.

— Sempre me provocando.

— Nunca vou parar — prometi enquanto ele me levantava no ar.

Ele não me deu um momento para me preparar ou considerar o que estava por vir, apenas me penetrou com um único impulso. Gritei, a intrusão foi dolorosa, mas o que nós dois precisávamos.

Eu queria sentir isso.

Saber que era ele quem me esticava. Que me reivindicava. *Me comia.*

— Deuses, eu amo você — ele murmurou, seu hálito mentolado contra minha boca. — Eu te amo tanto, Ivana.

Sua língua silenciou minha resposta, me forçando a pensar para ele em vez disso. *Eu também amo você.*

Ele rosnou, parecendo gostar daquela declaração. Talvez eu não tivesse dito o suficiente.

Então a repeti.

De novo.

E mais uma vez.

Tudo isso enquanto ele me comia como disse que faria. *Com intensidade. Rápido. Com toda a força.*

Ele segurou meus quadris com tanta força que eu sabia que ficaria com hematomas. Mas estava ocupada demais com as minhas unhas em suas costas para me importar.

Essa era uma reivindicação selvagem.

Uma *necessidade* primordial.

Uma união há muito esperada entre lobos recém-acasalados.

— Me morda — ele exigiu. — Me faça sangrar, companheira.

Cravei os dentes em seu lábio, fazendo-o sorrir.

Depois, fui até seu pescoço e o mordi mais uma vez. Com mais força. Bem no ponto de pulsação. Seu sangue cobriu minha língua, me forçando a engolir sua essência. Ele tinha um sabor divino. Como se fosse meu doce pessoal.

Porque era exatamente isso que ele era: *meu.*

Ele murmurou em aprovação, enquanto seus quadris se chocavam contra os meus, me forçando a atingir novos patamares de prazer. Eu o agarrei e o mordi mais uma vez, dessa vez no outro lado do pescoço.

Cillian afastou uma das mãos do meu quadril para segurar meu cabelo enquanto me mantinha presa, ordenando em silêncio que eu o bebesse.

Estrelas, era selvagem. Indomável. Tudo com que sempre sonhei.

Mas ele fez esse sonho arder ainda mais quando puxou minha cabeça para longe e para trás para que pudesse retribuir o favor. Estremeci quando seus dentes encontraram meu ponto de pulsação, seus lábios quentes contra minha garganta.

Foi feroz.

Lindo.

Tão cruel que não pude deixar de gritar novamente.

Sim, ele elogiou em minha mente. *Faça com que a ouçam, Vana. Diga a toda essa merda de território que você é minha. Que estavam errados em pensar ou dizer o contrário. Você. É. Minha.*

Estremeci. Sua afirmação era tão ousada e verdadeira que mal consegui respirar.

Então ele inclinou a cabeça para trás e *uivou.*

A rapidez com que isso aconteceu fez com que eu me contorcesse. Sua dominação foi tão devastadora que cada parte de mim se apertou contra ele.

Ele estava dizendo ao Território exatamente onde estava.

Em meu ninho.

Nosso ninho.

Me comendo.

Me tomando.

Me reivindicando.

Isso não deixou dúvidas quanto às suas intenções, sua posse, seu *amor.*

Ele queria que o mundo inteiro soubesse que eu era sua, e se certificou disso ao uivar uma segunda vez.

Oh, Deuses... a vibração daquele som... era tão alta. Tão primitiva. Tão *Alfa.*

Ele seguiu com um rosnado que me fez escorregar, seu

grunhido de comando instantaneamente me chamou para me submeter.

Eu sou sua, disse a ele.

Depois repeti em voz alta.

E *gritei* com toda a força de meus pulmões.

Sua mão deslizou entre nós. O polegar acariciava meu clitóris, enquanto ele rosnava:

— *Prove.*

Cada parte de mim se acendeu em chamas, seu corpo alimentando o meu em um inferno de sensações e felicidade. Eu o agarrei com minhas coxas, enquanto meus braços envolviam seu pescoço.

Então, me deixei levar. Todas as minhas preocupações. Minha dor. O passado. Todas as mágoas. Simplesmente... liberei tudo. E me permiti voar em um clímax de *nós.*

Prazer.

Calor.

Amor.

Tudo isso existia aqui. Prosperando. Pulsando. Vibrando com a vida.

Um futuro brilhante.

Um passado esquecido.

E um território cheio de lobos que sabiam exatamente o que acabou de acontecer entre nós.

Eu podia ouvir os pensamentos, mas os ignorei e me concentrei nas únicas mentes que importavam: a minha e a de Cillian.

Seu peito ronronava de aprovação, seus pensamentos me elogiavam por ser dele, me agradecendo por tê-lo escolhido, por minha paciência incessante, por tê-lo *provocado.*

Sorri com essa última parte e entreabri os lábios enquanto ofegava:

— *Me dê o nó, Alfa.*

— Humm, sempre me dizendo o que fazer. — A frase parecia ser uma de suas favoritas agora.

Eu não me importava com isso... eu também gostava.

Porque ele quase sempre fazia o que eu queria.

E agora, não foi diferente, pois ele me encostou ainda mais forte na parede, enquanto seu polegar acariciava meu clitóris sensível com força, me forçando a continuar a gozar com ele.

— Deuses, adoro a sensação quando você goza em meu pau — ele me disse, roçando os dentes em meu lábio inferior. — Continue me apertando, macushla. Sim, assim mesmo.

Ele aumentou o aperto em meu cabelo, puxou minha cabeça para trás mais uma vez e cravou os dentes em meu peito.

Eu gritei. A sensação enviou um beijo quente de necessidade em minhas veias, apesar do meu estado orgástico atual.

Deuses, esse homem.

Esse lobo.

Esse Alfa.

Ele me soltou e me deixou ver o sangue em sua boca, depois capturou meus lábios com uma ferocidade que tornou impossível respirar. Pensar... *existir.*

Perdi a noção do tempo e do espaço, apenas para voltar quando seu nó se chocou contra mim, me tomando enquanto ele liberava ondas pulsantes de seu sêmen quente.

Ele exalou em minha boca, me lembrando de respirar, e depois me beijou novamente. Sua língua exalava domínio sobre meu ser, me capturando de uma forma que me fez sentir segura e protegida em seus braços. Mas igualmente acarinhada e satisfeita.

O êxtase tomou conta de mim, meu orgasmo parecia

não ter fim enquanto o nó dele continuava a pulsar. Talvez tenham se passado horas. Eu não tinha certeza. Não me importava. Estava com Cillian. Ele era tudo o que importava.

E a vida dentro de mim, pensei, suspirando quando uma nuvem de calor envolveu minha pele.

De alguma forma, Cillian terminou nosso banho, enquanto permanecia dentro de mim, e agora estávamos indo para o nosso ninho para começar de novo.

Porque o nó dele estava começando a diminuir.

Mas ele ainda estava duro como uma rocha.

— Vou transar até você desmaiar, Vana — ele me informou. — Depois vou acordá-la com meu nó.

Estremeci.

— Está bem — eu disse a ele. Porque eu gostava do som disso. — Agora me diga que você vai fazer isso todos os dias pelo resto de nossas vidas.

Ele riu enquanto me pressionava contra o colchão macio, com os braços me envolvendo por cima.

— Vou dar o nó em você todos os dias, por toda a eternidade, Vana.

Curvei os lábios.

— Bom Alfa.

— Você não tem ideia do quanto sou bom, mas vou te mostrar, Ômega. — Ele se retirou até a ponta, apenas para investir em mim. — Vou te adorar. — Ele repetiu a ação. — Dar o nó em você. — Outra estocada. — E amar você com tudo o que sou.

Outro tremor percorreu minha espinha.

— Você é digno, Cillian — murmurei, precisando que ele ouvisse as palavras. Porque ouvi aquela parte de sua mente sussurrar que um dia ele seria digno de mim. Que ele faria o que fosse preciso para ser *suficiente*. — Você é incrivelmente digno.

Dessa vez, eu o beijei antes que ele pudesse responder, pegando uma página de seu manual e retribuindo o favor.

Continuei a falar em sua mente, repetindo várias vezes que ele era digno, até que ele me fez gozar de novo e perdi todo tipo de pensamento coerente.

Muito, muito mais tarde, enquanto eu perdia a consciência embaixo dele, o ouvi sussurrar:

— Da próxima vez que você me convidar para dançar, Ivana, prometo que vou dizer sim. Sempre direi... *sim*.

PARTE VI

Queridas estrelas,

Tenho um companheiro, e não um qualquer, mas Cillian. Elite Cillian. Alfa Cillian. Meu Cillian. Meu Alfa. Meu. Meu. Meu.

Ele está me vendo escrever isso.

Ele me acha fofa (mesmo que seus olhos digam o contrário neste momento).

Acho que vou me deitar em cima dele. Nua. Para ver como ele me olha...

(Cillian me deu o nó antes que eu pudesse terminar esse texto).

Enfim... estou apaixonada por um Alfa chamado Cillian. Ele agora é meu e eu sou dele.

Fim.

Com amor,

Ivana

PS: Grey encontrou Ashlyn. É uma história e tanto. Vou compartilhá-la em outro momento...

EPÍLOGO

ASHLYN

Sᴇᴍᴘʀᴇ sᴏᴜʙᴇ como encontraria meu companheiro.

Ou achava que sabia.

Até que isso realmente aconteceu no Território das Geleiras.

Mas sempre achei que seria aqui, nas margens geladas do Território Kodiak.

Sonhei com esse momento muitas vezes, sempre acordando com entusiasmo e arrependimento.

Porque sei o quanto isso vai doer. Como nossa história vai começar e terminar.

Não é para os fracos de coração. Às vezes, me pergunto se realmente conseguirei lidar com isso.

Entretanto, eu não mudaria as decisões que tomei e que me trouxeram até aqui. Os caminhos alternativos eram muito piores para todos os outros. Muita morte e dor.

Se eu tiver que suportar isso para que todos fiquem seguros, que seja.

Só espero que Grey se apresse.

Olhando para o sol, percebo que já está tarde.

Deve ser logo, pensei. *Supondo que ele tenha entendido as mensagens que deixei para ele.*

Não queria ser enigmática, mas aprendi que essa é a melhor maneira de transmitir significados ocultos sem alterar o futuro.

Mexer com o destino traz consequências graves, consequências que não tenho interesse em enfrentar.

Eu me arrepio quando uma onda de frio ataca minha pele nua. É a única maneira de evitar que meu cheiro se espalhe, de alertar os Alfas Kodiak sobre minha presença.

Mas, Oráculo, estou exausta.

Estou acordada há dias. Sentada nessa água gelada enquanto meu corpo luta para se manter aquecido o suficiente para sobreviver. Neste momento, me assemelho a um alienígena atolado em água azul. Grey provavelmente nem me reconhecerá.

Se ele vier me buscar, penso.

Fecho os olhos e me recuso a considerar outra alternativa.

Esse caminho não é bom para nenhum de nós.

Este é o único caminho certo. O melhor.

— Tudo bem, pequena adivinha. — A voz grave me envolveu, me fazendo abrir os olhos.

Grey está a alguns metros de distância, coberto de sangue, exatamente como em minhas visões. Estremeço, aterrorizada e feliz ao mesmo tempo.

— V-você está aqui — gaguejo. Minha voz mal ressoa acima das ondas.

Ele franze a testa e estende a mão.

— Vamos para um lugar quente.

Considero a ideia por mais tempo do que deveria e, em seguida, estendo a mão para segurá-lo, bem no momento em que os uivos soam ao longe.

Grey avança para me agarrar e nos leva para fora do Território Kodiak antes que alguém possa nos impedir.

Ele não me leva de volta para seu covil.

Mas para outro lugar completamente diferente.

Para um lugar que eu temia desde a primeira vez que sonhei com este momento.

Sei o que vem a seguir. As palavras. A irritação. *A dor.*

Ele me puxa para seus braços e um cobertor de lã me envolve. Mas seus olhos estão duros quando ele inclina minha cabeça para cima e sou forçada a encontrar seu olhar.

— Vou aquecê-la — ele me diz. — Depois vamos falar sobre aquelas anotações em seu diário sobre Nikiski. E, depois disso, você vai me ajudar a encontrá-la.

Aí está.

Nosso destino.

Aquele que irá nos unir... ou nos destruir.

Porque ele exige que voltemos no tempo.

Para visitar um passado que nenhum de nós quer considerar.

Para abraçar um futuro em potencial que poderia destruir a nós dois.

Para retornar ao... *Território Kodiak.*

A história de Ashlyn é a próxima em *Território Kodiak...*

Com sede de mais lobos do V-Clan? Dê uma olhada em *Território de Sangue* (Kieran & Quinn) e *Território Noturno* (Lorcan & Kyra).

Quer saber mais sobre os lobos do X-Clan? Comece hoje mesmo a série completa de histórias independentes!

X-Clan: A Origem (Jonas e Riley)
Território Andorra (Ander & Kat)
X-Clan: O experimento (Elias e Daciana)
A flecha de Winter (Kazek e Winter)
Território Bariloche (Sven e Kari)

O mundo do Território Exilado está chegando em breve...
Ilha Venom (História de Enrique) por Lexi C. Foss

Território Kodiak

Bem-vindos ao Território Kodiak, lar dos Alfas mais cruéis do mundo do Z-Clan.
É um lugar mortal para uma Ômega como eu.
Mas meu companheiro pretendido está determinado a me arrastar de volta para o inferno de onde vim para salvar sua irmã.

Ele acha que sei como encontrá-la.
Mas não sei.
Eu apenas *vejo* coisas. Como o futuro.
E, neste momento, ele está cheio de selvageria e dor.

Até que, de repente, minhas visões desaparecem.
Sugerindo um destino pior que a morte.
Um destino que começo a entender quando entro no cio nas cavernas subterrâneas do Território Kodiak.

Meu companheiro pretendido é subitamente forçado a escolher: a mim ou sua irmã?
Pela primeira vez, não consigo ver o que vai acontecer.
Mas, em meu coração, sei quem ele vai salvar.
Porque ninguém nunca me escolhe.

Nota da autora: *Território Kodiak* é um romance independente de metamorfos que apresenta um mundo sombrio com nós, ninhos, rosnados e muito ronronar. Porque, embora Ashlyn não "veja" isso, Grey está obcecado por ela. Da melhor maneira possível. Ela é sua, e ele protege o que é seu.

Lexi C. Foss é uma escritora perdida no mundo do TI. Ela mora em Holly Springs, na North Carolina, com o marido e seus filhos de pelos. Quando não está escrevendo, está ocupada riscando itens da sua lista de viagem. Muitos dos lugares que visitou podem ser vistos em seus textos, incluindo o mundo mítico de Hydria, que é baseado em Hydra nas ilhas gregas. Ela é peculiar, consome café demais e adora nadar.

https://www.lexicfoss.com/Inicio

MAIS LIVROS DE LEXI C. FOSS

Série Aliança de Sangue

Inocência Perdida

Liberdade Perdida

Resistência Perdida

Rebeldia Perdida

Realeza Perdida

Crueldade Perdida

Eternidade Perdida

Universo da Aliança de Sangue

Desejo

Dia de Sangue

Rainha dos Elementos

Livro Um

Livro Dois

Livro Três

O Próximo Reinado

Rainha dos Vampiros

Livro Um

Livro Dois

Livro Três

Livro Quatro

Outras séries sobre o universo Fae:

Rainha Fae do Inverno

Série X-Clan

A origem

Território Andorra

O experimento

A Flecha de Winter

Território Bariloche

Série V-Clan

Território de Sangue

Território Noturno

Território Eclipse

Território Kodiak

Outros Livros

Ilha Carnage

Reivindicação

A Ômega Perdida

www.ingramcontent.com/pod-product-compliance
Lightning Source LLC
Chambersburg PA
CBHW020629020726
47494CB00001B/105